KB271894

파계

이 도서의 국립중앙도서관 출판예정도서목록(CIP)은 서지정보유통지원시스템 홈페이지(http://seoji.nl.go.kr)와
국가자료공동목록시스템(http://www.nl.go.kr/kolisnet)에서 이용하실 수 있습니다.
(CIP제어번호: CIP2010000438)

島崎藤村 ∶ 破戒

파계

시마자키 도손 장편소설

노영희 옮김

문학동네

차례

1장

1

렌게 사*에서는 하숙도 쳤다. 세가와 우시마쓰가 갑작스레 하숙을 옮길 결심을 하고 빌리기로 한 방은 그곳 안채의 이층 모퉁이 방이었다. 신슈의 시모미노치고오리 이야마마치에 있는 스무 개의 절 중 하나로, 진종(眞宗)에 속한 고찰이다. 이층 창에 기대어 바라보면 마침 커다란 은행나무 너머로 이야마 마을의 한 자락이 보인다. 과연 신슈에서 첫째가는 불교의 고장답게 옛 모습을 눈앞에서 보는 듯한 작은 도시로, 기이한 북국풍 가옥 구조, 판자 지붕, 그리고 겨울 제설용으로 고안된 특이한 처마, 여기저기 높게 솟아 있는 절과 나뭇가지까

---

* 蓮華寺, 나가노 현 이야마 시 간마치에 있는 안요 신의 긴종사(眞宗寺)가 모델이라고 전해진다.

지—향 연기에 휩싸여 한결같이 고풍스러운 마을의 모습이 보인다. 이 창에서 보이는 풍경 중 한층 눈에 띄는 것은 현재 우시마쓰가 근무하는 초등학교의 흰 건물이었다.

우시마쓰가 하숙을 옮기기로 마음먹은 것은, 실은 아주 불쾌한 일이 현재 사는 하숙에서 일어났기 때문이다. 애당초 하숙비라도 싸지 않다면 누구도 이런 방에 만족할 수 없었을 것이다. 벽을 바른 벽지는 그을어서 갈색으로 변해 있었다. 초라한 도코노마*에 종이로 표구한 족자가 걸려 있고, 그것 말고는 낡아빠진 화로가 놓여 있는 게 다인, 어딘가 속세에서 벗어난 듯한 느낌을 주는 조용한 승방이었다. 이 또한 초등학교 선생이라는 우시마쓰의 처지에 더해져 묘하게 적적한 느낌을 불러일으켰다.

지금 사는 하숙에서 이런 일이 있었다. 보름쯤 전, 시모다카이 지방에서 한 사내를 데리고 온 오히나타라는 거부가 이야마 병원에 입원하기 위해 잠시 머문 적이 있었다. 얼마 안 있어 그는 입원했다. 원래부터 생활이 넉넉했던지라 일등실 병실을 썼고, 간호부 어깨에 기대어 긴 복도를 오가는 모습을 보이는 사이 자연스레 그의 호화스러움이 사람들 눈에 띄게 되었다. 누가 질투해서 소문을 낸 것도 아닌데 '그는 백정이다'라는 말이 나왔다. 소문은 눈 깜짝할 사이 많은 병실로 퍼져서 환자들이 모두 들고일어났다. "당장 내쫓아라, 지금 당장! 그럴 수 없다면 우리 모두 나가겠다." 이러면서 소매를 걷어붙이고 원장을 협박하는 소동이 일어났다. 아무리 부자라도 이런 인종 편견에

---

* 일본식 방의 상좌에 바닥을 한층 높게 만든 곳. 벽에 족자를 걸고, 바닥은 꽃이나 장식물로 꾸며놓는다.

는 이길 수 없다. 어느 날 해질 무렵, 그는 가마에 실려 저녁 어스름을 이용해 병원을 나갔다. 그 길로 원래 있던 하숙으로 돌아갔고, 원장이 매일 그곳을 찾아와 진찰했다. 그런데 이번에는 하숙 사람들이 용납하지 않았다. 마침 우시마쓰가 하루 일을 끝내고 지쳐서 하숙으로 돌아오니, 모두가 '주인 아주머니 나와라'며 소란을 떠는 참이었다. "더럽다, 더러워." 예의 없는 손님의 입에서 욕설이 나왔다. '더럽다니 무엇이 더럽단 말이냐.' 우시마쓰는 마음속으로 분개하며 남몰래 오히나타의 불행을 동정하고, 도리에 어긋나는 이러한 비인간 취급을 한탄하며, 백정이란 종족의 비참한 운명을 생각했다—우시마쓰도 백정이었던 것이다.

겉보기에 우시마쓰는 누가 봐도 순수한 북부의 신슈 사람—사쿠치이사가타 근처의 암석 고장에서 자란 한 사람의 장년이었다. 정교사 자격을 얻고 학력 우등 졸업생으로 나가노 사범학교를 졸업한 것은 마침 스물두 살이 되던 해 봄이었다. 사회에 나오자 우시마쓰는 곧장 이 이야마 학교로 왔다. 그로부터 햇수로 삼 년째인 오늘까지, 우시마쓰는 오직 열성적인 청년 교사로 이야마 사람들에게 알려져 있었지, 사실은 백정이자 신평민*이라는 것은 누구 하나 아는 사람이 없었다.

"그러면 언제 이사하시렵니까?"

말을 걸며 방 안으로 들어온 것은 렌게 사의 주지 부인이었다. 나이는 쉰 전후이다. 자잘한 갈색 무늬가 있는 하오리를 입고, 야위고 흰

---

* 新平民. 1871년 백정 해방령으로 새롭게 평민으로 편입된 사람을 가리키는 말로, 농, 공, 상에서 평민으로 개칭된 사람과 구별하기 위해 쓰인 속칭.

손으로 염주를 만지작거리며 우시마쓰 앞에 섰다. 고장의 관습에 따라 '사모님'으로 존경받는 머리를 깎지 않은 이 여승은, 나이 든 사람 치고는 약간의 교육도 받았고 도시생활도 전혀 모르지는 않는 듯한 말투였다. 남의 일 보살피는 것을 좋아하는 성격이 드러나는 얼굴로, 낮은 목소리로 버릇처럼 염불을 외우며 상대의 대답을 기다리는 모습이었다.

그때 우시마쓰는 생각했다. 내일이라도, 아니 오늘밤이라도 온다고 하고 싶었지만, 우선 이사할 돈이 없었다. 당장 가지고 있는 것은 사십 전뿐이다. 사십 전으로 이사를 할 수 있을 리 없다. 이곳의 하숙비도 지불해야 한다. 월급은 모레에나 받을 수 있으니 일단은 그때까지 기다리는 수밖에 없었다.

"이렇게 하지요, 모레 오후로 하겠습니다."

"모레라고요?" 부인은 이상한 듯이 상대편의 얼굴을 바라보았다.

"모레 이사하는 것이 그렇게 이상한가요?" 우시마쓰의 눈이 갑자기 빛났다.

"아니…… 하지만 모레는 28일이 아닌가요. 별로 이상할 것은 없지만, 저는 또 달이 바뀌고 나서 오시려나 했거든요."

"음, 그것도 그렇군요. 실은 저도 갑자기 결정한 거라서요."

아무렇지 않게 말하고 우시마쓰는 일부러 화제를 바꾸었다. 하숙에서 일어난 사건이 심하게 자신을 동요시켰다. 그 일에 대해 묻거나 이야기하는 것이 왠지 두려웠다. 백정에 관한 이야기가 나오면 언제나 피하려고만 하는 것이 이 사내의 버릇이었다.

"나무아미타불."

부인은 입속으로 이렇게 중얼거리고, 별로 깊이 캐물으려고는 하지
않았다.

2

렌게 사를 나온 것은 다섯시였다. 학교 일과가 끝나고 곧장 나온 터
라 우시마쓰는 아직 근무할 때의 차림 그대로였다. 백묵과 먼지로 더
러워진 낡아빠진 옷을 입고, 책과 수첩 따위를 보자기로 싸서 옆구리
에 끼고, 발에는 나막신을 신고 도시락을 들고 있다. 많은 노동자가
사람 무리에서 느낄 만한 부끄러움―그런 생각을 가슴에 안고서 다
카조마치에 있는 하숙집으로 돌아갔다. 거리의 처마가 가을비가 갠
후의 저녁 햇살에 빛나고, 사람들이 젖은 길에 무리지어 있었다. 그중
에는 멈춰 서서 우시마쓰가 지나가는 모습을 바라보는 사람도 있고
선 채로 수근거리며 뭐라 이야기를 하는 사람도 있다. '저기 가는 것
은, 저건 뭐야…… 아아, 선생인가' 하는 표정으로 노골적인 경멸의
빛을 보이는 사람도 있다. 이자들이 자신들이 맡고 있는 학생의 부형
이라고 생각하니 한심하기도 하고 화도 나고 갑자기 불쾌해져서 걸음
을 서둘렀다.

혼마치에 있는 잡지가게는 최근 들어 생긴 곳이다. 가게 앞에는 사
람들의 눈을 끌기 위해 새로 들어온 책 제목을 굵은 글씨로 써서 붙여
놓았다. 예전에 신문 광고에서 보고 출판되는 날을 기다리고 있던 『참
회록』―옆에 '이노코 렌타로(猪子蓮太郎) 지음'이라는 글자와 정가

까지 써넣어서 붙여놓은 광고가 눈에 띄었다. 멈춰 서서 그 사람의 이름을 떠올리자 그것만으로도 벌써 우시마쓰는 가슴이 두근거렸다. 살펴보니 두세 명의 청년이 가게 앞에 서서 새로운 잡지가 없는지 찾고 있는 듯했다. 우시마쓰는 빛 바랜 바지 주머니로 손을 찔러넣어 남모르게 동전을 짤랑거리면서 몇 번인가 그 잡지가게 앞을 오갔다. 일단 사십 전이 있으니까 책은 살 수 있다. 그러나 지금 여기서 저걸 사버리면 내일은 한 푼도 없이 지내야 한다. 이사 갈 준비도 해야 한다. 이런 생각에 억눌려 일단 지나쳤지만, 이윽고 다시 돌아왔다. 불쑥 주렴을 걷고 들어가서 손에 쥐어보니—그것은 약간 냄새가 나는 질 나쁜 서양 종이에 인쇄해서 누런 표지에 『참회록』이라고 써놓은 책이었다. 가난한 사람도 살 수 있게 하려는 취지로 일부러 선택한 이런 소박한 체재가 이 책의 성격을 잘 보여주었다. 아아, 많은 청년이 책을 읽고 지식을 얻는 지금 이 세상에, 질릴 줄 모르는 우시마쓰 같은 나이의 사람이 어찌 읽지 않고 모르는 체할 수 있을 것인가. 지식은 일종의 기갈이다. 결국 사십 전을 내고 갖고 싶었던 그 책을 샀다. 귀중한 돈이기는 했지만 정신의 욕구와는 바꿀 수가 없었던 것이다.

『참회록』을 안고서—막상 사고 나자 오히려 마음이 우울해짐을 느끼면서 하숙집을 향해 돌아가는데, 도중에 우연히 학교 동료를 만났다. 한 사람은 쓰치야 긴노스케라고 하는 사범학교 때부터의 동창 친구다. 또 한 사람은 아직 많이 젊은, 최근에 준교사가 된 사내였다. 두 사람의 느긋한 걸음걸이로 산책 중이라는 것을 알 수 있었다.

"세가와 군, 왜 이리 늦었어."

긴노스케가 지팡이를 두드리면서 다가왔다.

정직하고 친구를 좋아하는 긴노스케는 곧장 우시마쓰의 안색을 살폈다. 깊고 맑은 눈빛은 이전의 쾌활함을 잃고 말할 수 없는 불안한 빛을 띠고 있었다. '아아, 필시 몸 상태라도 나쁜 게로군' 하고 긴노스케는 속으로 생각하고, 하숙을 구하러 갔다 오는 길이라는 우시마쓰의 이야기를 듣고 말했다.

"하숙? 자네 정말 하숙을 자주 옮겨다니는군. 지금 하숙으로 옮긴 것도 일전의 일이잖아."

그렇게 말하며 독기 없는 모습으로 마음속에서 우러나온 듯이 웃었다. 그때 우시마쓰가 들고 있는 책이 눈에 띄어, 긴노스케는 지팡이를 겨드랑이에 끼고서 보여달라며 오른손을 내밀었다.

"이것 말인가?" 우시마쓰는 미소를 지으면서 내밀었다.

"음, 『참회록』이군." 준교사도 긴노스케 곁에 다가와 바라보았다.

"자네 여전히 이노코 선생 책을 좋아하는군." 긴노스케는 누런 책 표지를 바라보다가 잠깐 속을 펴보면서 다시 말했다. "맞아, 신문 광고에도 났었지—호, 이런 책이었나—이렇게 소박한 책이었군그래. 뭐, 자네는 애독 정도가 아니라 숭배하는 수준이야. 하하하, 자네 이야기에는 툭하면 이노코 선생이 나오니까 말이야. 분명히 조만간 또 듣게 되겠지."

"바보 같은 소리 말게나."

우시마쓰는 웃으면서 그 책을 받아들었다.

저녁 안개가 낮게 모여오고 벌써 여기저기에 등불이 켜졌다. 우시마쓰는 모레 렌게 사로 이사 간다는 이야기를 하고 친구와 헤어졌다. 조금 가다가 잠시 후 돌아보니 긴노스케는 길 한쪽에 서서 잠자코 이

쪽을 바라보고 있었다. 반 정(町) 정도 가서 다시 돌아보아도 친구는 아직 같은 곳에 멈춰 서 있는 듯했다. 저녁 연기가 마을 하늘을 가득 채우고, 쓸쓸하게 서 있는 친구의 모습도 노을에 가려 보였다.

3

다카조마치에 있는 하숙 근처까지 왔을 무렵, 종소리가 하늘 가득히 울려퍼졌다. 절에서 저녁 공양을 시작하는 것이리라. 하숙 앞까지 오자 마침 주위를 경계하는 발소리와 함께 가마 한 대가 초롱불로 으스름한 길을 비추며 나가는 참이었다. 아, 그 백정 부자가 사람들 눈을 피해 나가는 것이구나. 우시마쓰가 불쌍하게 여기며 잠자코 우뚝 서서 보고 있는 동안, 그의 시중꾼이 눈에 들어왔다. 같은 하숙에 있다고는 하지만 우시마쓰는 오히나타를 본 적이 없었다. 다만 시중 드는 사람이 약병 따위를 들고 자주 드나드는 것은 보았던 터였다. 구름에 닿을 듯이 커다란 사나이가 옷자락을 뒤에 찌르고 주인을 보호하면서 부지런히 인부를 지휘한다. 백정 중에서도 천한 신분의 사람인 듯, 거기에 서 있는 우시마쓰를 자신과 같은 동족이라고는 꿈에도 생각지 않고, 묘하게 꺼리는 모습으로 슬쩍 인사하며 옆을 지나쳤다. 문 앞에서 주인아주머니가 "안녕히 가세요" 하고 인사하는 목소리도 들렸다. 하숙집 안은 왠지 소란스러웠다. 사람들은 격앙하기도 하고 분개하기도 하면서 모두가 들으라는 듯이 욕설을 퍼붓고 있었다.

"감사합니다. 그럼 몸조심하세요."

주인아주머니가 가마 곁으로 다가가서 다시 말했다. 가마 안의 사람은 아무 말도 하지 않았다. 우시마쓰는 잠자코 서 있었다. 얼마 안 있어 가마는 밖으로 나갔다.

"흥, 꼴좋다."

이것이 하숙 사람들이 마지막으로 올린 개가(凱歌)였다.

우시마쓰가 약간 창백한 얼굴로 하숙 처마를 들어섰을 때에도 사람들은 아직 복도에 무리지어 있었다. 감정을 누를 수 없는 듯 어깨를 들썩이며 걷는 사람도 있고, 복도를 쿵쿵 소리내며 짓밟는 사람도 있었으며, 개중에는 소금을 쥐어 정원에 뿌리는 속물도 있었다. 주인아주머니는 정화의 불을 피운다며 부싯돌을 집어들고 딱딱 소리를 내면서 소란을 피웠다.

연민, 공포, 수천 가지 생각이 격렬하게 우시마쓰의 가슴속을 오갔다. 병원에서 쫓겨나고 하숙에서도 쫓겨난 잔혹한 대우와 치욕 속에서 잠자코 가마를 타고 나간 그 부자의 운명을 생각하자, 과연 가마 속의 사람은 한탄의 피눈물로 가슴이 메었을 것이다 싶었다. 오히나타의 운명은 결국 모든 백정의 운명이다. 생각해보면 남의 일이 아니다. 나가노 사범학교 시절부터 이곳 이야마에 봉직(奉職)되어 올 때까지, 자신은 용하게도 보통 사람과 마찬가지로 위험도 두려움도 느끼지 않고 태평하게 살아온 것이다. 이럴 때면 아버지 생각이 떠올랐다. 아버지는 지금 목부 노릇을 하며 에보시가다케 기슭에서 소를 기르며 은자처럼 쓸쓸하게 지내고 있다. 우시마쓰는 그곳의 니시노이리 목장을 생각했다. 그 목장의 오두막집을 생각해냈다.

"아버지, 아버지."

입속으로 부르며 방 안을 이리저리 걸어다녔다. 문득 아버지의 말이 떠올랐다.

우시마쓰가 처음 부모 곁을 떠날 때, 아버지는 외아들의 장래가 몹시 염려되는 듯 여러 가지 이야기를 들려주었다. 집안의 조상 이야기를 들려주었던 것도 그때였다. 도카이도 연안에 사는 많은 백정 종족처럼, 조선인, 중국인, 러시아인 또는 이름도 모르는 섬에 표착하여 귀화한 이방인의 후예와는 달리, 그 혈통은 옛 무가의 영락한 사람들의 자손으로 가난하기는 해도 죄악으로 더럽혀진 가족은 아니라고 했다. 아버지는 또 덧붙여서, 세상에 나가 출세하려는 백정 자식의 비결—유일한 희망, 유일한 방법, 그것은 오직 자신의 신분을 감추는 것이라고 말했다. "설령 어떤 경우를 당하더라도, 어떤 사람을 만나더라도 결코 백정이라고 고백하지 마라. 한때의 분노나 비애로 이 훈계를 잊으면 그때는 사회에서 버려지는 거라 생각해라" 하고 아버지는 가르쳤던 것이다.

일생의 비결이란 이처럼 간단한 것이었다. '숨겨라'—훈계는 이 한 마디가 다였다. 그러나 그 무렵에는 정신이 다른 데 팔려 있어서 "무슨 말을 하시는 거예요" 하며 흘려듣고, 다만 이제 마음껏 공부할 수 있다는 기쁨에 가득 차 집을 뛰쳐나왔던 것이다. 즐거운 공상의 시대에는 아버지의 훈계도 곧잘 잊고 지냈다. 그러나 갑자기 우시마쓰는 소년보다 어른에 가까워졌다. 갑자기 자아를 깨닫게 되었다. 꼭 재미있는 옆집에서 재미없는 자신의 집으로 옮겨온 느낌이 들었다. 그리고 이제는 스스로 숨기려 하였다.

4

천장을 보고 다다미 위에 누워서 한참 동안 꼼짝도 않고 생각에 잠겨 있었지만, 마침내 피로가 밀려와서 우시마쓰는 잠이 들어버렸다. 갑자기 눈이 떠져 방 주위를 돌아보자 켜놓지 않았던 램프가 쓸쓸하게 빛을 비추고 저녁 밥상도 구석에 놓여 있었다. 아직 옷도 갈아입지 않은 채였다. 자기 생각으로는 한 시간쯤 잔 듯했다. 문 밖에서는 겨울을 재촉하는 빗소리가 들렸다. 일어나 앉아서 아까 사 온 책의 누런 표지를 바라보며, 밥상을 앞으로 끌어당겼다. 공기 뚜껑을 열어 여기저기서 모아온 밥 냄새를 맡아보고는, 우시마쓰는 그만 탄식하며 대충 식사를 끝내고 밥상을 다시 구석으로 밀어놓았다. 『참회록』을 펼치고 남은 담배에 불부터 붙였다.

이 책을 쓴 사람—이노코 렌타로의 사상은 지금 세상의 하층사회의 '새로운 고통'을 나타낸다고 한다. 보기에 따라서는 결국 자기 선전이 아니냐며 묘하게 싫어하는 무리도 있다. 과연 그의 필치에는 언제나 일종의 신경질적인 면이 배어 있었다. 렌타로는 도저히 자기 자신을 떠나서는 이야기할 수 없는 사람이다. 그러나 사상이 굳고 관찰이 세밀하며 사람을 끌어당기는 힘이 왕성하게 넘친다는 점은, 한 번이라도 그의 저술을 읽은 사람이라면 누구나 느끼는 특색이었다. 렌타로는 빈민, 노동자, 혹은 신평민의 생활 상태를 연구하고, 사회의 밑바닥에 흐르는 맑은 물을 퍼낼 때까지 끝없이 노력할 뿐만 아니라, 또 그것을 독지 앞에 내밀어 자세히 설명하고, 제대로 이해하지 못한다 싶으면 몇 번이나 되풀이해서라도 독자의 가슴속에 심어놓으려 했다.

더욱이 렌타로의 주장은 철학이나 경제 방면의 문제를 다루지 않고, 오히려 심리연구에 기초를 두었다. 문장은 돌을 늘어놓듯 사상을 나열한 게 다였는데, 그 노골적인 면 덕분에 오히려 사람을 움직이는 힘을 가지게 된 것이다.

그러나 우시마쓰가 렌타로의 글을 애독하는 이유는 단지 그것 때문이 아니었다. 새로운 사상가이자 전사이기도 한 이노코 렌타로라는 인물이 백정 계층에서 나왔다는 사실이 우시마쓰의 마음에 깊은 감동을 주어서, 말하자면 우시마쓰는 그를 남몰래 선배로서 존경하고 있었던 것이다. 같은 인간이면서 자신들만 이렇게 경멸당할 이유가 없다는 강한 기백을 가지게 된 것도 실은 이 선배에게 감화받았기 때문이었다. 그런 이유로 그는 렌타로의 저술은 반드시 사서 읽었다. 잡지에 이름이 나오면 꼭 챙겨서 읽어보았다. 읽으면 읽을수록 우시마쓰는 이 선배에게 이끌려 새로운 세계로 인도되는 느낌이 들었다. 백정이라는 슬픈 자각이 어느 사이엔가 머리를 쳐들기 시작한 것이었다.

이번에 새로 나온 책은 '나는 백정이다'라는 문구로 시작되었다. 그 안에는 동족의 무지와 영락이 살아 있는 그림처럼 그려져 있다. 그 안에는 수많은 정직한 남녀가 오직 백정 출신이라는 사실만으로 사회에서 버림받는 모습이 그려져 있다. 또 저자의 번민의 역사, 기쁘고 슬픈 과거의 추억, 정신의 자유를 원했으나 그것을 찾아내지 못하고 조화롭지 못한 사회 때문에 괴로워하고 회의했던 옛이야기부터, 아침 하늘을 바라보는 듯한 새로운 생애로 들어서기까지―열심히 살아온 남자의 흐느낌이 귀에 들리듯 그려져 있었다.

새로운 삶―렌타로에게 그것은 우연한 좌절로 인해 열린 것이었다. 그는 신슈의 다카도 출신이다. 옛 백정 가문 출신이라는 소문은 그가 나가노의 사범학교에 심리학 강사로 있던 무렵―아직 우시마쓰가 입학하기 전―, 같은 신슈 남쪽 지방에서 온 두세 명의 학생의 입에서 새어나왔다. 강사 중에 천민의 아들이 있다는 소문이 전교에 퍼지자 모두 경악과 의심으로 동요했다. 어떤 사람은 렌타로의 인격을, 어떤 사람은 용모를, 어떤 사람은 학식을 들먹이며, 다들 도저히 백정 출신으로는 보이지 않는다며 아무래도 거짓말 같다고 우겨댔다. 내보내라는 소리는 일부 교사들의 질투로 일어났다. 아아, 인류의 편견이라는 것이 없었다면 키시너우에서 살해당하는 유대인도 없었을 것이며, 서양에서 떠들어대는 황화설*도 없었을 것이다. 억지가 통하고 도리가 막히는 세상에서 백정 자식이 쫓겨나가는 것을 부당하다고 할 사람이 어디 있으리오. 결국 렌타로가 출신 성분을 고백하고 많은 교우들에게 작별을 고하고 나갈 때, 이 강사를 위해 동정의 눈물을 흘리는 사람은 아무도 없었다. 렌타로는 그렇게 사범학교 문을 나와서 '학문을 위한 학문'을 버린 것이다.

『참회록』에는 당시의 모습이 자세하게 쓰여 있었다. 우시마쓰는 딱한 마음에 몇 번이나 읽던 책을 덮고 눈을 감았고, 종국에는 그것을 읽는 것마저 괴로워졌다. 동정은 묘한 것이라 오히려 속뜻을 알아차리지 못하게 만들기도 한다. 렌타로의 필치는 재미있기보다 읽는 이로 하여금 생각하게 만드는 편이다. 결국 우시마쓰도 거기 쓰여 있는 내용을 떠나 자신의 일생만 계속 생각하며 읽었다.

---

* 黃禍說, 독일 황제 빌헬름 2세(1859~1941) 등이 1895년부터 주장하기 시작한 설로, 황인종의 발흥이 다른 인종, 특히 백인종에게 위협을 준다는 주장.

오늘날까지 우시마쓰가 평화스러운 세월을 보내온 것은 주로 소년 시절의 환경 덕분이었다. 그는 고모로의 무코마치에서 태어났다. 기다사쿠의 고원에 흩어져 있는 신평민 종족 중에서 40호 남짓 되는 일족의 '우두머리'로 불리는 집안이었다. 유신 전까지는 옥졸(獄卒)과 포리(捕吏)라는 직책이 선조 대대의 직무였으며, 아버지는 감독의 보수로 세금을 면제받고 게다가 따로 세미(歲米)를 받았다. 그 정도의 사내였으니, 빈곤과 영락으로 치이사가타 마을 쪽으로 집을 옮긴 뒤에도 여덟 살의 우시마쓰를 학교에 보내는 것을 잊지 않았다. 우시마쓰가 네즈 마을에 있는 학교에 다니게 됐을 무렵에는 이미 보통 아이와 다를 바가 없어서 누구도 이 불쌍한 신입생을 백정의 자식이라고 생각하지 않았던 것이다. 이윽고 아버지는 히메코자와 계곡에 터를 잡고 숙부 내외와 함께 옮겨왔다. 새로운 땅에는 아는 사람도 없었고 일부러 신분을 밝힐 필요도 없었으므로 나중에는 모두 그 생활에 익숙해졌다. 어린 우시마쓰가 가장 먼저 옛날을 잊었다. 관비(官費) 교육을 받으러 나가노로 나갈 때에는 그저 선조의 옛날이야기로만 생각될 정도였다.

그러한 과거의 기억이 지금 우시마쓰의 가슴속에 되살아났다. 일곱 살인가 여덟 살 때까지는 다른 아이들이 곧잘 놀리며 돌을 던지곤 했다. 그 공포의 감정이 다시 일어났다. 고모로의 무코마치에 살던 무렵의 일을 어렴풋하게 떠올렸다. 이주하기 전에 죽은 어머니의 일도 떠올랐다. '나는 백정이다'—아아, 이 한 구절이 우시마쓰의 젊은 마음을 얼마나 혼란스럽게 했던가. 『참회록』을 읽고 우시마쓰는 도리어 처절한 괴로움을 느끼게 되었다.

2장

1

매달 28일은 월급날이라 학교 사람들의 표정도 평소 때와 다르다. 수업이 끝나는 것을 알리는 종소리가 울려퍼지자 남녀 선생들은 모두 재빨리 책을 정리하고 제각기 담당한 교실을 나왔다. 한창 장난질할 때의 소년들이 한꺼번에 몰려나와서 소란함이 더욱 크다. 도시락과 짚신을 휘두르며 책가방을 어깨에 메거나 책보를 짊어지거나 하면서 소리 지르며 집으로 돌아간다. 우시마쓰도 고등과 4학년 1반의 수업을 끝내고 양옆을 달려가는 학생들 사이를 지나 교무실로 걸음을 서둘렀다.

교장은 응접실에 있었다. 이 사람은 군(郡) 장학관이 바뀔 때 함께 이곳 이야마로 전임해왔으므로 우시마쓰나 긴노스케보다도 나중에 부임한 셈이다. 학교 쪽에서 말하자면 두 사람은 교장의 시숙에 해당한다. 그날은 군 장학관과 지방회 의원 두셋이 학교에 와서 교장의 안내를 받으며 각 교실의 수업을 조금씩 둘러보았다. 군 장학관이 교장에게 주의를 준 것은 직원의 감독과 매일의 교안 정리, 그리고 칠판, 책상, 의자 따위의 기구를 수선할 것과, 학생들 사이에 유행하는 도라홈*에 대한 위생법 등 주로 아동교육의 형식에 관한 부분이었다. 응접실로 돌아온 일행은 잡담으로 시간을 보냈는데, 방 안에 가득 찬 담배 연기가 마치 흰 소용돌이와도 같았다. 사환은 차를 대접할 양으로 들락날락했다.

이 교장의 말을 빌리면, 교육은 곧 규칙이다. 군 장학관의 명령은 상관의 명령인 것이다. 군대식으로 아동을 훈련시키고 싶다는 것이 이 사람의 주의주장으로, 매일의 행동과 생활도 모두 그 생각에서 나왔다. 시계처럼 정확하게—이것은 그의 좌우명이기도 했으며, 학생들을 훈계하는 교훈이기도 했고, 또 교원들을 지휘할 때의 정신이기도 했다. 세상 물정 모르는 청년 교육자가 입버릇처럼 하는 말은 쓸모없는 인생의 장식으로밖에 생각하지 않았다. 이 주의를 꾸준히 밀어붙인 것이 드디어—적어도 교장의 생각으로는—성공하여, 공적을 표창하는 문구가 새겨진 금패를 수여받은 것이다.

마침 그 일생의 기념물이 지금 응접실 책상 위에 놓여 있다. 사람들의 시선은 빛나는 황금빛에 집중되었다. 한 지방회 의원은 그 금의 질을, 한 사람은 중량과 반지름을, 한 사람은 대략의 값을 제각각 마음속으로 계산하기도 하고 감탄하기도 하면서 바라보았다. 십팔금, 반

---

* 트라코마(trachoma). 전염성 눈병.

지름 아홉 푼, 중량 닷돈, 값은 30엔—이것이 결론적으로 그들이 내린 평가였으며, 따로 첨부된 표창문에는 훌륭한 교육 시설을 이루었다고 쓰여 있었다. 군의 교육에 공헌한 바가 적지 않다고도 쓰여 있었다. '기금령 제8조의 취지에 따라 금패를 수여하고 이를 표창함'이라는 말도 있었다.

"참으로 이번 일은 교장 선생님만의 명예가 아닙니다. 우리 신슈 교육계의 명예지요."

흰 수염이 난 의원이 정색을 하며 말했다. 금테 안경을 쓴 의원이 잇달아 말했다.

"그래서 유지들이 모여서 축하의 뜻으로 조촐하게 한잔 대접해드리려고 하는데—어떠십니까? 오늘밤 미우라야로 나와주실 수 있는지요? 군 장학관님도 부디 같이 오셨으면 합니다."

"아, 이것 참 송구스럽습니다." 교장은 의자에서 일어나 인사를 했다. "이번 일은 교육자로서 더할 나위 없이 영예로운 일이라, 저도 아주 기쁘게는 생각합니다만—생각해보면 이렇다 할 공적이 있었던 것도 아닌데 이러한 금패를 받게 되어 실은 오히려 몸둘 바를 모르겠습니다."

"교장 선생님, 그렇게 말씀하시면 심부름으로 온 저희가 난처합니다."

깡마른 의원이 오른쪽에서 손을 비비면서 말했다.

"사양하실 정도로 좋은 음식도 없을 테니까요."

흰 수염의 의원이 왼쪽에서 간청했다.

교장의 눈은 자랑스러움과 기쁨으로 불처럼 빛났다. 실로 마음속의 감정을 숨길 수 없는 듯 가슴을 내밀기도 하고 어깨를 흔들기도 하면서, 이윽고 군 장학관 쪽을 보며 물었다.

"어떠십니까, 군 장학관님은?"

질문을 받자 군 장학관은 입가에 미소를 띠면서 말했다.

"모처럼 저렇게까지 말씀하시는데, 호의를 무시하는 것이 더 실례겠지요."

"지당하신 말씀입니다. 그러면 나중에 직접 찾아뵙고 인사를 드리도록 하지요. 아무쪼록 다른 분들께 말씀 잘 전해주십시오."

교장은 이렇게 말하며 공손하게 인사했다.

실제로 지방 사정에 어두운 사람은 이 교장의 현재 위치를 충분히 이해할 수 없을 것이다. 지방에 와서 교육에 종사하는 사람의 첫번째 요건은—다름이 아니라 이 교장처럼 세속적인 마음가짐이다. 예전 학창 시절에 상상하던 여러 고상한 일만 계속 생각하며 속악(俗惡)한 취미를 꺼리고 피하면 하루도 지방 학교의 교장 노릇을 할 수 없다. 실력자의 집에도 기쁨이 있고 슬픔도 있으니, 남과 마찬가지로 드나들며, 연회 자리에서는 주지스님과 나란히 앉고, 토산주 맛도 어느 정도 익히고, 사투리도 우습지 않게 쓸 수 있을 무렵에는 자연히 학문과 멀어지고 무식한 사람과도 어울리게 되는 것이다. 현명한 교육자는 언제나 지방회 의원과 결탁하여 제자리를 굳게 다지기를 꾀하는 것이 보통이다.

교장은 모자를 들고 돌아가는 사람들을 따라나와 배웅했다. 현관에서 인사를 하고 헤어질 때 서로 이런 말을 주고받았다.

"그럼 군 장학관님도 같이 모시고 학교에서 곧장 와주십시오."

"잘 알겠습니다."

2

"이보게."

사환을 부르는 소리가 긴 복도에 울려퍼졌다.

학생은 모두 귀가했다. 교실 창문도 모두 닫혔고, 운동장에서 테니스를 치는 사람들의 그림자도 보이지 않았다. 갑자기 주위가 조용해져 때때로 교무실에서 나는 웃음소리 말고는 쓸쓸한 오르간 소리가 띄엄띄엄 이층에서 들려올 뿐이었다.

"네. 무슨 일이십니까?"

"아, 미안하지만 한 번만 더 관청에 가서 재촉하고 오겠나. 돈을 받으면 곧장 가지고 와주게. 모두들 기다리고 있으니까."

이렇게 일러두고 교장은 응접실 문을 열고 들어갔다. 군 장학관은 담배를 피우면서 혼자서 열심히 신문을 읽고 있었다. "죄송합니다." 이렇게 말하며 그 옆으로 의자를 끌어당겼다.

"이것 봐요, 여기 시나노마이니치 신문 말입니다." 군 장학관은 아주 친숙하게 말했다. "선생이 금패를 받았다는 이야기부터 교육자의 귀감이라는 것까지 자세하게 써놨네요. 표창장 전문과 이력까지도."

"이번 수상은 참 평판이 대단합니다." 교장은 기쁜 모습으로 말했다. "어디를 가나 그 이야기가 나오더군요. 참으로 생각지도 못했던 사람들까지 알고서 축하를 해주니."

"좋은 일이군요."

"모두가 장학관님이 힘써주신……"

"자, 그런 이야기는 그만둡시다." 군 장학관은 상대의 말을 가로막았다. "피차 마찬가지니까. 하하하. 그러나 우리 쪽에서 수상자가 나온 것은 명예이지요. 선생이 기뻐하는 것도 짐작이 됩니다."

"가쓰노 군도 아주 기뻐하고 있습니다."

"제 조카 말씀입니까, 그렇겠지요. 나에게 긴 편지를 보내왔더군요. 그것을 읽고 나니 조카가 기뻐하는 모습이 눈에 보이는 듯했습니다. 실제로 조카는 선생을 몹시 위하니까요."

군 장학관이 조카라고 한 사람은 검정시험에 합격해 최근 새로 부임한 정교사로, 이름은 가쓰노 분페이다. 비교적 신참인 교장은 분페이를 치켜세워주며 자기 편으로 삼으려 했다. 본래 차례로 말하자면 우시마쓰가 수석이다. 학생들의 신임으로 보면 오히려 교장보다도 위일 정도였다. 긴노스케 역시 사범학교 출신의 젊은 교사다. 아무리 교장이 분페이 편을 들어도 그 두 사람의 위치를 움직일 수는 없었으므로 분페이는 삼인자 자리에 앉게 되었다.

"그와 반대로 세가와 군의 냉담한 태도는 참……" 교장은 좀더 소리를 낮추었다.

"세가와 군?" 군 장학관도 눈살을 찌푸렸다.

"들어보세요. 저와 아주 모르는 사이도 아니고, 틀림없이 세가와 군도 저를 위해 기뻐할 것이라고 생각하셨겠죠? 그러나 전혀 아닙니다. 글쎄, 제가 직접 들은 것은 아니지만—뭐, 설마 저에게 직접 그런 말을 할 수야 없겠죠—교육자가 금패 따위를 받고 도깨비의 목이라도 잡은 듯 의기양양해하는 것은 아주 잘못된 생각이라고 했답니다. 그야 물론 감투의 일종이니까, 세가와 군이 말하기로는 가치가 없을 수 있겠지요. 그러나 금패는 표창 아닙니까. 표창 자체가 고맙지는 않죠. 오직 그 뜻에 가치가 있는 것이지. 하하, 그렇지 않습니까?”

“세가와 군은 왜 그런 생각을 하는 걸까?” 군 장학관은 한탄했다.

“시대적으로 말하자면 어쩌면 우리가 약간 뒤처져 있는지도 모르지요. 그러나 새로운 시대의 것이 꼭 좋다고는 할 수 없어요.” 교장은 비웃듯이 웃었다. “하여간 세가와 군이나 쓰치야 군이 매사에 그런 식이라면 일하기가 어려울 것 같습니다. 교육 사업은 같은 뜻을 가진 사람끼리 모여서 하지 않으면 도무지 재미가 없으니까요. 가쓰노 군이 맨 윗자리에 있어준다면 나도 아주 안심하겠는데 말입니다.”

“그렇게까지 마음에 안 든다면 어떻게 무슨 방법이 있겠지요.” 군 장학관은 의미심장한 눈으로 상대의 얼굴을 바라보았다.

“방법이라니요?” 교장은 냉큼 이렇게 물었다.

“다른 학교로 보낸다든가, 그 후임으로 선생 마음에 드는 사람을 올린다든가 하는 것 말입니다.”

“그거예요. 옮긴다 하더라도 무슨 핑계가 없으면, 그리고 아주 교묘하게 하지 않으면 안 됩니다. 저래봬도 세가와 군은 학생들 사이에서 꽤 인망이 있으니까요.”

“그렇지, 잘못도 없는 사람한테 나가라고는 할 수 없죠. 하하하. 또 지나치게 잔재주를 부린 걸로 보여도 안 되고.” 군 장학관은 목소리를 바꾸어 말을 이었다. “내 입으로 조카를 칭찬하는 건 그렇지만, 그는 선생에게 반드시 도움이 될 거라 생각됩니다. 세가와 군과 비교해서 나으면 나았지 뒤질 것은 없을 거예요. 도대체 세가와 군의 어디가 좋은지 모르겠군요. 왜 그런 선생한테 학생들이 법석을 떠는지, 나로서는 전혀 알 수가 없어요. 남이 명예롭게 여기는 일을 냉소하다니. 그렇다면 세가와 군에게는 어떤 일이 달가운 일일까요."

"일단은 뭐, 이노코 렌타로 같은 사상이겠죠."

"아아, 그 백정 말입니까." 군 장학관은 얼굴을 찌푸렸다.

"그러게 말입니다." 교장도 깊이 한숨을 쉬었다. "이노코 같은 사내가 쓴 글을 젊은 사람들이 읽는다고 생각하면 참 끔찍해요. 불건전하기 짝이 없지요. 요즘 들어 나오는 출판물은 죄다 젊은이들의 몸을 망치는 원인이에요. 그 때문에 불구가 되기도 하고, 미치광이 같은 사내가 튀어나오기도 하지요. 아아, 요즘 청년들의 사상은 아무래도 이해가 안 됩니다."

3

문득 응접실 문을 두드리는 소리가 났다. 두 사람은 갑자기 입을 다물었다. 또 소리가 났다. "들어와요" 하며 교장은 의자에서 일어났다. 군 장학관도 뒤돌아 문을 열러 가는 교장의 뒷모습을 보면서 지방회에서 보낸 심부름인가 생각했는데, 들어온 것은 뜻밖에도 선생 한 사람과 그 뒤에 있던 우시마쓰였다. 교장은 저도 모르게 군 장학관과 얼굴을 마주 보았다.

"교장 선생님, 무슨 중요한 용건 중이셨던 것은 아닌지요?"

우시마쓰가 물었다. 교장은 미소를 띠며 말했다.

"아니요, 별로 용건이랄 것도 없습니다. 지금 둘이서 세상 이야기를 하던 참입니다."

"사실은 여기 가자마 선생이 장학관님을 뵙고 꼭 직접 부탁드리고 싶은 일이 있다고 해서요."

이렇게 말하며 우시마쓰는 같이 온 동료를 소개했다.

가자마 게이노신은 세상의 흐름에 뒤떨어진 나이 든 초등학교 교사 중 한 사람이었다. 우시마쓰나 긴노스케 같은 젊은이와 비교하면 아버지뻘이라 해도 좋을 정도의 나이였다. 무늬가 있는 검은 무명 두루마기와 때에 전 옷, 허름하고 두꺼운 면바지 차림으로 쭈뼛거리며 군 장학관의 앞에 나아갔다. 내리막길 나이에 들어선 사람은 마음이 약한 법이어서, 군 장학관이 아주 조금 냉혹한 태도를 내 보이자 벌써 묘하게 굳어서 제대로 말을 꺼내지 못했다.

"뭡니까? 나한테 할 말이라는 것이." 군 장학관은 위압적인 자세로 재촉했다. 게이노신이 한참 동안 망설이고 있자 군 장학관도 초조해진 모양으로 시계를 꺼내 보고는 딱딱 구두 소리를 냈다.

"무슨 이야기죠? 말씀을 안 하시면 모르지 않습니까."

답답한 듯이 결국 의자에서 일어섰다. 게이노신은 좀처럼 말을 하기 어려운 듯 입을 열었다.

"실은…… 좀 부탁드릴 일이 있어서 말입니다."

"으흠."

방 안이 또다시 잠잠해지고 잠시 아무 소리도 나지 않았다. 고개를 숙인 채 떨고 있는 게이노신을 보자, 우시마쓰는 불쌍한 마음이 들지 않을 수 없었다. 군 장학관은 더이상 참을 수 없다는 듯이 말했다.

"저는 이래봬도 바쁜 몸입니다. 무슨 말이든지 할 말이 있으면 빨리 하고 가세요."

보다 못한 우시마쓰가 말했다.

"가자마 선생님, 그렇게 주저하실 것 없잖습니까? 퇴직한 뒤의 일을 상의하고 싶어서 오신 거잖아요." 그러고는 마침내 장학관을 향해 말했다. "제가 여쭙겠습니다. 가자마 선생처럼 퇴직한 경우에는 은급(恩給)을 탈 수 없을까요?"

"당연히 안 되지요." 군 장학관은 냉담하게 말했다. "초등학교령에 관한 시행 규칙을 꺼내서 읽어보세요."

"그게, 규칙은 규칙이지만 말입니다."

"규칙에 없는 일을 할 수 있습니까? 몸이 약해서 일을 견디지 못해 퇴직한다, 그걸 이쪽에서 말릴 권리는 없습니다. 그러나 은급을 받는 건 만 15년 이상 재직한 사람에게만 한정된 이야기입니다. 가자마 선생은 14년 6개월밖에 안 됩니다."

"그렇긴 합니다만, 겨우 반년 정도인데 교육자 한 사람만 구제해주실 수 있다면……"

"그렇게 말하자면 끝이 없지요. 가자마 선생은 걸핏하면 집안 사정 핑계를 대지 않습니까. 누구든 집안 사정이 없는 사람은 없습니다. 자, 은급 따위는 단념하시고 모처럼 요양이라도 하시는 것이 좋을 거예요."

이렇게 쐐기를 박자 더는 할말이 없었다. 우시마쓰는 안타까운 표정으로 게이노신의 옆얼굴을 바라보며 말했다.

"가자마 선생님, 한번 직접 부탁드려보세요."

"아니요, 지금 말씀을 들어보니 제가 따로 부탁드릴 것도 없습니다. 말씀대로 단념하는 수밖에 없을 것 같습니다."

그때 관청에 갔던 사환이 묵직한 보따리를 들고 돌아왔다. 이를 계기로 군 장학관은 모자를 들고 교장의 배웅을 받으며 나갔다.

4

남녀 교사들은 넓은 교무실에 모여 있었다. 그날은 토요일이라서 월급쟁이들에게는 오히려 다음날인 일요일보다도 즐겁게 느껴지는 날이었다. 여기 모여 있는 사람들 대부분은 매일 이어지는 오랜 시간의 근무와 많은 학생들을 다루는 데 지쳐서, 특별히 교육 사업에 흥미를 느끼는 이는 적었다. 그중에는 아이를 아주 싫어하는 선생도 있었다. 삼종강습*을 마치고 합격해 얼마 전 담배를 배운 젊은 준교사 등은 아직 앞길이 창창한 만큼 즐거워 보였지만, 이미 늙어서 수염만 위엄 있게 자란 사람들은 과거를 술회하거나 남을 부러워하는 말만 하는 등 겉으로 보기에도 애처로웠다. 한 달 동안 고생한 보람으로 받은 보수를 지금 당장 술로 바꾸기 위해 기다리는 무리도 있었다.

우시마쓰는 게이노신과 함께 교무실로 가는 길에 복도에서 사환 아이를 만났다.

---

* 준교사를 양성하기 위해 고등소학교 졸업생을 대상으로 행하던 강습.

"가자마 선생님, 사사야 주인이 뵙고 싶다며 아까부터 기다리고 있습니다."

"뭐라고, 사사야 주인이?"

사사야는 이야마 변두리에 있는 음식점이다. 농부들에게 토산주를 데워주는 집으로, 나이 든 게이노신이 세상을 잊기 위해 찾는 단골집이라는 것은 우시마쓰도 이미 알고 있었다. 오늘이 월급날이라는 걸 알고 술값을 받으러 온 모양이라는 것도 게이노신의 쓸쓸한 웃음으로 알 수 있었다. "뭐야, 학교까지 받으러 오지 않아도 됐을 텐데" 하고 게이노신은 혼잣말처럼 중얼거렸다. "알았으니까 기다리라고 해." 사환 아이에게 이렇게 말해두고 두 사람은 교무실 쪽으로 발길을 서둘렀다.

10월 하순의 햇빛이 유리창으로 들어와 담배 연기가 섞인 실내 공기를 밝게 비췄다. 저쪽 게시판 아래 한 무리, 이쪽 시간표 옆에 한 무리, 어느 쪽이나 입에서 침을 튀기며 떠들고 있다. 우시마쓰는 교무실 입구에 서서 바라보았다. 군 장학관의 조카라는 가쓰노 분페이가 회색 벽에 기대어 긴노스케와 이야기하고 있는 모습이 보였다. 새로 지은 번쩍거리는 양복을 입었고 넥타이 취향도 점잖아서, 모든 것이 잘 어우러지는 풍모 속에 사람을 끌어들이는 약삭빠른 구석이 있었다. 곱게 빗어넘긴 검은 머리. 생기 있는 볼. 게다가 이 사내의 날카로운 눈초리는 끊임없이 무언가를 찾는 듯 움직이며 잠시도 가만히 있지 않았다. 이에 긴노스케의 짧게 깎은 머리와 붉은 얼굴빛, 살이 찐 체격에 외모나 옷맵시도 신경 쓰지 않고 소매를 걷어붙이며 이야기하고 웃는 기질을 비교한다면, 이 두 사람의 차이는 무엇일까? 호기심 많은 여선생들의 시선은 모두 분페이에게 쏠렸다.

우시마쓰는 분페이의 멋들어진 차림을 보고도 그다지 부러운 마음이 들지 않았다. 다만 마음에 걸리는 것은 그 새로운 교원이 자신과 같은 지방에서 왔다는 점이었다. 고모로 부근의 지리에도 밝은 점으로 미루어보아 언제 어디선가 세가와 집안의 이야기를 들었을지도 모르고, 넓은 것 같으면서 좁은 세상의 슬픔으로 예전의 그 '우두머리'는 지금 어쩌고 있다고 말하는 사람이라도 나오는 날에는—물론 이제 와서 그런 말을 하는 사람도 없겠지만 만에 하나—저 선생의 귀에도 들어가지 않을 수 없을 것이다. 이렇게 우시마쓰는 의구심 깊게 추측해보고는 아무래도 안심할 수 없다고 생각했다. 불안한 우시마쓰의 눈에는 여러 가지 걱정거리가 비쳤다.

이윽고 교장은 관청에서 가져온 돈을 점검하는 일을 마쳤다. 그리고 각자에게 나누어줄 차례가 되자 우시마쓰는 교장을 도와서 교사들 책상 위에 10월분 월급을 놓아주었다.

"쓰치야 군. 자, 선물이네."

긴노스케 앞에도 오십 전씩 봉한 동전 뭉치가 몇 개 놓이고, 그 밖에 은화와 지폐를 곁들여 내놓았다.

"웬, 동전을 많이도 주네." 긴노스케는 웃었다. "이렇게 많이 받아서야 어디 들 수나 있겠나. 하하하. 그런데 세가와 군, 오늘 하숙 옮기는 날이지?"

우시마쓰는 웃기만 할 뿐 대답하지 않았다. 옆에 있던 분페이가 말을 받았다.

"어디로 이사하십니까?"

"세가와 군 오늘 저녁부터는 절간 요리를 먹는대."

"하하하."

웃음으로 얼버무리고 우시마쓰는 재빨리 자기 책상으로 가버렸다.

매달 있는 일이지만 월급을 받아든 사람들의 표정은 한층 각별했다. 참으로 남녀 선생들에게는 일해서 얻은 수확을 바라볼 때만큼 유쾌한 것이 없는 것이다. 어떤 사람은 종이봉투를 뜯지 않은 채로 은화를 찰랑거려본다. 어떤 사람은 보자기에 싸서 무거운 듯이 들어본다. 또 어느 여교사는 고동색 옷의 주머니 위를 만져보며 남몰래 미소 지어보는 것이다. 갑자기 교장이 볼일이 있는 듯 의자에서 일어났다. 무슨 일인가 하고 사람들은 귀를 기울였다. 교장은 헛기침을 한 번 하고, 기계적이고 점잖은 목소리로 게이노신이 퇴직하게 되었다는 사실을 보고했다. 이어서 11월 3일, 천장절[*] 식이 끝난 뒤에 이 노공(老功) 교육자를 위해 다과회를 열고 싶다고 했다. 찬성의 목소리가 들렸다. 게이노신은 불쑥 일어나서 한 번 절을 하고는 맥 빠진 듯이 본래 자리로 돌아갔다.

얼마 안 있어 모두들 돌아갈 준비를 하기 시작했다. 남녀 선생들이 게이노신을 둘러싸고 여러 가지 위로의 말을 하는 사이에, 우시마쓰는 책보자기를 들고 훌쩍 나와버렸다. 긴노스케가 친구를 찾아 교무실에서 복도로, 응접실로, 사환실로, 출입구까지 와 보아도 우시마쓰의 모습은 이미 보이지 않았다.

---

* 天長節, 메이지 왕의 탄생일을 축하하는 날.

5

우시마쓰는 서둘러 하숙으로 돌아왔다. 월급을 타자 묘하게 마음이 든든했다. 어제는 목욕도 안 하고 담배도 사지 않고 빨리 렌게 사로 옮겨야겠다는 조급한 생각만 하며 우울하게 하루를 보냈다. 실제로 주머니 안에 용돈이 한 푼도 없는데 누가 웃을 마음이 들겠는가. 하숙비를 깨끗이 청산하고 수레만 오면 곧장 떠날 수 있도록 준비하고 나서 담배에 불을 붙였을 때에는, 말로 표현할 수 없는 유쾌함을 맛보았다.

이사는 될수록 눈에 띄지 않게 하려고 했다. 마음에 걸리는 것은 하숙집 안주인의 속마음이다 — 이 갑작스러운 이사를 어떻게 생각할 것인가. 예의 쫓겨난 부자와 자신 사이에 일종의 관계가 있어서, 그래서 기분이 상해 이사하는 거라 생각하면 어떻게 할까. 저 어리석은 성격에 꼬치꼬치 캐물어가며 왜 이사를 가냐고 묻는다면 뭐라고 대답할 것인가. 사실은 이사 가지 않아도 되는 것을 무리하게 하는 것이니만큼 묘하게 신경이 날카로워졌다. 서투른 말을 했다가는 오히려 긁어 부스럼이다. '사정이 있어서 옮긴다'. 이유는 그것으로 충분했다. 여러 가지 생각을 하며 의심하기도 하고 두려워하기도 했지만, 많은 손님을 상대하는 주인아주머니의 모습에는 그리 염려할 정도의 눈치가 보이지 않았다. 그러는 동안 부탁해둔 수레가 왔다. 짐이라고 해봐야 책장, 책상, 고리짝, 거기에 이불 보따리가 다였으므로 전부 수레 한 대로 충분했다. 우시마쓰는 램프를 손에 들고 주인아주머니의 배웅을 받으며 나왔다.

수레 뒤를 따라 터벅터벅 이삼 정쯤 걸었을 무렵, 이제껏 지낸 하숙집을 뒤돌아보니 무의식중에 후유 하는 깊은 한숨이 나왔다. 길이 나빠서 수레가 느렸다. 우시마쓰는 조용히 일생의 변화를 생각해보고, 스스로 자신의 운명을 불쌍하게 여기며 걸었다. 애처롭다고도, 슬프다고도, 우습다고도 할 수 없는 감정이 강하게 마음속을 오갔다. 추억의 정이 가까이 다가와서 무한한 감개를 불러일으키는 것이었다. 11월이 다가오는 것을 알리는 듯한 고적한 날로, 촉촉한 가을날의 공기가 엷은 연기처럼 마을을 감싸고 있었다. 길가에 누런 버들잎이 팔랑팔랑 땅에 떨어졌다.

도중에 종이 깃발을 세운 소년 한 무리를 만났다. 음악대를 흉내낸 씩씩한 노래를 피리와 장구를 곁들이고 발 박자를 맞추어 우스꽝스럽게 부르며 왔다. 어느 집 아이들인가 했더니 보통과 학생들이었다. 그 뒤를 따라 소년과 함께 노래를 부르며 사람들의 눈도 아랑곳 않고 따라오는 기분 좋은 취객이 있었다. 비틀거리는 발걸음을 보고, 그가 퇴직한 게이노신이라는 것을 알 수 있었다.

"세가와 군, 보게나―이것이 나의 음악대야."

그는 손가락으로 가리키면서 썩은 감 냄새가 나는 숨을 쉬었다. 벌써 어디서 마시고 온 모양이었다. 소년들은 한꺼번에 와 소리를 지르며 자신들의 불쌍한 선생을 비웃었다.

"시작―" 게이노신은 장난스럽게 지휘하는 듯한 투로 말했다. "여러분, 자, 들으시오. 오늘까지 나는 여러분의 선생이었어요. 내일부터는 이제 여러분의 선생이 아니에요. 그 대신 여러분의 음악대를 지휘해주지. 알았지? 좋지? 하하하." 웃는가 싶더니 뜨거운 눈물이 그의 얼굴을 타고 흘러내렸다.

순진한 음악대는 한꺼번에 환호를 지르고 발 박자를 맞추며 가버렸다. 게이노신은 무언가가 생각난 것처럼 물끄러미 그 소년들을 바라보다가 다시 걷기 시작했다.

"자, 자네와 함께 저기까지 가볼까." 게이노신은 몸을 떨면서 말했다. "그건 그렇고 세가와 군, 아직 해도 지지 않았는데 이렇게 램프를 들고 걷다니 웬일인가?"

"저 말씀인가요." 우시마쓰는 웃으며 말했다. "저는 지금 이사하는 참입니다."

"아아, 이사라. 그런데 자네, 어디로 옮기나?"

"렌게 사로요."

렌게 사라는 말을 듣자 갑자기 게이노신은 말이 없어졌다. 잠시 동안 두 사람은 서로 다른 생각을 하며 걸었다.

"아아." 게이노신이 다시 입을 열었다. "난 참으로 세가와 군 같은 사람이 부러워. 그렇지 않은가, 자네는 아직 젊잖아. 앞길이 창창하다는 것은 자네 같은 사람을 두고 하는 말이야. 나도 제발 다시 자네처럼 젊어지고 싶어. 아아, 인간은 나처럼 늙어버리면 끝이야."

6

수레는 느렸다. 우시마쓰와 게이노신은 나란히 이야기를 나누면서 수레를 따라갔다. 어느 마을에 닿았을 때 갑자기 수레꾼이 수레를 멈추고 차가운 공기를 들이마시며 이마에 흐르는 땀을 닦았다. 바라보니 마을의 하늘은 잿빛 수증기에 싸여 있고, 겨우 서쪽 한편에만 누런 빛이 깊게 빛나고 있었다. 보통 때보다 해가 일찍 진 듯했다. 갑자기 길이 어두컴컴해졌다. 아직 불을 켤 때도 아닌데 벌써 한 집이 불을 켠 것이 보였다. 그 처마 끝에 미우라야라는 글자가 또렷하게 보였다.

흥청대는 환락의 소리가 이층으로 타고 올라가며 문 밖에 있는 두 사람의 마음에 불쾌함과 쓸쓸함을 더했다. 마침 사람들의 술자리가 한창이었다. 등불의 그림자가 화려하게 비쳐서 노래와 춤이 벌어지고 있다는 것을 알 수 있었다. 샤미센이 몇 대나 되는지 재미있는 소리가 한데 어울려 장지문에 울려서 애교를 떠는 것처럼 들렸다. 갑자기 씩씩한 장구가 끼어들었다. 때때로 노랫소리에 섞어 부르짖는 것은 반주를 맡은 여자의 목소리일 것이다. 이때 기생으로 보이는 여자가 종자 한 사람을 데리고 옷깃을 젖힌 채로 서둘러 그들 앞을 지나쳤다.

손님들의 웃음소리가 손에 잡힐 듯이 들렸다. 그중에는 교장과 군장학관의 목소리도 들렸다. 사람들은 먹고 마시느라 시간 가는 줄도 모르는 모습이었다.

"세가와 군, 대단히도 떠들어대는군." 게이노신은 목소리를 낮추면서 말했다. "굉장한 연회로군. 도대체 오늘밤에 무슨 일이 있는 거지?"

"가자마 선생님은 아직 모르십니까?" 우시마쓰는 귀를 기울이며 말했다.

"모르겠는데. 글쎄, 나는 아무것도 모르네."

"이건 교장 선생님을 축하하는 연회예요."

“아아, 흠, 그랬군.”

노래가 한 곡조 끝나자 요란한 박수 소리가 들렸다. 또 술잔을 나누는 것 같았다. 젊은 여자 목소리로 “언니, 술병” 하고 떠들어대는 것을 흘려들으며, 우시마쓰와 게이노신은 미우라야를 가로질렀다.

수레는 어느 사이에 저만치 앞서가버렸다. 춤과 노래의 거리에서 점점 벗어나자 장구 소리도 멀어져 들리지 않았다. 게이노신은 탄식하기도 하고 신음하기도 하면서 가끔 갑자기 절망한 사람처럼 큰 소리를 내어 웃었다. ‘이 세상 꿈과도 같지’ ― 그런 말에 제멋대로 곡을 붙여서 낮은 목소리로 길게 읊조리자, 듣고 있던 우시마쓰도 우울해져서 묘하게 슬프고 처절한 기분이 들었다.

“부르는 소리가 곡조를 이루지 못하니 ― 아아, 모처럼 마신 술도 깨고 말았네.”

게이노신은 탄식하며 짐승이 신음하는 듯한 소리를 내면서 걸었다. 우시마쓰는 가여운 마음이 들어서 물어보았다.

“가자마 선생님, 어디까지 가시는 겁니까?”

“나 말인가, 나는 자네를 배웅하러 렌게 사 문 앞까지 갈 거야.”

“문 앞까지요?”

“왜 내가 문 앞까지 배웅하는지 자네는 모를 거야. 그러나 그 까닭을 지금 자네에게 설명할 마음은 없어. 서로 오랫동안 얼굴을 맞대고 지냈지만 이렇게 친해진 건 최근이잖나. 뭐, 언제 한번 자네와 천천히 이야기를 나눠보고 싶군.”

이윽고 렌게 사 산문(山門) 앞까지 오자 게이노신은 가버렸다. 안주인이 안채 밖까지 마중 나와서 반가워했다. 수레는 먼저 도착한 모양이었다. 짐은 절 일꾼인 쇼타가 이층 방으로 옮겨다주었다. 부엌에서 생선을 굽는 냄새가 안채까지 풍겨와서 향내와 섞여, 그에 익숙하지 않은 우시마쓰의 마음에 이상한 느낌을 안겨주었다. 부처님께 불공을 드리기 위해서인지 본당 쪽으로 가는 사미(沙彌)도 있었다. 이층 그의 방은 장지문을 새로 바른 덕분에 전에 보았던 것보다 훨씬 마음에 들었다. 약탕이라는 무잎을 넣은 목욕물도 데워주었다. 새로운 밥상을 마주하고 맛있어 보이는 된장국 냄새를 맡았을 때는, 무엇보다 앞서 이 쓸쓸한 절간의 오래된 벽 안에서 뜻하지 않은 가정의 따스함을 발견했다.

3장

1

애당초 긴노스케는 우시마쓰의 본성을 알 리 없었다. 두 사람은 나가노의 사범학교 시절부터 아주 마음이 잘 맞는 친구로, 우시마쓰가 사쿠치이사가타 근처의 회색 경치에 관해 말을 꺼내면 긴노스케는 스와 호반의 고향 이야기를 시작하고 우시마쓰가 좋아하는 역사 이야기를 시작하면 긴노스케는 식물채집에 관한 흥미를 늘어놓는 식으로 이야기를 나누던 기숙사의 창가가 두 사람의 마음을 맺어주었다. 동창의 기억은 항상 젊고 푸르렀다. 긴노스케는 우시마쓰를 생각할 때마다 그런 옛일을 떠올리며 세월이 변한 것을 느끼지 않을 수 없었다. 기숙사 식당에서 거친 보리가 섞인 밥 냄새를 함께 맡던 그 친구의 모습과 비교하면, 지금의 우시마쓰는 참으로 많이 변했다. 그 우울함—우시마쓰가 예전의 쾌활한 성격을 잃었다는 증거는 그 눈빛으로 알 수 있었고, 걸음걸이로 알 수 있으며, 말하는 목소리로도 알 수 있었다. 도대체 무슨 일 때문에 그렇게 깊은 우울에 빠진 것일까? 긴노스케는 도저히 이해할 수가 없었다. '무언가가 있다―반드시 무슨 까닭이 있다.' 이렇게 생각하다보면 어떻게 해서든지 친구에게 충고해주고 싶어지는 것이었다.

우시마쓰가 렌게 사로 옮겨온 다음날 오후는 마침 일요일이었다. 긴노스케는 그리로 찾아갔다. 도중에서 분페이와 합류해 둘이서 이끼 낀 돌계단을 오르자 가을 풀꽃이 남아 있는 길의 막다른 곳에 본당이 있고, 왼편에 종루가, 오른편에 안채가 있었다. 육각형으로 지은 경당 건물도 있었고 경사진 기와지붕이며 대륙식 기둥과 흰 벽이 모두 과거의 장대함과 쇠퇴를 말해주는 것 같았다. 노랗게 물든 은행나무 아래서 여념 없이 낙엽을 쓸고 있는 사람은 절의 일꾼 쇼타였다. "세가와 씨 계십니까?" 하고 묻자 지나치다 싶을 만큼 겸손하게 인사를 했다. 잠시 뒤에 쇼타는 빗자루를 제자리에 던져놓고 맨발로 안채 쪽으로 갔다.

갑자기 우시마쓰의 목소리가 들렸다. 위를 쳐다보니 은행나무 가까이에 있는 이층 창문을 열고 얼굴을 내민 채 자기들을 부르고 있었다.

"여, 어서들 들어와."

우시마쓰는 다시 이렇게 말했다.

2

긴노스케와 분페이는 우시마쓰의 안내로 어두운 계단을 올라갔다.
가을 햇빛이 은행잎을 통해 방 안으로 들어와, 빛 바랜 벽지와 벽에
걸린 족자, 도코노마에 놓아둔 책과 잡지 들까지 모두 노랗게 비췄다.
차가운 공기가 창으로 들어온 덕에 이 오래된 승방 안에도 조금 상쾌
한 분위기가 감돌았다. 책상 위에는 문제의 『참회록』이 있었는데, 읽
다가 덮어둔 그 책이 눈에 들어오자 우시마쓰는 급히 한쪽 구석에 감
추듯이 내려놓고 방석 대신 흰 담요를 내며 권했다.

"자네 참으로 이사를 자주 다니는군." 긴노스케는 주위를 둘러보면
서 말했다. "세가와 군처럼 이사 다니는 버릇이 생기면 몇 번이라도
옮기고 싶어지는 모양이야. 글쎄, 방의 도구 따위는 지난번 하숙집이
더 좋은 것 같은데."

"왜 옮기셨습니까?" 분페이도 물었다.

"아무래도 지난번 집은 시끄러워서……" 우시마쓰는 이렇게 대답
하며 아무렇지도 않은 표정을 지으려 했다. 그러나 곤혹스러운 기색
은 어쩔 수 없이 벌써 얼굴에 나타나 있었다.

"그야 절 쪽이 조용하긴 조용하겠지." 긴노스케는 별 생각 없이 말
했다. "참, 그렇지. 지난번 하숙집에 백정이 살다가 쫓겨났다면서?"

"그래, 그런 이야기가 있더군." 분페이도 맞장구를 쳤다.

"그래서 나는 이렇게 생각했지." 긴노스케는 말을 이었다. "그런 하
찮고 시시한 일이 웬지 모르게 마음이 걸려서 그 하숙이 싫어진 걸까,
하고 말이야."

"어째서?" 우시마쓰는 되물었다.

"그게 바로 자네와 나의 차이점이야." 긴노스케는 웃으며 말했다. "사실은 요즈음 어떤 잡지를 읽었는데, 거기 정신병자 이야기가 쓰여 있더군. 이런 이야기야. 어떤 사람이 그 남자가 사는 집 옆에 고양이를 버렸어. 그런데 고양이가 버려져 있었단 것이 마음에 걸려서 부인과도 의논하지 않고 그날 중에 훌쩍 다른 곳으로 이사를 가버렸지. 이러한 병적인 머리를 가진 사람이라면 버려진 고양이를 본 게 이사 가는 동기가 되는 것도 이상한 소리가 아니라는 이야기였어. 하하하. ─ 나는 지금 세가와 군이 정신병자라고 말하는 건 아니야. 그러나 자네 모습을 보면 어디 몸이라도 좀 안 좋은 것 같아. 자네는 그렇게 생각하지 않는가? 그래서, 백정이 쫓겨난 이야기를 듣고 나는 곧바로 그 고양이 이야기가 생각났어. 그 때문에 자네가 집을 옮기고 싶어진 것이 아닐까 하고 말이야."

"말도 안 되는 소리 그만두게나." 우시마쓰는 몸을 뒤로 젖히며 웃었다. 웃기는 웃었지만 그것은 우스워서 웃는 것처럼 들리지는 않았다.

"아니야, 농담이 아니야." 긴노스케는 우시마쓰의 얼굴을 바라보았다. "정말로 자네 안색이 좋지 않단 말이야. 의사한테 가서 진찰을 받아보는 것이 어때?"

"나는 병자가 아니네." 우시마쓰는 미소 지으면서 대답했다.

"그러나," 긴노스케는 진지하게 말했다. "자신이 병에 걸렸는지 모르는 병자는 얼마든지 있어. 자네 몸에 이상이 온 것이 틀림없어. 잠을 못 잔다는 것을 봐도, 아무래도 생리적으로 이상이 생긴 거라고 나는 생각해."

44

"그렇게 보이나?"

"보이고말고. 망상, 망상―방금 말한 정신병자 눈에 비친 고양이도, 자네 눈에 비친 신평민도, 모두 쇠약해진 신경 때문에 보이는 환상이야. 고양이가 버려진 것이 뭐 어떻단 말인가. 시시한 일이지. 백정이 쫓겨난 것이 어떻단 말이야. 당연한 일이잖아."

"쓰치야 군은 그게 문제야." 우시마쓰는 상대의 말을 가로막았다. "자네는 항상 지레짐작만 해. 자기가 이렇다고 믿어버리면 다른 일은 더이상 귀에 안 들어오지 않나."

"좀 그런 구석이 있기는 하죠." 분페이가 약삭빠르게 말했다.

"자네가 너무 급작스레 이사를 하기에 하는 말이야." 이렇게 말하며 긴노스케는 말을 바꾸었다. "하긴 절 쪽이 오히려 공부는 잘되겠지."

"전부터 절 생활이라는 것에 흥미가 있었어." 우시마쓰가 말했다. 마침 게사지라는 하녀가 물 끓이는 주전자를 가지고 왔다.

3

신슈 사람들처럼 차 마시는 것을 즐기는 이들도 많지 않을 것이다. 이렇게 차를 즐기는 것은 추운 산골 지방에 사는 사람들의 타고난 특성으로, 하루에 네댓 번씩 모여서 마시는 것을 즐기는 가족이 많다. 우시마쓰 역시 차를 즐기는 것으로 따지면 빠지지 않았다. 다기를 끌어당겨 익숙하게 차를 따라 진하고 뜨거운 차를 두 손님에게 권하고, 자신도 찻잔을 입술에 대면서 향기롭게 풍겨오는 찻잎 냄새를 맡고 있노라니 기분도 맑아졌다. 마치 다시 살아난 듯한 느낌이 들었다. 잠시 뒤 우시마쓰는 찻잔을 내려놓고 절간 생활의 새로운 경험을 이야기하기 시작했다.

"들어보게나. 어제 저녁에 이 절 목욕탕에 들어가보았어. 하루 종일 일하고 지쳐 있었으니까 각별히 기분이 좋더군. 창문을 열어보니 탱알 꽃이 피어 있지 않겠나? 그때 나는 이런 생각이 들었어. 목욕을 하면서 여치가 우는 소리를 듣다니, 과연 절에서나 가능한 취미라고 말이야. 이제까지 지낸 하숙과는 분위기가 전혀 달라. 꼭 집에 돌아온 것 같은 기분이야."

"그렇긴 해. 보통의 하숙처럼 무미건조한 곳은 없을 테니까." 긴노스케는 새 담배에 불을 붙였다.

"그리고 또 여러 가지 일이 있었다네." 우시마쓰는 말을 이었다. "첫째로, 쥐가 많은 것에는 나도 놀랐지."

"쥐?" 분페이가 끼어들었다.

"지난밤에는 내 머리맡에까지 왔어. 익숙하지 않으면 아무리 쥐라해도 기분이 나쁘지 않나. 이상해서 오늘 아침 안주인에게 그 이야기를 했더니, 대답이 또 재미있어. 고양이를 키워서 쥐를 잡는 것보다 그대로 두고 살려놓는 것이 자비라고. 먹을 것만 놓아두면 그렇게 나쁜 장난을 치는 동물은 아니다, 우리 절에 있는 쥐는 얌전하니까 두고 보라고 말이야. 과연 그 말을 듣고 보니 조금도 사람을 두려워하지 않아. 대낮에도 나와서 놀고 있어. 하하, 과연 절 안의 풍경은 다르다고 생각했지."

"그것 참 신기하군." 긴노스케가 웃으면서 말했다. "그 안주인도 색

다른 사람 같은데."

"아냐, 그 정도로 색다르지도 않지만, 보통 사람보다는 종교적인 면이 있지. 그런가 싶으면, 우리도 다카사고*로 함께하게 되었는걸요, 라는 말을 꺼내곤 해. 그런 걸 보면 비구니도 아니고, 스님의 부인 같지도 않고, 그렇다고 여염집 아낙네도 아니고. 이렇게 진종의 절에서 세월을 보내는 여자는 나도 처음 보았다네."

"그 밖에 또 어떤 사람이 있나." 긴노스케가 물었다.

"사미중이 한 사람, 하녀, 그리고 쇼타라는 남자. 왜, 아까 자네들이 들어올 때 정원을 쓸던 남자가 있었지? 바로 그 남자야. 그런데 아무도 쇼타라고 하지 않고 '쇼바보'라고 부르지. 하루에 다섯 번, 새벽, 아침 여덟시, 열두시, 해질 무렵, 저녁 열시, 이렇게 종을 치는 것이 그 남자의 임무라고 해."

"그리고, 그 뭐야, 주지는?" 긴노스케가 또 물었다.

"주지는 지금 부재중이야."

우시마쓰는 보고 들은 일을 섞어서 이야기했다. 마지막으로 게이노신의 딸로 이 절에서 데려다 키웠다는 오시호의 이야기도 나왔다.

"흠, 가자마 선생의 딸이 있나?" 분페이가 담뱃재를 털면서 말했다. "일전에 교우회에 한 번 나왔던 그 처녀지?"

"그래, 맞아." 우시마쓰도 생각난 듯이 말했다. "아마도 우리가 오기 바로 전 해에 졸업한 학생이었지. 쓰치야 군, 그렇지?"

"아마 그렇지."

---

* 高砂, 혼례 등 경사스러운 자리에서 불리는 노래.

4

그날은 전 주지의 기일이라서 렌게 사 부엌에서는 잿밥을 짓느라 바빴다. 매달 드리는 제사에 경을 올리고 상을 내는 것이 습관이지만, 특히 그날은 33회 주기(週忌)라서 생전에 좋아하던 밤밥을 지어 부처님께도 공양하고 하숙하는 사람들에게도 대접하고 싶다고 했다. 절내 젊은 중의 아내들도 와서 거들었다. 준비가 끝나가자 안주인은 부엌을 다른 사람에게 맡기고 우시마쓰의 방으로 올라왔다. 우시마쓰나 긴노스케나 분페이나, 이 이야기하기 좋아하는 부인의 눈에는 똑같이 세 명의 어린아이로 비쳤던 것이다. 옛날 사람이긴 하지만 젊은이들의 이야기도 이해하고 이것저것 아는 것도 많았다. 때때로 종교 이야기도 꺼냈다. 부인은 또 12월 27일에 있는 주기의 광경도 얘기했다. 그 겨울날이 되면 남녀 신도들이 부처님 앞에 모여 기념할 만한 하룻밤을 보낸다는, 오랫동안 전해오는 습관에 대해 들려주었다. 설교를 하고, 독경도 하며, 어전초(御傳抄)의 낭독도 있고, 열두시에는 모두 밤참을 받는 등, 그날의 여러 가지 밤샘 의식을 이야기해주었다.

"나무아미타불."

안주인은 혼잣말처럼 중얼거리고, 이윽고 게이노신이 퇴직한 일에 대해 물었다.

안주인의 말을 들어보면 지금의 주지가 게이노신을 위해 해준 일은 보통이 아니었다. 술을 끊어야 할 텐데, 하고 주지는 늘 그를 타일렀다. 게이노신은 금주를 위한 부적을 넣고 다닐 만큼 후회할 때도 있지만 또다시 원상태로 돌아가버린다. 마시면 안 된다는 것을 알면서도 이미 고질병이 되어 욕구를 이기지 못하는 듯하다. 그 때문에 면목이 없어서 지금은 절에도 오지 못하는 형편이다. 그 불행한 부친을 위해 오시호가 얼마나 울고 있는지 모른다는 것이었다.

"그래요, 끝내 그만두셨군요."

이렇게 말하며 안주인은 탄식했다.

"그래서," 우시마쓰는 생각난 듯이 말했다. "어제 제가 이곳으로 옮길 때 가자마 선생이 문 앞까지 따라왔었어요. 왜 문 앞까지 함께 왔는지는 설명하지 않겠다며 훌쩍 가버렸지요. 많이 취해 있었어요."

"어머, 우리 절 앞까지요? 취했어도 딸은 잊을 수 없었을 테지요. 아마 그것이 부모와 자식의 정일 거예요."

안주인은 다시 깊은 한숨을 내쉬었다.

이러한 이야기를 하느라 긴노스케는 자신이 생각하던 바를 다 말하지 못했다. 모처럼 말할 작정으로 왔는데 다 말하지도 못하고 돌아가는 것도 안타깝고, 밤밥이 다 되었으니 먹고 가라고 붙드는지라, 밤이 되면 말해야겠다 하면서 마음속으로 친구 일만 계속 걱정하고 있었다.

저녁밥은 보통 때와 달리 안채의 아랫방에서 먹었다. 저녁 불공도 끝난 듯 흰옷을 입은 사미가 저녁 시중을 들었다. 약 1.5센티미터 넓이의 등불이 향 연기에 섞인 밤공기를 비추어, 높은 천장 아래가 재미있게 보였다. 낡은 벽에 걸려 있는 누런 법의는 아마도 주지가 입는 것이리라. 색다른 실내의 모습이 세 사람의 주의를 끌었다. 그 와중에도 긴노스케는 자주 웃었으며, 그 큰 목소리가 부엌까지 울려퍼지자 안주인은 젊은 사람들의 이야기를 듣지 않고는 견딜 수 없었다. 나중에는 오시호까지 와서 부인 곁에 기대어 이야기를 들었다.

　분페이도 갑자기 쾌활해졌다. 이상하게 부인들이 있는 자리에서는 열성을 내는 것이 이 남자의 성격이다. 이층에서 셋이 이야기할 때와 비교하면 아래층으로 내려온 후로는 목소리의 상태가 달랐다. 천성이 애교가 있는 데다 맑고 빛나는 눈동자를 반짝이면서 흥에 취해 세상 이야기를 시작하는 모습에선 분명 재미있는 사람이라는 인상이 느껴졌다. 분페이는 또 가끔 오시호 쪽을 주의해서 보았다. 오시호는 옷깃을 여미기도 하고 흘러내리는 머리카락을 매만지기도 하면서 사람들의 이야기에 귀를 기울이고 있었다.

　긴노스케는 별 생각 없이 있다가, 문득 잠시 뒤에 말을 꺼냈다.

　"아마도 우리가 오기 전이었지요? 당신들이 졸업한 것은."

　이렇게 말하며 오시호의 얼굴을 바라보았다. 부인도 딸 쪽으로 얼굴을 돌렸다.

　"네." 젊은 혈색이 갑자기 오시호의 볼을 물들였다. 약간의 부끄러움을 머금은 빛이 한층 더 그 모습을 처녀답게 보이게 했다.

　"졸업생 사진이 학교에 있어요." 긴노스케는 웃으며 말했다. "모두 그때보다 훌륭한 아가씨들이 되었군요. 우리가 왔을 때는 아직 코흘리개 같은 사람들도 있었는데."

　즐거운 웃음소리가 방 안에 넘쳐흘렀다. 오시호는 얼굴을 붉혔다. 이러한 때에도 우시마쓰는 혼자 램프 그림자 속에 누워서 무엇인가 깊이 생각하고 있었다.

5

"말이죠, 안주인." 긴노스케가 말했다. "세가와 군이 아주 우울해 보이는데요."

"그러네요." 부인은 고개를 갸웃했다.

"그제," 긴노스케는 우시마쓰 쪽을 보면서 말했다. "자네가 이 절에 방을 보러 왔던 날, 마침 내가 산책하다가 혼마치에서 자네와 마주쳤더랬지. 그때 깊은 생각에 빠져 있던 자네의 모습은…… 얼마 동안 그곳에 우뚝 서서 자네 뒷모습을 바라보면서 뭐라고 표현할 수 없는 마음이 들었다네. 자네는 이노코 선생이 지은 『참회록』을 들고 있었지. 그때 나는 그렇게 생각했어. 아, 이노코 선생이 쓴 저런 글 따위를 읽고 신경이 상하지는 않으면 좋으련만. 자네, 그런 책을 읽는 것은 좋지 않아."

"왜지?" 우시마쓰는 몸을 일으켰다.

"글쎄, 너무 감화를 받는 것은 좋지 않아."

"감화를 받는 게 나쁜가?"

"그야 좋은 감화라면 좋지만, 나쁜 감화니까 곤란하지. 보게나, 자네의 성격이 바뀐 것도 그 선생의 글을 읽고 나서야. 이노코 선생은 백정이니까 그런 식으로 생각하는 것도 무리는 아니야. 하지만 보통 인간으로 태어난 사람이 꼭 그런 흉내를 낼 필요는 없잖아. 그 정도로 극단적으로 슬퍼하지 않아도 된다는 거야."

"그러면 빈민이라든가 노동자 같은 사람들을 동정하면 안 된다는 말인가?"

"안 된다는 것은 아니야. 나도 아름다운 사상이라고는 생각해. 그러나 자네처럼 그렇게 깊이 빠지면 곤란하다는 거야. 왜 자네는 그런 것만 읽는 건가? 왜 자네는 우울해하느냐 말이야. 도대체 자네는 지금 무슨 생각을 하는 거야?"

"나 말인가? 그다지 깊은 생각도 아니야. 자네들이 생각하는 정도밖에 생각하지 않아."

"하지만 무언가가 있겠지."

"무언가라니?"

"무슨 원인이 없으면 그렇게 성격이 바뀔 리가 없어."

"내가 변했나?"

"변했고말고. 사범학교 때의 세가와 군과 전혀 달라. 그때 자네는 아주 쾌활한 사람이었어. 그래서 나는 이렇게 생각했지. 본래 자네는 우울한 사람이 아니다, 다만 생각이 지나치게 많은 거다, 라고. 이제 좀더 다른 쪽에 마음을 쓰는 게 어때? 뭐라도 하면서 자신의 성격을 뻗쳐나가는 거야. 요전부터 말해야겠다고 다짐했다네. 정말로 자네를 걱정하고 있어. 몸 상태가 나쁘다면 빨리 의사의 진찰을 받아서 자신을 돌보는 것이 좋지 않을까?"

얼마 동안 자리가 잠잠하고 말소리가 끊어졌다. 우시마쓰는 무언가 떠올린 듯 갑자기 상심한 사람처럼 멍하니 앉아 있었다. 잠시 뒤에 제정신이 들었을 때는 얼굴빛이 조금 창백해져 있었다.

"대체 어쩐 일야, 자네." 긴노스케는 이상한 듯이 우시마쓰의 얼굴을 바라보았다. "하하, 이상하게 조용해졌군."

"하하하. 하하."

우시마쓰는 웃음으로 얼버무렸다. 긴노스케도 함께 웃었다. 부인과 오시호는 두 사람의 얼굴을 번갈아 보며 열심히 귀를 기울이고 있었다.

"쓰치야 군은 『참회록』을 읽으셨습니까?" 분페이가 말을 받았다.

"아니오, 아직 읽지 못했습니다." 긴노스케는 이렇게 대답했다.

"그것 말고라도 이노코라는 선생이 쓴 책을 읽은 적 있습니까? 저는 아직 아무것도 읽지 못했는데요."

"글쎄요, 내가 읽은 것은 『노동』이라는 것과, 그리고 『현대사조와 하층사회』, 그것을 세가와 군한테 빌려서 보았지요. 꽤 좋은 점이 있어요. 강력하고 심각한 필치하며."

"도대체 그 선생은 어디 출신입니까?"

"아마 고등사범이겠지요."

"그러한 이야기를 들은 적이 있어요. 그 선생이 나가노에 있었을 때, 고향에서 그런 사람이 백정 신분에서 나온 것을 명예라고 생각하고 강연회를 부탁했대요. 그래서 그 선생이 강연을 갔지요. 그랬더니 여관에서 숙박을 거절당해 머물 곳이 없었대요. 그런 것이 마음에 안 들어 나가노를 떠나게 되었다고 하던가—뭐, 사범학교를 그만두고 나서도 계속 공부했겠지요. 백정 신분에서 묘한 인물이 나와버렸어요."

"나도 그런 일은 이상하게 생각합니다."

"그러한 하등 인종에서 나온 사람이 어쨌든 간에 사상계에 머리를 내밀다니, 아무래도 저는 이유를 모르겠군요."

"그러나 그 선생은 폐병이라고 하니까 어쩌면 병 때문에 거기까지 이른 것인지도 모르지요."

"어, 폐병인가요?"

"진짜 병자는 진실하니까요. '죽음'이라는 것을 언제나 눈앞에 놓고 생각하니까. 그 선생이 쓴 글을 보아도 왠지 사람들에게 다가오는 것이 있어요. 그것이 폐병 환자의 특색이지요. 그 병 덕택에 훌륭해진 사람도 얼마든지 있어요."

"하하, 쓰치야 군의 관찰은 어디까지나 생리적이군요."

"아니, 그렇게 웃을 일이 아니죠. 봐요, 병은 일종의 철학자라고요."

"그렇게 보면, 백정이 그런 것을 쓰는 것이 아니라 병이 쓰는 것이다, 이런 말이 되는군요."

"그렇게 해석하는 수 말고 다른 방법이 없지 않은가요. 신평민이 아름다운 사상을 가질 수 있을 거란 생각은 도저히 안 들잖습니까. 하하하."

긴노스케와 분페이가 이런 이야기를 하는 사이 우시마쓰는 잠자코 램프 불빛을 지켜보고 있었다. 자연히 겉으로 나타나는 괴로운 표정은 본래의 젊은 생기와 섞여 사내다운 용모를 한층 침울하게 보이게 했다.

차가 나오고 나서 세 사람의 화제는 다른 쪽으로 바뀌었다. 부인은 여행중인 주지 이야기 따위를 하며 손님의 마음을 위로했다. 사미는 옆방 기둥에 기대어 혼자 졸고 있었다. 멀리 부엌 뜰에서 조용하게 땅울림처럼 들리는 것은 쇼바보가 쌀을 찧는 소리일 것이다. 밤이 깊어 갔다.

6

친구들이 돌아간 뒤 우시마쓰는 격앙된 마음을 견딜 수 없어 자기 방 안을 걸어보았다. 그날의 이야기, 두 사람이 한 말, 두 사람의 얼굴에 나타난 미묘한 감정까지 떠올리자 가슴의 살이 떨리는 느낌이 들었다. 선배가 모욕당했다는 것이 제일 분했다. 천민이므로 언급할 가치가 없다, 이런 무엄한 말투는 생각만 해도 화가 났다. 아아, 종족이 다르다는 악감정 앞에서는 어떤 뜨거운 눈물도, 어떤 지극한 말도, 어떤 쇠망치 같은 맹렬한 사상도 그것을 움직일 힘을 지니지 못하는 것이다. 많은 선량한 백정이 이런 세상에서 남모르게 묻혀버리는 것이다.

이런 사상에 자극받은 탓에 잠자리에 들어서도 우시마쓰는 잠을 이룰 수 없었다. 눈을 뜨고 머리를 베개에 대고 자신의 일생을 여러 가지로 생각해보았다. 또 쥐가 나타났다. 다다미 위를 지나가는 그 소리 때문에 더욱 잠을 이루지 못했다. 한번 껐던 램프를 가늘게 켜고 베갯머리를 밝게 해보았다. 어두운 방구석에 그림자처럼 재빠르게 움직이는 작은 동물, 사람을 사람으로 생각하지 않고 긴 꼬리를 흔들면서 들락날락하는 그 모습은 밉기도 하고 우습기도 하며, 찍찍 하고 울어대는 소리는 이 낡은 벽 안에 가을밤의 적막을 더해주는 것이었다.

우시마쓰는 계속 생각했다. 하나같이 불안하지 않은 것이 없었다. 조심스러웠던 자신의 행동 때문에 오히려 남의 의심을 받게 되리라고는—생각하면 생각할수록 주의가 부족했다. 왜 나는 오히나타가 다카조마치 하숙집에서 쫓겨났을 때 그냥 가만히 있지 못했을까? 왜 그렇게 겁을 집어먹고 이 렌게 사로 옮겨왔을까? 왜 나는 이노코 렌타로의 책이 나올 때마다 그것을 자랑스러운 얼굴로 떠들고 다녔을까? 왜 그렇게 선배를 변호하며, 남들이 그 선배와 자신 사이에 어떤 관계라도 있는 것처럼 생각하게 했을까? 왜 그렇게 선배의 이름을 남들 앞에서 말했을까? 왜 선배의 저서를 몰래 사지 않았을까? 왜 홀로 방 안에 숨어서 읽고 싶을 때 슬쩍 꺼내어 읽는 지혜를 발휘하지 못했을까?

생각에 지치기만 할 뿐 결말이 나지 않았다.

하룻밤 동안 이렇게 잠자리에서 떨고 번민하면서 어두운 곳을 헤맸다. 다음날이 되자 드디어 우시마쓰는 굳게 마음을 정했다. 지난 일은 이제 어쩔 수 없어도 앞으로는 주의하자. 렌타로라는 이름, 인물, 저술, 그 선배에 관한 얘기는 일절 남 앞에서 하지 말자. 이렇게 조심하기로 했다.

아버지가 남긴 훈계가 마음에 절실하게 다가왔다. '숨겨라'—실로 그것은 죽고 사는 문제였다. 먹빛 옷을 두른 불제자가 살을 에는 듯한 고통으로 지켜내야만 하는 많은 계명도 이 한 마디의 훈계와 비교하면 아무것도 아니었다. 조사(祖師)를 버린 불제자는 타락이라 칭하는 것으로 끝난다. 어버이를 버린 백정 자식은 타락도 아니고 영락도 아니다. "결코 고백하지 마라"고 아버지도 힘주어 말했다. 이제부터 세상에 나가 출세하려는 사람이, 그 누가 달갑게 그런 고백을 할 것인가.

우시마쓰도 이제 스물네 살이다. 생각해보면 한창때의 나이다.

아아. 언제까지나 이렇게 살고 싶다. 이렇게 원하면 원할수록 백정의 처절한 자각이 더없이 끓어오른다. 현세의 환락이 우시마쓰의 눈에 아름답게 비쳤다. 어떤 경우에도 이 소중한 훈계만은 깨뜨리지 말아야겠다고 생각했다.

4장

1

교외는 가을걷이로 분주했다. 농부들 모두 오두막집을 나와 오후의 노동에 종사하고 있었다. 논에 있는 벼는 벌써 완전히 베어서 말렸고, 어느새 보리까지 파종한 참이었다. 한 해 동안 힘들인 보람을 거두어들이는 것이 지금이다. 눈이 오기 전에 빨리 끝내야 한다. 치쿠마 강 하류에 이어진 일대의 평야는 마치 전쟁터 같았다.

그날 우시마쓰는 학교에서 돌아오자 바로 렌게 사를 나와, 보통 때의 용기를 회복할 마음으로 어디로 가려는 목적도 없이 걸었다. 신마치 마을 끝에서 바싹 마른 뽕나무밭 사이를 지나자 뜻밖에 교외 한 모퉁이로 접어들었다. 쌓아올린 볏짚 더미에 기대어, 서리를 맞아 마른 잡초 위에 발을 내넌시고 폐 속 깊이 공기를 들이마시자 겨우 되살아난 기분이 들었다. 남녀 농부들이 보였다. 저쪽에 아버지와 아들이,

이쪽에는 부부가, 누렇게 퍼져나가는 먼지를 온몸에 뒤집어쓰면서 서로 지지 않으려 분투를 계속하고 있다. 낟알을 터는 막대기 소리가 땅을 울리고 벼를 훑는 소리와 어우러져 대단히 크게 들렸다. 여기저기에서 흰 연기가 피어오르고 있었다. 참새 떼가 때때로 하늘을 날며 시끄럽게 울다가 다시 논 위로 흩어졌다.

가을볕이 뜨겁게 내리쬐어 사람들에게 말할 수 없는 고통을 주었다. 남자들은 모두 수건을 뒤집어쓰고 여자들은 모두 삿갓을 썼다. 드물게 건조하고 바람이 없는 날이라서 땀방울이 사람들의 몸 위로 흘러내렸다. 들판에 가득 찬 빛 너머로 우시마쓰가 이 노동의 광경을 바라보고 있자니, 문득 기대 있는 볏짚 더미 옆으로 열다섯 살 정도의 한 소년이 지나갔다. 볕에 그을린 이마와 부드러운 눈초리를 보고 곧 게이노신의 아들이라는 것을 알 수 있었다. 소년의 이름은 쇼고, 마침 우시마쓰가 맡은 고등과 4학년 학생이었다. 우시마쓰는 그의 얼굴을 볼 때마다 그 노쇠한 교육자를 생각하지 않을 수 없었다.

"가자마 군, 어디 가나?"

이렇게 말을 걸어보았다.

"저," 쇼고가 머뭇거리면서 말했다. "어머니가 야외에 계셔서요."

"어머니가?"

"저, 저기에요, 선생님. 저 사람이 우리 어머니예요."

쇼고는 손으로 가리키면서 얼굴을 조금 붉혔다. 동료의 부인에 대한 소문을 듣지 않은 것은 아니다. 그러나 눈앞에서 일하고 있는 여자가 그 사람일 줄은 조금도 생각지 못했다. 낡은 윗옷에 갈색 띠, 면포 장갑, 삿갓으로 해를 피하고 몸을 앞뒤로 움직이면서 열심히 벼이삭

을 자르고 있다. 신슈 북부 지방의 여자는 하나같이 강단 있는 성격들
이다. 일을 잘하는 점에서는 남자도 이길 정도지만, 선생의 아내가 뜨
거운 날씨에 들에까지 나가 열심히 일하는 것은 드물었다. 이것도 처
지에 따른 것이리라 싶어 애처롭게 보고 있는 사이에, 쇼고는 다시 막
대기를 쳐들고 나락을 터는 사내를 가리키며 말했다. 일을 도와주러
온 사람인데 옛날부터 집에 드나들던 오도사쿠라는 농부라고 했다.
어머니와 그 남자 사이에서 키를 머리까지 높이 쳐들고 조금씩 나락
을 흔들어 떨어뜨리는 여자는 오도사쿠의 부인이라고 했다. 여자가
키를 흔들 때마다 빈 깍지가 피어올라 사람들은 누런 연기를 뒤집어
썼다. 쇼고는 또 어머니 옆에 있는 작은 계집애를 가리키며, 저애가
자기 이복동생이라고 했다.

"네 형제가 모두 몇이지?" 우시마쓰는 쇼고의 얼굴을 바라보면서
물었다.

"일곱이에요." 쇼고가 대답했다.

"참 많구나, 일곱이라니. 너하고 누나하고 보통과에 다니는 스스무
하고 여동생하고……"

"또 여동생 하나랑 남동생이 하나 있어요. 맏형은 군대에 가서 죽
었어요."

"음, 그래."

"그중에서 죽은 형이랑 렌게 사에 양녀로 간 누나랑 저만 어머니가
달라요."

"그러면 너와 오시호의 진짜 어머니는?"

"전부터 안 계셨어요."

이런 이야기를 하다가 갑자기 계모가 부르는 소리를 듣고 쇼고는
급히 달려가버렸다.

2

"쇼고, 너는 도대체 몇 살이 되면 일을 거들 작정이니?"

부인의 목소리가 손에 잡힐 듯 생생하게 들렸다. 쇼고는 계모를 두
려워하는 듯 겁이 난 모습으로 그 앞에 섰다.

"생각해봐라. 벌써 열다섯 살이잖니."

화가 난 게이노신의 아내 목소리가 다시 들렸다.

"오늘은 오도사쿠 씨한테까지 부탁해서 이렇게 먼지투성이가 되도
록 일하고 있는데, 그런 것이 네 눈에는 보이지 않니? 에미가 말하지
않아도 재빨리 학교에서 돌아와 곧장 거드는 것이 당연하지. 고등과
4학년이나 되어 아직 메뚜기 잡는 것에나 열중하다니, 그런 애가 또
어디에 있겠니. 바보 천치 녀석아."

게이노신의 아내는 벼 털던 손을 멈추었다. 오도사쿠의 부인도 뒤
돌아보며 안됐다는 듯이 쇼고의 얼굴을 바라보고는, 앞치마를 고쳐
매기도 하고 몸의 먼지를 털기도 하다가, 이윽고 얼굴에 흐르는 비지
땀을 닦았다. 멍석 위에 나락이 누런 산을 이루고 있었다. 오도사쿠도
기다란 막대기에 몸을 기대어 억세게 일한 허리를 펴면서 짙고 푸른
공기를 마셨다.

"애, 오사쿠야." 게이노신의 부인이 아이를 꾸짖는 소리가 들렸다.

"왜 그리 장난을 치니? 여자애는 여자다워야지. 정말로 이 녀석이나 저 녀석이나 똑똑한 것이 없으니. 내 자식이지만 정나미가 떨어진다. 자, 스스무 좀 보려무나. 너희 둘보다 훨씬 잘 거들고 있잖니."

"아니에요, 스스무도 놀고 있어요."

"뭐, 놀고 있다고?" 게이노신의 아내는 다소 떨리는 목소리로 말했다. "어디 놀고 있다는 거니. 아까부터 아이를 보고 있잖아. 아무리 그래도 너처럼 쓸모없지는 않아. 뭐라고 하면 곧장 말대답이나 하고. 애비가 너무 응석을 받아주니까 에미가 하는 말은 조금도 듣지 않는다니까. 뻔뻔스럽게 말대답이나 하고. 그래서 쇼고 넌 딱 질색이라니까. 조금만 양보해주면 어디까지 기어오를지 몰라. 분명히 렌게 사에 가서 누나에게 고자질하고 왔겠지. 그래서 이렇게 늦어졌을 거야. 또 몰래 숨어서 가기만 해봐라, 아주 혼을 내줄 테니."

"부인." 오도사쿠가 차마 두고 보지 못하고 말했다. "오늘은 저를 봐서라도 용서해주시죠. 자, 쇼고, 너도 그러면 안 되지. 어머니가 하시는 말씀을 잘 들어야 돼. 나도 중간에서 싸움 말리는 건 싫으니까."

오도사쿠의 부인도 쇼고 옆으로 다가가 가볍게 등을 두드리며 뭐라 속삭였다. 그리고 잠시 후 쇼고의 손에 긴 막대기를 쥐여주고 "자, 거들어야지" 하며 남편 쪽으로 데리고 갔다. "그럼 시작해볼까." 오도사쿠는 쇼고를 상대로 막대기를 흔들며 나락을 두들기기 시작했다. "으흠, 요오." 이런 소리도 났다. 게이노신의 부인도 오도사쿠의 부인도 다시 일을 시작했다.

뜻밖에 우시마쓰는 세이노신의 가족들을 본 것이다. 그 불쌍한 소년도, 오시호도, 게이노신 부인의 친자식이 아니라는 것을 알 수 있었다. 남편의 가난을 부양하는 마음으로 이렇게 부인이 고생하고 있다는 것도 알 수 있었다. 다섯 명의 아이에 대한 무거운 책임과 불행한 남편의 처지 때문에 부인이 자주 화를 내고 변덕스러운 성격이 되었다는 것도 알 수 있었다. 그러자 우시마쓰에게는 게이노신을 불쌍히 여기는 마음이 더해갔다.

우시마쓰는 이제 조금 용기를 회복했다. 분명하게 보고 또렷하게 생각할 수 있었다. 눈앞에 펼쳐진 교외 경치를 바라보자 여러 가지 추억이 우시마쓰의 가슴속을 오갔다. 꼭 이렇게 옆에서 뒹굴면서 추수하는 모습을 바라보던 순진한 소년 시절을 떠올렸다. 에보시 일대 산맥의 경사를 떠올렸다. 그 경사와 이어진 논밭과 돌담을 떠올렸다. 엉겅퀴, 들국화, 그 밖의 여러 가지 잡초가 서리 맞은 잎을 늘어뜨린 논두렁길을 떠올렸다. 가을바람이 논 위에 불어와 누런 파도를 일으킬 무렵, 메뚜기를 잡기도 하고 들쥐를 쫓기도 하며, 또 밤에는 화롯가에서 여우나 너구리가 사람으로 둔갑한 이야기, 산골에 많이 퍼져 있는 유령의 전설, 방종한 남녀 농부의 이야기 따위를 듣고 아무 생각 없이 웃어대던 일을 떠올렸다. 아, 백정의 자식이라는 괴로운 자각의 맛을 몰랐을 무렵—생각해보면 한참 옛날이다—그 시절과 지금을 비교하면 격세지감이 든다. 우시마쓰는 또 나가노에 있는 사범학교에서 공부하던 시절을 떠올렸다. 아직 세상 물정을 몰라 의심하지도 의심받지도 않으며 다른 사람과 자신을 같게 생각하여 웃고 떠들던 일이 생각났다. 그 기숙사에 있던 즐거운 창가가 떠올랐다. 사감 선생의 붉은 수염도 생각났다. 식당의 보리밥 냄새도 생각났다. 뽑기에 당첨되어 물건을 사러 갔던 문 앞 과잣집 할머니의 얼굴이 생각났다. 취침을 알리는 종소리가 울려퍼지고 얼마 뒤 돌아다니는 사감의 구두 소리가 먼 복도로 울리면, 잠잠해졌던 친구들이 다시 일어나 어두운 침실 안에서 잡담에 몰두하던 일도 생각났다. 끝으로 오조 사가 있는 산 위에 올라 가루카야의 무덤가에 서서 큰 소리를 질러대던 시절을 떠올리니―참으로 모든 것이 변해버렸다. 즐거운 지난날의 추억은 현재의 슬픔을 갑절로 느끼게 했다. 아아, 나는 어째서 이렇게 의심이 많아졌을까 하고 하늘을 우러러보며 탄식했다. 갑자기 뜻밖의 장소에서 피어오르는 솜 같은 구름을 발견하고, 우시마쓰는 잠시 동안 그것을 바라보면서 생각에 잠겼지만, 자신도 모르게 피로가 몰려와 낟가리에 기댄 채 잠들어버렸다.

3

문득 눈을 뜨고 주위를 살펴보았을 때는 벌써 날이 저물고 있었다. 맞은편 논둑길로 돌아가는 사람들도 보였다. 거친 남녀 농부가 몇 패나 우시마쓰 곁을 지나갔다. 괭이를 메고 가는 사람도 있고, 그중에는 젖먹이를 안고 빠른 걸음으로 귀가를 서두르는 사람도 있었다. 가을날의 힘든 노동도 차츰 끝을 고하는 것이다.

아직 일하고 있는 사람도 있었다. 게이노신의 가족도 서둘러 나머지 일을 하는 중이었다. 오도사쿠는 허리를 굽히고 발에 힘을 주며 무거운 볏짐을 집 쪽으로 옮겼다. 나중에는 여자 두 사람과 쇼고만이 남아서 키를 흔들고 나락을 자루에 채우고 있었다. 문득 엄마, 엄마, 하고 부르는 소리가 들렸다. 쇼고의 동생이었다. 쇼고는 울고 있는 아이를 업고 여동생을 데리고 어머니 쪽으로 달려갔다. "오, 그래, 그래." 게이노신의 아내는 아이를 받아 안고 젖을 꺼내 물리면서 말했다.

"스스무야, 넌 아버지가 뭘 하고 있는지 알지?"

"몰라요."

"그래." 게이노신의 아내는 속옷 소매 끝으로 눈가를 눌러 닦는 듯했다.

"아버지를 생각하면 일할 마음도 없어진다니까."

"엄마, 사쿠 보세요." 스스무는 누이동생을 손으로 가리키면서 소리쳤다.

"저런." 게이노신의 아내가 뒤돌아보았다. "누구지? 누구야, 엄마 몰래 주머니를 뒤진 애가?"

"사쿠가 꺼내 먹었어요." 스스무가 말했다.

"정말 어쩔 수가 없구나, 저 계집애는." 게이노신의 아내는 화가 난 목소리로 말했다. "그 주머니 이리 가져와, 빨리 못 가져오니?"

오사쿠는 여덟 살 정도의 여자아이였다. 삼베 주머니를 손에 든 채 어머니가 화가 난 것에 겁을 먹고 가까이 다가가지 못했다. "엄마, 좀 줘." 스스무와 다른 아이도 떼를 썼다. 쇼고도 이것을 보고 어머니 쪽으로 다가갔다. 게이노신의 아내는 오사쿠의 손에서 주머니를 빼앗듯이 받아들었다.

"자, 보자. 정말 한심하구나. 어쩐지 아까부터 얌전하다 했지. 조금만 에미가 한눈을 팔면 바로 이런 짓이나 하고. 몰래 갖다 먹는 것은 도둑년이야, 도둑. 쯧, 어디든지 마음대로 가버려. 이런 버릇없는 애는 이제 이 에미 자식이 아니니까."

이렇게 말하며 주머니 안에 남아 있는 차가운 구운 찹쌀떡을 꺼내 세 아이에게 나눠주었다.

"엄마, 나두." 오사쿠가 손을 내밀었다.

"뭐니, 너는 맘대로 꺼내 먹었잖아."

"엄마, 하나 더 줘요." 쇼고가 애원하듯이 말했다. "스스무는 두 개 주고, 나는 하나밖에 안 주었잖아."

"너는 형이잖니."

"스스무는 저렇게 큰 것을 주고."

"싫으면 관둬라. 자, 이리 내놔. 에미가 주는 것을 기분 좋게 받은 적이 없다니까."

스스무는 하나를 입에 넣고 우물거리면서 남은 구운 떡 하나를 보이면서 놀렸다. "쇼고는 바보." 쇼고는 분해하며 갑자기 다가가서 동생의 머리를 주먹으로 때렸다. 동생도 지지 않고 형의 귀밑 언저리를 때렸다. 두 형제는 화가 나서 서로 대들며 짐승처럼 싸우기 시작했다. 오도사쿠의 마누라가 놀라서 두 아이를 떼어놓자 형제 모두 큰 소리를 지르며 울어댔다.

"왜 또 형제끼리 싸움을 하는 거니." 게이노신의 아내는 화가 나서 말했다. "그렇게 너희들이 옆에서 떠들어대면 에미는 정말 미칠 것 같단다."

우시마쓰는 이런 광경을 볏짚 낟가리에 숨어서 보고 있었다. 사정을 알면 알수록 불행한 가족을 동정하지 않을 수 없었다. 갑자기 저녁 종소리가 들려와서 우시마쓰는 그곳을 떠났다.

쓸쓸한 늦가을 하늘을 울리는 렌게 사의 종소리가 다시금 들렸다. 종소리는 많은 농부들에게 하루의 피로를 위로하는 것 같기도 하고 즐거운 휴식을 재촉하는 것 같기도 했다. 아직 밭에 남아 일하고 있는 사람들도 마무리를 서둘렀다. 이제는 저녁 안개가 치쿠마 강 건너편에 자욱해서 고야 산 일대의 산맥이 뿌옇게 보였다. 서쪽 하늘이 갑자기 짙은 갈색으로 바뀌는가 싶더니 마침내 지는 해가 마지막 반사를 논 위에 던졌다. 저편에 보이는 수풀과 마을도 멀리 저녁 어둠에 감싸였다. 아아, 아무런 괴로움도 마음의 아픔도 없이 이러한 전원의 경치를 감상할 수 있다면 청춘이 얼마나 즐거울까. 우시마쓰의 가슴속에 번민이 늘어날수록 바깥의 자연은 한층 밝게 몸에 스며들었다. 남쪽 하늘에 별이 하나 떠올랐다. 그 새파랗고 아름다운 모습은 저녁놀의 조망을 더욱 엄숙하게 만들었다. 우시마쓰는 별을 바라보면서 자신의 일생을 생각하며 걸었다.

"그러나 그것이 어쨌단 말인가." 콩밭 사이의 샛길로 접어들었을 때, 우시마쓰는 스스로 자신을 격려하듯이 말했다. "나도 사회의 일원이다. 나도 다른 사람과 마찬가지로 살아갈 권리가 있는 거야."

이런 생각에 힘입어 드디어 뒤를 돌아보자 게이노신의 가족은 아직도 일을 하고 있었다. 두 여자가 쓴 수건이 저녁 어스름에 희미하게 보였고, 막대기 소리가 차가운 공기 속에서 울려퍼졌으며, 짚을 모으라는 소리가 어렴풋이 들렸다.

저기 서서 이쪽을 보고 있는 것이 쇼고일까. 지금은 그저 일하고 있는 윤곽만 어슴푸레하게 보일 뿐, 사람들의 모습도 분간할 수 없을 정도로 어두워졌다.

4

"수고하셨습니다." 마주치는 사람마다 이렇게 인사를 나누는 것이 산 고장의 저녁 무렵 풍습이다. 신마치의 교외에서 나와 집으로 가는 농부를 만날 때마다 우시마쓰는 이렇게 인사를 나누었다. 간이식당, 안주, 사사야라고 쓰여 있는 건물 앞에서 다시 수고하셨습니다, 하고 되풀이했는데, 그것은 다름 아닌 게이노신이었다.

"아, 세가와 군 아닌가?" 게이노신은 우시마쓰를 붙잡으며 말했다. "마침 잘 만났네, 언제 한번 자네와 느긋하게 이야기하고 싶었다네. 자, 그렇게 서두르지 말고 오늘밤은 나와 어울려주지 않겠나. 이런 곳에서 이야기를 나누는 것도 재미있거든. 자네가 들어줄 이야기도 있고."

이렇게 권유받은 우시마쓰는 게이노신과 같이 사사야 입구의 문지방을 넘어 들어갔다. 큰 화로에는 불쏘시개로 피운 불이 빨갛게 타오르고 있었다. 벽에 붙어 몇 개씩 늘어선 오래된 독에는 토산주가 가득 담겨 있을 것이다. 지금은 농가가 바쁜 때라 오랫동안 앉아 있는 사람이 없다. 한 농부가 짚신을 신은 채 벌컥벌컥 술 한 잔을 마시나 싶더니, 잠시 뒤에는 그 사내의 모습도 사라지고 화롯가는 두 사람 차지가 되었다.

"오늘밤엔 무엇으로 할까요?" 여주인이 화로에 큰 냄비를 놓으면서 물었다. "유부는 되는데, 어떠세요? 강에서 잡은 둑중개도 있어요. 둑중개라도 드시지요?"

"둑중개라." 게이노신은 침을 삼켰다. "둑중개, 좋지. 게다가 유부라면 딱이지. 이런 밤에는 뜨거운 것을 먹어야 하니까."

게이노신은 술에 대한 탐욕으로 떨고 있었다. 맨얼굴일 때는 힘이 없고 말수도 적어 아픈 사람처럼 보인다. 쉰을 겨우 넘겼지만 나이에 비해 늙었다고 할 수는 없고 아직 머리카락도 검었다. 우시마쓰는 볏짚 낟가리 그늘에서 보고 들은 그의 가족들을 생각하며, 한층 이 사람과 가까워진 기분이 들었다. 화로의 불도 잘 타올랐다. 큰 냄비 안에서 유부가 부글부글 끓어 맛있는 냄새가 화롯가에 넘쳐흘렀다. 여주인은 그것을 작은 주발에 담아 내놓고, 술을 데워서 오래된 술병 한 병씩을 두 사람의 상 위에 놓았다.

"세가와 군." 게이노신은 자작으로 홀짝홀짝 마시면서 말했다. "자네가 이야마에 온 것이 언제더라."

"저 말씀입니까? 제가 오고 나서 벌써 햇수로 삼 년이 되네요." 우시마쓰는 대답했다.

"호, 그렇게 되었나. 바로 엊그제 일로밖에 생각되지 않는데. 세월은 참으로 빨라. 그러니 나 같은 것은 늙어버리는 거야. 그리고 자네들은 쑥쑥 진보해가는 거지. 나도 말이야, 한때는 자네와 같은 시절이 있었다네. 하지만 내일 내일 하는 동안 어느새 쉰이라는 소리를 듣게 되었군. 우리 집안은 말일세, 원래 이야마의 번사(藩士)를 지냈는데, 소년 시절부터 군주를 가까이에서 모시다가 에도로 나갔지. 유신이 될 때까지 말이야. 생각해보면 세상은 많이도 변했어. 변천, 또 변천. 치쿠마 강 언덕에 있는 성터 좀 보게나. 그 자취가 남은 돌담이 자네들 눈에는 어떻게 보이나. 그곳에 덩굴이나 딸기가 달라붙어 있는 걸 보면, 나는 무어라고 형용할 수 없는 기분이 든다네. 어느 성터에 가

보아도 대개는 뽕나무밭이 되었더군. 무사란 무사는 모두 영락해버렸어. 지금까지 겨우 버텨온 사람은 관청에 나가거나, 학교에 근무하거나, 그 정도야. 무사처럼 쓸모없는 것도 없어. 실은 나도 그중의 한 사람이야, 하하하."

게이노신은 쓸쓸하게 웃었다. 잠시 후 술잔의 술을 비우고 잠깐 혀를 차고 나서 우시마쓰에게 잔을 건네주면서 말했다.

"한번 바꾸어 마셔볼까?"

"제가 따라드리지요." 우시마쓰는 술병을 들고 권했다.

"그건 안 되지. 주는 것은 주는 것이고, 받는 것은 받는 것이지. 그런데 자네는 술은 잘 못하는 줄 알았는데 제법이군. 자네 실력을 보는 것은 오늘밤이 처음인데."

"아니에요, 저는 세 잔이면 취해버립니다."

"하여간 이 술잔은 주겠네. 그리고 자네 것을 받지. 자네니까 이런 이야기를 하네만, 나 같은 것은 20년이나, 그렇지, 초등학교 교원 자격이 나오고 나서 햇수로 15년이 되네만, 그사이에 계속 같은 일만 되풀이해왔어. 이렇게 말하면 자네들은 또 웃을지도 모르네만, 결국 교단에서 학생들에게 무엇을 가르치고 있는지 스스로도 감각이 없어져버리더군. 하하하. 아닌 게 아니라 오랫동안 교사 생활을 한 사람이라면 모두 그런 경험이 있을 거야. 실제로 나 같은 사람은 누구에게 교육을 시킨다는 생각이 없었어. 하오리에 하카마를 입고, 오직 월급을 받으려고 일한다는 생각밖에 없었지. 자네는 그렇지 않은가? 보통과 신생이라는 것은 학문이 있는 노동자와 마찬가지가 아닌가? 매일 시끄러운 교실을 정리하고 많은 학생들을 감독하고 약간의 월급을 받으며 오랜 시간 일하면서, 오늘날까지 용케도 몸이 견뎌왔다 싶을 정도야. 아마도 자네들 눈으로 본다면 지금 내가 퇴직하는 것은 지혜롭지 못한 짓 같겠지. 그야 나도 앞으로 6개월만 더 견디면 비록 적게나마 은급이 나온다는 것은 알고 있다네. 알면서도 할 수 없으니까 한심하지. 이제부터 나에게 일을 더 하라는 것은 죽으라는 것과 마찬가지야. 아내는 또 아내대로 걱정하면서, 선생을 그만두면 어떻게 사느냐, 은행에 가서 장부라도 적으라고 하지만, 아무리 그래도 내가 어찌 그런 일을 할 수 있겠어. 20년간 익숙해진 일조차 할 수 없는데, 이제부터 새롭게 무엇을 할 수 있겠나. 끈기도 정력도 내 몸 안에 있는 것은 모두 다 없어져버렸어. 아아, 살고, 일하고, 쓰러질 때까지 얻어맞는 것이 마차 끄는 말의 말로야. 바로 내가 그 마차의 말이야. 하하하."

5

갑자기 들어온 소년을 보고 게이노신은 입을 다물었다. 설거지하던 여주인은 어두운 램프 아래서 접시와 주발을 달그락거리다가 소년을 보고 곁으로 다가갔다.

"어머나, 쇼고 왔네."

쇼고는 볼일이 있는 듯한 표정이었다.

"우리 아버지 계셔요?"

"응, 계시는데." 여주인이 대답했다.

게이노신은 얼굴을 찌푸렸다. 입구의 어두컴컴한 정원 구석에 서 있는 쇼고를 화로에까지 데리고 와서, 자세하게 그 모습을 살펴보면서 말했다.

"왜, 무슨 일이야?"

"저," 쇼고는 주저하더니 말했다. "어머니가요, 오늘밤에는 아버지 일찍 들어오시래요."

"그래. 또 데려오라고 보낸 건가. 쳇, 언제나 그렇다니까."

"그러면 아버지 안 오시는 거예요?" 쇼고는 겁먹은 소리로 물었다.

"돌아갈 거야. 이야기가 끝나면 돌아가지. 어머니한테 이렇게 말해라. 아버지는 학교 선생님과 이야기하고 있는데, 그 이야기가 끝나면 돌아간다고." 게이노신은 한층 더 작은 목소리로 말했다. "쇼고야, 엄마는 지금 뭘 하고 있니?"

"나락을 치우고 있어요."

"그래, 아직 일하고 있나. 그리고 저, 엄마 보통 때처럼 화내지 않던?"

쇼고는 대답하지 않았다. 어린 마음에도 아버지를 불쌍하게 여기는 눈초리로 잠자코 게이노신의 얼굴을 응시했다.

"어이구, 손이 차갑구나." 게이노신은 쇼고의 손을 잡고 말했다. "여기 돈 줄게. 감이라도 사 먹어라. 엄마나 스스무에게는 비밀로 하고. 그럼, 됐으니까 빨리 가서 아버지가 지금 말한 대로 해라. 알았니?"

쇼고는 고개를 숙이고 풀이 죽어서 나갔다.

"좀 들어보게나." 게이노신은 다시 회포를 풀어내기 시작했다. "지난번 자네가 렌게 사로 이사 갔을 때, 나도 문 앞까지 갔었지. 실은 자네니까 이런 말까지 하는 거네만, 예전에 내가 의리 없는 일을 해서 그 절 주지가 대단히 화가 났어. 내가 술을 끊기 전에는 상대도 않겠다고 했지. 내가 생각해도 한심하지만 그런 관계가 있어서 지금은 딸 얼굴을 보러 갈 수도 없는 형편이야. 그 절에 줘버린 오시호와, 쇼고, 그리고 죽은 큰아들, 이 세 아이는 지금의 마누라가 낳은 아이가 아니야. 지난번 마누라는 역시 이야마 번사의 딸이었지. 우리집이 편할 때 시집 와서 지금처럼 망하기 전에 죽었지. 그래서 나는 그 여자를 생각할 때마다 일생 중 가장 즐거웠던 때가 떠오른다네. 한잔 마시면 언제나 그때 일을 생각하는 것이 내 버릇이야. 자네, 나이가 들면 추억하는 것밖에 즐거움이 없어. 아, 지난번 아내는 오히려 좋은 시기에 죽었어. 인간이란 참 묘해서 젊었을 때 만난 사람이 아무래도 가장 좋은 기억으로 남아. 게다가 성격도 지금 아내처럼 고집이 없었고, 대신 옛날 식으로 남편에게 기대는 편이라 철저하게 나를 믿었지. 렌게 사에 보낸 오시호, 그 딸애가 또 에미와 꼭 닮아서, 눈매 같은 건 아주 똑같아. 그 딸의 얼굴을 보면 바로 지난번 마누라가 내 눈앞에 떠오르지. 나뿐이 아니야. 남들 모두 그렇게 말하며 옛이야기를 시작하니까, 지금의 마누라는 기분이 좋지 않은 모양이야. 정직하게 말하자면 나도 렌게 사에 딸을 주기 싫었다네. 그러나 집에 둔다고 그 딸을 위하는 것도 아니야. 그래서야 더 불쌍해지지. 렌게 사에서는 자꾸 달라고 하고. 그곳 부인에게 아이가 없고 게다가 다른 지방과 달리 절을 제일로 치는 이야마 사람들이고 하니까, 오시호를 보내는 편이 좋았던 거야."

들으면 들을수록 우시마쓰는 딱한 마음이 들었다. 과연 그런 이야기를 듣고 보니 영락한 모습 속에도 어딘지 무사다운 위엄을 갖추고 있는 것처럼 느껴졌다.

"마침 그애가 열세 살일 때였지." 게이노신은 덧붙여 말했다.

6

"아, 내 팔자는 실로 변변치 않아." 게이노신은 다시 탄식했다. "세가와 군, 생각해보게. 자네는 이 변변치 않다는 말 속에 얼마나 많은 고생이 깃들어 있다고 생각하나. 내가 이렇게 마셔대니까 가난하다는 사람도 있겠지만, 그게 아니라 나는 가난해서 마시는 거야. 하루라도 마시지 않고는 견딜 수 없어. 나도 처음에는 고통을 잊기 위해 마셨지. 지금은 그렇지 않아. 오히려 고통을 맛보기 위해 마시지. 하하하. 이렇게 말하면 우습게 들릴지 모르지만, 하룻밤이라도 술기운이 없는 날이면 쓸쓸하고 적적해서 몸이 벌벌 떨리고, 자려고 해도 잠을 이룰 수 없다네. 그렇게 되면 정신은 거의 무감각해지지. 이해해주게나. 술을 마시고 괴로워할 때가 나는 가장 살아 있다는 기분이 든다네. 창피한 이야기도 여러 가지 있네만, 난 이야마 학교에 근무하기 전에는 시모다카이 근처에서 오랫동안 근무했지. 지금 마누라를 맞은 것도 바로 그 시모다카이에 있을 때였어. 시골에서 태어난 여자라서 일만큼은 참으로 잘해. 서리가 내린 벼를 쥐고 베는 건 나도 도저히 할 수 없는데—내가 그런 흉내라도 내보게나, 곧바로 앓아눕지—그런데 마누라는 잘 견디거든. 고생을 견디는 힘은 나보다 마누라가 더 강해. 그런데 이렇게 되어버린 이상 창피도 부끄러움도 없어. 자기는 자기

대로 농사를 짓겠다며 어처구니없게도 여자 손으로 농사를 시작했단 말이야. 예전부터 우리집에 드나들던 농부 오도사쿠, 그 부부가 선대의 은혜를 갚는다며 도와주기는 하지만, 아무래도 잘될 리가 없지. 그래서 내가 뭐라 말을 해도 마누라는 듣지 않아. 무엇보다도 나는 선비이니까 1단보가 몇 평인지, 한 마지기에 몇 말이나 소작료를 주는지, 한 되를 뿌리면 몇 섬의 벼를 추수하는지, 도대체 한 해에 비료가 어느 정도 필요한지, 그런 것을 전혀 몰라. 실제로 나는 마누라가 몇 평이나 되는 땅을 빌려서 농사를 짓는지도 몰라. 아, 마누라 생각으로는 아이들에게 농사일 견습이라도 시켜서 장차 농부로 만들 작정인 모양이야. 그래서 언제나 나와 충돌이 일지. 하긴 그렇게 무식한 여자가 아이들 교육을 할 수 있을 리 없지. 실제로 우리집에서 충돌이 일어나는 원인은 언제나 아이들 일이야. 아이들이 있어서 부부싸움도 하게 되는 거야. 또 그 부부싸움을 했기 때문에 아이들이 생기곤 하지. 아아, 이젠 충분해. 이 이상 아이가 생기면 어떻게 하지. 애가 한 명 생기면 그만큼 가난이 심해지겠지만, 생기는 것은 어쩔 방법이 없지 않은가. 지금 마누라가 셋째 계집아이를 낳았을 때 이름을 말(末)자를 써서 오스에라고 지었지. 그런 이름을 붙이면 그만 낳을 수 있지 않을까, 이렇게 생각했는데 바로 또 넷째가 생겼어. 어쩔 수 없이 이번에는 도메키치(留吉)라고 이름을 지었지. 다섯 아이가 곁에서 울어댄다고 생각해보게나. 좀처럼 견딜 수가 없어. 고생, 고생, 나는 아이가 많고 가난한 가정을 볼 때마다 뼈저리게 그 고생을 이해해. 다섯 명의 아이를 먹이는 것은 쉬운 일이 아니야. 만일 이 이상 또 아이가 생긴다면 우리집은 이제 어쩔 도리가 없어."

이렇게 말하며 게이노신은 웃었다. 뜨거운 눈물이 무의식중에 떨어져서 영락한 옷소매를 적셨다.

"여보게, 나는 이래봬도 성실한 사람이야." 게이노신은 얼굴과 이마, 볼 그리고 턱에 이르기까지 양손으로 자신의 얼굴을 문질렀다. "어떻게 한다. 쇼고 그 녀석이 자네에게 신세를 지고 있지만, 그래 가지고 뭐가 될까. 좀더 활발해지면 좋으련만. 아무리 보아도 계집애 같은 성격이라서 툭하면 울고 야단이야. 동생한테도 지기만 하니. 같은 자식이니 어느 것이 귀엽고 어느 것이 밉다고는 할 수 없지만, 그것이 또 묘해서 나는 그 쇼고가 불쌍해서 견딜 수 없다네. 보는 바와 같이 몸이 약해서 더 불쌍하다네. 마누라는 동생인 스스무 편만 들지. 무슨 일만 있으면 쇼고가 잘못했다고 마구 꾸짖는 거야. 그래서 내가 참견을 하면, 전처 자식만 귀여워하고 스스무 쪽은 조금도 살펴주지 않는다고 금방 또 잘못 생각하곤 해. 그래서 이제 나는 아무 말도 안 해. 마누라가 하는 대로 내버려두고 잠자코 보고만 있지. 될 수 있으면 마누라에게서 멀어져 있고, 살며시 집을 나와서 혼자 마시는 것이 제일 위안이 돼. 가끔 내가 무어라고 말하려 하면 자기는 절대 맨몸으로 시집 오지 않았다고 하고, 그러면 나는 한 마디도 못 해. 실제로 마누라가 가져온 옷까지 모두 내가 술로 바꿔서 마셔버렸으니까. 하하하, 자네 눈으로 보면 내 인생 따위는 참으로 바보스러워 보이겠지."

넋두리가 오히려 게이노신의 가슴속을 가볍게 해주었다. 그날 밤은 비교적 빨리 취해서 차차 이야기도 중언부언하고 나중에는 혀도 돌아가시 않게 되었다.

마침내 두 사람은 화롯가를 떠났다. 계산은 우시마쓰가 했다. 사사야를 나온 것은 여덟시가 지났을 무렵이었다. 밤공기가 어둡게 마을을 감싸고 길가에 지나다니는 사람도 적었다. 혼잣말을 하면서 걷는 미친 여자, 취해서 집을 잃은 듯한 사내, 그런 사람들이 가끔 그들과 맞부딪쳤다. 게이노신은 미덥지 못한 걸음걸이로 자칫하면 길 한가운데에 넘어질 듯 걸었다. 몽롱하게 취한 눈에는 별빛조차 비칠 것 같지 않았다. 우시마쓰는 어쩔 수 없이 바래다주기로 하고, 어떤 때는 오른팔로 게이노신의 몸을 받치고, 어떤 때는 어깨에 기대도록 하고, 또 어떤 때는 껴안으면서 함께 균형을 잡으며 걸었다.

겨우 게이노신을 집까지 데리고 갔을 때, 그의 아내와 오도사쿠 부부는 아직도 일을 하고 있었다. 밤이슬을 맞으면서 밖에서 일하고 있는 것이었다. 우시마쓰가 다가가자 그것을 본 게이노신의 아내는 바로 이렇게 말했다.

"어머나, 저런, 정말 힘드셨겠네요."

5장

1

11월 3일에는 드물게 큰 서리가 내렸다. 길고 긴 산간 지방의 겨울이 차츰 다가오는 것이다. 그날 아침 우시마쓰가 본 창밖의 풍경은 마치 흰 연기에 덮인 듯했다. 우시마쓰는 스물네번째 천장절을 이야마의 학교에서 축하하기 위해 고리짝에서 하오리와 하카마를 꺼내 입고 작년에 입었던 외투로 올해도 몸을 감쌌다.

어두운 계단을 내려가서 북쪽으로 이어지는 복도로 나가니, 아침 햇볕이 아름답게 비쳐왔다. 녹기 시작한 서리와 함께 햇볕이 닿는 뒤편 정원의 나뭇잎들이 가지에서 우수수 떨어졌다. 그중에서도 가장 약한 것이 은행잎인 듯, 나뭇가지에는 어느덧 한 잎도 남아 있지 않았다. 마침 서리 맞은 잎이 춤추며 떨어지는 모습을 바라보면서 오시호가 낡은 벽에 기대어 서 있었다. 우시마쓰는 게이노신을 생각하고 그의 영락한 일생을 진심으로 불쌍하게 여기면서, 아울러 그녀 역시 주의 깊게 살피게 되었다.

"오시호 양." 우시마쓰가 말을 걸었다. "부인께 말씀 좀 전해줘요. 오늘은 숙직 당번이니 도시락을 만들어주셨으면 한다고요. 나중에 학교 사환을 보내겠습니다."

이 말을 듣고 오시호는 벽에 기댄 몸을 일으켰다. 처녀 시절에 자주 가지는 일종의 공포감으로 왠지 우시마쓰를 두려워하는 듯 보였다. 우시마쓰는 어딘가 게이노신과 닮은 곳이 있을까, 하고 생각하며 은근히 그녀의 모습을 살펴보았다. 생기 넘치는 머리카락과 이마 — 말하자면 쇼고는 아버지를 닮았고, 이 여자는 돌아가신 어머니를 닮은 것이리라.

'눈매 같은 건 아주 똑같아.' 게이노신도 그렇게 말했었다.

"저," 오시호가 조금 얼굴을 붉히면서 말했다. "얼마 전 밤에 아버지가 대단히 폐를 끼쳤다면서요?"

"아니에요, 제가 오히려 실례했습니다." 우시마쓰는 밝은 표정으로 말했다.

"어제 동생이 와서 그런 이야기를 했어요."

"아, 그랬나요?"

"아주 고생하셨겠어요. 아버지가 그런 식으로 다른 분들께 폐를 끼쳐서."

게이노신 생각은 잠시도 오시호의 작은 가슴을 떠나지 않은 듯했다. 부드러운 검은 눈동자 밑바닥은 깊은 우수가 담긴 빛을 띠고, 운 탓에 볼도 붉게 부어오른 듯이 보였다. 이러한 대화를 나눈 뒤 우시마쓰는 외투 깃으로 귀를 감싸고 모자를 쓰고 렌게 사를 나왔다.

어느 길 모서리에서 외투 주머니에 손을 넣어보니 잔뜩 구겨진 오래된 장갑이 나왔다. 검은 메리야스로 안감을 댄 것으로, 주름을 펴고 끼어보자 약간 조이기는 했지만 느낌은 따스했다. 그 장갑을 코끝에 대고 코를 찌르는 축축한 냄새를 맡자, 갑자기 지난 천장절에 있었던 일이 우시마쓰의 머릿속에 떠올랐다. 지난해, 그 전해, 또 그 전해. 아아, 아직 세상을 잘 몰랐을 무렵에는 웃음이 터질 듯한 즐거운 일만 생각하며 그 대축제일을 축하했다. 장갑은 색은 바랬지만 옛날 그대로 변하지 않았다. 그에 비해 사람의 정신 내부는 이렇게나 변하다니. 앞으로 자신의 생애가 어떻게 될지 누가 알 것인가. 내년 천장절 ― 아니, 내년 일은 고사하고 당장 내일 일조차도. 이렇게 생각하며 우시마쓰의 마음은 몇 번이나 밝아졌다 어두워졌다 했다.

과연 대축제일이다. 집집마다 처마에 높게 국기가 걸려 있고, 어느 집이나 경건하게 이 기념일을 보내는 듯했다. 소년들이 즐거운 듯 소리를 지르면서 서리로 젖은 길을 따라 학교 쪽으로 서둘러 갔다. 한창 장난꾸러기인 남학생도 오늘은 보통 때보다 어른스러운 모습으로 하오리와 하카마 차림으로 점잔을 빼고 있다. 여학생은 새로 지은 갈색 하카마와 보라색 치마를 입고 있었다.

2

나라의 왕의 탄생일을 축하하기 위해 남녀 학생들이 발 박자를 맞추어 이층 식장으로 이어지는 계단을 올라갔다. 긴노스케는 고등과 2학년, 분페이는 고등과 1학년, 우시마쓰는 고등과 4학년, 이렇게 셋은 담임을 맡은 반의 학생을 이끌고 있다. 퇴직한 게이노신은 이제 손님이지만 옛 학생 뒤를 따라서 마찬가지로 계단을 올랐다.

이 축제의 기쁨 속에서도 우시마쓰의 마음을 놀라게 하고 갑작스럽고 새로운 슬픔을 느끼게 하는 일이 있었다. 이노코 렌타로의 병이 심해졌다는 소식을 한 도쿄 신문이 보도한 것이다. 식이 시작되기 전에 발견한지라 자세히 읽을 틈도 없이 그대로 주머니 속에 집어넣고 왔다. 세상에는 짧은 세월 동안 긴 생애를 보내고, 황급히 스쳐 지나가듯 태어난 사람도 있다. 아마도 렌타로가 그중 한 사람일 것이다. 신문에는 이제 회생하기 어렵다는 투로 쓰여 있었다. 아, 선배의 가슴속에 불타는 불은 세상을 태우기도 전에 자신의 몸부터 태워버린 것이리라. 이러한 동정이 잠시도 우시마쓰를 떠나지 않았다. 다시 자세히 읽어보고 싶은 마음이 간절했으나 지금은 그럴 처지가 아니었다.

이날은 적십자사 사원의 축하도 겸했다. 식장에 모인 사람들의 가슴에 붉은 헝겊조각과 은 휘장이 빛나는 것이 재미있게 보였다. 동쪽 벽에 모인 20여 명의 주지 스님들, 올해만 어쩌다 렌게 사 주지 한 사람이 빠진 걸 두고 섭섭하다고 하는 것을 보면 과연 지방색을 떠올리게 한다. 특히나 풍채가 좋아 사람들의 눈길을 끄는 것은 다카야기 리사부로라는 신진 정치가였다. 이미 화려한 무대를 밟아온 사람으로 올해에도 대의원 후보로 나온다고 했다. 긴노스케와 분페이를 비롯한 남녀 선생들은 모두 풍금 옆에 모였다.

"차렷."

우시마쓰의 늠름한 목소리가 울렸다. 식이 시작된 것이다.

학생들은 수석교사인 우시마쓰를 교장보다 더 잘 따랐다. 우시마쓰가 "경례" 하고 외치는 한 마디는 어린아이들의 가슴에 말로 표현할 수 없는 감동을 전해주었다. 이윽고 국가가 울려퍼지는 가운데 교장이 교육칙어를 봉독했다. 만세, 만세, 하는 사람들의 외침이 우레처럼 울려퍼졌다. 그날 교장의 연설 주제는 '충효'로, 예의 금패가 가슴 위에서 빛나며 그 풍채를 한층 교육자답게 보이게 했다. 천장절 노래가 끝나고 내빈 대표로 다카야기의 인사가 있었는데, 그것 또한 이런 장소에 익숙하고 숙달된 것이었다. 웅변을 좋아하는 것은 신슈 사람들의 특색으로, 이러한 간단한 인사조차 사람들의 마음을 취하게 했다.

평화와 기쁨이 식장에 넘쳐났다.

식이 끝나자 고등과 4학년 학생들은 번갈아가며 우시마쓰에게 매달려서 이것저것 물어보기도 하고 뛰어다니기도 했다. 어떤 아이는 손을 끌고 어떤 아이는 소매 아래로 빠져나가는 등 장난을 치면서, 자리를 피하려는 우시마쓰를 놓아주려 하지 않았다. 센타라는 3학년 학생이 있었다. 신평민 출신이라 평소에 따돌림을 당하는 학생이다. 오늘도 쓸쓸하게 벽에 기대어 모두가 기뻐하며 노는 모습을 보면서 서 있었다. 가엾게도 센타는 이 천장절마저도 다른 소년들처럼 즐길 수 없는 것이다. 우시마쓰는 남몰래 입술을 깨물며, 용기를 내라, 무서워하지 말라고 격려의 말을 해주고 싶었다. 마침 다른 선생이 보고 있어서 우시마쓰는 도망치듯이 소년들 무리를 빠져나왔다.

오늘 아침에 내린 큰 서리 때문에 학교 정원의 나무는 대개 낙엽이 되어버렸지만, 벚나무만은 아직 가을의 정취를 담고 있었다. 우시마쓰는 그 나무의 그늘을 골라, 때때로 속삭이듯 가지를 지나는 미풍 소리에 가슴 두근거리면서, 주머니에서 아까의 그 신문을 꺼내어 펼쳐보았다. 렌타로의 용태는 꽤 위험한 듯했다. 기자는 렌타로의 사상에 전부 동의하지는 않지만, 여하튼 신평민으로서 몸을 일으켜 끝까지 분투하는 그 용기는 사랑하지 않을 수 없다고 써놓았다. 애석하게 떠난 많은 유망한 사람들처럼, 지금 이 사람 또한 같은 병고로 신음하고 있다는 말을 들으니 참으로 동정의 마음을 금할 수 없다고 썼다. 짐작되는 것이 없는 것도 아니다, 박력 있는 그의 필치의 진면목은 이러한 슬픔이 뒤따르기 때문일 것이다, 이렇게 말하는 기자 역시 병중에 있다고 쓰여 있었다.

움직이는 땅 위의 그림자가 몇 번이나 우시마쓰를 놀라게 했다. 햇볕은 가을바람을 타고 앙상한 벚나무 위의 서리를 아름답게 비추었다. 초목이 떨어지는 쓸쓸함이 선배의 박명을 한층 절실히 생각하게 하는 씨앗이 되었다.

3

게이노신을 위해 열린 다과회는 열한시 무렵부터 시작되었다. 우시마쓰는 그날 아침 렌게 사를 나올 때 복도에서 오시호와 마주쳐 이 불행한 아버지를 생각했는데, 이렇게 회합 자리 정면에 앉은 게이노신을 보자, 이번에는 반대로 그 낡은 벽에 기대 있던 딸의 모습이 생각났다. 게이노신의 인사는 긴 신상 회고로 이어졌다. 우시마쓰만은 안

쓰러운 마음으로 고개를 숙이고 듣고 있었지만, 그가 아니고서야 누가 이 늙은이의 넋두리에 귀를 기울일 것인가.

다과회가 끝난 뒤의 일이었다. 테니스를 치기 위해 나가려는 분페이를 교장이 불러 세워 함께 어느 방 문을 열고 들어갔다. 둘은 운동장과 가까운 창문이 있는 곳에 마주 보고 의자에 앉았다. 테니스광인 긴노스케가 뭐라고 외치고 떠드는 소리가 유리창에 우스꽝스럽게 울렸다.

"가쓰노 군, 그렇게 운동만 열심히 하지 말고 이야기도 좀 해주게나." 교장은 넉살 좋게 말을 꺼냈다. "그나저나 어땠나? 오늘 내 연설은?"

"선생님 연설 말입니까?" 분페이는 라켓을 무릎 위에 놓고 말했다. "참으로 재미있게 들었습니다."

"그래, 조금은 들은 보람이 있었나?"

"공치사가 아니라, 이제까지 제가 들었던 것 중에서 제일 좋았습니다."

"그렇게 말해주니 고맙네." 교장은 미소를 띠면서 말했다. "실은 그 연설을 위해 어젯밤 내내 준비했다네. 충효에 대한 해석은 어떻게 들렸나? 나로서는 그것도 꽤 생각을 한 것인데. 여러 가지 자전(字典)을 참고하면서 말야."

"아무래도 찾아본 것은 찾아본 만큼의 보람이 있지요."

"그러나 제대로 들어주는 사람은 자네 정도야. 마을 사람 따위는 알 수가 없어. 실제로도 귀를 기울이지 않거든. 그중에는 다카야기의 이야기에 아주 감탄하는 사람도 있다네. 그런 연설쟁이 이야기와 우리가 말하는 것을 같이 취급해서야 곤란하지."

"어차피 모르는 사람은 모르는 것입니다."

분페이가 말하자 불평스럽던 교장의 얼굴이 어느 정도 부드러워졌다.

그때까지 교장은 무언가 하고 싶은 말이 있는데도 일부러 다른 이야기를 하고 있는 듯했는데, 이윽고 생각하던 용건을 꺼냈다. 굳이 분페이를 불러 세워 이 방에까지 데리고 온 것은 어떻게든 우시마쓰를 쫓아낼 방법이 없을까를 상담하려는 속셈이었다.

"그런데 말이야," 교장은 목소리를 한층 낮추었다. "세가와 군이나 쓰치야 군 같은 이색분자가 있으면 아무래도 학교가 통일되지 않아서 곤란해. 그런데 쓰치야 군은 농과대학의 조수가 되어 머지않아 나가고 싶다니까, 이 사람은 뭐 가만히 있어도 알아서 나가겠지. 문제는 세가와 군이야. 세가와 군만 없으면 나머지는 우리 세상이야. 어떻게 해서든지 세가와 군을 없애고 후임으로 자네를 꼭 앉히고 싶어. 실은 자네 숙부와도 여러 가지 이야기가 있었는데, 숙부 역시 그런 의견이었어. 어떻게 무슨 좋은 궁리가 없을까?"

"글쎄요." 분페이는 대답하기 난처해했다.

"학생들을 보게나. 세가와 선생님, 세가와 선생님 하며 세가와 군한테만 몰리면서 법석을 떨고 있지. 그렇게 야단법석을 떠는 것은 세가와 군 쪽에서 학생들 기분을 맞춰주기 때문일 거야. 학생의 기분을 맞춰준다는 건 뒤에 무슨 이유가 있다는 말이지. 가쓰노 군, 자네는 어떻게 생각하나?"

"지금 하신 말씀은 전 잘 모르겠습니다."

"그럼, 이렇게 말하면 어떤가. 이건 물론 이 자리에서만 하는 이야기인데, 분명 세가와 군은 이 학교를 손아귀에 넣으려는 야심을 가진 게 틀림없어."

"하하하, 설마 그 정도로 생각하고 있지는 않겠지요." 분페이는 웃으며 교장의 얼굴을 바라보았다.

"그럴까?" 교장은 의심스런 표정으로 말을 이었다. "그런 생각은 하지 않을까?"

"그렇잖습니까. 아직 그런 것을 생각할 나이가 아니에요. 세가와 군이나 쓰치야 군이나, 아직 젊거든요."

이 '젊거든요'라는 말이 교장을 탄식하게 했다. 정원에서 테니스 공을 치는 소리가 유리창에 울려퍼졌다. 또 새로운 시합이 시작된 듯했다. 분페이는 저도 모르게 그쪽으로 귀를 기울였다. 그런 분페이의 젊은 얼굴을 보고 교장은 다시 탄식했다.

"도대체 세가와 군은 무슨 생각을 하는 걸까?"

"무슨 생각이라니요?" 분페이는 의아한 듯 물었다.

"요즘 세가와 군 모습을 보면 아주 침울해. 무언가 깊은 생각에 빠져 있어. 새로운 시대라는 것은 매사를 저렇게 심각히 고민하게 만드는 건가? 나는 아무리 생각해도 이상하네."

"그러나 세가와 군이 생각하는 건 무언가 다른 일이겠지요. 아까 교장 선생님께서 말씀하신 그런 이유는 아닐 거예요."

"그렇다면 더욱 납득이 안 가는군. 아무래도 우리 세대와 비교하면 세가와 군 같은 사람의 생각은 아주 다른 것 같아. 우리가 재미있다고 생각하는 일에 그들은 아주 시시하다는 얼굴을 하지. 우리가 시시하다고 생각하는 일을 오히려 아주 재미있어해. 즉, 함께 일을 할 수 없다는 것은 세대가 다르기 때문일까? 새로운 시대의 사람과 우리는 그렇게 사상이 맞지 않는 것일까?"

"그렇지만, 저는 그렇게 생각하지 않습니다."

"그 점이 자네의 믿음직스러운 부분이야. 부디 그런 나쁜 풍조에 물들지 말게나. 부족하나마 자네에 관해서는 나도 가능한 한 힘을 쓸 작정이니까. 세상일은 서로 도와주고 도움을 받는 것이지. 그렇지 않나, 가쓰노 군? 지금 여기서 이색분자를 어떻게 할 수 있을 것도 아니지. 그러니 무언가 좋은 궁리라도 떠오르면 생각해두게나. 세가와 군에 관해 무슨 얘기가 들리면 꼭 나에게 알려주고 말이야."

4

창밖에서 또 우렁찬 환성이 들렸다. 분페이는 라켓을 들고 나갔다. 교장은 의자에서 일어나 유리창을 열었다. 운동장에서는 마침 테니스가 한창이었다. 점잖은 교장은 아직 근육의 쇠퇴를 느낄 정도의 나이가 아님에도 이상하게 운동을 싫어하는 편이었고, 특히 젊은이들이 좋아하는 테니스에 대해서는 옛날 동양인들처럼 경멸하는 버릇이 있었다. '무슨 애들 같은 짓들이야'라는 표정으로 테니스에 열중하는 사람들을 바라보았다.

땅은 햇볕으로 말랐고 사람들은 운동의 열기로 불탔다. 어느새 분페이가 정원에 나와서 게임 무리에 끼어 있었다. 긴노스케는 지금 분페이 팀을 상대로 한창 일전을 벌이는 참이었다. 예의 테니스광도 형편없이 패배해서, 이윽고 같은 팀인 학생과 함께 라켓을 버리고 물러났다. 상대방에서 "게임!" 하고 외치는 소리가 박수에 섞여 바깥 공기로 울려퍼졌다. 동쪽의 교실 창문에서 얼굴을 내민 두세 명의 여선생도 함께 손뼉을 치고 있었다. 몇 팀으로 나뉘어 구경하던 학생들 무리가 앞을 다투어 튀어나왔는데, 그중에 재빨리 라켓을 잡은 한 소년이 있었다. 신평민인 센타였다. 다른 학생이 그 옆에 다가가서 억지로 손에 쥔 라켓을 빼앗으려고 했다. 센타는 라켓을 꽉 쥔 채 그런 억지가 어디 있느냐는 표정을 지었다. 그것까지는 좋았지만, 아무리 기다리고 있어도 짝이 나오지 않았다.

"아무나 빨리 나와." 상대편은 화가 나서 재촉했다. 소년들은 서로 얼굴을 마주 보며 난처하게 서 있는 센타를 냉소했다. 아무도 이 백정의 자식과 함께 테니스를 치려 하지 않는 것이다.

서둘러 하오리를 벗어던지고 거기 있는 라켓을 잡은 것은 우시마쓰였다. 그것을 본 사람들은 무심결에 웃었다. 구경하던 여선생도 미소를 지었다. 분페이 편인 교장은 우시마쓰 쪽이 이기지 말았으면 하면서 창 너머로 열심히 바라보았다. 오후의 햇볕이 등뒤로 내려쪼여 위치는 처음부터 분페이 쪽이 유리했다.

"원, 제로."

네트 옆에 선 심판관 긴노스케가 외쳤다. 우시마쓰와 센타가 먼저 첫 판에서 졌다. 구경하고 있던 학생들은 모두 입가에 냉소를 띠며 센나가 진 깃을 기뻐하는 듯했다.

"투, 제로."

긴노스케가 크게 외쳤다. 우시마쓰 팀이 두 판을 진 것이다. 투, 제로, 하고 구경하던 학생들은 들으라는 양 되풀이했다.

상대편은 젊은 준교사 — 우시마쓰가 렌게 사로 빈 방을 찾으러 갔다가 돌아올 때 우연히 만났던 남자와 분페이, 이 두 사람이 짝이었다. 우시마쓰에게는 얕잡아볼 수 없는 상대였다. 게다가 상대편은 서로 실력이 고른 데 비해 자기 편인 센타는 아직 연습이 부족했다.

"쓰리, 제로."

이렇게 외치는 소리를 듣자 우시마쓰도 약간 초조해졌다. 인종과 인종 간의 경쟁, 그에 지지 않으려는 의기가 무의식중에 게임 속에 나타나서, 지지 마라, 지지 마라, 하고 약한 센타를 격려하는 듯했다. 우시마쓰는 서브를 넣었다. 마지막 공을 치기 위해 외곽선의 한 모퉁이에 섰다. '자, 올 테면 와라.' 이런 생각을 하며 자기를 지켜보고 있는 분페이를 향해 친 공은 네트를 약간 건드렸다. "터치." 긴노스케가 외쳤다. 우시마쓰는 두번째로 서브를 시도했다. 힘이 넘쳐 공이 선을 넘어갔다. 아아, 파울이다. 우시마쓰도 이번에는 노기를 띠고 모든 힘을 오른팔에 모으며, 이기든 지든 운은 이 공 하나에 달렸다고 성난 사자같이 분투했다. 청년들이 자주 가지는 일종의 망상으로, 마치 일생의 운명을 지금의 게임으로 점치는 듯 보였다. "인." 공을 받는 분페이도 보통이 아니었다. 고의로 우시마쓰를 피하고 당황하는 센타의 빈틈을 노렸다. 강한 햇빛이 정면에서 비쳐 센타의 눈에는 날아오는 공의 모습조차 보이지 않았던 것이다.

"게임!"

사람들은 모두 입을 모아 소리쳤다. 센타의 손에서 라켓을 빼앗으려 했던 소년들은 박수를 치고 뛰며 기뻐했다. 교장도 저도 모르게 소리를 지르며 분페이의 승리를 축하했다.

"세가와 군, 제로 게임은 너무하잖아."

긴노스케의 말을 못 들은 체하고, 우시마쓰는 벗어두었던 하오리를 집어들어 터덜터덜 물러났다. 이윽고 운동장에서 뒤쪽 정원을 돌아 아무도 보이지 않는 곳으로 나와서는 문득 무슨 생각이 난 것처럼 멈춰 섰다. 자신을 꾸짖지 않을 수 없었던 것이다. 렌타로, 오히나타, 그리고 센타. 이렇게 연상하자 의심과 공포로 몸이 떨리는 듯했다. 아아, 심술궂은 지혜는 언제나 나중에 따라온다.

6장

1

  우시마쓰와 긴노스케 두 사람은 천장절 밤 숙직 당번이라 학교에 남았다. 게이노신은 갑자기 허전해지고 미련이 남아 선뜻 이곳을 떠날 수 없는 듯했다. 저녁식사 뒤에도 숙직실에서 이야기에 열중했는데, 잔소리 많은 그의 성격 때문에 앞길 창창한 두 사람에게 웃음거리가 되고 있는 사이, 벽 위의 시계는 여덟시를 치고 아홉시를 쳤다. 다음날에 큰 서리가 내릴 거라 짐작되는 밤이라서, 낮과 달리 아주 추워졌다. 우시마쓰가 순찰을 나간 뒤에도 게이노신은 화롯가에 달라붙어 긴노스케를 상대로 이야기를 하고 있었다.

  20분 정도 지난 뒤에 우시마쓰가 돌아왔다. 손에 든 램프를 끄고 서둘러 화롯가로 다가오면서 말했다. "이거, 이제 춥고 안 춥고가 문제가 아니라, 손이고 뭐고 다 얼어버리네. 오늘밤처럼 추운 것은 금년

들어 처음이야. 봐, 이 정도야." 이렇게 말하며 손을 내밀어 긴노스케에게 갖다댔다. "야, 아주 차가운데." 긴노스케는 자신의 손을 끌어당기며, 이상한 듯이 우시마쓰의 얼굴을 바라보았다.

"자네 안색이 나쁘군. 무슨 일 있는 거야?"

저도 모르게 이렇게 말했다. 게이노신 역시 이상하다는 듯이 말했다.

"나도 지금 그 말을 하려던 참이었어."

우시마쓰는 무엇인가 생각난 듯이 떨면서 이야기를 할까 말까 잠시 주저했지만, 두 사람이 너무나 열심히 자신의 얼굴을 바라보고 있어서 결국 고백하지 않을 수 없었다.

"실은 말야, 이상한 일이 있었어."

"이상한 일이라니?" 긴노스케는 눈살을 찌푸렸다.

"내가 램프를 들고 교사 밖을 한 바퀴 돌고 저기 운동장의 목마 있는 곳까지 갔는데, 누군가가 나를 부르는 소리가 났어. 둘러보니까 아무도 없지 않겠어. 그런데 그게 어디서 자주 듣던 목소리다 싶어 생각해보니, 글쎄 우리 아버지 목소리인 거야."

"허, 이상한 일도 다 있군." 긴노스케도 이상한 듯이 말했다. "그래, 자네한테 뭐라고 하시던가, 그 목소리는?"

"우시마쓰, 우시마쓰, 하고 계속 불렀어."

"으음, 자네 이름을?" 게이노신은 눈이 둥그레졌다.

"하하하." 긴노스케는 웃음을 터뜨렸다. "바보 같은 소리 그만두게나. 세가와 군, 자네 정말 어디가 어떻게 되었나보군."

"아냐, 분명히 불렀단 말이야." 우시마쓰는 열심히 말했다.

"어떻게 그런 일이 있을 수 있나. 뭔가 잘못 들었겠지."

"쓰치야 군, 자네는 그렇게 웃겠지만, 분명히 내 이름을 불렀어. 바람 소리가 나지도 않았을 테고, 새가 운 것도 아니야. 그 목소리를 설마 내가 잘못 들었을 리가 있나? 누가 뭐라고 해도 내 아버지야."

"자네, 정말이야? 농담 아니지? 또 속이는 건 아니지?"

"쓰치야 군은 그러니까 문제야. 나는 지금 농담하는 게 아니야. 분명히 이 귀로 듣고 왔어."

"그 귀를 믿을 수가 없단 거야. 자네 아버님은 니시노이리에 있는 목장에 계시잖아? 저 에보시가다케의 골짜기에 계시잖아? 보게나, 그런 아버님이 이렇게 멀리 떨어진 곳에 있는 자네 이름을 부르시다니 말이 안 되잖아."

"그러니까 이상하다지 않아."

"이상해? 쳇, 이상하다는 것은 옛 사람들이나 하는 옛날이야기야. 하하, 지식이 발달된 오늘날에 그런 바보스러운 일은 있을 수 없어."

"그러나, 쓰치야 군." 게이노신이 말을 받았다. "그렇게 자네처럼 단정지어 말할 것도 아닐세."

"하하, 구식 사람은 이러니까 곤란하다고요." 긴노스케는 비웃듯이 웃었다.

갑자기 우시마쓰는 귀를 기울였다. 또 무엇인가를 들었다는 듯 약간 얼굴빛이 바뀌며 말로 표현할 수 없는 두려움이 드러났다. 장난치는 게 아니라는 것을 그 진지한 눈빛으로 알 수 있었다.

"봐, 또 부르는 소리가 들려. 저기 창밖에서 말이야." 우시마쓰는 귀를 기울이며 말했다. "너무 이상한데. 잠깐 실례할게, 다시 한번 보고 올 테니까."

우시마쓰는 갑자기 달려나갔다.

긴노스케는 친구가 걱정되었다. 게이노신은 이미 마음속으로 놀라며, 이건 어떤 징조가 아닐까?—무엇보다 아버지가 부른다는 것이 이상하다, 라는 생각을 계속 하고 있었다.

"그건 그렇고," 게이노신이 생각난 듯이 말했다. "이렇게 우리만 불을 쬐고 있는 것이 마음에 걸리는데. 어때, 둘이서 같이 가서 봐줄까."

"음, 그렇게 할까요." 긴노스케도 화롯가에서 일어났다. "세가와 군 어딘가 좀 이상해진 것 같아요. 내가 보기엔 무슨 신경적인 거지 싶은데요. 잠깐만 기다려주세요. 지금 램프를 켤 테니까요."

2

우시마쓰는 깊은 생각에 잠기면서 목소리가 나는 곳으로 갔다. 가보자 숙직실 창에서 새어나오는 등불 빛이 정원 한 부분을 겨우 비추고 있을 뿐이었다. 교사(校舍)도 나무도 형체가 보이지 않았다. 지금은 모든 것이 밤공기에 싸여 잠잠해진 채 어둠에 숨어 있는 듯이 보였다. 바람이 조금도 없는 조용한 밤으로, 추위가 뼈에 스며드는 기분이었다. 아마 산 지방의 강렬한 기후를 알지 못하는 사람은 이러한 시나노 지방의 밤을 상상할 수 없을 것이다.

아버지가 부르는 소리가 또 들렸다. 우시마쓰는 갑자기 멈춰 서서 별빛에 의지해 주위를 살펴보았지만, 딱히 사람 그림자 같은 것이 눈에 들어오지는 않았다. 모든 것은 아무 말이 없었다. 개 한 마리 지나다니지 않는 추운 밤에, 무엇이 소리를 내어 우시마쓰의 귀를 속였을까.

"우시마쓰, 우시마쓰."

다시 불렀다. 우시마쓰는 두려움에 떨지 않을 수 없었다. 마음은 벌써 밑바닥까지 혼란해졌다. 그것은 분명히 아버지의 목소리였다. 쉰 소리지만 위엄이 담겨 있는 목소리로, 저 깊은 에보시가다케의 골짜기에서 멀리 이야마에 있는 우시마쓰를 부르는 것처럼 들렸다. 눈길을 들어보니 하늘 또한 땅과 마찬가지로 소리도 목소리도 들리지 않았다. 바람은 없고, 새는 사라졌고, 맑은 별의 모습만이 여기저기 보였다. 은하의 빛은 엷은 연기처럼 멀리 장엄하게 하늘에 흐르고, 바라보는 사람의 마음에 깊은 감동을 주었다. 과연 으스름한 반사가 있고, 우러러볼수록 어두운 남빛 바다처럼 타계(他界)를 바라보는 듯한 기분이 들었다. 목소리, 아버지가 부르는 그 소리는 이 별밤의 차가운 공기를 타고 우시마쓰의 귓전에 울려오는 듯했다. 아들의 영혼을 찾는 듯한 아버지의 목소리가 분명하게 들렸다. 그러나 그 뜻은 무엇일까. 우시마쓰는 생각다 못해 여기저기 정원 안을 걸어보았다.

아, 무엇을 그렇게 부르시는 것일까. 우시마쓰는 일생의 훈계를 생각해냈다. 아버지의 그 말씀을 기억했다. 자신의 마음속 고통이 아들을 생각하는 아버지에게 자연스럽게 전해진 것일까. 끝까지 신분을 감춰라, 오늘날까지 겪어온 아버지의 고통을 잊지 말라는 뜻일까. 그래서 목장의 오두막집을 나와 자신을 생각하면서 부르는 그 목소리가 계곡에서 계곡으로 울려퍼지고 있는 것은 아닐까. 아니면 자신의 마음이 방황하기 때문일까. 이렇게 여러 가지 생각을 해보고, 끝내는 두려움과 의심에 흐트러져, 아버지, 아버지, 하고 목적도 없이 외쳐보았다.

"아, 자네 거기 있었나?"

말을 걸며 다가온 것은 긴노스케였다. 이어서 게이노신도 따라왔다. 두 사람은 램프불을 바싹 갖다대며 우선 우시마쓰의 안색을 살피고, 몸 상태를 살펴보고, 그리고 어둠을 살피면서 아버지가 또 자기를 불렀다는 우시마쓰의 이야기를 들었다.

"쓰치야 군, 그것 보게나."

게이노신은 추위와 두려움에 떨면서 말했다. 긴노스케는 웃으며 말했다.

"아무래도 그런 일은 이치에 안 맞아. 분명히 신경과민이야. 요즘 세가와 군은 묘하게 의심이 많아졌어. 그래서 그런 시시한 게 들리는 거야."

"그럴까, 신경과민일까?" 우시마쓰는 반성하는 듯한 투로 말했다.

"생각해보게나. 형태가 없는 곳에 형태가 보이고, 소리가 없는 곳에 소리가 나다니, 그것은 말 그대로 자네가 의심이 많아졌단 증거야. 소리도 형태도 모두 자네가 의심하는 데서 나오는 환상이야."

"환상?"

"이른바 의심암귀*라는 것이지. 귀에 들리는 환상—이것도 약간 이상한 말이지만, 글쎄, 그런 말을 할 수 있다면 그것이 오늘밤 자네

---

* 疑心暗鬼. 의심하면 있을 리가 없는 귀신의 모습까지 보인다는 뜻으로, 한번 의심하면 아무렇지도 않은 일까지 믿을 수 없게 되고 불안한 마음이 강해지는 일을 말함.

가 들은 것과 같은 소리야.”

“어쩌면 그럴지도 모르겠네.”

얼마 동안 세 사람은 말이 없었다. 하늘도 땅도 잠잠하고 아무 소리가 없었다. 갑자기 이 별밤의 적막을 깨뜨리고 아버지가 부르는 소리가 우시마쓰의 귀에 울려퍼졌다.

“우시마쓰, 우시마쓰.”

그 소리는 차츰 희미해지면서, 울며 하늘을 나는 밤새처럼, 끝내는 멀고 가늘게 사라져 들리지 않았다.

“세가와 군.” 긴노스케는 손으로 든 램프를 들이밀며 안색이 변한 우시마쓰를 이상한 듯이 바라보면서 말했다. “자네 도대체 어떻게 된 거야?”

“지금 또 아버지의 목소리가 들렸어.”

“지금? 아무것도 들리지 않았는데.”

“그랬어?”

“그랬어가 아니야, 아무 목소리도 안 들렸어.” 긴노스케는 게이노신을 바라보았다. “가자마 선생, 어때요. 무슨 소리를 들으셨습니까?”

“아니.” 게이노신도 힘을 주어 말했다.

“그것 봐, 가자마 선생도 듣지 못했고 나도 듣지 못했어. 들은 것은 오직 자네뿐이야. 신경과민이야. 아무래도 신경과민인 게 틀림없어.”

이렇게 말하며 잠시 긴노스케는 여기저기 어둠을 비춰보았다. 하늘은 지금 간신히 별을 비추는 거울이고, 땅은 지금 큰 어두운 그림자 같았다. 소리가 날 듯한 것은 어느 것 하나 램프불에 비치지 않았다.

“하하하.” 긴노스케는 웃으며 말했다. “자, 나는 귀로 들었다고 해도 믿을 수가 없고, 눈으로 보았다고 해도 믿을 수 없어. 손으로 잡아보고 만져보고 한 뒤가 아니면 믿을 수가 없어. 결과적으로 이건 내가 살펴본 대로야. 생리적으로 그런 소리가 들린 거야. 하하하. 그건 그렇고, 아주 추워졌는걸. 더이상 이렇게 못 서 있겠어. 어서 들어가지."

3

그날 밤 잠자리에 든 후에도 우시마쓰는 아버지와 선배를 생각하느라 잠을 이루지 못했다. 긴노스케는 자리에 눕자 바로 코를 골았다. 우시마쓰는 베개를 나란히 하고 곁에 누워 있는 친구의 얼굴을 바라보며, 그 평온하고 조용한 잠을 부러워했다. 밤도 깊어졌을 무렵, 불쑥 잠자리에서 일어나 불길이 가늘어진 램프를 다시 밝게 켜 렌타로에게 편지를 썼다. 지금은 병문안 편지를 쓰는 것조차 남의 눈을 꺼릴 정도로 주의하고 있는 것이다. 때때로 붓을 멈추고 램프불에 비치는 친구의 자는 얼굴을 바라보니, 긴노스케는 죽은 물고기처럼 크게 입을 벌리고 아무것도 모른 채 잠에 빠져 있었다.

우시마쓰와 렌타로는 전혀 모르는 사이는 아니었다. 남의 소개로 만나본 적도 있었으며, 해가 바뀌고 나서 두세 번 편지가 오갔기 때문에 어느 정도 서로의 생각은 알고 있었다. 다만 렌타로는 우시마쓰가 자신과 같은 태생의 청년이라고는 꿈에도 생각지 않았다. 우시마쓰 또한 그 비밀만은 말하기를 주저했다. 그래서 왠지 답답한 기분이 들었고, 그날 밤 쓴 편지에도 그 생각을 충분히 나타내지 못했다. 왜 이 정도로 그를 따르는가, 그 이유만 쓰면 다른 것은 더이상 쓰지 않아도 된다. 아, 쓸 수 있다면 우시마쓰도 쓰고 싶었다. 그것을 쓰지 못한다는 것이 우시마쓰의 약점이었고, 결국 보통 병문안과 다를 바 없는 편지가 되어버렸다. 도쿄, 이노코 렌타로 선생, 세가와 우시마쓰로부터, 라고 끝맺자 심하게 양심을 속이는 느낌이 들었다. 붓을 던지고 탄식하며 다시 차가운 침상으로 파고들었지만, 깜빡 잠이 들었나 싶더니 곧장 무서운 꿈을 계속해서 꾸었다.

다음날 아침의 일이었다. 렌게 사의 쇼바보가 학교에 와서 우시마쓰를 꼭 만나고 싶다고 했다. 무슨 일이냐고 사환을 통해 묻자, 직접 뵙고 전해드릴 물건이 있다고 했다. 현관까지 나가서 만났더니 쇼바보는 한 통의 편지를 건네주었다. 서둘러 펴서 읽어보니 가타가나로 쓴 짧은 문장으로 아버지가 돌아가셨다는 소식이 쓰여 있었다. 갑작스러운 일에 놀라 반신반의했다. 분명 사망을 알리는 소식임에 틀림없었다. 발신은 네즈에 있는 숙부였다. 곧장 돌아오라고 쓰여 있었다.

"실로 뜻밖의 일이라 얼마나 힘이 빠지십니까? 지금 가서 안주인에게 말씀드리겠습니다."

쇼바보는 말했다. 어린아이처럼 죽음을 두려워하는 모습이 그 어리석은 눈초리에 나타났다.

우시마쓰의 아버지는 평소 무척 건강한 편이어서, 어떤 심한 날씨에도 감기 한번 걸리지 않았다. 강한 체력으로 따지자면 오히려 젊은 이를 능가할 정도의 노인이었다. 목장지기의 삶은 아주 재미있어 보이지만, 사실은 보통 사람이 견딜 수 있을 만한 직업이 아니었고, 그 중에서도 니시노이리 목장의 소치기라 하면 그 노인이니까 그나마 견딘다고 사람들이 말할 정도였다. 소의 성질을 잘 아는 것만으로는 에보시가다케의 깊은 골짜기에서 오랫동안 살 수 없다. 날씨를 견뎌낸다 해도 외로움은 견딜 수 없다. 따스한 태양 아래 태어나서 인내심이 부족한 남쪽 사람들은 도저히 이런 산의 목장지기에 어울리지 않았다. 그러나 북부 지방의 신슈 사람, 특히 우시마쓰의 아버지는 소박하고 부지런하며 강건한 기상으로 고생을 고생으로 여기지 않을뿐더러, 남몰래 숨어 살아야 할 이유도 가지고 있었다. 생각이 깊은 아버지는 우시마쓰에게 일생 지켜야 할 훈계를 했을 뿐만 아니라, 스스로도 될 수 있으면 남의 눈에 띄지 않도록 조심했다. 자식의 출세를 비는 것 말고는 이제 희망도 없고 즐거움도 없었다. 우시마쓰를 위해—이 생각만 하며 사는 어버이의 정은, 속세를 떠나 마을에서 멀리 떨어진 산골에 숨어 아침저녁으로 숯 굽는 연기를 바라보면서 소 떼를 상대로 쓸쓸한 나날을 보내게 했던 것이다. 매달 우시마쓰가 부쳐주는 돈으로 좋아하는 막걸리를 사 마시는 일이 다른 데 비할 수 없는 즐거움이었다. 고생도 외로움도 이를 위해 잊노라고 했다. 그런 아버지가—강철처럼 강하게 느껴졌던 아버지가 병에 걸렸다는 소식도 없이 갑자기 세상을 떠난 것이었다.

짤막한 전보에는 돌아가신 사정도 쓰여 있지 않았다. 게다가 아버지가 목장에 있는 오두막에 가는 것은 봄에 눈이 풀릴 무렵이었고, 다시 골짜기가 흰 눈으로 덮이는 무렵이 되면 네즈에 있는 집으로 내려오는 것이 해마다의 습관이었다. 이제 차차 겨울잠의 계절이다. 생각해보니 돌아가신 장소가 니시노이리인지 네즈인지조차 이 전보만으로는 알 수 없었다.

그러나 이때 우시마쓰는 비로소 지난밤의 일을 생각해냈다. 아버지가 부르던 그 목소리를 생각해냈다. 그 목소리가 차차 멀고 가늘어졌을 때, 마치 작별을 고하는 것처럼 들렸던 것을 생각해냈다.

이 전보를 긴노스케에게 보이자 친한 친구 역시 뜻밖의 소식에 놀라 잠시 멍하니 선 채로 우시마쓰의 얼굴을 바라보기도 하고, 사망을 알리는 소식을 되풀이해 읽기도 했다. 잠시 후 긴노스케는 생각난 듯이 말했다.

"음, 네즈에 자네 숙부님이 계신다고 했지? 그런 친지가 계시면 만사를 잘 돌봐주시겠지. 정말 안됐네. 하여간 빨리 돌아갈 준비를 하게나. 학교 일은 내가 알아서 할 테니까."

이렇게 말하는 친구의 얼굴에는 진정이 넘쳐흘렀다. 다만 긴노스케는 지난밤의 일은 한 마디도 꺼내지 않았다.

'죽음은 사실이다. 이상할 건 아무것도 없어.' 이 젊은 식물학자는 눈으로 이렇게 말했다.

교장이 제 시간에 출근했기 때문에 재빨리 이 소식을 전했다. 우시마쓰는 지금 바로 출발하고 싶다고 했다. 부재중의 일을 아무쪼록 잘 부탁드린다, 반 수업에 관해서는 모두 긴노스케에게 부탁해두었다고 말했다.

"자네도 얼마나 놀랐겠나." 교장은 부드러운 말씨로 말했다. "학교 일은 쓰치야 군도 있고 가쓰노 군도 있으니 염려 말게나. 참으로 나도 뜻밖이네. 자네 아버님께서 돌아가시다니. 그쪽 일이 다 끝나고 상복을 벗으면 다시 학교를 위해 힘써주기 바라네. 학교 사업이 이만큼 발전한 것도 자네의 노력 덕분이야. 이렇게 자네가 있어서 나도 얼마나 마음이 든든한지 모르겠네. 일전에도 어디에선가 자네의 평판을 들었는데, 내가 칭찬을 받은 느낌이 들었지. 실로 우리는 자네를 믿고 있으니까." 교장은 다시 화제를 바꾸어 말을 이었다. "그래도 막상 떠나려면 생각보다 돈이 많이 필요할 거야. 조금이라면 내가 가지고 있는 걸 융통해줄 수 있는데, 어떤가. 가지고 가지 않겠나? 만일 필요하다면 기탄없이 말해주게나. 부족하면 곤란할 테니까."

교장의 말은 참으로 훌륭했다. 그러나 우시마쓰의 귀에는 단지 겉치레처럼 들렸다.

"세가와 군, 결근계는 잊지 말고 내게나. 모두의 규칙이니까."

교장은 이렇게 덧붙였다.

4

우시마쓰가 서둘러 렌게 사로 돌아오자 안주인과 오시호도 뛰어나와 전보 소식에 대해 물었다. 두 사람은 우시마쓰의 얼굴을 바라보며 이 슬픈 소식을 사실로 상상했다. 지난밤의 이상한 사건을 전해 듣고 두 사람은 여자 마음에 무척이나 무섭고 신기하게 생각했다. 두 사람은 세상에 있는 많은 예를 생각해내고, 죽음을 알리는 징조, 만나러 오는 그림자, 또는 어둠을 날아다니는 혼에 관한 미신 따위를 상상하고 그 우연한 사실에 가슴이 두근거렸을 것이다.

"그건 그렇고." 부인은 갑자기 생각난 듯이 말했다. "아직 조반도 안 드셨지요?"

"어머, 그러고 보니 그랬네요." 오시호도 이렇게 한마디 거들었다.

"세가와 씨, 그러면 준비하고 계세요. 지금 바로 아침을 차리겠어요. 곧 떠나신다고 하는데 이렇게 아무것도 없어서 큰일이군요. 연어 절인 것이라도 구워드릴까요?"

여주인은 눈물을 머금으며 집 안을 왔다 갔다 했다. 오랜 절간 생활로 그녀의 성격은 감상적이고 성급해졌던 것이다.

"나무아미타불."

이 머리 기른 여승은 그렇게 혼잣말처럼 중얼거렸다.

우시마쓰는 이층으로 올라가 서둘러 떠날 준비를 했다. 처지가 처지이니만큼 선물도 사지 않고, 짐도 들지 않고, 될 수 있는 한 가벼운 차림으로 가기 위해 숙모가 손수 짠 솜옷을 고리짝에서 꺼내 입었다. 발을 뻗고 각반을 두르는 참에 하녀 게사지가 밥상을 들고 오고, 이어서 오시호가 따라 들어왔다. 항상 밥통을 내다놓고 매번 손수 밥을 퍼 먹는데 이렇게 남이 시중을 들어주는 일이 기쁘기도 하고 거북하기도 해서, 우시마쓰는 급히 밥상을 당겨다가 오시호가 퍼준 밥을 먹었다. 그날은 오시호도 조금 허물없이 대했다. 평소처럼 우시마쓰를 두려워하는 모습도 없었다. 게이노신의 처지를 깊이 동정하는 우시마쓰의 진심이 알려져서 자연스레 염려하는 마음도 누그러지고, 이렇게 시중을 드는 사이에도 여러 가지 질문을 했다. 오시호는 또 우시마쓰의 어머니에 대해 물어보았다.

"어머니요?"

우시마쓰는 담백하고 남자다운 말투로 말했다.

"제가 여덟 살 때 돌아가셨습니다. 여덟 살이면 아직 정말 어린애니까, 글쎄요, 나는 어머니에 관해 잘 기억하지 못해요. 실제로 어머니라는 게 어떤 존재인지 제대로 모르지요. 아버지도 그래서, 요 육칠 년 사이에는 오랫동안 함께 있어본 일이 없답니다. 언제나 부자가 떨어져 있었지요. 아버지도 이미 나이를 많이 드셨으니까—그렇군요, 오시호 양의 아버님보다 조금 위예요—그렇게 평소에 건강한 사람이 오히려 병에 걸리면 약해지는지도 모르겠군요. 나 같은 사람은 요컨대 부모와 인연이 없나봅니다. 하긴 오시호 양, 당신도 나와 같은 처지군요."

이 말이 오시호의 눈물을 자아내는 씨앗이 되었다. 아버지와는 열세 살 되는 봄에 이 절로 오고 나서는 한 번도 같이 살지 않았다. 게다가 낳아준 어머니와는 어렸을 때 사별했다. 부모의 인연이 없는 것은 실로 오시호의 운명이기도 한 것이다. 오시호는 자신의 집이 영락한 것을 떠올린 듯 약간 얼굴을 붉히며 잠자코 고개를 숙이고 있었다.

오시호의 그런 모습을 주의해서 보자니, 돌아간 어머니라는 사람도 어느 정도 상상이 되었다. '그 딸의 얼굴을 보면 바로 지난번 마누라가 내 눈앞에 떠오르지.' 게이노신의 말이 떠올랐다. 옛날식으로 남편에게 의지하며 철저하게 자신을 믿었다고 한 그 여인의 젊은 시절은 과연 오시호처럼 정이 많고 눈물을 잘 흘리는 모습이었을 것이다. 그리고 볼 때마다 다른 사람 같을 정도로 여러모로 잘 바뀌는 사람이었음에 틀림없다. 마치 이 오시호처럼 밉게도 보이고 아름답게도 보이고, 어느 때는 창백하고 누렇게 죽은 듯한 표정인가 하면 또 어느 때는 꽃처럼 하얀 얼굴에 자연스러운 홍조를 띠고 젊고 맑고 생생한 표정을 짓는 것. 이것이 오시호를 통해 상상한 그녀 어머니의 젊은 모습이었다. 쾌활하고 자연스러운 신슈 북부 지방 여자의 아름다운 모습과 특색은, 역시 우시마쓰 같은 신슈 북부 지방 태생의 남자 눈에 가장 잘 보이는 것이었다.

출발 준비가 다 되어 우시마쓰는 이층을 내려가 안채의 넓은 방에서 여러 사람과 같이 차를 마셨다. 새 목재로 만든 염주, 이것이 안주인의 전별(餞別)이었다. 잠시 뒤에 우시마쓰는 쇼바보가 손수 만들었다는 짚신을 신고 사람들의 배웅을 받으며 렌게 사의 산문을 나섰다.

7장

1

잊을 수 없을 정도로 쓸쓸한 여행이었다. 재작년 여름에 귀향했을 때와 비교하면, 치쿠마 강 언덕을 따라서 그리운 고향으로 돌아가는 우시마쓰는 자신이 생각해도 거의 다른 사람같이 느껴졌다. 햇수로 3년이면 그리 긴 세월이 아니지만 우시마쓰에게는 일생의 변화가 시작된 시대로—실상 사람에 따라 언제 변했는지조차 모르게 자연스레 세상과 멀어지는 기분이 들 때도 있지만—그 정신 내부의 혁명이 맹렬하게 일어나서, 특히 그에 대한 것을 깊게 느끼는 것이었다. 지금은 누구를 꺼릴 것도 없는 신세다. 건조한 공기를 자유롭게 호흡하며, 자신의 야릇한 운명을 슬퍼하고 생애의 변화에 놀라기도 하며 무한한 감개에 젖어들어 걸었다. 치쿠마 강의 물은 연두색으로 흐려진 채 소리도 없이 먼 바다 쪽으로 흐르고—그 기슭에 웅크린 듯 나지막이 서 있는 마른 버드나무의 모습—아, 옛날 그대로인 산하의 조망이 한층 우시마쓰의 눈을 아프게 했다. 우시마쓰는 때때로 멈춰 서서 아무도 보지 않는 길가의 마른 풀 위에 누워 소리를 지르며 통곡하고 싶은 충동을 느꼈다. 혹은 그렇게 하면 견딜 수 없는 가슴의 고통이 조금은 줄어들어 가벼워질 것이라고 생각했다. 어찌하리, 통곡하고 싶어도 통곡할 수 없을 정도로 마음은 무겁고 어둡게 막혀버린 것이다.

방랑하는 여행자 무리가 여럿 우시마쓰의 곁을 지나쳐갔다. 떨어지는 눈물로 얼굴을 적시며 굶주린 개처럼 걸어가는 사람도 있었다. 무언가 일자리를 찾는 얼굴로 더러워진 옷을 몸에 걸치고 맨발로 흙을 밟으며 걸어가는 사람도 있었다. 슬픈 노래를 부르며 방울을 울리면서, 긴 여행의 고생을 수행의 생명으로 삼는 듯, 햇볕에 그을리고 속죄하는 듯한 얼굴의 순례자 부자도 있었다. 또는 자포자기한 분위기의 삿갓 차림, 과연 세상을 꺼리는 모습이 애처롭고, 마음대로 연모하는 곡조를 켜며 돈을 구걸하는 한 무리의 천한 사당패도 있었다. 우시마쓰는 그들을 바라보았다. 바라보면서 자신의 신세와 비교해보았다. 우시마쓰는 지금 자신의 신세가 얼마나 처절한가를 생각하며, 자유롭게 떠도는 여행자의 무리를 부러워했는지 모른다.

이야마에서 멀어질수록 우시마쓰는 차차 자유로운 세상으로 나온 듯한 마음이 들었다. 북국가도(北国街道)의 회색 흙을 밟고 화창한 햇볕을 받으면서, 때로는 언덕을 오르고 때로는 뽕나무밭 사이를 걷고 때로는 또 가도 양편에 늘어서 있는 마을들을 지났다. 땀이 흐르고 입안도 마르고 버선과 행전도 먼지로 더럽혀져 희뿌옇게 되자 오히려 조금 살아난 기분이 들었다. 길가에 있는 감나무는 가지가 휠 정도로 노란 열매를 잔뜩 달고 있고, 조는 이삭을 드리우고, 콩은 껍질에 가득 찼고, 벌써 벼를 벤 논밭에는 보리가 엷게 싹트기 시작했다. 여기저기서 들리는 농부의 노랫소리, 새소리—아아, 산가(山家)에서 말하는 시월상달이다. 그날은 고야 산 일대의 산맥도 모습을 나타내서, 산과 산 사이의 깊은 계곡에 파랗게 숯 굽는 연기가 피어오르는 것도 보였다.

가니자와 변두리에서 세련된 신사를 태운 마차 한 대가 우시마쓰의 뒤를 따라왔다. 보았더니 천장절 아침 식장에서 연설했던 다카야기 리사부로였다. 대의원 후보자로 나선 사람들은 이제 슬슬 정견을 발표하기에 바쁜 시기였다. 아마 이 사람도 선거 준비로 지방 순회에 나가는 것이겠지, 하고 바라보는 우시마쓰 곁을 다카야기는 약간 깔보는 눈치로 인사도 없이 의기양양하게 지나쳤다. 이삼 정 떨어진 후에야 마차 위에 있던 사람이 급히 무엇인가 생각난 듯이 돌아보았지만, 우시마쓰는 그다지 마음에 두지 않았다.

해는 차츰 높아졌다. 미노치 평야가 우시마쓰의 눈앞에 펼쳐졌다. 그것은 치쿠마 강의 넓은 유역으로, 강 위에서 흘러나온 진흙과 모래가 한곳에 쌓여 있는 것만 보아도 그 범람이 대단했다는 것을 알 수 있었다. 시야 끝까지 논과 밭이 멀리 이어지고, 느티나무 숲이 여기저기 보였다. 산과 들은 지금 푸른 11월의 공기를 호흡하는 듯했으며, 황량한 가운데에도 생생한 자연의 풍취가 잘 나타났다. 빨리 이 상류로, 치이사가타 계곡으로, 네즈 마을로, 이렇게 생각하며 우시마쓰는 빛나는 바다를 바라보는 듯한 가련한 고향의 하늘을 향해 서둘렀다.

기차역이 있는 도요노라는 지역에 도착한 것은 오후 두시쯤이었다.

마차로 달려온 다카야기도 같은 열차를 기다리고 있는 듯, 발차 시간이 다가왔을 무렵 찻집에서 나왔다. 저 사내는 어디로 가는 것일까. 우시마쓰가 이렇게 생각하며 슬쩍 다카야기의 모습을 살펴보자, 저쪽도 마찬가지로 우시마쓰를 주의해 살피는 듯했다. 게다가 이상한 점은 그가 왠지 우시마쓰를 피하는 것처럼 될 수 있는 한 얼굴을 마주치지 않으려 애쓰고 있다는 것이었다. 서로 얼굴만 알 뿐 이제까지 통성명을 한 적도 없었으므로 두 사람은 말을 나누려고 하지 않았다.

잠시 뒤에 발차를 알리는 종소리가 울렸다. 승객들이 개찰구 안으로 서둘러 들어갔다. 나오에즈 방향에서 올라온 열차가 시커먼 연기를 피우면서 도요노 역 앞에 멈췄다. 다카야기는 재빨리 군중 속을 비집고 문을 열고 들어갔다. 우시마쓰 역시 기관차의 한 칸을 골라서 올라탔다. 그리고 거기 앉아 있던 한 신사의 얼굴과 무심코 마주쳤을 때, 너무나 지나친 우연에 가슴이 두근거렸다.

"아, 이노코 선생님."

우시마쓰는 모자를 벗고 인사했다. 신사도 뜻밖의 장소에서 만났다는 듯 기쁨이 넘치는 얼굴이었다.

"오, 세가와 군이로군요."

2

꿈에도 잊을 수 없었던 사람 앞에 우시마쓰는 지금 우연히 마주 앉았다. 렌타로는 청년의 성장에 놀란 표정을 지으며 그리운 듯 이쪽을 바라보았다. 우시마쓰는 만면에 존경의 표정을 띠며 귀성하는 이유를 이야기했다. 이 해후는 참으로 갑작스럽고도 뜻밖이었으며, 거짓도 꾸밈도 없는 속마음이 그대로 겉으로 드러난 모습은 사나이와 사나이 사이에서 간혹 볼 수 있는 아름다움이었다. 렌타로 오른편에 앉은 키가 크고 얼굴이 약간 창백한 여자가 읽고 있던 신문을 접으면서 우시마쓰를 바라보았다. 유리창 너머로 산 풍경을 바라보던 뚱뚱한 신사도 창에 기대어 뒤돌아보고는 두 사람의 모습을 번갈아 쳐다보았다.

신문에서 렌타로에 관한 기사를 읽고 병문안 편지까지 쓴 우시마쓰는, 이 선배가 의외로 건강해 보이는 것을 눈앞에서 보자 기쁘기도 하고 이상하기도 했다. 전부터 염려하고 상상했던 만큼 몸이 약해진 것 같지는 않았다. 강한 의지가 새겨진 넓은 이마, 차츰 높게 솟아오른 뺨의 광대뼈, 특히 눈은 일종의 신경질적인 빛을 띠면서 비장한 마음속을 분명하게 반영하고 있었다. 때로 얼굴의 광택이 드러나는 것은 그 병의 습관이거나 혹은 증상일까 싶었지만, 상상한 것과 본 것은 아주 달라서 피를 토할 정도의 고통을 겪는 중병에 걸린 사람 같지는 않았다. 우시마쓰는 재빨리 그 화제를 꺼내며 진실된 표정으로 말했다. "실은 신문을 보았습니다. 그래서 도쿄의 댁으로 편지를 드렸어요."

"허어, 신문에 그런 것이 났습니까?" 렌타로는 웃으며 말했다. "잘못 들은 것이겠지요. 나빴었다는 것을 지금 나쁘다는 식으로 잘못 들었겠지요. 신문에는 자주 그런 잘못된 기사가 나니까요. 자, 보시는 대로 이렇게 여행까지 할 수 있는 정도니까 안심하세요. 누가 또 그런 야단스러운 글을 씼을까? 하하하."

이야기를 들으니 렌타로는 아카쿠라 온천에 휴양을 갔다가 지금 돌아오는 길이라고 했다. 그러면서 동반인들을 우시마쓰에게 소개했다. 오른쪽에 있는, 어딘가 모르게 인격이 고아해 보이는 여자는 선배의 부인이었다. 뚱뚱한 신사는 예전에 이야기를 들었던 신슈의 정치가이자 올 겨울 출마하려는 대의원 후보자 중 한 사람으로, 웅변과 협기로 사람들에게 잘 알려진 변호사였다.

"아, 세가와 씨라고 하십니까?" 변호사는 사교적인 미소를 만면에 띠면서 쾌활하고 활달한 태도로 말했다. "저는 이치무라라고 합니다. 지금 나가노에 살고 있습니다. 아무쪼록 잘 부탁드립니다."

"이치무라 씨와 나는," 렌타로는 우시마쓰를 바라보며 말했다. "우연한 일로 이렇게 친해져서 지금은 아주 신세를 지고 있어요. 내 저술에 관해서 특히 이 이치무라 씨가 염려해주십니다."

"아닙니다." 변호사는 비대한 몸을 흔들었다. "저야말로 여러 가지로 신세를 지고 있습니다. 나이는 이노코 군이 훨씬 젊죠. 하하, 하지만 그 밖의 일에 관해서는 저의 선배이십니다." 이렇게 말하며 무엇인가 생각난 듯이 탄식했다. "요즈음의 인물들을 살펴보면 모두 젊고 날카로워요. 나 같은 건 이 나이가 되어서도 아직 변변치 못하니 생각해보면 참으로 부끄럽습니다."

이러한 말 속에는 실로 자신이 나이가 든 것을 슬퍼하는 마음이 나타나 있었고, 창의적인 것을 꺼리는 나쁜 버릇은 조금도 보이지 않았다. 원래 사도 태생이고 이 산골 지방에 정착한 것은 지금으로부터 10년 전쯤의 일이라고 했다. 선에도 강하지만 악에도 강한 맹렬한 기상으로, 여러 가지 인간 세상의 어려움, 오랜 정치 경험, 권세 쟁탈, 당파의 영고(榮枯)의 꿈, 또는 국사범으로 치른 옥고, 그 밖의 많은 소송인과 죄인의 변호, 아마도 모든 사회의 달고 쓴 맛을 다 맛본 후 지금은 약하고 가난한 사람들의 편이 되어 눈물 많은 사람이 된 것이다. 하늘의 뜻처럼 이상한 것은 없다. 이 정객이 말년에 지식과 재주도 있는 백정과 친구가 될 줄이야.

다시 자세히 이야기를 듣고 보니, 이치무라 변호사는 지금 우에다를 비롯하여 고모로, 이와무라다, 우스다 등의 지방으로 유세를 가기 위해 정견 발표의 장도에 오르는 것이라 했다. 사쿠치이사가타에 있는 유권자를 친히 한 사람 한 사람 찾아가서 표밭을 일굴 작정이라고 했다. 렌타로는 이 친구를 응원하기 위해, 또 한편으로는 자신의 연구를 위해 잠시 그리운 신슈에 머물고 싶은 생각으로, 오늘밤에는 우에다에서 하룻밤 자고 이삼 일 안에는 변호사와 같이 우시마쓰의 고향이라는 네즈 마을에도 가보고 싶다고 했다. 이 '네즈 마을에도'라는 말이 우시마쓰의 마음을 기쁘게 했다.

"그러면 세가와 씨는 지금 이야마에서 근무하고 계신가요?" 변호사가 우시마쓰에게 물었다.

"이야마에서도 후보자가 나오지요. 아십니까? 다카야기 리사부로라는 사내인데요."

역시나 변호사는 곧장 그 말을 꺼냈다. 우시마쓰는 도요노 역에서 만났다는 것부터 시작해 그도 이 열차에 타고 있다고 말해주었다. 무언가 짐작 가는 일이 있는 것처럼 변호사는 고개를 갸우뚱하면서 말했다. "어디를 가는 것일까?" 몇 번이나 이렇게 되풀이했다.

"이래서 기차 여행은 재미있어. 같은 열차 안에 타고 있어도 서로 모르니까."

이렇게 말하며 변호사는 웃었다.

병을 앓는 사람만큼 남의 인정이 진실인지 거짓인지 분명하게 느끼는 사람은 없다. 마음에도 없는 말을 해서 위로하려는 건강하고 행복한 사람이 많은 와중에, 이러한 사람들에게 둘러싸인 렌타로는 기뻤다. 특히 우시마쓰는 말끝마다 동정심이 나타났으며, 그것이 또 렌타로에게는 참으로 가슴에 와 닿는 진실된 표정이었다. 부인은 상자 안에 있는 감을 꺼냈다. 기차 창구에서 산 것으로, 붉은색이 참으로 맛있어 보이게 익은 것을 골라 우시마쓰에게도 권하고 변호사에게도 권했다. 렌타로도 한 개 집어서 가을 과일의 냄새를 맡으며 아카쿠라 온천에서 있었던 여러 가지 일을 이야기했다. 에치고 바다까지 여행했던 이야기도 했다. 렌타로는 또 도쿄의 시장에서 팔리는 과일과 비교해볼 때 이 시나노지에서 나는 감은 신선하고 달다고 극찬했다.

역에서 기차가 머물 때마다 농부 승객들이 몇 무리씩 들어왔다. 객실 안은 마구 웃는 소리와 거침없는 잡담으로 가득 찼다. 게다가 도카이도 연안을 달리는 철도와 달리 이 쓸쓸한 시나노지의 철도는 어디나 구식이고 조잡하고 산가(山家) 식이었다. 열차가 산 위로 올라가면서 유리창이 심하게 울리고 요동쳤다. 나중에는 말소리도 잘 들리지 않을 정도였다. 이야마 근처의 강변을 기름처럼 적시는 치쿠마 강의 물도 이윽고 큰 계류의 흐름으로 바뀌어 흰 파도를 일으키며 계곡 아래로 내려갔다. 짙고 푸른 산의 기운이 창문으로 들어와 차차 고원이 다가오는 것을 느끼게 했다.

이윽고 기차는 우에다에 닿았다. 여행자는 대부분 이 역에서 내렸다. 렌타로와 부인과 변호사도 내렸다. "세가와 군, 그러면 근일에 네즈에서 만납시다." 이렇게 말하며 재회를 약속하고 떠나는 선배의 뒷모습을 우시마쓰는 정답게 배웅했다.

갑자기 기차 안이 조용해졌다. 우시마쓰는 차가운 쇠기둥에 기대어 눈을 감고 이 뜻밖의 해후를 떠올렸다. 욕심을 말하자면 우시마쓰는 무엇인가 부족했다. 그 정도로 터놓고 격의 없는 대화를 주고받았지만, 어딘가 서먹한 행동이었다는 기분이 들었고 이 정도로 경모하는 마음이 어째서 그 선배 마음에는 통하지 않는 것일까 하는 슬프고 안타까운 기분도 들었다. 질투하는 것은 아니지만, 그 노신사가 친숙하게 대하는 것이 부럽게도 느껴졌다.

이제야 비로소 우시마쓰는 위치를 분명하게 인정할 수 있었다. 경모나 동정이나 모두, 선배에 대해 일어나는 마음속의 간절함은 자신 역시 백정이라는 처절한 사실에서 생겨나는 것이었다. 그 비밀을 간직하고 있는 이상 아무리 입이 닳도록 다른 이야기를 한다 한들 자신의 진정이 선배 가슴을 울릴 리는 없다. 무리도 아니다. 아아, 그 사실을 털어놓는다면 이 가슴의 무거운 짐이 얼마나 가벼워질까. 선배는 무척이나 놀라서 자신의 손을 잡고, 자네도 그런가, 하면서 기뻐해주겠지. 두 사람의 마음과 마음이 얼굴을 맞대고 서로 같은 운명을 동정하는 깊은 사귐이 될 것이다.

그래, 적어도 그 선배에게만이라도 이야기하자. 이렇게 생각하고 우시마쓰는 즐거운 재회의 날을 상상해보았다.

3

다나카 역에 닿았을 무렵에는 저녁나절이 가까웠다. 네즈 마을로 가려는 사람은 여기에서 내려 치이사가타의 경사를 10리쯤 올라가야 한다.

우시마쓰가 기차에서 내리자 다카야기도 내렸다. 과연 대의원 후보자라고 자칭하는 사람인 만큼 풍채가 당당하고 훌륭했다. 권세와 사치에 굶주린 듯한 그 모습에는 어딘지 모르게 우울한 구석이 있었고, 때때로 훔쳐보듯이 이쪽을 돌아보았다. 마치 우시마쓰를 피하는 듯한 모습이라서, 확실히 얼굴을 마주치지 않으려고 애쓰고 있다는 것을 그 몸짓으로 알 수 있었다. 저 사내는 어디를 가는 것일까, 하고 살펴보았더니 다카야기는 재빨리 출구를 빠져나가서 숨을 곳이 필요한 것처럼 여행자들 속에 섞였다. 외투에 깊숙이 파묻혀 남의 눈을 피하고 있다가, 마중 나온 사람들과 함께 정작 우시마쓰와 같은 방향으로 향했다.

북국가도를 왼쪽으로 돌아서 뽕나무밭 사이의 오솔길을 빠져나가자 이미 다카야기 일행은 보이지 않았다. 돌담으로 쌓아올린 밭과 밭 사이의 고갯길을 올라가자 에보시가 산맥의 가파른 경사가 눈앞에 펼쳐졌다. 히로노, 유노마루, 가고노토, 그리고 산보, 아사마의 산들, 그 밖에 여기저기 흩어져 있는 마을과 송림, 어느 것 하나 추억을 자아내지 않는 것이 없었다. 치쿠마 강은 멀리 계곡 밑을 흐르고, 해를 받아서 빛나고 있었다.

이날은 회색 구름이 서쪽 하늘에 무리지어 있어서 히다 산맥은 보이지 않았다. 사람의 발자취가 닿지 않는 천고(千古)의 그곳, 만일 저녁 구름에 가려지지 않았다면 새하얀 눈이 저녁 해를 받고 있는 모습은 분명 천지의 장관으로 사람의 마음을 놀라게 했으리라. 산을 사랑하는 것은 우시마쓰의 성격이었다. 이렇게 가파른 경사와 깊은 골짜기의 모습을 바라보고, 또 산간에 사는 신슈 사람의 소박한 풍속과 생활을 생각하며 암석이 많은 울퉁불퉁한 길을 밟고 가노라니 젊은 전신의 피가 끓어오르는 듯했다. 이제 이야마의 하늘에서도 멀리 떨어졌다. 우시마쓰는 산이 토해내는 공기를 한없이 마시며 잠시 자신을 잊어버리고 즐거운 마음이 되었다.

산 위의 일몰도 우시마쓰의 눈에 아름답게 비쳤다. 점점 약해져가는 저녁노을의 반사를 받아서 산의 색이 몇 번이나 바뀌었다. 붉은 빛에서 보랏빛으로, 보랏빛에서 회색으로. 결국은 들판도 언덕도 저물어 그림자는 어둡게 계곡에서 계곡으로 퍼져나가 마지막 남은 햇빛은 산꼭대기에서만 반짝거렸다. 마침 하늘의 한구석에서 누렇게 불타는 잿빛 구름 같은 아사마 산의 연기가 나부끼겠지.

하지만 이러한 즐거운 기분도 오래 이어지지 않았다. 아라야의 끝까지 가면 맞은편 산중턱에 이어지는 한 마을이 보인다. 노을빛에 싸인 흰 벽과 토벽의 모습, 그 산가 지붕과 지붕 사이에 검게 보이는 것은 감나무 가지일까—아아, 네즈에 왔다. 집으로 돌아가는 농부가 부르는 노래를 듣는 것만으로도 우시마쓰는 가슴이 두근거렸다. 고모로 맞은편 마을에서 여기로 와 숨어 살았던 아버지의 생애, 이를 생각하자 황혼의 경치를 바라볼 마음도 사라져버렸다. 애틋한 정이 그리움과 섞여 다리가 떨리기 시작했다. 아아, 자연의 품도 한때의 위안밖에 주지 못한다. 네즈로 다가갈수록 자신은 백정이다, 조리*다, 라는 생각에 마음이 차차 답답해졌다.

어두워지고 나서야 제2의 고향에 닿았다. 원래 아버지가 가족을 데리고 이런 시골로 옮겨온 것은 목장을 다니는 편리함 때문만이 아니라, 얼마 안 되는 땅을 아주 싸게 빌릴 수 있기 때문이었다. 실제로 숙부가 경작하고 있는 것도 그 땅이었다. 용의주도했던 아버지는 남의 눈에 띄지 않는 마을 변두리를 골랐고, 네즈 서쪽 마을에서 8정 정도 떨어진 어느 작은 언덕 기슭에서 살았다.

나가노 현 치이사가타 군 네즈 마을 오아자히메코자와 — 우시마쓰의 제2의 고향은 쉰 가구 정도가 살고 있는 그 작은 마을이었다.

4

아버지가 돌아가신 곳은 이 네즈의 집이 아니라 니시노이리 목장에 있는 오두막이었다. 숙부는 우시마쓰가 돌아오기를 기다렸다가 함께 목장으로 갈 참이었다. 우선 우시마쓰를 화롯가로 불러서 여독을 풀게 한 다음, 평소처럼 욕심 없고 마음씨 좋아 보이는 목소리로 돌아가신 아버지의 이야기를 시작했다. 화로의 불이 활활 타올랐다. 숙모도 훌쩍이면서 귀를 기울였다. 들어보니 아버지의 죽음은 노환도 아니고 병 때문도 아니었다. 말하자면 직업 때문에 갑작스러운 최후를 맞은

---

* 調里, 신평민의 다른 이름.

116

것이었다. 아버지가 가축을 사랑하는 마음은 거의 천성에 가까웠으며, 목부 경험도 많고 남에게 신용이 있어 목장 주인한테도 신뢰를 받을 정도였다. 소의 성질 같은 것에 관해서도 잘 알고 있었다. 설마 그 노련한 사람이 그런 것에 실수하리라는 생각은 아무도 하지 않았다. 그것이 아버지의 생애에서 예측하기 어려운 대목으로, 우연찮게 어떤 씨소(種牛)를 맡아서 뜻밖의 사건이 일어난 것이었다. 씨소란 것은 성질까지 나쁘다. 무엇보다 암소의 무리에 한 마리의 씨소를 놓아두는 것인 만큼 보통 때에는 얌전한 씨소라도 거칠어지게 마련이다. 때로는 성질이 돌변하는 것이다. 하물며 처음부터 거친 잡종의 씨소였기에 더더욱 참지 못했다. 넓은 목장에서 자유롭게 유혹하는 듯한 암소의 울음소리는 이 씨소를 미치게 했다. 결국은 집에서 길들인 습관도 잊고, 거친 야수의 본성으로 돌아가 행방을 알 수 없게 되었다. 사흘이 지나도 돌아오지 않았다. 나흘이 지나도 안 돌아왔다. 아버지는 걱정이 되어 매일 수초 사이를 찾아다녔고, 어떤 때에는 깊은 못가를 헤치며 해가 질 때까지 찾아다녔다. 어떤 때에는 산을 헤매며 큰 소리로 불러보기도 했지만, 어디에도 그림자조차 보이지 않았다. 어제 아침, 아버지는 다시 씨소를 찾으러 나갔다. 멀리 갈 때는 항상 꼭 점심을 준비하고, 매일 가지고 다니는 바리에 낫과 자귀와 톱 따위를 넣어서 지고 나갔다. 그런데 어제는 그것을 가지고 가지 않았다. 시간이 되어도 돌아오지 않았다. 일을 도와주던 목부가 이상하게 생각하면서 소금을 주려고 외양간이 있는 곳으로 올라가자 암소 무리들이 기쁜 듯이 몰려왔다. 그런데 그 가운데 문제의 씨소가 얼빠진 얼굴로 섞여 있었다. 보았더니 뿔이 빨갛게 피로 물들어 있었다. 놀랍기도 하고 어이가 없어서 마침 거기에 와 있던 사람들과 함께 붙잡았는데, 이미 지쳐 있었던 탓인지 그다지 저항하려고도 하지 않았다. 사내는 아버지를 찾으러 나갔다. 언덕 그늘의 얼룩조릿대 속에서 신음하며 쓰러져 있는 아버지를 겨우 발견하고 어깨에 메고 오두막까지 왔다. 집에 와보니 손도 댈 수 없을 정도로 심한 상처를 입은 상태였다. 숙부가 소식을 듣고 달려갔을 때는 아직 정신이 또렷했다. 마지막으로 숨을 거둔 것은 어젯밤 열시쯤이었다. 오늘은 사람들도 목장에 모여 오두막에서 철야하기로 결정하고, 우시마쓰가 오기를 기다리고 있던 참이라고 했다.

"그래서," 숙부는 우시마쓰의 얼굴을 바라보았다. "내가 형님께 뭐 하실 말씀이 없으시냐고 물었더니, 괴로운 와중에도 기상은 분명하신지 이렇게 말씀하셨어. 나는 목부니까 소 때문에 죽는 게 당연하다, 이제 와서 할 말은 아무것도 없다, 다만 마음에 걸리는 건 우시마쓰다, 내가 오늘날까지 고생한 것은 모두 그놈 때문이었다, 내가 늘상 그놈에게 훈계하던 것이 있다, 우시마쓰가 돌아오면 꼭 잊지 말라고 한마디 해줘야 한다."

우시마쓰는 머리를 숙이고 잠자코 아버지의 유언을 들었다. 숙부는 다시 말을 이었다.

"그리고 난 이 목장의 흙이 될 테니까, 장례식은 네즈에 있는 절에서 하지 말고, 될 수 있는 대로 이 산에서 치러달라, 내가 죽었다는 걸 고모로 무코마치에 알리지 말아달라, 부탁이다, 라고 하셨어. 나는 예, 알았어요, 알았어, 라고 말해주었지. 그러자 형님은 그것이 기뻤는지 환히 웃으시고, 얼마 뒤에는 내 얼굴을 바라보면서 눈물을 줄줄

흘리시는 거야. 그걸 끝으로 형님은 말씀이 없으셨어."

이러한 아버지의 임종 이야기는 우시마쓰의 마음에 말로 표현할 수 없는 감격을 안겨주었다. 목장의 흙이 되고 싶다는 것도, 산에서 장례를 치러달라는 것도, 고모로 무코마치에 알리지 말아달라는 것도, 결국 우시마쓰를 위해서였다. 우시마쓰는 이 정신을 이해하고 아버지의 깊은 뜻을 느끼는 동시에, 또 한번 생각한 것은 끝까지 관철하고야 마는 아버지의 굳센 기백을 느꼈다. 실제로 아버지가 우시마쓰를 마주할 때는 엄격하다 못해 잔혹할 정도였다. 돌아가신 후에도 우시마쓰는 아버지에게 더욱 두려움을 느끼는 것이었다.

이윽고 우시마쓰는 숙부와 함께 니시노이리에 있는 목장을 향해 집을 나섰다. 만사를 숙부가 주선해주어 그동안 검시도 끝났고, 관도 준비해서, 네즈 조신인에 있는 스님한테 부탁해 벌써 오두막 쪽으로 떠났다고 했다. 내일의 장례식 준비도 모두 숙부가 보살펴주었다. 우시마쓰는 다만 가기만 하면 되었다. 여기에서 에보시가다케 기슭까지는 20정 정도의 거리다. 도중에 다자와 고개를 넘어 쓸쓸한 산길을 걸어가야 한다. 그날 밤은 아주 어두워서 발밑도 분간할 수 없었다. 우시마쓰는 앞에 서서 초롱 불빛으로 밤길을 비추면서 산속 깊이 숙부를 안내했다. 마을에서 멀어질수록 점점 길이 좁아지고, 땅에 떨어져 썩은 나뭇잎 사이로 겨우 한 줄기의 발자취가 있을 뿐이었다. 이곳은 우시마쓰가 소년 시절 자주 아버지를 따라 오간 곳이었다. 외양간이 있는 고원 위로 나오기 전에, 두 사람은 몇 번인가 산을 넘었다.

5

계곡을 내려오자 바로 오두막이 나왔고 사람들이 좁은 방 안에 모여 있었다. 불빛이 밝게 벽 위로 흘러내리고, 목탁 소리가 산 공기에 울려퍼져 좁은 계곡을 흐르는 강물 소리와 섞여서 더욱 쓸쓸하고 처량하게 들렸다. 오두막은 비바람을 견딜 수 있게 이엉을 이고 울타리를 친 한 칸짜리 집이었다. 간혹 도노시로 산의 사잇길을 넘어서 가자와 온천으로 가는 여행자가 들르는 것 말고는 찾아오는 사람도 없을 듯한, 세상을 등진 곳이었다. 숯 굽기, 산지기, 그리고 소 치는 생활, 어느 것이나 거친 산에 사는 사람들의 모습이었다. 우시마쓰는 호롱불을 끄고 오두막 문을 열고 들어갔다.

조신인의 스님, 일을 도와주러 온 히메코자와의 조합원들, 그 밖에 아버지가 생전에 친하게 지냈던 농가 사람들, 우시마쓰는 이들에게서 친절한 조문을 받았다. 불전의 등불이 향 연기에 섞인 밤공기를 비추어 방 안이 왠지 혼잡해 보였다. 아버지의 유해를 모신 관은 아주 초라했다. 주위를 흰 천으로 싸고, 앞에는 새 위패를 놓고, 물과 당고, 그 밖에 국화와 붓순나무의 푸른 잎 등이 놓여 있었다. 독경이 끝났을 무렵 스님의 주의에 따라 사람들은 이 나이 든 목부와 마지막 인사를 하기 위해 번갈아 관 앞에 섰다. 사별을 슬퍼하는 눈물이 사람들의 얼굴을 타고 흘렀다. 우시마쓰도 숙부의 안내를 받아 조금 허리를 굽히고 어두컴컴한 양초 불빛 그늘에서 이 세상에서의 마지막 작별을 고했다. 아버지는 고독한 목부의 일생을 마치고 목장 땅속 깊은 곳에 묻힐 때를 기다리는 듯했다. 아버지의 죽은 얼굴은 차갑고 창백했으며 핏기 하나 없이 변해 있었다. 숙부는 옛날 풍습대로 저세상으로 가는 여행에 쓰라고 삿갓과 짚신, 그리고 대나무 바퀴 같은 것을 넣어주고, 악귀를 제거하는 칼도 관 위에 놓았다. 잠시 뒤에 다시 독경이 시작되고 목탁 소리가 울렸다. 고인을 추억하는 잡담이 순진한 웃음소리와 음식 먹는 소리와 섞이고, 슬프기도 하고 시끄럽기도 한 마음과, 사람들한테 시달린 탓에 우시마쓰는 여행의 피로를 풀 수도 없었다.

하룻밤은 이런 식으로 이야기를 나누며 밤샘을 한다. 고모로의 무코마치에 알리지 말라는 유언도 있고, 이주하고 나서 17년 동안이나 소식이 끊어진 탓에 굳이 알려주지도 않았으며 그쪽에서도 찾아오지 않았다. 옛 우두머리가 돌아갔다는 소식을 듣고 섣불리 찾아오면 오히려 폐가 된다며, 숙부는 그런 걱정만 하고 있었다. 숙부가 말하기를 무덤을 목장으로 고른 것은 전부터 아버지가 생각하던 일이라고 했다. 네즈에 있는 절까지 옮겨가서 보통 농가처럼 장례식을 치를 수 있다면야 좋겠지만, 그렇지 않으면 단칼에 거절당하는 한심한 꼴을 당할 것이다. 백정은 보통 사람과 같은 묘지에 묻힐 권리가 없다는 슬픈 관습 때문이다. 아버지는 그것을 잘 알고 있었다. 아버지는 생전에 아들을 위해 이런 산속에서 참고 살아왔다. 죽은 뒤에도 또 아들을 위해 이 목장에 묻히기를 원했던 것이다.

"어떻게든 이 장례식을 무사히 끝내고 싶은데. 우시마쓰야, 나는 걱정이 돼서 내 정신이 내 정신이 아니구나."

그런 걱정은 숙부만의 것이 아니었다.

다음날 오후, 장례식에 참석하러 온 사람들이 오두막 안팎에 모였다. 목장 주인을 비롯하여 씨소를 맡겼던 우유 장수도 이야기를 전해

들고 조문하러 왔다. 아버지 묘소는 언덕 위에 있는 작은 소나무 옆으로 정했다. 발인 때가 되자 생전에 정들었던 오두막의 건물에서 시체가 떠메어져 나왔다. 관 뒤에는 조신인의 스님, 그리고 뒤를 이어 장난꾸러기 같은 얼굴의 두 사미가 따랐다. 우시마쓰는 숙부와 함께 짚신을 신고, 여자는 누구나 흰 무명 모자를 썼다. 사람들은 각기 다른 차림으로, 무늬 있는 옷을 입은 사람도 있고, 손으로 짠 무늬가 있는 하오리를 입은 사람도 있었으며, 산 동리의 습관에 따라 하카마는 대부분 입지 않았다. 이 꾸밈없는 일행의 모습은 소박한 소치기의 생애와 아주 잘 어울려서, 순서도 예의도 없이, 단지 진심이 담긴 정 하나만으로 배웅을 받으며 관은 조용히 산을 넘었다.

장례식 또한 간단하게 끝났다. 단조로운 징과 북과 꽹과리 소리가 울렸다. 추억에 잠긴 많은 사람들 귀에는 그 소리마저 슬프게 들렸다. 기계적인 염불과 독경 소리도 슬픔에 잠긴 가슴에는 깊고 슬픈 만가처럼 울렸다. 절을 하고 합장하고 향을 피우자 이윽고 몇 사람이 돌아갔다. 관은 잠시 뒤 묘소로 정한 장소로 옮겨졌다. 거기에는 파헤쳐진 흙이 높이 쌓여 있었고, 아직 피어 있는 들국화도 흙발에 밟혀버렸다. 사람들은 흙을 쥐어 무덤 속으로 던졌다. 숙부와 우시마쓰도 한 움큼씩 던졌다. 마지막으로 삽으로 흙을 덮자 흙 언덕이 무너지는 소리가 심하게 관뚜껑을 때렸다. 흙 기운이 오른 냄새가 코를 확 찌르자 애달픈 마음이 들었다. 차츰 관이 묻히고 작은 동산 같은 봉분이 만들어질 때까지 우시마쓰는 깊은 생각에 잠긴 채 바라보았다. 숙부는 아무 말이 없었다. 아버지는 우시마쓰를 위해 '잊지 마라'는 한 마디를 남겨놓고, 마지막 숨을 쉴 때까지 그 정신을 전하고, 이렇게 목장의 흙 속 깊이 파묻혀버렸다. 이제 이 세상 사람이 아니었다.

6

어쨌든 장례식은 무사히 끝났다. 뒷일은 목장 주인에게 부탁하고 오두막은 심부름하는 목부에게 맡겨놓고 모두 히메코자와로 돌아가기로 했다. 이 집에서 키우는 검은 고양이 한 마리가 있었는데, 이 역시 아버지가 남긴 유물이라 우시마쓰는 몇 번이나 데려가려고 했지만 정든 곳에 머무르려는 가축의 습성 때문인지 떠나려 하지 않았다. 음식을 주어도 먹지 않고 불러도 모습을 나타내지 않고, 그저 마루 아래 여기저기를 다니며 슬피 울었다. 짐승이지만 돌아간 주인을 추모하는 모양이라고 사람들도 슬퍼하며, 좀 있다 눈 내리는 계절이 되면 산속에서 무얼 먹고 살까 하고 걱정했다. 가엾게도 들고양이가 되겠지, 하고 숙부가 말했다.

이윽고 사람들이 하나둘씩 나갔다. 오두막을 맡은 사내는 소금을 들고서 언덕 위까지 배웅하며 따라왔다. 11월 상순의 햇빛이 쓸쓸하게 비쳐들어 니시노이리 목장의 적막한 분위기가 한층 더했다. 작은 소나무들이 여기저기 서 있었다. 많은 초목 중에서도 산철쭉은 소가 먹지 않는 것이라 온통 무성하게 우거져 있는데, 그것도 지금은 서리를 맞아 형편없는 모습이었다. 그 모두가 아버지의 죽음을 생각하게 하는 추억거리가 되었다. 우시마쓰는 수심에 잠긴 채 작은 산 사이로 난 길을 걸었다. 이 목장으로 아버지를 찾아온 것이 마침 햇수로 3년 전 5월 하순이었다는 것을 생각해냈다. 소의 뿔이 가려워지기 시작한다는 그 무렵, 메마른 산철쭉이 노란색과 붉은색으로 흐드러지게 피어 있었다. 곳곳에 고사리를 꺾는 아이들의 무리가 보였던 것도 생각났다. 산비둘기가 울던 소리도 생각났다. 그때 기분 좋은 미풍이 은방울꽃을 넘나들어 초여름의 공기를 향기롭게 만들던 것도 생각났다. 아버지가 언덕 위의 신록을 가리키며, 이 니시노이리에는 소꼴이 많아서 소한테 좋다고 말하던 것이 생각났다. 그 푸른 잎을 먹고 소금을 핥으며 계곡물을 마시면 소의 병이 많이 낫는다고 말한 것도 생각났다. 아버지는 목축에 대한 여러 가지 경험담, 끼리끼리 모이는 소의 성질, 처음으로 다른 패에 낄 때의 뿔싸움, 짐승이지만 같은 친구끼리 제재한다는 것, 그 밖에 여왕처럼 목장을 지배하는 한 마리의 암소 등의 이야기를 들려주었고, 그것이 참으로 재미있게 느껴졌던 것을 생각했다.

아버지는 이 에보시가다케 기슭에 숨어 살기는 했지만, 공명을 꿈꾸는 마음만은 일생 동안 불같이 타오른 사람이었다. 그것이 욕심 없는 숙부와 아주 다른 점이었다. 그 누를 수 없는 심한 욕망 때문에, 세상에 나가 일할 수 없는 처지라면 차라리 산속에 들어가버리겠다는 울분이 그칠 길이 없었다. 자신은 뜻대로 살 수 없었지만 적어도 자식만은 뜻대로 살 수 있게 해주고 싶었다. 자신이 꿈꾼 것을 꼭 아들이 이루게 해주고 싶었다. 설령 해가 서쪽에서 떠서 동쪽으로 지는 날이 오더라도 이 뜻만은 굳게 지키고, 변하지 마라, 나가라, 싸워라, 입신해라, 이것이 아버지의 정신이었다. 지금 우시마쓰는 아버지의 고독한 생애를 회고하며 당신의 유언에 담긴 희망과 정열을 한층 강하게 느끼게 되었다. 잊지 말라는 일생의 교훈의 생명감, 허덕이는 듯한 남성의 영혼의 호흡, 아들의 가슴에 흘러내리는 아버지의 핏발, 그것은 아버지가 돌아가심으로써 더욱 깊은 감동을 우시마쓰의 가슴에 남겼다. 아아, 죽음은 말이 없다. 그러나 우시마쓰의 지금 처지로는 그것이 백 마디 천 마디의 말보다도 한층 깊게 일생의 문제를 생각하게 했다.

외양간까지 가자 아버지가 남긴 사업이 우시마쓰의 눈에 비쳤다. 한 번 돌면 20리 반 정도라는 천연의 대목장, 여기저기 작은 소나무 곁에 눕거나 일어나 있는 암소 떼가 보였다. 외양간은 고원의 동쪽 구석에 있었고, 허술한 철책 안에 아직 뿔이 나지 않은 송아지가 몇 마리 있었다. 오두막을 관리하는 사내는 사람들을 대접하려는 양 마른 풀을 태우고 여러 땔감을 긁어다주었다. 마침 숙부도 그곳에서 우시마쓰를 기다리고 있었다. 남자고 여자고 이 모닥불 주위에 모인 사람들은 모두 지난밤 철야를 한 사람들로, 오늘 장례식에까지 참석해 고생하고 난 터라 그중에는 심한 피로 때문에 반쯤 졸면서 낙엽 타는 냄새를 맡는 사람도 있었다. 숙부는 소에게 한턱 낸다며 여기저기 돌 위에 두 홉 정도의 소금을 나누어놓았다. 아버지가 길렀던 소라고 생각하니 우시마쓰도 정겨운 마음이 들어 바라보았다. 그것을 본 검은 암소 한 마리가 꼬리를 흔들면서 소금이 있는 쪽으로 다가왔다. 이마와 아랫배가 희고 다른 부분은 모두 다갈색인 소 한 마리도 귀를 흔들며 다가와서 소금 주위를 맴돌았다. 핥아먹고는 싶지만 낯선 사람들이 보고 있어 의아한 표정을 지으며 힐끔힐끔 다가오는 것이었다.

이런 모습을 보고 숙부가 웃었고 우시마쓰도 웃었다. 이런 귀여운 상대가 있으니 쓸쓸한 산속에서도 살 수 있었던 것이라며 사람들도 같이 웃었다. 잠시 후에 그곳을 떠나서 아버지가 영면하신 땅에 작별을 고했다. 에보시, 가쿠마, 아즈마야, 시라네의 산들도 지금은 뒤쪽으로 숨었다. 후지 신사를 지났을 무렵 우시마쓰는 뒤돌아서서 아버지의 산소가 있는 곳을 바라보았지만, 그때는 이미 외양간조차 보이지 않았다. 다만 쓸쓸한 고원 저편에 한 줄기 가느다란 연기가 보일 뿐이었다.

8장

1

니시노이리에 묻힌 늙은 목부에 관한 소문은 곧장 네즈 마을 전체에 퍼졌다. 일반적으로 사람들은 이야기에 곁다리를 붙여 말하는 법인데, 하물며 씨소에게 받혀 다쳤다는 사실은 호기심 많은 사람들을 적잖이 놀라게 하여 가는 곳마다 화제가 되었다. 미신을 잘 믿는 사람들은 아마도 전생에 무서운 죄를 지었을 거라는 말을 꺼내곤 했다. 목부의 내력에 관해서도, 남쪽 사쿠 지방에서 옮겨온 사람이라느니, 고슈 태생이라느니, 그게 아니고 아에즈의 무사의 후예라느니 하며 여러 가지 억측이 떠돌았다. 다만 고모로에 있는 백정 마을의 우두머리였다는 사실은 누구 하나 알지 못했다.

위로 초청*이 있었던 다음날, 우시마쓰는 장례식에 왔던 사람들에게 답례 인사를 하러 나갔다. 숙부도 함께였다. 숙모 혼자 히메코자와의 집을 지키고 있었다. 점심식사를 마치고 나자 날씨가 무척 따뜻하고 뒤뜰에는 파밭과 호박을 널어 말리는 툇마루에 햇볕이 비쳐서 참으로 따사한 느낌을 주었다. 쫓는 것이 없으니 닭들도 아무 걱정 없이 울타리 곁의 꽃을 쪼아 먹기도 하고 울기도 하고 방 안 다다미 위에서 놀기도 했다. 마침 숙모가 집 앞에 나와 개울 앞에서 허리를 굽히고 냄비를 닦고 있는데, 한 신사가 거기에 서서 정중하게 물어보았다. "세가와 씨 댁이 어딥니까?" 질문을 받은 숙모는 이상한 표정을 지었다. 도통 모르는 사람이라고 생각하며 쓰고 있던 수건을 벗고 인사를 했다.

"네, 바로 우리 집인데요. 실례지만 뉘신지?"

"저는 이노코라고 합니다."

렌타로는 우시마쓰가 없을 때 찾아온 것이었다. "곧 돌아올 거예요." 숙모가 말했다. 렌타로는 그럼 실례지만 모처럼 찾아왔으니 잠시 쉬어가겠다며, 곧 숙모의 안내를 받아 초가지붕 처마 아래로 들어갔다. 평소 농부 생활에 흥미를 가지고 있던 렌타로는 이렇게 화롯가에서 이야기를 나누는 것이 무척 기쁜 양 그을린 지붕 아래를 정겨운 듯 바라보았다. 여느 농가처럼 바깥에서 뒷문 쪽으로 통하는 정원이 있었다. 그곳에는 숯섬과 김장통, 그리고 경작에 쓰는 도구 따위가 아무렇게나 흩어져 있었다. 한쪽 구석에는 흙이 묻은 감자가 산더미처럼 쌓여 있었다. 방으로 올라가는 곳에 화로가 있었는데 나무 타는 냄새가 즐거운 느낌을 안겨주었다. 해마다 달력과 함께 벽에 붙이는 색 바

---

* 도와준 이웃 사람들을 부르는 관습.

랜 니시키에 그림도 눈에 띄었다.

"공교롭게도 오늘은 모두 다 나갔네요. 실은 요번에 집안에 안 좋은 일이 있어서요, 그래서 인사하러 나갔지요."

이렇게 말하며 숙모는 우시마쓰 아버지의 최후를 렌타로에게 알려주었다. 화로의 불은 잘 타올랐다. 나무 갈고리에 걸어놓은 쇠주전자 속의 물이 펄펄 끓어서 차를 우려 권하려던 숙모는, 실로 기억이라는 것은 묘한 것이라 갑자기 오랫동안 잊고 있었던 옛 습관을 떠올렸다. 대체로 보통 손님들에게는 차를 대접하지 않는 것이 백정 집안의 예의였다. 담뱃불을 나누는 것조차 꺼렸다. 세가와 집안도 예전에는 그러한 풍습을 지켰는데, 이 히메코자와로 옮겨온 후로는 보통 사람들처럼 교제를 시작했다. 물론 세월이 흐르는 동안 이 새로운 습관에 익숙해지고, 자연히 출입하는 사람들과 친해지고, 차는 물론 물건도 주고받게 되었다. 봄에는 쑥떡을 보내고 가을에는 메밀가루를 선물로 받는 등, 이쪽에서 아무렇지 않게 생각하면 다른 사람도 이상하게 여기지 않았다. 숙모가 이렇게 옛 생각을 떠올린 것은 근래에 없던 일이었는데, 그럴 수밖에 없는 것이 히메코자와의 농부와 다른 진객(珍客)이, 그것도 갑자기 찾아왔으니, 옛날 사람인 숙모는 차를 우리는 손이 떨리는 것을 느낄 정도로 긴장했다. 렌타로는 그런 것도 모르고 아주 맛있게 마른 목을 축이고 여러 가지 이야기를 나누며 웃었다. 특히 우시마쓰가 연을 띄우고 팽이를 돌리면서 놀던 어린 시절의 이야기를 즐겁게 들었다.

"그런데," 렌타로는 무엇인가 깊이 생각하더니 말했다. "다른 이야기입니다만, 이 네즈 무코마치에 로쿠자에몬이라는 부자가 있다고 하더군요."

"네, 있지요." 숙모는 손님의 얼굴을 바라보았다.

"혹시 들으셨나요? 그 집에서 일전에 결혼식이 있었다는 이야기 말입니다."

렌타로는 아무렇지 않게 물어보았다. 무코마치는 네즈 마을에 있는 한 백정 부락이다. 히메코자와에서는 8정 정도 떨어져 있는, 니시마치 마을 끄트머리였다. 로쿠자에몬이라는 사람은 거기에 사는 이름난 부자 백정이었다.

"글쎄, 그런 이야기는 듣지 못했네요. 그렇다면 사위가 생겼나보군요. 그 집 딸이 오랫동안 혼자였거든요."

"그 집 딸을 아시나요?"

"예쁜 아가씨라고 소문이 자자해요. 얼굴이 희고 키가 훤칠하게 크다고. 그래서 그런 신분의 사람으로는 아까운 처녀라고 사람들이 그러죠. 글쎄, 이제 스물너덧 살이 될 거예요. 젊게 차려입어서 열아홉 살이나 스무 살로밖에 안 보이지만."

이런 이야기를 나누는 동안 렌타로는 무엇인가 짐작이 간다는 표정을 지었다. 아무리 기다려도 우시마쓰가 돌아오지 않자 렌타로는 잠깐 이 근방을 산책하고 오겠다며 밭 쪽의 산 경치를 보러 갔다. 꼭 우시마쓰를 만나고 싶다는 말을 몇 번이나 일러두었다.

2

"얘, 우시마쓰, 이노코라는 손님이 너를 찾아왔었다." 숙모는 이렇게 말하며 다가왔다.

"이노코 선생님께서요?" 우시마쓰의 눈은 기쁨으로 빛났다.

"오래 기다리셨는데, 네가 영 돌아오지 않아서," 숙모는 우시마쓰의 모습을 살피면서 말했다. "지금 저쪽으로 나가셨어, 잠깐 밭에 나갔다 오겠다면서." 이렇게 말하고 나서 말투를 바꾸어 말했다. "도대체 그 손님은 어떤 분이니?"

"우리 선생님이에요." 우시마쓰는 대답했다.

"그래, 그런 거 같더라." 숙모는 기가 막힌 표정으로 말했다. "그렇다면 그렇게 인사를 했을 텐데, 나는 그냥 네가 아는 사람인 줄로만 알았지. 친구라고만 말씀하셔서."

우시마쓰는 렌타로의 뒤를 따라 곧장 밭 쪽으로 가려고 했지만, 마침 그때 숙부도 돌아와서 잠시 방 입구에 앉아 쉬었다. 숙부는 아주 지친 모습으로 집 안으로 들어오자마자 말했다. "아, 잘 끝났어." 이런 말을 몇 번이나 되풀이했다. 이제 모든 것이 무사히 끝났다. 장례식도, 인사 다니는 일도. 이러한 생각이 얼마나 숙부의 마음을 기쁘게 했는지 몰랐다.

"여기까지 오면서도 나는 걱정이 되어 말도 아니었다." 이렇게 말하며 또 생각난 듯이 다시 안도의 한숨을 쉬는 것이었다. "모두 하늘이 도와주신 거야." 숙부는 다시 이렇게 덧붙였다.

평화로운 히메코자와 집의 풍경과, 세상이 바뀌는 것도 모르는 숙부모의 옛날 사람다운 성격은 우시마쓰의 마음에 향수를 불러일으켰다. 일하기를 좋아하고 건강하며 사람이 좋은 데다가 자식이 없는 숙모는 우시마쓰를 항상 아이처럼 생각했으므로, 그렇게 어린아이 취급하는 모습이 적잖게 우시마쓰를 웃게 했다. "저것 봐. 손놀림 같은 게 아버지와 꼭 닮았네." 이렇게 말하며 웃을 때는 뜻밖에 숙모도 눈물이 나왔다. 숙부도 함께 웃었다. 숙모가 끓여준 차는 맛있었다. 대접하려고 만든 흑설탕과 단팥을 넣은 시골 만두도 그리운 소년 시절을 생각나게 했다. 고향에 돌아왔다는 마음은 이럴 때 가장 깊게 우시마쓰의 가슴을 찌르고 올라오는 것이었다.

"그러면 나가보고 오겠습니다."

이렇게 말하고 우시마쓰는 집을 나섰다. 숙부도 곧장 따라나왔다. 무슨 볼일이 있는 듯이 불러 세우기에 우시마쓰가 걸음을 멈추고 뒤돌아보자, 잎사귀들이 떨어진 감나무 아래에서 숙부가 소리를 낮추며 말했다.

"다른 말이 아니고, 이노코라고 해서 생각났는데, 이전에 사범학교 선생 중에 이노코라는 사람이 있었지? 오늘 왔다는 손님이 그 사람 아니야?"

"맞아요. 그 이노코 선생님이에요." 우시마쓰는 숙부의 얼굴을 바라보면서 대답했다.

"음, 그래. 그 사람이었군." 숙부는 주위를 둘러보고 이윽고 슬쩍 엄지를 내보이면서 말했다. "그 사람 이거라고 하더구나. 조심해라."

"하하하." 우시마쓰는 밝게 웃으면서 말했다. "숙부님, 그런 일은 염려 마세요."

이렇게 말하며 걸음을 서둘렀다.

3

'염려 마세요'라고는 했지만, 사실 우시마쓰는 렌타로에게만은 진실을 이야기할 마음이었다. 선배와 자신 단둘, 이렇게 좋은 기회는 두 번 다시 없다. 이렇게 생각하자 우시마쓰의 가슴은 벌써 세차게 뛰었다.

마른 풀이 난 둑 위에서 우시마쓰는 렌타로와 만났다. 선배는 부인을 우에다에 남겨두고 그날 아침 네즈로 왔다고 했다. 이치무라 변호사와 동행이었다. 그러나 변호사는 유권자를 방문하기 위해 바쁘므로 여관에서 헤어져, 렌타로만 히메코자와로 우시마쓰를 찾아온 것이다. 사정이 있어서 연설회는 개최하지 않았다. 따라서 이 마을에서 변호사의 정견을 들을 수는 없지만, 대신 렌타로는 우시마쓰와 느긋하게 이야기를 나눌 수 있었다. 이런 시나노 산 위에서 이야기를 나누며 따스한 늦가을의 반나절을 보내고 싶다고 했다.

그날처럼 즐거운 경험—아마도 이런 기분은 우시마쓰에게 앞으로도 그리 자주 있으리라 생각되지 않을 정도였다. 평소에 경모하는 선배 곁에 앉아서 그 사람의 목소리를 듣고, 그 사람의 웃는 얼굴을 보며, 그 사람과 함께 자신 역시 고향 공기를 마실 수 있을 줄이야. 우시마쓰는 단지 이야기하는 것만 유쾌한 것은 아니었다. 잠자코 있는 동안에도 말로 표현할 수 없는 유쾌함을 느꼈다. 렌타로는 직접 이야기를 나눠보면 책에 쓴 글과는 또다른 재미를 지닌 사람으로, 용모는 엄해 보여도 의외로 정이 많고 부드러우며 말하자면 아주 평민적인 기상을 지니고 있었다. 그래서 후배인 우시마쓰를 대할 때도 거리를 두지 않았다. 마음껏 웃고, 탄식하기도 하고, 양지바른 둑 위에 다리를 뻗고 앉아 자신의 병 이야기 등을 했다. 한번은 병원에 실려갔을 때 견디기 어려운 헛기침 후에 심한 각혈을 했다고 말했다. 지금은 가슴도 아프지 않고 그다지 큰 고통도 없고, 병에 대한 것을 잊을 정도로 건강해졌다. 그러나 각혈이 자주 이어지면 그때는 끝장이라고 했다.

그러한 식으로 친밀하게 이야기를 나누는 사이에도 우시마쓰는 자기 생각을 잊을 수가 없었다. 언제 이야기를 꺼낼까 하는 번민이 가슴속을 왔다 갔다 해서 한시도 마음이 편하지 않았다. 걸핏하면 혹시 전염되지는 않을까 하는 생각이 들어 선배의 병이 두렵게 느껴지기도 했다. 우시마쓰는 몇 번이나 스스로를 비웃었다.

치쿠마 강 부근의 인정과 풍속, 무사도와 불교의 영향이 곳곳에 보이는 중세 고적, 신에쓰 선 철도를 따라 이루어진 산 위 도시의 성쇠, 옛 북국가도의 영화, 지금은 이용하지 않는 역의 영락한 모습—대개 시나노 길의 여러 풍경들이 두 사람의 화제가 되었다. 눈앞에는 다테시나, 야쓰가다케, 호후쿠 사, 그리고 미사 산, 와다, 다이몬 등의 산들이 이어지고, 산허리에 누워 있는 대경사(大傾斜)의 조망이 동서쪽으로 펼쳐져 있었다. 푸르고 희게 빛나는 계곡 아래로 멀리 흘러가는 것은 치쿠마 강이다. 우시마쓰는 소년 시절부터 감화를 받았던 자연과 토지의 안내에 대해서도 자세히 알고 있어서, 일일이 손가락으로 가리키며 설명했다. 렌타로는 그 이야기에 귀를 기울이고 열심히 바라보았다. 건너편에 보이는 것이 야에하라 고원, 그곳에서 인가에 연기가 피어오르는 모습이 렌타로의 관심을 끈 것 같았다. 우시마쓰는 다시 계곡의 평지에 해가 비치는 곳을 가리키며, 물을 따라 흩어져 있는 마을은 요다쿠보, 나가세, 마리코 등의 마을이라고 말했다. 짙고 푸른 공기에 휩싸인 계곡의 그늘은 레이센 사, 다자와, 벳쇼 등의 온천이다. 농부들이 몰려가는 산 위의 환락지대로, 메밀꽃이 필 무렵에는 이 부근에서도 곧잘 피로를 풀기 위해 가는 사람이 있다는 이야기를 했다.

렌타로도 한때는 이러한 산 경치에 무감각했던 시절이 있었다고 했다. 신슈 경치는 파노라마로 봐야 하고, 대자연이 그린 많은 그림 중에서는 아마도 평범한 쪽에 속할 것이다. 과연 크기는 크다. 그러나 깊은 풍취가 부족하다. 기복이 있는 파도 같은 산들은 불안과 혼잡 말고는 아무런 감흥을 주지 않는다. 그것을 바라보면 그저 마음이 흐트러질 뿐이다. 이렇게 생각한 시절도 있었다. 이상하게도 그런 생각은 이번 여행으로 사라지고, 처음으로 산이란 것을 볼 수 있는 눈이 트였다. 새로운 자연이 또다시 그의 눈앞에 펼쳐졌다. 연기가 피어오르는 경사의 숨결, 멀리 깊게 잠기는 계곡 소리, 생명감을 풍기면서 한편으로 말라가는 숲의 호흡, 그사이에 어둠과 그림자와 빛과 열을 머금은 구름들이 무리지어 출몰하는 것도 눈을 끌었다. 평야는 자연의 정식(靜息), 산악은 자연의 활동이라는 말의 뜻이 새삼스레 느껴졌다. 한마디로 평야라고 배척한 신슈의 풍경을 산기(山氣)를 통해 오히려 더욱 재미있게 바라볼 수 있게 된 것이다.

이러한 렌타로의 관찰은 산을 사랑하는 우시마쓰의 마음을 기쁘게 했다. 그날은 서쪽 하늘이 개어 히다 산맥도 바라볼 수 있었다. 이 대계곡 건너편에 겹쳐지는 산과 산 위에, 다시 멀리 이어지는 한 줄기의 흰 벽이 있다. 올해에도 벌써 몇 번인가 눈이 내렸겠지. 그 산들은 오후의 햇볕을 받아 푸른 하늘에 반짝이며 거의 사람의 혼을 빼앗을 정도의 힘을 발하고 있었다. 그 생생한 힘을 지닌 산의 윤곽과 거무스름한 적색을 띤 골짜기의 그림자가 그 조망에 숭고함을 더했다. 하리키 고개, 하쿠마가다케, 야케다케, 야리가다케, 그리고 노리쿠라가다케, 초가다케, 그 밖에도 많은 산악들이 심하게 다투는 곳이 그곳이다. 아즈사 강, 오시로 강의 원천이 시작되는 곳도 그곳이다. 뇌조가 쓸쓸하게 날아다니는 곳도 그곳이다. 빙하의 발자취를 볼 수 있다는 곳도 그곳이다. 사람의 발자취가 미치지 않는 천고의 장소도 그곳이다. 아아, 말없이 서 있는 히다 산맥의 모습, 영원히 장엄한 자연의 전당—보면 볼수록 렌타로와 우시마쓰는 높은 기상을 느끼지 않을 수 없었다. 특히 그날의 날씨는 약간 누렇게 흐려진 것이 11월 상순의 빛과 섞여 이 광활한 계곡에 마치 연기가 피어오르는 것처럼 보였다. 두 사람은 오랫동안 그 경치를 바라보았다. 바라보면서 서로 산 이야기를 나누었다.

4

아아, 우시마쓰는 몇 번이나 렌타로에게 자신의 신분을 이야기하려 했다. 어젯밤 늦게까지 램프 아래에서 그 생각을 하고, 만일 선배와 둘만 있게 되면 이렇게 말할까, 저렇게 말할까 하고 여러 가지 상상에 잠겼다. 렌타로는 지금 우시마쓰 곁에 있다. 그런데 막상 만나보니 말을 꺼내기 어려워 풍경 이야기나 하고, 중요하다고 생각하는 일은 아직 말하지 않았다. 이미 여러 이야기를 했음에도 우시마쓰는 아직 렌타로에게 아무것도 말하지 않은 것 같은 기분이 들었다.

렌타로가 저녁식사 준비를 부탁해놓고 왔다는 말에, 우시마쓰는 함께 네즈에 있는 여관으로 갔다. 가는 길에 우시마쓰는 정직하게 말하려고 했다. 그 말을 하면 자신의 진실이 선배의 마음속 깊은 곳에 통할 것이다. 자신은 선배와 더욱 친밀해질 수 있을 것이다. 이렇게 생각하며 말하려고 하다가도 하지 못하고, 때때로 멈춰 서서 한숨을 지었다. 비밀, 생사와 관련되는 진짜 비밀. 가령 상대가 같은 신분이라 하더라도 어찌 그리 쉽사리 고백할 수 있을 것인가. 말하려 했다가 주저하곤 했다. 주저하면서 자신을 꾸짖었다. 우시마쓰는 마음속으로 두려워하고 방황하며 번민했다.

이윽고 두 사람은 네즈의 니시마치 마을 변두리로 나왔다. 돌로 만든 지장보살이 서 있는 부근은 무코마치—이른바 백정 마을로, 해가 잘 비치는 경사를 따라 초가지붕이 불규칙하게 늘어서 있었다. 그중에서 눈길을 끄는 높은 흰 벽이 햇빛을 받아 빛나는 곳이 예의 로쿠자에몬의 집이라는 것을 알 수 있었다. 농업과 짚신 바닥을 만드는 것이 이 마을에 사는 사람들의 직업이었다. 고모로에 있는 백정 마을처럼 구두, 샤미센, 장고, 그 밖에 짐승 가죽과 관련된 것을 만들거나 또는 죽은 말 등을 사고파는 일에 종사하는 사람은 한 사람도 없다. 짚신 밑바닥은 어느 집에서나 만들기 때문에, 울타리 이곳저곳에 속대라고 부르는 짚신에 쓰이는 아름다운 풀을 말리고 있었다. 우시마쓰는 그 것을 보고 세가와 집안의 옛날을 생각했다. 고모로에 살던 시절이 기억났다. 돌아가신 어머니와 지금의 숙모도 자주 이 속대를 짰다. 자신도 소년 시절에는 도가쿠시에서 보내오는 삼베를 장난감 삼아, 아버지 곁에서 짚신 밑바닥 만드는 일을 흉내내며 놀던 일이 생각났다.

로쿠자에몬에 대한 이야기가 두 사람의 화제에 올랐다. 렌타로는 연신 그 백정의 성격이나 행동에 관해 물었다. 질문을 받은 우시마쓰도 자세히는 몰랐지만 알고 있는 것만 이야기하자면 이러했다. 로쿠자에몬의 재산은 그가 일대(一代)에 이룬 것이다. 오늘날처럼 벼락부자가 된 것을 몹시 저주하는 사람들도 있다. 욕심이 많은 데다가 허영심이 센 사람으로, 돈의 힘으로 할 수 있는 것이라면 어떤 일이라도 해서 신사라는 존칭을 얻고 싶어할 정도이다. 아마도 상류사회와의 화려한 교제가 그가 매일 꿈꾸는 것이리라. 귀족 흉내를 내는 로쿠자에몬이 도쿄에 별장을 마련한 것도 그 때문이다. 적십자사의 특별회원이 된 것도 그 때문이다. 자선사업에 찬성하는 것도 그 때문이다. 서화 골동으로 치장하는 것도 그 때문이다. 그렇게 무식하면서 그 정도로 많은 서적을 갖추고 있는 사람도 없을 것이라는 말이, 이 일대의 한 화제가 되었다.

이런 이야기를 하면서 걷는 동안 두 사람은 로쿠자에몬의 집 앞에까지 왔다. 오후의 햇빛을 받은 커다란 흰 벽은 마치 타오르는 것처럼 보였다. 몇 채의 건물이 있고, 긴 담장이 그 주위를 위엄 있게 감싸고 있다. 신평민 아이들인 듯한 무리가, 일고여덟 살 되어 보이는 아이를 대장 삼아 딱지놀이 같은 것을 하며 벽 바깥에 모여 있었다. 그중에는

뺨이 붉고 눈초리가 귀여워 보통 집안의 아이와 조금도 다름이 없는
아이도 있었다. 그중에는 또 천하고 바보스러워 아무리 보아도 숨어
사는 사람의 자식인 듯한 아이도 있었다. 이것을 보아도 백정 부락이
몇 개의 계급으로 나뉘어 있음을 알 수 있다. 부모로 보이는 남자가
말을 끌고 아이들 무리 쪽에 뭐라고 말을 걸고 지나쳤다. 누이 같은
젊은 여자가 가는 허리띠를 두른 채 서둘러 두 사람 곁을 그림자처럼
지나갔다. 이렇게 무지와 영락을 모르는 백정 마을의 공기를 마시는
것은 처절하다거나 부끄럽다거나 화가 난다거나 하는 식으로 표현할
수 없을 것 같았다. '우리가 누군지 아는가.' 우시마쓰는 마음속으로
슬퍼하면서 한시라도 빨리 여기를 지나치고 싶다고 생각했다.

"선생님, 가시지요."

우시마쓰는 선 채로 바라보는 렌타로를 인도하듯이 말했다.

"보게나, 로쿠자에몬의 집 말이야." 렌타로는 뒤돌아보았다. "어디
를 보나 주인의 성질을 잘 나타내고 있지 않은가. 바로 이삼일 전에
이 집에서 결혼식이 있었다는데, 자네는 그런 소문 못 들었나?"

"결혼식이오?" 우시마쓰는 되물었다.

"그 결혼식이 보통 결혼식이 아니야. 아마도 그런 것이 정치적 결
혼이라는 것이겠지, 하하하. 정치가가 하는 일은 다르니까."

"선생님이 하시는 말씀을 저는 잘 모르겠는데요."

"신부는 이 집 딸, 신랑은 대의원 후보자라니 재미있지 않은가."

"네? 대의원 후보자라고요? 설마 같이 기차를 타고 온 그 사람은
아니겠죠?"

"바로 그 신사야."

"호." 우시마쓰는 눈을 둥그렇게 떴다. "그래요? 뜻밖이군요."

"나도 참으로 뜻밖이야." 렌타로의 얼굴은 빛났다.

"그런데 선생님은 어디서 그런 말을 들으셨나요?"

"자, 여관으로 가서 이야기하지."

9장

1

네즈의 쓰카쿠보라는 곳에 아직 인사를 못한 집이 한 곳 있었는데, 마침 그쪽으로 가는 방향이라 우시마쓰는 도중에 렌타로와 헤어졌다. 렌타로는 여관으로 갔다. 나중에 찾아간다고 약속하고 우시마쓰는 밭 가운데로 난 뒷길을 걸었다. 쓰카쿠보 언덕 아래까지 가자 어느 농부 집 앞에 엿장수 한 사람이 우스꽝스럽게 단소를 불며 어린 손님을 모으고 있었다. 단골인 듯 소리를 지르며 달려오는 소년 소녀도 있었다—여기에서도, 저기에서도. 아아, 소년의 공상을 불러일으키는 엿장수의 단소 곡조는 천진한 아이의 귀를 얼마나 즐겁게 하는가. 아니, 사러 오는 아이들뿐만이 아니다. 우시마쓰도 무심코 멈춰 서서 들었다. 묘한 버릇으로 인해 그 단소 소리를 들을 때마다 우시마쓰는 자신의 소년 시절을 생각하지 않을 수 없었던 것이다.

무엇을 숨기랴. 우시마쓰가 지금 향하고 있는 쓰카쿠보의 집에는 소꿉친구가 시집을 와 있었다. 그 여자아이의 이름은 오쓰마이다. 오쓰마의 친정은 히메코자와에 있었고, 사과밭 하나를 건너 우시마쓰의 집 가까이에 살고 있었다. 우시마쓰가 오쓰마와 어울려 논 것은 아홉 살이 될 무렵으로, 세가와 일가가 이주한 지 얼마 되지 않을 때였다. 오쓰마의 아버지는 우에다에서 양자로 온 사람으로, 본래 고생을 많이 한 사람이고 타향 출신이라 자연히 세가와 집의 후견인이 되어주었다. 게다가 우시마쓰를 귀여워해서 이세 신궁에 참배를 갔다 돌아올 때는 꼭 무엇인가 사다주곤 했다. 그러한 이웃집의 아이들이 서로 어울려 노는 것은 이상한 일이 아니었다. 뿐만 아니라, 두 사람은 동갑내기였다.

단소 소리를 듣자 우시마쓰의 가슴에 즐거운 추억이 끓어올랐다. 어렴풋하게나마 우시마쓰는 어린 오쓰마의 모습을 기억하고 있었다. 처음 자신의 눈에 비쳤던 소녀의 귀여운 모습을 잊지 않았다. 사과꽃이 한창 피었을 무렵, 가지가 낮게 드리운 곳들을 방황하며 순수한 첫사랑의 이야기를 속삭였던 일을 잊지 않았다. 겨우 아홉 살이었던 옛날, 꿈같은 옛날이야기 속 시절, 다른 일은 거의 기억에 남아 있지 않은데도 그 순진했던 마음만은 잊지 않았다. 물론 어린 두 사람의 교제는 오래 이어지지 않았다. 우시마쓰가 갑자기 오쓰마의 오빠와 친해져 더이상 오쓰마와는 놀지 않게 된 것이다.

오쓰마가 이 쓰카쿠보로 시집온 것은 열여섯 살이 되는 해 봄이었다. 남편 되는 사람은 우시마쓰의 초등학교 때 친구로, 나이는 동갑이었다. 시골 관습이라고 하지만 특히 그 부부는 일찍 결혼한 편이었다.

우시마쓰가 사범학교 창문 아래서 역사와 어학 연구에 여념이 없을 무렵, 그 젊은 부부는 벌써 어린아이에게 둘러싸여 아침저녁으로 엄마 아빠 소리를 듣게 되었던 것이다.

이러한 과거의 역사를 떠올리면서 우시마쓰는 두근거리는 가슴으로 언덕을 올랐다. 산 쪽에서 흘러내려오는 네즈 강의 지류는 맑고 얕게 집집 앞을 흘렀다. 길가에 있는 밤나무 가지는 벌써 말라비틀어졌다. 감나무에는 잎이 하나도 없었다. 수초만 아직 파랗게 뿌리를 물에 담근 모습이 기분을 좋게 했다. 겨울 대비에 바쁠 무렵이라 사람들은 모두 물가에 모여 있었다. 여념 없이 무청을 씻는 여자들 속에 수건으로 햇볕을 가리고 흰 손을 내보이며 부지런히 일하는 멜빵 걸친 한 여인, 말을 걸어보았더니 오쓰마였다. 우시마쓰는 이 소꿉친구의 모습이 몰라보게 변한 것을 보고 놀랐다. 오쓰마 또한 놀란 듯했다.

그날은 오쓰마의 남편과 시아버지가 부재중이고 집에는 시어머니뿐이었다. 아이가 다섯이나 있다고 들었는데, 그중 큰아이가 보이지 않는 것은 아마 놀러 나간 것이리라. 다섯 살 정도의 아이를 앞세운 세 명의 여자아이는 엄마한테 매달린 채 부끄러워서 제대로 인사도 못했다. 신기한 듯 손님의 얼굴을 바라보는 아이도 있었고, 엄마 뒤에 숨은 아이도 있으며, 겨우 걸음마를 하는 막내는 낯선 우시마쓰가 두려운지 잠시 뒤에 훌쩍훌쩍 울음을 터뜨렸다. 이 모습을 보고 시어머니가 웃었고 오쓰마도 웃었다. "참 이상한 아이네, 이애는." 오쓰마가 젖을 꺼내어 물렸다. 그것을 물고 훌쩍거리며 몰래 우시마쓰 쪽을 바라보는 아이의 모습도 귀여웠다.

이야기를 좋아하는 시어머니는 혼자서 떠들었다. 오쓰마는 차를 끓여 대접했지만, 옛일이 생각난 듯 "그나저나 우시마쓰 씨도 참 키가 많이 크셨네요" 하고 손님의 얼굴을 바라보았을 때는 저도 모르게 얼굴이 붉어졌다.

　장례식에 참석해준 데 대한 예를 표한 뒤 우시마쓰는 총총히 그 집을 나섰다. 오쓰마가 시어머니와 함께 문 입구에 나와서 손님을 배웅했다. 우시마쓰는 새삼스럽게 서로가 변한 것을 생각하며 쓰카쿠보의 고개를 올랐다. 살림에 찌든, 마음씨 좋고 어딘지 의젓해 보이는 오쓰마는, 잊지 않고 기억에 남아 있는 옛 모습과 비교해보면 전혀 다른 사람 같았다. 자신과 같은 나이에 다섯 명의 자식을 둔 그 여자가 내가 잘 알던 그 오쓰마인가, 하고 때때로 멈춰 서서 탄식했다.

　이러한 추억의 정은 우시마쓰의 마음에 깊은 상처를 입혔다. 평소에 의심을 품고 괴로움으로 고통을 받는 지금의 자신과 비교해보면, 소년 시절은 참으로 즐거웠다. 아아, 자신에 관해 아무것도 모르고 귀여운 소녀와 함께 사과밭을 헤맸던 즐거운 시절은 지나가버렸다. 우시마쓰는 다시 한번 그 시절의 마음으로 돌아가고 싶었다. 우시마쓰는 다시 한번 자신이 백정이라는 것을 잊고 싶었다. 우시마쓰는 다시 한번 소년 시절과 마찬가지로 자유롭게 이 세상의 기쁨의 향기를 맡고 싶었다. 이렇게 생각하자, 간절한 욕망이 가슴에 치밀어 봄날의 바닷물처럼 끓어올랐다. 백정으로서의 슬픈 욕망, 사랑이라는 즐거운 사상, 그런 것이 섞여서 젊은 생명을 한층 아름답게 했다. 결국은 렌게 사에 있는 오시호까지 떠올렸다. 생생한 정이 끓어오르면서, 우시마쓰는 렌타로가 있는 여관을 향해 발걸음을 서둘렀다.

2

'여관 요시다야'라고 처마등에 쓰여 있는 것이 과연 옛 거리의 풍물이 남아 있는 모습이었다. 여러 지방에서 오는 상인들의 왕래가 줄어들어 옛날 여관은 모두 농가가 되어서, 지금은 이 네즈 마을에 여관다운 것은 두세 집밖에 남아 있지 않았다. 요시다야는 그중 하나였다. 장사도 자주 쉬고 객실에서 누에를 쳐야 할 정도로 세상이 변해버렸다. 그렇지만 쇠퇴한 가운데에도 풍취가 있는 것이 시골의 옛 여관이라, 문 앞에 콩을 널어서 말리고 정원에서 닭이 울고 물을 메고 목욕탕으로 가는 사내의 구부정한 허리가 웃음을 자아낸다. 화로에서 태우는 장작불이 훨훨 타오르고 거침없는 웃음소리가 주위에 일어났다.

"그래, 그 이야기를 해야지."

우시마쓰는 스스로에게 말했다. 요시다야 입구에 들어섰을 때 그 생각이 다시 가슴속을 오갔다.

안내를 받아 안쪽 방으로 가자 렌타로가 혼자 앉아 있고 변호사는 아직 돌아오지 않았다. 액자와 당지(唐紙) 등 모두 옛날식이 남아 있는 낡은 실내지만 아주 조용해서 이야기를 나누기 좋았다. 화로에 숯을 넣고 그 옆에 방석을 깔고 마주 앉자 신기하기도 하고 기쁜 마음이 들었다. 렌타로가 손수 끓인 차 맛은 아주 각별했다. 우시마쓰는 요즘 애독하는 선배의 저서에 관해 이야기했다. 처음 읽은 것이 대작인 『현대사조와 하층사회』라는 말도 했다. 『가난한 사람들의 위안』『노동』『평범한 사람』 등에 대해서도 각각 재미있게 느낀 점을 말했다. 우시마쓰는 『참회록』 광고를 발견했을 때의 기쁨과, 이야마에 있는 잡지 가게에서 한 권을 사서 그것을 안고 내용을 상상하며 하숙으로 돌아가던 때의 마음, 책에 푹 빠진 채 읽으면서 깊은 감동을 받은 것, 사회라는 것의 위력을 알았던 것, 그리고 그 저술에 나타난 생각이 새롭게 느껴졌다는 것 등을 말했다.

렌타로의 기쁨은 보통이 아니었다. 좀 있으면 목욕물이 끓는다는 안내를 받고 두 사람이 함께 목욕을 하러 갔을 때도 렌타로는 그것을 가슴에 떠올리며, 오래전부터 학구적인 사람이라 생각하고 있었지만 이렇게까지 자신이 쓴 글까지 읽어주리라고는 생각지 않았다며 우시마쓰의 열성을 믿음직스럽게 여기는 듯 말했다. 병이 있는 만큼 렌타로는 남에게 공연한 걱정을 끼치지 않으려는, 건강한 사람은 모르는 염려를 줄곧 겉으로 나타냈다. 그러자 우시마쓰는 오히려 안된 마음이 들어, 병 때문에 선배를 두려워하던 마음은 어디론가 사라져버렸다. 이야기할수록 공포가 연민으로 바뀌었던 것이다.

목욕탕 창밖에서 들려오는, 돌을 넘어 흘러내리는 물소리도 재미있었다. 투명한 더운물에 몸을 적셔 덥히며, 맑은 흐름의 울림에 잠시 귀를 맡기는 즐거움. 해질 녘에 가까워진 햇빛이 창으로 비쳐서 김으로 흐려진 목욕탕 안을 뿌옇게 만들었다. 한번 탕에 들어갔다 나온 렌타로는 피어오르는 김에 싸여 마치 불타오르는 듯했다. 우시마쓰도 벌게져서 얼굴에 흐르는 땀의 열기에 잠시 번민을 잊었다.

"선생님, 등을 밀어드릴까요?" 우시마쓰는 작은 물통을 가지고 렌타로 등뒤로 갔다.

"응, 밀어주겠나?" 렌타로는 기뻐하며 말했다. "그럼 부탁하네. 대강 하게나."

우시마쓰는 평소에 흠모하는 사람 가까이 다가가서 그가 어떤 식으로 생각하고, 어떤 식으로 말하고, 어떤 식으로 행동하는지, 조금이라도 렌타로의 평소 생활을 엿보는 것이 즐거웠다. 두 사람은 갑자기 더욱 친밀해진 기분이 들었다.

"이번엔 자네 차례야."

렌타로는 목욕물을 퍼들고 말했다. 우시마쓰는 몇 번이나 사양했다.

"아뇨, 저는 됐습니다. 어제 씻었어요."

"어제는 어제고 오늘은 오늘이야." 렌타로는 웃으며 말했다. "그렇게 사양하지 말고 나도 한번 밀게 해주게나."

"죄송합니다."

"어떤가, 세가와 군. 나도 때밀이로는 꽤 소질이 있지? 하하하." 렌타로는 농담을 하며 비누를 풀어서 우시마쓰의 등을 문질러주었다. "내가 나가노에 있을 무렵 수학여행으로 학생들과 함께 조슈 쪽에 간 적이 있었지. 아직 기억하고 있는데, 그때의 투표에 의하면 내가 제일 대식가였어. 그 무렵에는 대식가라는 말을 들을 정도로 건강했지. 그 후로 내 생애에 참으로 여러 가지 일이 있었네. 나 같은 인간이 잘도 이렇게 오늘날까지 살아온 것 같아."

"선생님, 이제 됐어요."

"아니야, 방금 시작했는데. 아직 때가 조금도 안 벗어졌어."

렌타로는 찬찬히 우시마쓰의 등을 밀어주고, 마지막으로 작은 통의 따뜻한 물을 끼얹었다. 씻겨내린 물이 흰 비누 거품에 섞여 느리게 나무판자 위를 흘러갔다

"자네니까 이런 이야기를 하네만," 렌타로는 생각난 듯이 이렇게 말

했다. "나는 동료들을 생각할 때마다 참으로 한심한 마음이 들지 않을 수 없다네. 부끄러운 이야기이지만 내 동료들한테는 아직 사상의 세계가 열려 있지 않았어. 내가 사범학교를 나올 무렵 그 생각 때문에 아주 어두운 세월을 보낸 적이 있었지. 병에 걸린 것도 실은 그 때문이야. 그러나 병 때문에 오히려 나는 구원을 받았어. 그리고 자기 생각만 하지 않고 일할 마음이 들었지. 자네가 읽었다는 『현대사조와 하층사회』, 그것을 쓰는 동안에는 하루도 건강한 날이 없을 정도였어. 후일 신평민 중에 재미있는 인물이 나와서, 아아, 이노코라는 사내가 이런 것을 썼나, 하고 봐주는 사람이 있다면 그것으로 족하네. 그래, 전부 그를 위한 디딤돌이야. 그것이 나의 생애이고 또 희망이기도 하니까."

3

　말해야지, 말해야지 하고 생각하면서, 무언가가 말리는 느낌이 들어 우시마쓰는 끝내 말하지 못하고 목욕탕을 나왔다. 아직 변호사는 돌아오지 않았다. 렌타로가 저녁 반찬으로 여관에 주문해둔 치쿠마 강의 피라미는, 우에다에서 오는 도중 사와서 함께 첫 겨울의 물고기 맛을 즐기기 위해 요리를 부탁한 것이었다. 준비하는 모습을 보자니 절구 가는 소리가 부엌 쪽에서 들렸다. 화로에서 피라미를 굽는 고소한 냄새가, 지글지글 타는 기름 연기에 섞여 방 안에까지 풍겨왔다.

　렌타로는 가방 안에서 약을 꺼냈다. 목욕하고 나온 뒤라 평소보다 더 안색이 좋아 병의 기운이 보이지 않았다. 그는 크레오소트 냄새를 자연스레 맡아보고 나서 이윽고 다카야기 이야기를 꺼냈다.

"그러고 보니 세가와 군은 그 남자와 같이 이야마에서 출발했군."

"아무래도 수상하다고 생각했습니다." 우시마쓰는 웃으며 말했다. "이상하게 저를 피하는 듯했거든요."

"바로 그거야, 마음에 켕기는 것이 있다는 증거지."

"지금도 외투로 몸을 푹 감싸고 숨어서 가는 모습이 눈에 보이는 것 같네요."

"하하하. 그래서 나쁜 일은 못하는 거야."

이렇게 말하고 나서 렌타로는 자신이 들은 자초지종을 말해주었다. 다카야기가 비밀리에 로쿠자에몬의 딸을 아내로 맞아들였다는 이야기의 출처 또한 묘했다. 렌타로가 조사할 것이 있어 신슈에서 가장 오래된 아키바 백정 부락을 찾아갔는데, 예의 로쿠자에몬의 친척이자 그와 원수처럼 사이가 나쁜 사내의 입에서 이 이야기가 나왔다는 것이다. 렌타로가 변호사와 함께 오늘 아침 네즈 마을에 들어왔을 때는 공교롭게도 마침 다카야기 부부가 신혼여행을 떠나려는 참이었다. 물론 그쪽에선 알아차렸을 리 없지만, 분명히 자신은 그들의 뒷모습을 확인했던 것이다.

"참으로 놀라운 일이 아닌가." 렌타로는 탄식했다. "세가와 군, 자네는 어떻게 생각하나? 그 남자의 마음을 말이야. 며칠 후 자네가 이야마로 돌아가면 한번 살펴보게나. 그 남자는 반드시 아무렇지도 않은 얼굴로 결혼 피로연을 열 테니까. 어디 먼 지방의 훌륭한 가문에서 부인을 맞은 것처럼 꾸밀 게야. 당연히 신평민의 딸이라고는 말하지 않을 테지."

이런 이야기를 시작했을 때 마침 하녀가 상을 들고 왔다. 접시 위에 놓인 갓 구운 피라미가 구수한 냄새를 풍기며 공복인 그들의 코를 찔렀다. 은색 등, 주황색과 흰색 배, 그 신선한 물고기가 갈색으로 구워져 있고, 군데군데 된장이 잘 묻지 않은 곳도 있었다. 하나같이 기름이 잘잘 흐르고 대나무 꼬챙이에 꿰어져 있었다. 냄새를 맡고 왔는지 작은 고양이 한 마리가 하녀 뒤에서 살펴보고 있는 것이 우스웠다. 시중을 들 필요는 없다고 했더니 하녀는 고양이를 데리고 나갔다.

"선생님, 제가 퍼드리겠습니다." 우시마쓰는 밥통을 끌어당겨 김이 나는 밥을 펐다.

"이거 미안하군. 각자 퍼서 먹기로 하자고. 이렇게 밥상에 마주 앉으니 사범학교 식당이 생각나는군."

렌타로는 웃으면서 이야기를 하며 밥을 먹었다. 우시마쓰도 살이 잘 발라지는 피라미 고기를 집어 향기롭게 구워진 된장 냄새를 맡으며 이야기를 나누었다.

"아아." 렌타로는 젓가락을 든 손을 무릎 위에 놓고 말했다. "아무래도 요즈음 신사들의 인격에는 놀라게 돼. 돈을 위해서라면 어떤 일이라도 참으니까. 보게나, 세가와 군. 다카야기가 저렇게 거드름을 피워도 사실 속으로는 아주 괴로워한다는 이야기는 나도 들었다네. 빚이 빚을 만들고, 고리대금업자의 재촉을 받고, 세간에는 불신이 쌓이고, 도저히 올해 선거에서 이길 전망이 서지 않는다는 것은 들어 알고 있어. 그러나 아무리 곤경에 빠졌다고 하더라도 돈을 목적으로 결혼할 마음을 먹다니. 너무 속이 뻔히 보여서 한심하지 않은가. 혹은 그 남

자가 말하기를, 로쿠자에몬도 훌륭한 공민이다, 그 딸을 아내로 맞는
게 뭐가 이상한가, 부모 자식 사이에 선거 때 도움을 받는 것은 당연
하지 않은가, 이렇게 말할지도 모르지. 그렇다면 그것으로 좋아. 계급
을 타파하면서까지 마음에 든 여자를 아내로 맞아들일 정도의 마음가
짐이 있다면 그것 또한 재미있는 일이지. 그렇다면 왜 남들 모르게 식
을 올리는 거지? 그렇게 몰래 왔다가 또 몰래 가는, 사내답지 않은 짓
을 하느냐 말이야. 하물며 당당한 대의원 후보자가 말일세. 천하의 정
치를 요리한다고 장광설을 늘어놓으면서, 그 인생을 보면 완전히 딴
판이지 않은가. 누가 한 말을 빌리자면 마치 신사의 탈을 쓴 소인배
같은 짓이야. 한심하지 않은가. 하긴 이 세상에는 돈이 되는 일이라면
무엇이든지 한다, 살 사람이 있으면 자신의 일생도 판다, 이러한 생각
을 가진 사람도 얼마든지 있어. 그러나 그 남자는 제 인생을 팔아놓고
도 모르는 체하는 게 추하단 거야. 자네, 한번 우리 입장에서 생각해
보게나. 이처럼 신평민을 모욕하는 이야기는 또 없을걸."

잠시 동안 두 사람은 말없이 밥을 먹었다. 조금 있다 렌타로는 감개
무량하다는 듯, 병에 관한 것은 벌써 잊은 듯 말했다.

"그 사람도 그 사람이지만, 로쿠자에몬도 로쿠자에몬이야. 그런 곳
에 딸을 시집보내서 무엇이 좋을까. 앞으로 도쿄에 가면 자기 사위는
정치가라고 떠들어댈 작정이겠지만, 그렇게 뒷맛이 개운한 이야기도
아닐 것이야. 허영심에도 정도가 있지. 딸 생각도 조금은 해주어야
지."

이렇게 말하며 렌타로는 무언가에 깊이 몰두하듯 혼자 생각에 잠
겼다.

이야기를 들으면 들을수록 그 정치가의 내막도 놀랍지만, 선배가 동족을 생각하는 그 정열도 놀라웠다. 우시마쓰는 약한 몸 안에서 불타는 선배의 강렬한 정신을 생각하고, 일종의 비장함을 느끼지 않을 수 없었다. 실제로 렌타로의 이야기에는 우시마쓰의 마음을 움직이는 힘이 담겨 있었다. 특히, 병이 있는 사람이 아니었다면 그처럼 마음 아프지 않을 듯한 구절이 때때로 그 말에 섞여 들려왔던 것이다.

4

우시마쓰는 하려 했던 말을 도저히 꺼낼 수 없었다. 요시다야를 나온 것은 저녁이 꽤 깊었을 무렵이었다. 오는 길에 그 생각을 하자 울고 싶을 정도로 슬퍼졌다. 왜 말하지 않았을까? 우시마쓰는 걸으면서 스스로 생각해보았다. 돌아가신 아버지의 말씀도 있고, 숙부도 그렇게나 충고했다. 한번 자신의 입에서 비밀이 흘러나오면 그것이 언제 누구 귀로 전해질지 모른다. 선배가 부인에게 말하고, 부인은 또 여자이니 아무래도 비밀을 지키지 못할 것이다. 그렇게 되면 그야말로 어쩔 수가 없다―무엇보다 지금 자신은 스스로를 백정이라 생각하고 싶지 않다, 지금까지도 보통 인간으로 살아왔다, 앞으로도 물론 보통 인간으로 살아가고 싶다, 이런 것이 지당한 도리이니까.

이런저런 변명을 생각해보았다.

그러나 이러한 변명은 모두 나중에 가서 가져다붙인 것이고, 이 때문에 말을 꺼낼 수 없었다고는 아무래도 생각되지 않았다. 유감이지만 우시마쓰는 스스로를 속이는 느낌이 들었다. 렌타로에게까지 숨기는 것은 사실 우시마쓰의 양심이 허락지 않았다.

아아, 무엇을 생각하고, 무엇을 고민하는가. 다른 사람에게 고백하는 것이 아니다. 다만 그 선생에게만 고백하는 것이다. 평소에 자신이 존경하고, 게다가 자신과 마찬가지로 신평민인 그 사람에게만 고백하는 일에 어디 위험이나 두려움이 있을 것인가.

'아무래도 말하지 않는 것은 거짓이다.'

우시마쓰는 부끄럽기도 하고 슬프기도 했다.

그뿐만이 아니었다. 용기 있는 청춘의 의기 또한 우시마쓰의 마음에 강한 자극을 주었다. 말하자면 우시마쓰는 눈과 서리 아래서 싹튼 어린 풀이었다. 봄을 기다리는 마음을 갖고 있으면서도 의심과 두려움으로 닫혀버려 안쪽의 생명이 발달할 수가 없었다. 눈과 서리가 해를 맞아 녹는 것에 무슨 이상함이 있으리. 젊은이가 마음이 가는 선배 앞에 경모의 정을 바치고 활발하게 전진하는 데 무슨 이상함이 있으리. 보면 볼수록, 들으면 들을수록, 우시마쓰는 렌타로에게서 감화를 받고 정신의 자유를 그리워하게 되었다. 말해야 한다, 말해야 한다, 그것이 자신이 나아갈 길이 아니냐. 젊은 생명은 이렇게 우시마쓰를 격려했다.

"좋아, 내일은 선생님을 만나 모두 고백해버리자."

이렇게 결심하고 히메코자와의 집을 향해 걸음을 서둘렀다.

그날 밤 오쓰마의 아버지가 와서 늦게까지 화롯가에서 이야기를 나누었다. 숙부는 렌타로에 관해서는 그다지 깊게 캐물으려 하지 않았다. 다만 우시마쓰가 잠자리에 들려고 자리에서 일어났을 때 이렇게 물어보았다.

"우시마쓰, 너 오늘 손님에게 너에 대해 아무것도 말하지 않았겠지?"

이런 말을 듣고 우시마쓰는 숙부의 얼굴을 바라보며 말했다.

"누가 그런 말을 하겠어요?"

이렇게 대답은 했지만 그것은 본심에서 나온 말은 아니었다.

잠자리에 들고 나서도 우시마쓰는 오랫동안 잠을 이루지 못했다. 이상한 것이 꿈에서 눈앞을 지나쳤다. 마지막으로 본 아버지의 죽은 얼굴인가 싶더니 렌타로 같기도 하고, 병으로 창백해진 렌타로 얼굴인가 싶더니 오쓰마 같기도 했다. 광택이 있는 맑은 눈동자, 말할 때마다 보이는 흰 치아, 금방 붉어지는 뺨, 진실됨이 밖으로 넘쳐나서 빛나는 여성스러움을 생각하자, 어느 사이엔가 우시마쓰는 오시호의 모습을 그리고 있었다. 물론 그 환영은 그리 오래 남아 있지 않았다. 새벽녘이 되자 이미 잊어버려서 무슨 꿈을 꾸었는지 기억하지도 못할 정도였다.

10장

1

드디어 고통의 짐을 내려놓을 때가 왔다.

마침 렌타로가 변호사와 함께 우에다로 돌아간다고 하기에 우시마쓰도 동행하기로 약속했다. 그날은 아침에 아버지를 다치게 한 씨소가 우에다의 도살장으로 끌려가는 날이기도 했다. 숙부와 우시마쓰도 거기 입회하기 위해 나가기로 되어 있었다. 어젯밤 우시마쓰의 결심—그것을 실행하기에 더없이 좋은 기회였다. 또 언제 만날 수 있을는지 모른다. 어떻게 해서든지 숙부와 변호사가 듣지 않는 곳에서, 선배와 단둘이 있을 때 말하자, 이렇게 생각하며 우시마쓰는 숙부와 함께 외출 준비를 했다.

우에다로 향하는 길 모퉁이에서 미리 와서 기다리고 있던 두 사람과 합류했다. 우시마쓰는 숙부를 변호사에게 소개하고 이어서 렌타로에게도 소개했다.

"선생님, 제 숙부입니다."

소개를 받자 숙부는 농부다운 큰 손을 비비면서 말했다.

"우시마쓰가 여러 가지로 신세를 지고 있습니다. 어제 집에까지 오셨다던데 죄송스럽게도 제가 집을 비워서."

이렇게 인사하자, 렌타로는 정중하게 망자에 대한 조의를 표했다.

네 사람은 일찌감치 출발했다. 축축한 아침 거리의 흙을 밟으며 깊은 안개 속을 더듬어 가노라니 여기저기에서 닭 울음소리가 들려왔다. 날씨가 봄날처럼 따뜻해 길가의 풀도 소생할 정도였다. 회색 수증기가 낮게 모여와서 조금 떨어진 숲 꼭대기조차 멀고 깊게 연기를 뿜듯이 보였다. 네 사람은 앞서거니 뒤서거니 하면서 서로 이야기를 나누며 걸었다. 그중에서도 변호사의 쾌활한 웃음소리가 아침 공기에 울려퍼졌다. 무심코 발길이 가벼워지고 길도 진척되었다.

히가시우에다에 닿을 무렵 렌타로와 우시마쓰는 약간 뒤로 처졌다. 점점 길이 밝아지고 군데군데 푸른 하늘이 엿보였다. 흰빛을 뿜으며 머리 위를 서둘러 지나가는 것은 아침 구름떼였다. 앞쪽 마을도 모습을 나타내어 초가지붕에서 연기가 피어오르는 모습이 보였다. 안개 속의 전망이 이제 점점 개어가는 것이었다.

렌타로는 그다지 힘들어 보이지 않았다. 길에 돌멩이가 많아 걷기 힘들 텐데 괜찮을까 하고 염려하면서 우시마쓰는 때때로 렌타로를 기다렸다 함께 가려고 했는데, 보통 사람 눈에는 별로 숨이 차 보이지 않는 듯했다. 겨우 안심하고, 이야기를 나누며 걸어가는 두 사람의 뒷모습을 바라보니 이미 꽤 떨어져 있었다. 갑자기 해가 비쳐서 젖은 도로가 빛나기 시작했다.

아아, 고백하려면 바로 이때다.

우시마쓰가 생각하기에는 자신은 결코 일생의 훈계를 깨뜨리는 것이 아니었다. 이것이 만일 세상 사람들에게 말하는 것이라면 그것이야말로 이제까지의 고민을 물거품으로 만드는 것이리라. 그러나 오직 이 사람에게만 고백하는 것이다. 부모 형제와 마찬가지다. 아무런 지장이 없다. 이렇게 스스로를 변호해보았다. 우시마쓰도 생각이 없는 사내가 아니고, 그토록 굳건한 아버지의 말씀을 잊어버려 자기 발로 죽음의 땅으로 빠지는 어리석은 짓을 저지를 마음은 없었던 것이다.

'숨겨라.'

그때 엄숙한 목소리가 마음속 깊은 곳에서 들려왔다. 갑자기 차가운 전율이 전신을 통해 흘러내렸다. 우시마쓰는 조금 주저하지 않을 수 없었다. 선생님, 선생님, 하고 입속으로 부르며, 어떻게 그 말을 꺼낼까 고민하고 있는데, 무언가 눈에 보이지 않는 힘이 등뒤에서 묘하게 자신의 무모함을 가로막는 듯했다.

잊지 말라고, 또 마음속에서 소리가 들렸다.

2

"세가와 군, 무슨 생각을 그렇게 하나." 렌타로가 우시마쓰 쪽을 뒤돌아보았다. "꽤 많이 뒤처져버렸어. 어때, 좀 빨리 걸어볼까."

이 말을 듣고 우시마쓰도 서둘러 뒤를 따라갔다.

얼마 뒤 두 사람은 일행을 따라잡았다. 새처럼 달아나기 쉬운 기회
는 잡지 못했다. 언제 또 선배와 단둘이 있을 때가 있겠지, 하고 우시
마쓰는 스스로를 달랬다.

해는 차츰 높이 떠올랐다. 하늘은 새파랗고 비칠 듯이 투명했다. 남
쪽 하늘에 구름이 뭉게뭉게 피어올랐다. 따사로운 햇볕에 덥혀져 들
판에선 김이 오르고 언덕도 호흡하며, 밟고 가는 길의 흙이 회색으로
말라가는 냄새도 기분 좋았다. 파릇파릇하게 싹이 트기 시작한 보리
밭이 양쪽으로 펼쳐져, 참으로 봄을 절실히 기다리는 마음을 느끼게
했다. 이렇게 같은 풍경을 보며 가는 중에도 네 사람의 눈에 비치는
시골의 색깔은 우습게도 다 제각각이었다. 변호사는 소작인과 지주의
투쟁을, 렌타로는 노동자의 괴로움과 위로를, 숙부는 때죽나무, 산우
엉, 천왕풀, 또는 물벗풀 등의 잡초로 애를 먹은 경작 경험을 말했다.
수확과 관련이 깊은 토질의 비교, 그리고 조슈 지방의 평야에 사는 농
민과 비교해 이 산 위 사람들이 지닌 거친 습관 등의 이야기—이 세
사람의 이야기는 과연 생활과 동떨어져 있지 않았지만, 같은 시골을
마음에 그려도 우시마쓰는 젊은이다운 생각으로 일하는 것만이 시골
의 모습은 아니라는 식으로 관찰했다. 이러한 각자의 이야기에 빠져
네 사람은 피로를 잊고 우에다 마을로 들어갔다.

우에다에는 변호사의 출장소가 있었다. 거기에서 렌타로 부인이 네
즈에서 돌아오는 남편을 기다리고 있었다. 렌타로와 변호사는 그곳에
잠깐 들러 볼일을 마친 뒤에 다시 함께 도살장까지 가서 그 씨소의 최
후를 보기로 약속하고 헤어졌다. 우시마쓰는 숙부와 함께 먼저 떠났다.

도살장에 가까이 갈수록 돌아가신 아버지에 대한 생각이 강하게 두

사람의 가슴에 떠올랐다. 두 사람의 이야기는 온통 추억뿐이었다. 다른 사람이 없으니 거리낌도 없고, 지금은 무엇을 말하든 자유였다.

"봐라, 우시마쓰야." 숙부는 걸으면서 탄식하듯 말했다. "벌써 오늘이 엿새째구나. 형님이 돌아가셔서 네가 여기 온 것도. 장례식을 치르고, 위로 초청을 하고, 인사하러 다니고, 이제 오늘이 엿새째다. 아, 내일은 초이레구나. 세월이 흐르는 것은 놀라워. 형님과 헤어진 것이 어제 같기만 한데."

우시마쓰는 잠자코 생각에 잠겨 따라갔다. 숙부는 말을 이었다.

"참으로 세상은 뜻대로 안 되는 거야. 형님도 이제부터는 편안해지실 텐데 그런 재앙을 만나시고. 아아, 돈을 남긴 것도 아니고, 이름을 남긴 것도 아니고, 평생 동안 고생만 하시고, 그 고생이 누구를 위한 것이냐면 결국은 너와 나를 위한 것이었어. 나도 젊었을 때는 자주 형과 싸우고 얻어맞고 울곤 했지만, 지금 생각해보니 부모와 형제만큼 고마운 것은 없더구나. 설령 세상 사람이 다 외면하더라도 부모 형제는 버릴 수 없으니까. 형님을 잊어서는 안 된다는 것은 그 때문이다."

잠시 두 사람은 말없이 걸었다.

"잊지 마라." 숙부는 다시 입을 열었다. "형님도 너 때문에 얼마나 염려하셨는지. 한번은 나한테, 우시마쓰도 지금이 가장 위험할 때야, 산속에서 생각하는 것과 세상에 나가서 보는 것은 다르니까, 나는 그걸 걱정하는 거야, 다른 사람 속에서 자기 약점을 간파당하지 않는 것은 좀처럼 쉽지 않아, 제발 별일이 없으면 좋으련만, 쓸데없는 학문 때문에 쓸데없는 생각을 갖지 않으면 좋겠는데, 아무래도 서른 살이 되기 전에는 안심할 수 없어, 라고 하시기에, 아녜요, 문제없어요, 우시마쓰는 제가 보증하지요, 라고 했지. 그러자 형님은 고개를 저으며, 자식은 부모의 나쁜 점만 닮게 되어 있어, 우시마쓰도 조심성이 많은 것은 좋지만, 너무 조심성이 많아서 오히려 의심받는 일이 생기지는 않을까, 하고 자주 그런 말씀을 하셨지. 그때 나는 그렇게 걱정하시면 끝이 없어요, 라며 웃었지. 하하하."

이렇게 문득 꾸밈 없는 목소리로 웃고는 다시 말했다.

"너도 용케 여기까지 왔다. 이제 염려 없어. 참으로 너는 그만큼의 덕을 갖추고 있어. 하여간 주의하는 것보다 더 좋은 것은 없다. 아무리 선생이나 같은 신분의 사람일지라도 결코 긴장을 풀지 마라. 다른 사람과 부모 형제는 다르니까. 아, 형님은 살아 계실 때 목장에서 내려오셔서 나와 숙모의 얼굴을 보면 제일 먼저 네 이야기부터 하셨단다. 이제 형님도 안 계시고, 앞으로는 나와 숙모 둘이서 네 이야기를 하며 즐거워하겠구나. 생각해보려무나, 나도 자식이 없고, 너밖에 의지할 데가 없으니까."

3

문제의 씨소는 아침나절에 도살장으로 옮겨졌다. 소 주인은 일찍 도착해서 숙부와 우시마쓰를 기다리고 있었다. 두 사람이 빈 수레를 끌고 가는 푸줏간 심부름꾼 뒤를 따라 도살장 앞까지 가자, 문밖에서 주인이 마중 나오며 거듭 잘 오셨다는 말을 했다. 진심으로 늙은 목부의 최후를 애처로워하는 표정이 주인의 얼굴에 나타났다. "아닙니다."

숙부는 상대의 말을 가로막았다. "오직 이쪽의 부주의로 일어난 일이니, 댁을 원망할 이유는 조금도 없어요." 그렇게 말하자 상대방은 더욱 마음이 아픈 듯했다. "저는 면목이 없어서 여러분 얼굴도 못 쳐다보겠구면요. 짐승이 한 짓이니 그저 재난이라고 생각해주세요." 이렇게 몇 번이나 말했다. 이곳은 우에다 마을의 변두리, 다로 산 기슭 가까이에 새로 지은 다섯 동 정도의 단층 건물이었다. 매서운 눈초리의 개 대여섯 마리가 문으로 몰려와서 두 사람의 냄새를 맡거나 낮은 소리로 짖거나 하며 자칫하면 덤벼들 기세를 보였다.

주인을 따라 두 사람은 검은 문을 들어섰다. 정원을 끼고 안쪽의 북쪽은 검사실, 동쪽이 도살장이었다. 쉰 정도 되어 보이는 통통한 사내가 사람들에게 지시를 하고 있었는데, 그 노련한 붙임성 있는 말투로 보아 도수(屠手)의 우두머리라는 것을 알 수 있었다. 도수로 여기에서 일하는 장정은 열 명 정도로, 모두 눈을 속일 수 없는 신평민, 특히 비천한 출신으로 보였고, 그중에서도 특이한 피붓빛이 눈에 띄었다. 그들의 붉은 얼굴에 낙인이 찍혀 있다고 해도 좋을 정도였다. 그중에는 하층 신평민에게서 자주 보이는 우둔한 눈빛으로 이쪽을 뒤돌아보는 사람도 있었고, 겁을 먹고 부들부들 떨면서 훔쳐보듯이 손님을 쳐다보는 사람도 있었다. 눈치가 빠른 숙부는 곧 그것을 알아차리고 팔꿈치로 살짝 우시마쓰를 찔렀다. 어찌 우시마쓰도 평온할 수 있을까. 숙부의 팔꿈치가 닿기 바쁘게 그 암호는 전기처럼 통했다. 다행히 염려할 정도는 아니어서 두 사람은 겨우 안심하고 다른 무리에 끼어들었다.

계류장(繫留場)에는 씨소 외에 두 마리의 황소가 매여 있었는데,

마치 사형 선고를 받은 죄인이 감옥에 갇힌 것처럼 시시각각 다가오는 마지막 생명의 순간을 기다리고 있었다. 우시마쓰는 숙부와 주인과 함께 이 계류장의 목책 앞에 섰다. 주인의 말대로 짐승이 한 짓이라고 생각하면 그다지 분노라고 할 만한 것도 일지 않건만, 처절한 아버지의 최후, 목장 풀 위에 쏟은 피, 이런 견딜 수 없는 기억들이 우시마쓰의 가슴에 떠올랐다. 다른 소는 사도 소라는 종류로, 한 마리는 검고, 또 한 마리는 붉고, 인간의 식욕을 채우는 것 말고는 이제 살아갈 가치가 없을 정도로 마르고 초췌했다. 그에 비하면 씨소는 체격도 크고, 골격도 우람하고, 검은 털이 빛나는 잘생긴 잡종이었다. 주인은 목책 횡목 너머로 그 콧대와 목 언저리를 만져주며 말했다.

"네 녀석도 참 엉뚱한 짓을 저질렀구나. 나도 좋아서 너를 이런 곳에 데리고 온 것은 아니야. 이것도 자업자득이란다. 그리 생각하고 체념해라."

자식에게 인과(因果)를 설명하듯 타이르더니, 새삼스럽게 이별을 안타까워하는 표정을 지었다.

"봐라, 여기 계신 분이 세가와 씨의 아드님이시란다. 용서를 빌어라, 용서를 빌어. 너 같은 짐승도 영혼이 아주 없지는 않겠지. 자, 내가 하는 말을 잘 듣고, 다음 세상에는 좀더 영리한 것으로 태어나거라."

이렇게 말하고 나서 주인은 소의 내력을 두 사람에게 알려주었다. 실제로 지금 많은 소를 기르고 있지만 이것보다 좋은 혈통을 가진 것은 없다. 아비 소는 미국산이고 어미 소도 그에 못지않아서, 나쁜 버릇만 없었다면 니시노이리 목장의 명우(名牛)로 불렸을 거라며 탄식했다. 주인은 또 덧붙여서, 이 씨소의 고기를 판 돈을 나누어 돌아가신 목부의 명목을 비는 돈으로 바치고 싶으니, 그것으로 죽은 사람의 마음을 위로해달라고 했다.

그때 차양 달린 모자를 쓴 수의사가 들어와 사람들에게 인사했다. 이어서 푸줏간 주인도 들어왔다. 도살한 고기를 매수하기 위해서일 것이다. 얼마 뒤에 렌타로와 변호사 두 사람도 도착해, 숙부와 우시마쓰와 같이 정원에 서서 바라보며 이야기를 나누었다.

"음, 저게 그 씨소인가?"

렌타로는 작은 소리로 말했다. 사람들은 준비에 착수한 듯 모두 흰 가운을 입고 짚신을 벗은 맨발에 옷을 걷어올렸다. 웃는 소리와 속삭이는 소리가 개 짖는 소리와 함께 섞여 구내는 혼잡해졌다.

드디어 씨소가 끌려나올 차례가 되었다. 일동의 시선이 그쪽으로 모였다. 지금까지 잠잠하던 두 마리의 사도 소가 갑자기 울기 시작하며 머리를 좌우로 흔들었다. 한 도수가 붉은 소의 콧잔등을 꽉 잡고 소리를 질러 제압하고 꾸짖었다. 짐승이지만 본능적으로 알아차린 모양인지 도망가려고 안간힘을 쓰는 것이다. 검은 사도 소는 묶인 채로 기둥을 한 바퀴 돌았다. 죽음으로 끌려가는 씨소는 오히려 냉정한 태도였다. 다른 두 마리처럼 몸부림치지도 않고 슬픈 소리를 내지도 않고, 겨우 흰 콧김만 내뿜으며 유유히 수의사 앞으로 걸어갔다. 보랏빛을 띤 큰 눈은 옆에 있는 사람을 내려다보는 듯했다. 니시노이리의 목장을 휩쓸고 다니고 우시마쓰의 아버지를 뿔로 받아 죽일 정도로 나쁜 소지만, 이렇게 용감한 임종의 모습은 또 사람들에게 연민의 정을 불러일으켰다. 숙부도 우시마쓰도 적잖이 감동했다. 수의사는 여기저기 걸어다니며 씨소의 가죽을 꼬집어보기도 하고 목을 눌러보기도 하고, 또 뿔을 두드려보고 마지막으로 꼬리를 들어보더니 금세 검사를 끝냈다. 도수가 모두 다가와서 쉿, 쉿, 소리를 내면서 도살장으로 소를 마구 밀어넣었다. 도수의 우두머리는 소의 빈틈을 노리다가 재빨리 가는 밧줄을 던졌다. 쿵 하는 소리가 나고 소의 몸이 판자 위로 넘어지고 발과 발이 묶였다. 주인은 멍하니 서 있었다. 우시마쓰도 깊은 생각에 잠긴 표정으로 침울하게 지켜보았다. 이윽고 씨소의 미간을 겨누어 한 도수가 도끼를 휘두르는 순간, 그것이 이 짐승의 마지막이 되었다. 가느다란 신음 소리를 남기고 곧바로 숨을 거두었다. 일격으로 소는 쓰러졌다.

4

햇빛이 오두막 안에 들어와, 그곳에 죽어 쓰러진 씨소와 바쁘게 일하는 사람들의 흰 가운을 비추었다. 도수 우두머리는 날카롭게 날이 선 식칼을 휘두르며 우선 소의 목을 잘랐다. 꼬리를 끌던 사람은 꼬리를 버리고 밧줄을 쥔 사람은 밧줄을 버리고 전부 소 위에 올라탔다. 많은 수의 장정이 힘을 주며 이곳저곳 할 것 없이 밟아대는 바람에 피는 잘린 목에서 마루판 위로 붉게 흘러내렸다. 목에서 배, 배에서 다리로, 차차 검은 가죽이 벗겨졌다. 기름과 피 냄새가 도살장에 넘쳐흘렀다.

다른 두 마리의 사도 소가 오두막에 끌려들어와 도살된 것은 얼마 뒤의 일이었다. 이 처참한 광경을 보아도 우시마쓰의 가슴에 떠오르는 것은 돌아가신 아버지뿐이었다. 우시마쓰가 생각에 잠긴 눈빛으로 계속해서 아버지의 죽음을 생각하는 동안, 씨소의 가죽이 말끔히 벗겨지고 뿔이 끊어져 떨어지고 지방이 잔뜩 쌓인 몸에서 수증기 같은 김이 피어오르는 것이 보였다. 도수 우두머리는 손과 칼을 빨갛게 피로 물들이면서 오두막 안을 돌아다니며 지휘했다. 저쪽에서 대비(竹箒)로 소의 기름을 쓸고 있는 사람도 있고, 이쪽에서 숫돌을 꺼내 칼을 가는 사람도 있었다. 붉은 사도 소는 가운데를 자른다며 허리뼈를 좌우로 나누어 그 사이에 지름대를 넣어 거꾸로 높게 매달았다.

"자, 감는다." 한 도수가 천장에 있는 도르래를 바라보며 말했다.

보고 있는 동안 오두막의 중앙에는 황소의 거대한 몸이 매달렸다. 숙부와 렌타로와 변호사는 서로 얼굴을 마주 보았다. 한 도수가 톱을 꺼냈다. 그리고 늑골을 둘로 가르기 시작했다.

명복을 비는 듯한 소 주인의 눈은 씨소에서 떠나지 않았다. 씨소는 이제 발까지 잘렸다. 목장의 잡초를 밟아 뭉개던 두 개의 발굽은 오두막에서 토방 쪽으로 던져졌다. 회색이 도는 보라색 막에 싸인 내장은 마치 큰 보자기에 싸인 짐처럼 물컹한 모습으로 거기 놓여 있었다. 세 사람의 도수가 서로 칼을 대고 뼈를 따라 살을 갈랐다.

강렬한 추억이 또 우시마쓰의 가슴속을 왕래하기 시작했다.

잊지 마라. 아, 그 뜨거운 임종의 호흡은 얼마나 깊은 울림이 되어 살아남은 우시마쓰의 뼛속까지 꿰뚫었던가. 그것을 생각할 때마다 돌아가신 아버지가 우시마쓰의 가슴속에 되살아나는 것이었다. 갑자기 그때 마음속의 소리가 우시마쓰를 부르며 꾸짖는 듯했다. "우시마쓰,

너는 아비를 버릴 셈이냐." 그 소리는 자신을 책망하는 것처럼 들렸다.

"너는 아비를 버릴 셈이냐."

우시마쓰는 스스로에게 되풀이해보았다.

과연 자신은 변했다. 이제 하나에서 열까지 아버지의 말씀에 복종하고 그것을 기계적으로 따르는 어린아이가 아니다. 그렇다, 자신의 마음속은 이미 아버지만 사는 세계가 아니었다. 아버지의 엄한 성격을 생각할 때마다 자신은 오히려 반대쪽으로 뛰쳐나가 자유자재로 울기도 하고 웃기도 할 수 있는 생각을 가질 수 있게 되었다. 아아, 무정한 세상에 분노하던 선배의 마음과, 세상을 따르라고 가르친 아버지의 마음, 이 두 사람의 차이는 무엇일까? 이렇게 생각하면서 우시마쓰는 자신이 갈 길을 망설였다.

정신을 차리고 봤을 때는 렌타로가 옆에 서 있었다. 어느새 순경이 들어와서 수의사와 함께 지켜보고 있었다. 씨소는 무릎에서 몸통까지 네 덩어리로 잘려 있었다. 오른쪽 앞다리는 벌써 천장에서 내려온 가는 끈에 매달려 있고, 한 도수가 해면을 들고서 계속 피를 닦아내고 있었다. 거대한 씨소의 몸은 이토록 무참히 잘려버린 것이다. 도수 우두머리가 도장을 꺼내들고 고기 위에 찍는 한편, 고기를 가지러 온 푸줏간의 사환이 수수깡을 깔아놓은 상자를 마차 위에 놓고 기운차게 움막 안으로 덜컹덜컹 끌고 들어갔다.

"12관 5백" 하는 소리가 오두막 구석에서 들렸다.

"11관 7백"이라는 소리도 들렸다.

도살된 씨소의 고기가 커다란 저울에 달렸다. 도수가 눈금을 읽을 때마다 푸줏간 주인은 연필에 침을 발라 수첩에 받아적었다.

마침내 그날의 입회가 끝나고, 주인과 작별하고 사람들과 함께 도살장에서 물러나려고 했을 때, 우시마쓰는 다시 한번 오두막 쪽을 돌아보았다. 어떤 도수는 남아 있는 내장을 치우고, 어떤 도수는 물통에 발을 푹 담근 채 소의 피를 닦아내고 있다. 씨소의 넓적다리 하나가 아직 천장에 매달려 있어 누런 기름과 흰 지방이 햇빛을 받아 빛났다. 그때는 이미 처참한 회상의 단편도 떠오르지 않았다. 다만 큰 쇠고기 덩어리로밖에 보이지 않았다.

11장

1

"아, 다행이야." 도살장 문을 나설 때 숙부가 우시마쓰의 어깨를 두드리며 말했다. "이제 어려운 관문은 지났어."

"숙부님, 목소리가 커요." 제재하듯이 말한 후 우시마쓰는 무언가 생각난 듯이 앞서가는 렌타로와 변호사의 뒷모습을 바라보았다.

"목소리가 크다고?" 숙부는 웃으면서 말했다. "이렇게 쉰 목소리를 누가 알아듣겠냐. 그건 그렇고 우시마쓰야, 이젠 정말 안심이다. 여기까지 헤쳐왔으니 이제 문제없다. 그동안 얼마나 걱정했는지 모르겠구나. 오늘부터는 셋 다 발 쭉 뻗고 잘 수 있겠어."

쇠고기를 잔뜩 실은 수레가 두 사람 곁을 지나갔다. 말라빠진 뽕나무밭 사이로 수레 소리가 덜컹덜컹 울리고, 개가 따라가며 짖는 소리도 왠지 즐겁게 들렸다. 마음 좋은 숙부는 이유도 없이 즐거워하며,

얼굴의 얽은 자국도 기쁨으로 묻혀버릴 듯했다. 지금 어떤 사상이 들어와서 요즘 젊은이들의 가슴을 설레게 하는지, 그런 일은 숙부는 전혀 몰랐다. 옛날 사람인 숙부는 다만 이 좋은 날씨처럼 한 가족이 무사하기만 하다면 그것으로 족했다. 이윽고 깊은 생각에 잠겨 있던 우시마쓰를 재촉해서 점심식사를 위해 걸음을 서둘렀다.

점심식사를 마치고, 우시마쓰는 숙부와 헤어져 혼자 변호사의 출장소를 찾아갔다. 그곳에서는 렌타로가 부인과 함께 우시마쓰를 기다리고 있었다. 하지만 모두 모여 즐거운 이야기를 할 수 있는 것은 세 시간 정도밖에 없었다. 들어보니 부인은 도쿄에 있는 집으로, 렌타로와 변호사는 고모로에 있는 여관으로, 그날 네시 삼분 기차를 타고 우에다를 떠난다고 했다. 부인은 남편의 신상을 무척 걱정하며 같이 도쿄로 가자고 권했지만 렌타로는 듣지 않았다. 원래 친구나 후배를 먼저 생각하고 집안일을 나중으로 두는 것이 렌타로의 주장이라, 이번에 신슈에 머무는 것도 결국 변호사를 위해 힘을 써주고 싶어서였다. 그것은 부인도 알고 있었다. 남편의 성격을 생각하면 무리가 아니다. 그러나 이런 산동네에서 병이 심해지기라도 한다면 어쩌나. 그런 걱정이 부인의 얼굴에 뚜렷이 나타났다. "사모님, 그런 염려는 마세요. 이노코 군은 제가 잘 돌볼 테니까요." 변호사의 자신만만한 표정을 보자 부인도 더는 말하지 않았다.

선배가 그리우니 부인까지도 그립다. 이렇게 생각하는 우시마쓰의 마음이 한층 깊어졌다. 처음 기차 안에서 만났을 때부터 인품이 고상한 부인이라고는 생각했지만, 이렇게 마음을 터놓고 이야기를 나누어보니 지나치게 남의 비위를 맞추지도 않고 그렇다고 괜스레 점잖은 체하는 편도 아니었다. 매사에 얽매이지 않는 담백한 성격의 여자란 것을 알 수 있었다. 외모에는 관심이 없는지, 이제 곧 기차를 탈 텐데도 그리 야단스럽게 몸치장을 하려 하지 않았다. 남자가 보는 앞에서 머리만 조금 매만지고 여행 짐을 이것저것 챙겼다.『참회록』에 부인에 관한 이야기가 쓰여 있던 것이 갑자기 떠올라, 우시마쓰는 평범한 좋은 가정에서 자란 사람이 종족이 다른 선배한테 시집오기까지 겪었을 이 두 사람의 역사를 상상해보았다.

기차를 기다리는 두세 시간은 금세 지나갔다. 우왕좌왕하는 사이에 정거장으로 가야 할 시간이 되었다. 과연 변호사는 바쁜 직업이라, 함께 문을 나서려고 하던 참에 손님한테 붙잡혀 시계를 보면서 선 채로 소송에 관한 이야기를 나누었다. 렌타로는 부인을 데리고 한발 먼저 나갔다. "아, 언제 또 선생님을 만날 수 있을까?" 이렇게 혼잣말을 하면서 우시마쓰도 배웅하러 나섰다. 하다못해 정성의 표시로 가방이라도 들어드려야지. 그것은 우시마쓰에게는 기쁘기도 하고 섭섭하기도 한 일이었다.

초겨울의 햇빛이 마을 안에 가득 들어와 세 사람은 눈이 부실 정도였다. 우에다의 성터를 따라 사람이 뜸한 언덕길을 내려가기 시작했을 때, 우시마쓰는 선배와 부인이 이런 이야기를 하는 것을 들었다.

"괜찮아, 그렇게 당신이 걱정할 것 없어." 렌타로는 꾸짖는 듯한 말투였다.

"괜찮지가 않으니까 문제죠." 부인은 걸으면서 탄식했다. "당신은 조금도 몸을 돌보지 않잖아요. 나라도 붙어 있지 않으면 또 얼마나 무리할지 모르는 일이에요. 게다가 이 산의 날씨는 어떻고. 아, 저는 생각만 해도 두려워요."

"그야 바닷가에 있는 것과는 다르겠지." 렌타로는 웃으며 말을 이었다. "그러나 올해는 따뜻해. 신슈에서 이런 날씨는 드물어. 이 정도의 공기를 마시는 것은 아무렇지도 않아. 봐, 그 증거로 신슈에 온 후로 감기 한번 걸리지 않았잖아?"

"그래요, 아주 좋아졌어요. 그러니까 더욱 주의하시라는 거예요. 모처럼 좋아졌는데 또 나빠지기라도 하면 어쩌나요."

"그렇게 주의하다가는 사업이고 뭐고 아무것도 못해."

"사업이라니요? 건강해지면 사업은 얼마든지 할 수 있어요. 그냥 함께 도쿄로 가면 좋을 텐데."

"이해를 못하는군, 또 그런 소리를 하다니. 어째서 여자는 그렇게 이해를 못할까. 내가 얼마나 이치무라 씨 신세를 지고 있는지 당신도 그 정도는 알 거 아닌가. 그 사람 앞에서 나더러 도쿄로 돌아가자고 하다니, 조금이라도 생각이 있다면 그런 말을 할 수 없을 텐데. 그런 말을 하면 상대가 생각해주려던 것도 없어져버려. 게다가 이번에는 나도 연구하고 싶은 일이 좀 있어. 지금 가슴에 떠오르는 생각을 정리해서 글로 쓰려면 꼭 혼자서 이 산 위를 걷고 전원생활이라는 것을 관찰해봐야 해. 그러기에는 참으로 더할 나위 없이 좋은 기회야." 렌타로는 약간 말투를 바꾸며 말했다. "아, 날씨가 좋구나. 정말 이른 봄날 같아. 이번 여행은 상당히 재미있을 거야. 자, 당신은 집에 가서 기다리고 있게. 신슈 선물을 잔뜩 가지고 갈 테니."

두 사람은 잠시 말없이 걸었다. 우시마쓰는 오른손에 든 가방을 왼손으로 바꿔 들며 잠자코 뒤에서 따라갔다. 얼마 뒤에 높은 흰 벽으로 만든 창고가 있는 곳으로 나왔다.

"아." 부인은 풀이 죽은 말씨였다. "왜 제가 돌아가자고 하는지, 그 이유를 당신한테 아직 말을 안 했네요."

"흠, 딱히 이유가 있나?" 렌타로가 반문했다.

"별일은 아니지만," 부인은 생각난 듯이 떨면서 말했다. "어젯밤 꿈자리가 너무 나빠서, 무섭고 가슴이 떨려서 밤새도록 잠을 못 잤어요. 왠지 당신과 연관이 있는 것 같아요. 아니면 그런 꿈을 꿀 리가 없는걸요. 그런데, 그 꿈이 보통 꿈이 아니에요."

"시시한 소리 그만 해. 그래서 같이 도쿄로 가자고 한 거야? 하하하." 렌타로는 쾌활하게 웃었다.

"그렇게 말하지 마요. 미래의 일을 꿈으로 꿨다는 이야기는 많아요. 아무래도 나는 그 꿈이 마음에 걸려요."

"흥, 꿈 같은 게 맞을 리가 있나."

"하지만…… 이상한 일도 다 있죠? 글쎄, 당신이 죽는 꿈을 꾸다니요."

"이런 미신쟁이."

2

이상한 문답이라고 생각하면서도 우시마쓰는 그 말을 그다지 마음에 두지 않았다. 저렇게 담백하고 쾌활한 성격의 부인이 그런 일에 신경을 쓰리라고는. 아, 꿈이라는 것은 어린이들의 세계와 같은 것이라,

때와 장소의 구별 없이 실로 엉뚱한 것을 눈앞에 보여준다. 선배의 죽음—어찌 이렇게 얼토당토않은 일이 부인의 꿈에 나타난 것일까. 그러나 그런 것에 신경쓰는 것이 여자다. 이렇게 이성(異性)의 마음을 생각하면 한층 우스꽝스럽게 느껴질 정도였다. '여자란 대개 저런 것이다.' 이렇게 속으로 읊조리자니 문득 미신을 잘 믿는 렌게 사의 안주인이, 그리고 오시호가 떠올랐다.

다리를 건너 정거장 가까이까지 왔다. 부인은 조금 뒤로 처졌다. 우시마쓰는 왼손에 든 가방을 다시 오른손으로 옮기며, 렌타로와 작별인사를 나누면서 걸었다.

"그러면 선생님," 우시마쓰는 서운한 듯이 물어보았다. "언제까지 신슈에 계실 생각이십니까?"

"나 말인가?" 렌타로는 웃으며 대답했다. "글쎄, 적어도 이치무라 군의 선거가 끝날 때까지는 있겠지. 실은 아내가 저렇게 말하기도 하고, 일단은 도쿄로 돌아갈까 생각도 했었어. 이것이 보통 선거라면 그냥 돌아갔겠지. 어차피 내가 있어봤자 대단한 응원도 못할 테니까. 그런데 이치무라 군 입장에서 생각해보면, 자신이 생각하는 각오가 있어 후보자로 나왔을 테니 누구를 정적으로 삼든지 마찬가지인 거야. 하하하. 그러나 이치무라 군이 이기느냐 그 다카야기 리사부로가 이기느냐 하는 건, 우리 쪽에서 생각하면 보통 선거와는 다른 문제야."

우시마쓰는 잠자코 따라갔다. 렌타로는 무언가 생각난 듯이 뒤에 따라오는 부인을 되돌아보고는 다시 걷기 시작했다.

"자네, 생각해보게나. 그 다카야기의 소행 말이야. 아무리 우리가 무지하고 비천한 사람이라고 해도 짓밟히는 것에도 정도가 있어. 아무래도 그런 사내가 이기는 것은 막고 싶어. 어떻게 해서든지 이치무라 군이 이기게 해주고 싶어. 다카야기의 이야기를 듣지 않았다면 모르지만, 듣고 사실을 알고 난 뒤에 잠자코 돌아간다는 건 신평민으로서 너무 무기력한 행동이거든."

"그러면 선생님은 어떻게 하실 셈입니까?"

"어떻게 하다니?"

"잠자코 돌아가실 수 없다고 하시기에……"

"약간의 타격을 주는 것뿐이야. 하하하. 어쨌거나 저쪽에는 로쿠자에몬이라는 부자가 붙어 있으니, 아마 매수도 할 거고 상업적인 운동도 하겠지. 거기에 비교하면 이쪽은 짚신 한 켤레와 혀 하나뿐이야. 재미있지, 재미있어. 적에게는 다만 돈의 힘밖에 기댈 것이 없으니까 재미있는 일이야. 하하하."

"하지만 잘됐으면 좋겠군요."

"하하하하하."

이러한 이야기를 하는 동안 두 사람은 우에다 정거장에 닿았다.

우에노 행 상행열차가 오기까지 아직 시간이 조금 있었다. 많은 여행객이 이미 대합실을 가득 채우고 있었다. 부인도 곧 도착해서 셋이 함께 변호사가 오기를 기다렸다. 렌타로는 담배를 꺼내서 우시마쓰에게 권하고 자신도 불을 붙여 피우면서 말했다. "신슈라는 곳은 상당히 재미있는 곳이야. 우리 같은 사람을 이렇게 대우해주는 곳은 다른 지방에는 없어." 우시마쓰의 얼굴을 바라보고, 부인의 얼굴을 바라보고, 또 여행자 무리를 둘러보았다. "세가와 군, 아는 바와 같이 나는 그런 사람이지. 다른 일도 아니고 선거인데, 실은 내가 나설 곳이 아니라고 생각해. 만일 선거인의 감정을 해치는 일이 생기면 오히려 긁어 부스럼이잖아. 그래서 연설은 보류하려는 생각이었지. 그런데 신슈라는 곳은 특이한 지방이라서, 나 같은 사람에게 꼭 이야기를 해달라지 않겠어. 그래서 오늘밤 고모로에서 이치가와 군과 함께 연설회에 나가기로 했지." 이렇게 말하며 생각난 듯이 웃었다. "이 우에다에서 우리가 담화를 했을 때 7백 명이 모였어. 청중들은 참으로 진지하게 이야기를 잘 들어주었지. 나가노에 있던 신문기자의 말을 빌리자면, 신슈만큼 연설 연습을 하기 좋은 곳은 없다지. 참으로 그래. 지식욕이 풍부한 것이 이 산 지방 사람들의 특색이야. 다른 지방이었다면 우리 같은 사람을 상대도 해주지 않았겠지. 그런데 신슈에 오면 선생님 대접을 받거든. 하하하."

부인은 쓴웃음을 지으며 듣고 있었다.

잠시 뒤 차표를 팔기 시작했다. 사람들이 슬슬 움직였다. 마침 변호사가 뚱뚱한 체구를 흔들면서 만면에 웃음을 띠고 달려와, 채 인사할 겨를도 없이 렌타로 부부와 함께 개찰구를 나갔다. 우시마쓰도 입장권을 쥐고 따라 들어갔다.

4번 홈의 상행열차는 20분 연착이었기에 기다리는 여행객들은 플랫폼 위에 모여 있었다. 부인은 큰 시계 아래 앉아서 멍하니 앞을 바라보았다. 변호사는 사람들 사이를 여기저기 돌아다녔고, 우시마쓰는 렌타로 곁을 떠나지 않은 채 이렇게 헤어지는 마지막 순간까지도 자신의 진정을 전하고 싶은 마음으로 가득 찼다. 우시마쓰는 저도 모르게 신고 있는 나막신 끝으로 마른 땅 위에 무엇인가 쓰기 시작했다. 렌타로는 기둥에 기대어 무슨 글씨인지 표시인지 알 수 없는 것이 땅

위에 그려지는 것을 바라보았다.

"기차가 많이 늦는 모양이군."

렌타로의 말에 정신이 든 우시마쓰는 나막신 끝으로 그린 흔적을 지워버렸다. 좀 떨어져서 이 모습을 바라보던 중학생이 이윽고 다른 쪽을 보고 의미 없이 웃었다.

"아, 세가와 군. 이야마의 주소를 좀 알려주게나."

"지금은 아타고마치에 있는 렌게 사라는 곳으로 옮겼습니다." 우시마쓰가 대답했다.

"렌게 사라고?"

"시모미노치 군 이야마초 렌게 사, 이렇게 하시면 됩니다."

"음, 그래. 그리고 이것은 우리 둘만의 이야기인데," 렌타로는 웃으며 말했다. "어쩌면 나도 자네 있는 곳에 갈지도 몰라."

"이야마에요?" 우시마쓰의 눈이 갑자기 빛났다.

"그래. 아마도 사쿠 치이사가타 지방을 돌고 일단 나가노로 돌아온 후의 일이 될 테니, 아직 어떻게 될지 모르지만. 만일 이야마에 가게 된다면 꼭 들르지."

그때 기적 소리가 울렸다. 나오에즈 쪽에서 긴 열차가 검은 연기를 뿜으며 다가왔다. 얼굴과 옷이 때로 더러워진 역부들이 바쁘게 뛰어갔다. 잠시 뒤 역장도 나타났다. 기차는 이미 사람들 앞에 멈췄다. 안에 탄 승객들이 창에 기대어 바깥을 바라보았다. 부인과 변호사는 우시마쓰에게 작별을 고하고 서둘러 차에 탔다.

"그러면 실례하네."

이 말을 남기고 렌타로도 같은 객실로 들어갔다. 바로 역부가 달려와서 철거덕 문을 닫았다. 우시마쓰 옆에 있던 역장이 오른손을 높이 들고 신호 호각을 불자 기차는 선로를 미끄러져가기 시작했다. 부인이 창으로 얼굴을 내밀고 다시 한번 인사를 했는데, 보통 때에도 좋지 않은 그 안색이 잊을 수 없을 정도로 창백했다. 승객들의 모습이 서서히 움직이고 그림자처럼 지나갔다. 우시마쓰는 상심한 사람처럼 오랫동안 뿌리 박은 듯이 그곳에 서 있었다. 아, 선배는 가버렸다, 이렇게 생각했을 무렵에는 이미 기차는 모습조차 보이지 않았다. 뒤에 남은 흰 구름 같은 연기, 그 무리가 모여 낮게 땅 위를 기어가는가 싶더니, 갑자기 바람에 갈래갈래 흩어져 나중에는 초겨울의 하늘로 사라져버렸다.

3

어째서 사람의 마음은 생각대로 표현할 수 없는 것일까. 날마다 선배에게 말하고 싶다고 생각하며 자신을 격려한 것이 한두 번이 아닌데, 결국 말하지 못하고 헤어져버렸다. 우시마쓰는 얼마나 가슴속에서 싸우는 깊은 공포와 괴로움을 느꼈던가. 얼마나 쓸쓸한 마음으로 네즈를 향해 왔던 길을 돌아갔던가.

칠일재도 무사히 지냈다. 성묘를 하고, 법사(法事)를 지내고, 숙모가 손수 약간의 야채요리를 만들고, 겨우 피로를 느낄 무렵에는 숙부와 숙모도 안두의 숨을 내쉬었다. 홀로 계속 정신적인 고통을 느끼는 우시마쓰에게 렌타로가 남기고 간 새로운 자극은 저서를 읽는 것보다 더욱 큰 번민을 안겨주었다. 우시마쓰는 종종 자신의 일생을 생각해 볼 마음으로 치이사가타의 경사를 헤매어보았다. 네즈 언덕, 히메코자와 계곡, 새가 우는 논둑의 마른 잡초를 밟으면서 11월 상순의 들판에 넘치는 햇빛을 바라보며 앉아 있자니, 새삼스럽게 가슴에 흘러내리는 생생한 혈기의 젊음을 느꼈다. 분명히 나에게는 힘이 있다. 우시마쓰는 이렇게 생각했다. 그러나 그 힘은 속으로 막혀버려 바깥으로 밀고 나갈 길을 모른다. 우시마쓰는 같은 생각을 계속 되풀이하면서 산 위를 걸어다녔다. 아아, 자연은 나를 위로해주고 힘을 준다. 그러나 오른쪽으로 가야 할지 왼쪽으로 가야 할지, 거기까지는 사람에게 가르쳐주지 않는다. 우시마쓰가 대답을 찾는 물음에는, 들도 언덕도 계곡도 답해주지 않았던 것이다.

어느 날 오후 우시마쓰는 두 통의 편지를 받았다. 두 통 모두 이야마에서 온 것이었다. 한 통은 친구인 긴노스케가 보낸 것이었다. 평소처럼 성실하게 쓴 글씨로, 마치 앞에서 이야기하는 듯한 말투로 이런저런 위로를 하고, 이야마의 소식으로는 교장의 소문과 분페이에 대한 욕을 쓰고, 자신은 불행하게 교육감을 숙부로 두지 못했다며 하고 싶은 말을 모두 풀어놓으며 평범한 교육자의 신세를 한탄하고, 오늘날의 교육계는 도저히 뜻있는 청년이 머물 만한 곳이 아니라고 분개했다. 나가노 사범학교에 있는 박물과 강사의 주선으로 농과대학 조수로 가는 것이 확정되었으니 이제 머지않아 식물 연구에 몸을 바칠 수 있을 것이다, 기뻐해달라, 라는 말이 쓰여 있었다.

공명을 원하는 정열이 이 친구의 편지를 읽는 도중 우시마쓰의 마음을 강하게 자극했다. 우시마쓰가 사범학교에 입학한 것은 다른 많

은 친구들과 마찬가지로 먹고살 길을 얻기 위해서였지만―그것은 초
등학교 교원에 지원하는 이들 모두 같은 처지였다―우시마쓰도 물론
지금의 위치에 만족하지는 않았다. 그러나 긴노스케 같은 처지는 특
별하다 치고, 고등사범에라도 가는 것 외에는 초등학교 교사가 나아
갈 길이 없다. 그렇지 않으면 10년이라는 긴 근무기간, 그 의무연한
동안 구속받으면서 일해야 한다. 우시마쓰도 고등사범으로 가는 것을
졸업 당시 생각하지 않은 것은 아니었다. 지원만 하면 벌써 오래전에
뽑혔을 것이다. 하지만 예의 백정이라는 불행 때문에 묘하게 그쪽으
로는 마음이 내키지 않았다. 설령 고등사범을 졸업하고 중학교나 사
범학교의 교원이 된다 한들 만일 렌타로 같은 일을 당하면 어떻게 할
것인가. 어디까지 가더라도 안심할 수 없다. 그러느니 이야마 근처에
숨어서 잠자코 인내하며 의무연한이 끝나기를 기다리자. 그사이에 공
부해서 다른 방면으로 나아갈 기초를 만들자. 아무리 신분이 이렇다
해도 친구들에게 뒤질 마음은 조금도 없다. 이렇게 탄식하며, 우시마
쓰는 진심으로 긴노스케의 처지를 부러워했다.

다른 한 통은 발신인이 고등과 4학년 대표로 되어 있었다. 쇼고가
쓴 것이었는데, 편지 문장도 분명하지 않고, 작문 시간에 배운 것을
그대로 옮겨 쓴 듯한 위문편지였다. '네즈의 세가와 선생님에게 가자
마 쇼고로부터'라고 쓰여 있었다. '추신'으로 구석에 작게 '렌게 사에
있는 누나가 안부 전해달래요'라고 덧붙여두었다.

"누나가 안부 전해달래요."

그 글귀를 되뇌며 우시마쓰는 말로 표현할 수 없는 그리움을 느꼈
다. 잠시 후 오시호 생각을 하기 위해 뒤뜰로 나갔다.

추억의 사과밭—옛날에는 어린 나무였던 것이 이제 굵은 기둥이 되었고, 개중에는 겨우 생명을 유지한 채 벌레 먹어 썩은 것도 있었다. 살펴보니 나무들은 모두 말라 있고 가느다랗게 늘어진 가지들이 좌우로 엇갈려 제멋대로 뻗쳐서 참으로 초겨울다운 풍경을 보이고 있었다. 그 벌거벗은 줄기 밑동에서 싹이 돋은 가지들과 아직 여기저기 푸른빛이 남은 힘없는 잎까지, 햇빛에 따라 땅에 비치는 나무의 모습이 우시마쓰의 발밑에 있었다. 나무 아래 암탉과 수탉이 흙을 덮어쓰고 웅크리고 있는 것은 아마도 벌레를 털어버리기 위해서겠지. 사과밭을 사이에 두고 맞은편으로는 마침 초가지붕이 보였다. 오쓰마의 친정집이다. 옛날에 자주 놀러 갔던 곳이었다. 옅은 연기가 흙벽을 타고 오르는 풍경이 그리운 일들을 떠올리게 했다.

"누나가 안부 전해달래요."

또 한번 되풀이하고, 우시마쓰는 나무 사이를 이리저리 걸어보았다.

즐거운 생각이 어느새 우시마쓰의 가슴속에 깃들었다. 옛날 소년 시절 우시마쓰가 소꿉친구 오쓰마와 함께 놀던 곳이 여기였다. 서로 순진한 정으로 타오르면서 빛나는 새싹 속에 숨던 곳이 여기였다. 서로 첫사랑의 속삭임을 나눈 곳이 여기였다. 순진한 마음으로 불타며 서로에게 푹 빠져 헤매던 곳이 여기였다.

이런 식으로 지나간 일을 떠올리자 오쓰마에서 오시호로, 오시호에서 오쓰마로 두 사람의 그림자가 왔다 갔다 했다. 두 사람은 그다지 닮지 않았다. 나이도 다르고 성격도 다르며 용모도 달랐다. 오쓰마를 언니라고 할 수는 없고 오시호가 동생이라고도 생각되지 않았다. 그러나 이상하게도 한쪽을 생각하면 반드시 또 한쪽이 생각났다.

아아, 백정이라는 불행만 없다면, 이 정도로 깊게 사람을 그리워하지도 않을 것이다. 이 정도로 절실히 젊은 생명을 안타까워하는 마음도 일지 않으리라. 이만큼 절실하게 인간 세상의 즐거움을 부러워하며, 많은 청년이 느끼는 것의 두 배 세 배에 달하는 처절함도 몰랐을 것이다. 야릇한 운명의 방해를 받을수록 우시마쓰의 가슴은 더욱 터질 듯 부풀었다. 그렇다―오쓰마는 나의 신분을 몰랐기에 그 옛날 함께 이 사과밭을 헤매며 꿈같은 이야기를 주고받았던 것이다. 누가 천한 백정의 아들인 줄 알고서도 그 붉은 입술로 웃음을 지을 수 있으랴. 만일 내 일이 세상에 알려진다면―그런 일은 생각만 해도 참으로 슬프고 화가 났다. 그리움은 괴로움과 함께 우시마쓰의 마음을 흐트러뜨렸다.

생각에 잠겨 나무 밑을 거닐고 있자니, 갑자기 닭 울음소리가 조용한 밭의 공기 속으로 울려퍼졌다.

"누나가 안부 전해달래요."

다시 한번 되풀이하고 나서 우시마쓰는 그곳을 떠났다.

그날 밤에는 오시호를 생각하면서 잠들었다. 한 번 있었던 일은 두 번도 있을 수 있다. 다음날 밤도, 그 다음날 밤도, 자기 전에 항상 베갯머리에서 오시호를 떠올렸다. 아침이 되면 그런 일은 잊어버리고, '어떻게 일하나, 어떻게 사나―나는 앞으로 어떻게 하면 좋을까?' 하는 문제가 날마다 마음을 괴롭히는 것이었다. 아버지의 상중에는 거의 매일 번민 속에서 지냈으며, 이윽고 '어떻게 하나'란 고민에 이르러서도 따로 이렇다 할 새로운 길이 열리지 않았다. 사오 일 동안 우시마쓰는 충분히 생각했다고 느꼈다. 그러나 나중에 보니 그저 멍하게 있었던 것뿐이었다. 결국 이야마로 돌아가 이제까지와 같은 생활을 계속하는 것 말고 다른 도리가 없었다. 나이는 젊고, 경험은 없으며, 가난하고, 의무연한에 묶여 있었다. 우시마쓰는 어두운 앞길을 생각하며 마구 흥분하기도 하고 몸을 떨기도 했다.

12장

1

십사일재가 지나자 우시마쓰는 바로 히메코자와를 떠나기로 했다. 숙부모는 안절부절못하고 달력을 넘기며 날짜를 확인하고 짚신을 준비해주었다. 주먹밥은 세 개면 충분하다고 하는데도 굳이 다섯 개나 만들어 댓잎에 싸놓고, 된장에 절인 오이까지 곁들였다. 오쓰마의 아버지도 발걸음하여 화롯가에서 옛이야기를 나누었다. 검게 그을린 오래된 벽에 걸린 연장 망태기를 보자 세상을 떠난 노목부의 이야기가 이어졌다. 숙모가 끓여준 작별의 차, 색이 진하고 좋은 향기를 지닌 그것을 마시고 우시마쓰는 얼마나 따뜻한 혈연의 정을 느꼈는지. 도조신(道祖神)이 서 있는 고향 어귀까지 숙부가 배웅해주었다.

그날은 회색 구름이 낮게 드리워서 쓸쓸한 치이사가타 계곡을 한층 더 음울하게 보이게 했다. 에보시 일대의 산맥은 구름 때문에 보이지 않았다. 아버지의 묘소가 있는 니시노이리 골짜기 근처에는 아마 벌써 눈이 왔을 것이다. 어제 하루 종일 겨울을 재촉하는 바람이 불더니 어느새 나뭇잎도 다 떨어져서 산과 들의 풍경이 겨울처럼 쓸쓸하게 느껴졌다. 생각만 해도 진저리가 나는 기나긴 신슈의 겨울이 드디어 찾아온 것이다. 사람들은 벌써 치자물을 들이고 솜을 둔 모자를 쓰고 다니기 시작했다. 짐을 싣고 지나는 말이 하얀 콧김을 뿜는 것만 보아도 이 산의 기후 변화가 얼마나 격렬한지 느낄 수 있다. 우시마쓰는 차가운 공기를 마시면서 암석투성이 언덕길을 내려갔다. 아라야 마을 변두리까지 오자 추위 때문에 손가락 끝이 빨갛게 부어올라 감각이 없어질 정도였다.

　다나카에서 나오에즈로 가는 기차를 타고 도요노에 닿은 것은 정오가 조금 지난 때였다. 숙모가 싸준 주먹밥은 정거장의 찻집에서 꺼내 먹었다. 배가 고프긴 했지만 다섯 개 다 먹기는 힘들었다. 이 많은 것을 버릴 수도 없고 개에게 주는 것도 아까워서 원래대로 댓잎에 싸서 외투 주머니 깊숙이 집어넣었다. 이렇게 배를 불리고 나서 짚신 끈을 고쳐 매고 나룻배가 떠나는 가니자와를 향해 출발했다. 그곳까지의 거리는 대략 10리 정도 되었다. 같은 거리라도 갈 때보다 올 때가 더 가깝게 느껴지는 법이라, 북국가도의 평탄한 길을 혼자서 터벅터벅 걷다보니 어느새 우시마쓰는 광활한 치쿠마 강변에 다다랐다. 서둘러 가니자와 선창에 가서 배편을 물어보니 이야마로 가는 배는 지금 막 떠났다고 했다. 하는 수 없이 다음 배가 떠날 때까지 여기서 기다리기로 했다. 그래도 또 걷는 것보다는 낫다고 생각하며, 우시마쓰는 찻집의 입구에 앉아서 쉬었다.

진눈깨비가 내렸다. 하늘은 점점 어두워져서 온통 어두운 보랏빛으로 덮여버렸다. 이렇게 남는 시간을 때우는 것은 우시마쓰로서는 견딜 수 없는 고통이었다. 게다가 길을 서둘러 온 탓에 몸이 기분 나쁘게 달아올랐다. 등에 붙은 셔츠가 흠뻑 젖어서 뜨거운 물방울이 맺혔다. 이마에 손을 대어보니 땀에 젖은 머리카락이 불쾌했다. 가슴을 펼치고 약간 숨을 내쉬고 잠시 진한 차로 마른 목을 적시는 사이에 배를 탈 사람이 조금씩 모였다. 어떤 사람은 안쪽의 고타쓰에 가서 불을 쬐기도 하고, 어떤 사람은 화롯가로 가서 젖은 하오리를 말리기도 하고, 그중에는 또 멍하니 주머니에 손을 넣은 채 남의 이야기를 듣고 있는 사람도 있었다. 여주인은 실내인데도 수건을 쓰고 남빛으로 물들인 솜옷을 거북 등껍데기처럼 인 채 차를 내오기도 하고 방석을 권하기도 하면서 오래된 접시에 별사탕을 담아 대접했다. 마침 그곳에 두 대의 인력거가 멈췄다. 마찬가지로 궂은 날씨에도 불구하고 배편을 놓치지 않으려 서둘러 온 손님인 듯했다. 사람들의 시선은 모두 그쪽으로 집중되었다. 꼭 생쥐 같은 차부는 팁을 많이 받았는지 기운 좋게 비를 막는 덮개를 젖히고 갖가지 수하물을 다실 안으로 운반했다. 뒤이어 손님도 나타났다.

2

우시마쓰가 놀란 것노 무리는 이니었다. 다카야기 일행이었다. 올 때와 마찬가지로 갈 때도 이렇게 동행이 되고 ― 게다가 같은 배를 기

다릴 줄이야. 그런데 올 때는 다카야기 혼자였는데 지금은 젊은 부인
으로 보이는 여자와 함께였다. 여자는 옅은 색의 쫄쫄이 천으로 만든
덮개로 얼굴을 감싼 채, 앉아 있는 우시마쓰 곁을 지나쳤다. 새로 지
은 듯 광택이 나는 코트로 몸을 감싼 날씬한 뒷모습을 보자 그 여자가
누구인지 바로 알 수 있었다. 우시마쓰는 렌타로가 했던 이야기를 생
각하며, 이윽고 그것이 사실이라는 것에 놀랐다.

여주인의 안내를 받은 두 사람은 훨씬 안쪽 방으로 갔다. 거기에는
고타쓰가 있고 먼저 온 손님이 한 명 있었다. 쉰 정도의 스님이었는
데, 바로 친근하게 말을 거는 것을 보니 전부터 아는 사이인 것 같았
다. 잠시 뒤에 떠들썩한 웃음소리가 들렸다. 우시마쓰는 모르는 체하
고 밖을 보며 우울하게 진눈깨비가 내리는 것을 바라보고 있었지만,
아무래도 그쪽에 신경이 쓰였다. 저도 모르게 그만 그들 이야기에 귀
를 기울이게 되는 것이다. 안방에서는 이런 이야기를 하며 웃는 소리
가 들렸다.

"과연 오랫동안 자네가 안 보인다 했지." 세상사에 밝은 듯한 스님
의 목소리가 이어졌다. "나는 또 선거 일이 바빠서 지방 순례라도 하
고 있나 했다네. 흠, 그랬어? 그런 경사스러운 일이 있는 줄은 조금도
몰랐네."

"참으로 바빴습니다."

이렇게 말하며 웃는 소리를 듣자니 다카야기도 의기양양한 듯했다.

"그건 무엇보다 다행이네. 실례지만 사모님은? 역시 도쿄에서 오셨
는가?"

"네."

이 대답에 우시마쓰는 웃고 말았다.

이야기를 들어보니 다카야기 부부는 도쿄 쪽을 돌아 에노시마와 가마쿠라 근처를 구경하고 이제 이야마로 가는 배를 타려는 모양이었다. 빈틈없고 교활한 남자인 만큼 네즈에서 바로 돌아가지 않고 일부러 멀리 돌아온 것으로 보였다. 그는 스님을 상대로 가소로운 이야기를 떠들어대기 시작했다. 듣고 있던 우시마쓰는 그 마음의 거짓이 빤히 보여서 결국 더는 그 자리에 앉아 있기가 싫어졌다. 무서운 세상이다. 이렇게 생각하면서 그 부부의 어두운 비밀을 자신의 신세와 비교해보자 무언가가 마음에 걸려 견딜 수 없었다. 마침내 아무렇지도 않은 표정으로 훌쩍 찻집 밖으로 나왔다.

진눈깨비는 끝도 없이 내렸다. 에치고지에서 이야마 근처에 걸쳐 매년 내리는 큰 눈의 전조가 벌써 다가온 듯한 하늘이었다. 회색 구름이 강 건너편에 펼쳐져 있고 광활한 치쿠마 강 유역이 한층 멀리 아득하게 내려다보였다. 가미다카이 산맥, 스가타이라 고원, 그 밖에 겹쳐져 있는 많은 산들도 눈구름에 파묻혀버려서 겨우 보일락 말락 했다.

이렇게 멍하니 잠시 동안 치쿠마 강의 물을 바라보고 있는데, 어느새 우시마쓰의 마음은 다시 그들 쪽으로 향했다. 우시마쓰는 몇 번이나 두 사람의 모습을 돌아보았다. 보지 말아야지, 보지 말아야지, 하면서도 그만 또 쳐다보곤 했다. 마침 배표를 팔기 시작해서 사람들 모두 서둘러 돈을 꺼냈다. 잠시 후에 배가 떠난다고 했다. 혼잡한 여행객들 사이로 그 두 사람도 때때로 훔쳐보듯이 이쪽을 주시하는 듯했다—생각 탓인지 몰라도 적어도 우시마쓰에게는 그렇게 보였다. 여자 쪽이 우시마쓰를 알고 있는지는 잘 모르지만, 우시마쓰는 분명히 그녀를 알고 있었다. 머리 모양은 새색시 머리로 바꾸었지만 틀림없는 로쿠자에몬의 딸이다. 분으로 화려하게 치장해 부끄러운 얼굴을 가리고 야심에 찬 남편을 따라 벼랑의 언덕길을 따라 배 타는 곳으로 내려왔다. 저 두 사람은 무슨 생각을 하고 있을까 생각하며 우시마쓰도 사람들 뒤를 따라서 함께 그 언덕을 내려갔다.

3

나룻배는 색다르게도 집 모양이었다. 창을 달고 뱃전 아래를 희게 칠해 붉은 두 줄을 가로로 그어놓았다. 게다가 선미 쪽 절반을 판자로 막아 짐을 싣는 공간을 나누어둔 탓에 손님이 앉는 곳은 가늘고 긴 방처럼 보였다. 일어서면 머리가 닿을 정도였다. 사람들은 답답한 방 모양 선실에 무릎을 맞대고 앉았다.

잠시 뒤에 수면을 때리며 노 젓는 소리가 들렸다. 배 밑바닥이 모래에 미끄러지기 시작했다. 우선 노 두 개로 배를 저어가는 것이다. 우시마쓰는 구석에 두 다리를 뻗고 앉아 혼자 쓸쓸하게 담배를 피우면서 깊은 생각에 잠겼다. 강 표면에 빛이 반사되어 창밖에 밝게 비치고, 끊임없이 내리는 진눈깨비의 전망을 재미있게 보여주었다. 뱃전에 부딪혀 속삭이듯 움직이는 물결 소리, 이쪽에서 문득 들려오는 졸린 듯한 노 젓는 소리―아아, 고요한 수면이다. 쓸쓸한 언덕 여기저기에 버들이 보였다. 때로는 그 겨울 나무를 그림자처럼 스치고, 때로는 그 마른 가지 아래를 빠져나가듯이 지나쳤다. 이제부터 앞으로의 자신의 생애는 결국 어떻게 될 것인가? 이렇게 우시마쓰는 스스로에게 물어보았다. 누가 그것을 알 수 있을 것인가. 창밖으로 고개를 내밀어 이야마의 하늘을 바라보자, 무겁고 두텁게 덮여 있는 눈구름의 빛이 고독한 백정의 자식의 마음을 아프게 했다. 잔혹한 것 같기도 하고 그리운 것 같기도 한, 무어라고 이름 붙일 수 없는 감정이 우시마쓰의 가슴속을 어지럽혔다. 학교 동료들은 지금 무엇을 하고 있을까? 친구 긴노스케는 어떻게 지내고 있을까? 그 불행한 늙은 게이노신은 어떻게 지낼까? 렌게 사의 여주인은? 오시호는? 그렇게 생각하며 문득 쇼고가 보낸 편지의 글귀를 떠올리자 만나고 싶은 사람을 다시 만날 수 있다는 즐거움이 조금 솟아올랐다. 우시마쓰는 그 절의 낡은 벽을 생각할 때마다 쓸쓸한 외중에도 피가 끓어오르는 듯한 느낌이 들었다.

'렌게 사, 렌게 사.'

물에 울리는 노 젓는 소리도 같이 박자를 맞추었다.

진눈깨비는 눈으로 바뀌었다. 심심한 배 안의 사람들은 시종 잡담을 했다. 특히 다카야기와 함께한 스님은 농담이라도 하는 듯한 가벼운 말투로 어울리지 않는 정치 이야기를 한답시고 이것저것 되지도 않는 말을 꺼내서, 듣는 사람들은 모두 입을 삐쭉이며 웃었다. 이 스님은 선거는 일종의 유희이며 정치가는 모두 배우에 지나지 않는다며, 우리는 다만 구경하고 즐기면 된다고 했다. 이 말을 듣고 또 사람들이 웃음을 터뜨리자, 그곳에 떠들썩한 구경꾼이 뛰쳐나와 말꼬리를 잡고는 낮느니 인 맞느니 하는 주장을 시작했다. "드디어 이치무라도 출마한다고 하던데." 한 사람이 말했다. "그렇게 말하는 자네야말로 그쪽을 도와주는 것 아닌가?" 이렇게 말참견을 하는 사람도 있었다. 변호사 이름이 몇 번이나 되풀이되었다. 그것을 들을 때마다 다카야기는 불쾌한 표정을 지었다. 흥, 흥, 하고 코웃음을 치며 비웃듯이 입술을 일그러뜨렸다.

이렇게 사람들이 이야기하는 동안에도 여자는 다카야기 곁에 붙어 앉아 귀를 기울이고 남편의 비위를 맞추며 듣고 있었다. 보기에는 미인 축에 들 수 있을 만한 외모로, 특히 화려한 신혼 의상이 많은 사람의 눈을 끌었다. 머리는 마루마게* 형식이고, 진홍색 댕기를 매고, 살결은 곱고 분홍빛에 포동포동하고, 웃을 때마다 애교 있는 입가를 손으로 가리는 것이 아직 고된 살림을 모르는 모습이었다. 그러나 과연 사람의 표정은 반드시 어딘가에서 읽을 수 있는 것으로, 크고 시원스러운 눈 속에는 어쩐지 불안한 기운이 떠돌고 잠잠히 사물을 응시하는 침울한 면도 보였다. 여자는 가끔 다카야기의 귓전에 입을 대고 남이 알아듣지 못하도록 뭐라고 속삭였다. 또 우시마쓰 쪽을 훔쳐보고서, 저 사람 어디서 본 것 같다는 듯 눈짓을 하기도 했다.

이 아름다운 여자를 보면서 우시마쓰의 마음에는 또 동족에 대한 연민이 떠올랐다. 그런 종족만 아니라면, 저 정도의 미모로 저 정도의 부잣집에 태어났다면 당연히 상당한 집안으로 시집갈 만한 사람이다. 저런 야심가의 먹잇감이 되지 않아도 되었을 것이다―불쌍하게도. 이렇게 생각하는 동시에, 다름 아닌 저 여자도 자신과 같은 비밀을 가지고 있다고 생각하자, 아무래도 신경이 쓰여 견딜 수 없었다. 하물며

---

* 丸髷, 결혼한 여자가 하는 머리로, 이마에 약간 평평한 타원형 머리를 붙인 것.

저쪽에서 자신을 알고 있다고 한들 그것이 뭐 어떠냐고, 우시마쓰는 스스로에게 물어보았다. 네즈 사람, 또는 히메코자와 사람이라고만 생각한다면 자신은 전혀 두려울 바가 없다. 두려워한다면 오히려 저쪽일 것이다. 이렇게 스스로에게 대답했다. 무엇보다 자신은 지난 사 5년 동안 고향에 돌아간 것이 손으로 꼽을 정도밖에 되지 않는다. 졸업했을 때 한 번, 그리고 이번 귀성이 햇수로 3년째다. 무코마치는 될 수 있는 대로 피해 다녔으며, 지나가보았자 남들이 자신을 그렇게 주의해서 볼 리도 없고, 보았다 해도 어디 사람인지 알 수 없다. 아무 문제 없다. 이렇게 주의 깊게 생각해보았다. 결국 자신이 두 사람의 어두운 비밀을 알고 있는 탓에 이렇게 가책의 마음이 드는 것이리라. 저렇게 속삭이는 것도 별 내용 아닐 것이다. 피하는 것 같은 저 태도는 다만 사람 눈을 부끄러워하는 것이리라. 저 눈빛도.

그렇지만 어쩐지 불안한 생각이 끊임없이 마음속에 오갔다. 우시마쓰는 다카야기를 보지 않으려 애썼다.

4

치쿠마 강의 물결을 타고 50리를 내려왔다. 물론 그사이 곳곳의 선착장에 들르고 홍수 때마다 떠내려간다는 낡은 다리 아래를 빠져나가는 등 이런저런 일로 시간이 흘러 약 세 시간쯤 걸렸다. 이야마에 닿은 것은 다섯시쯤이었다. 그날은 배 사정으로 승객 모두 상류 나루에서 내렸다. 우시마쓰는 사람들과 함께 그곳에서 언덕으로 올라갔다.

눈은 강변과 다리 위에도 쌓여 있었다. 흩날리는 눈발 사이로 날이 저문 거리가 뿌옇게 보였다. 여기저기에 등불이 켜졌다. 그때 렌게 사에서 치는 종소리가 황혼녘 하늘에 울려퍼졌다. 쇼바보가 치는 것이다. 변함없이 종루 위에서 겨울날의 하루가 저문 것을 알리는 것이겠지. 그 소리를 들으니 말로 표현할 수 없는 그리움이 밀려왔다. 우시마쓰는 오랜만에 이야마의 땅을 밟은 느낌이 들었다.

보름 정도 떠나 있는 사이 집들은 벌써 겨울을 지낼 채비를 해서, 매년 붙이는 허술한 발로 만든 눈막이를 차양 높이까지 쳐놓았다. 에치고지와 마찬가지로 눈이 많이 오는 고장의 모습이 우시마쓰의 눈앞에 펼쳐진 것이다.

신마치 길로 나서니 한 줄로 발자국이 난 어두운 길 한가운데를 사람들이 볼일이 있는 듯 왔다 갔다 하고 있었다. 모두 저녁나절을 서두르는 모습이었다. 우시마쓰는 오른쪽 왼쪽으로 피하면서 아다고마치 쪽으로 걸음을 서두르다가 도중에 한 소년을 만났다. 다가가보니 쇼고였는데, 무엇인가 술병 같은 것을 들고 추운 듯이 떨면서 다가왔다.

"아아, 세가와 선생님." 쇼고는 기뻐하며 다가왔다. "놀랐어요. 빨리 오셨네요. 저는 아직 좀 있어야 오실 줄 알았는데요."

거침없이 그렇게 말했다. 이 순진한 소년의 기쁜 표정을 보자 우시마쓰는 벌써 오시호를 만난 듯한 느낌이 들었다.

"심부름 가니?"

"네."

쇼고는 검은색 병을 내밀어 보이면서 웃었다.

과연 아버지 심부름으로 술을 사 가지고 돌아가는 참인 듯했다. "지난번 편지 고마워." 이렇게 우시마쓰는 감사의 인사를 하고 잠깐 학교 사정을 물었다. 자신이 없는 동안 매일 누가 대신 수업을 했는지 물었다. 그리고 게이노신의 안부를 물어보았다.

"아버지요?" 쇼고는 쓸쓸한 듯이 웃으며 대답했다. "아버지는 집에 계세요."

말하기 곤란한 듯 이렇게만 대답했지만, 어린 마음에도 아버지를 가엾게 여기는 마음이 얼굴에 나타났다. 자세히 보자 쇼고는 버선도 신고 있지 않았다. 술병을 들고 축 처져 있는 소년의 모습을 보자, 마땅한 직업도 없는 게이노신이 어떻게 세월을 보내고 있는지 대강 짐작이 갔다.

"집에 가면 아버지께 안부 전해다오."

우시마쓰가 말하자 쇼고는 인사를 하고 훌쩍 달려가버렸다. 우시마쓰도 눈 속을 걸었다.

5

저녁 불공이 끝날 무렵 사미가 울리는 종소리를 들으면서 우시마쓰는 렌게 사 산문을 들어섰다. 나루에서 여기까지 오는 동안 완전히 눈 투성이가 되어버렸다. 하오리 자락과 소매까지 새하얗다. 그를 본 여주인이 뛰어나와 자기 자식이 여행에서 돌아온 양 기뻐했다. 사람들도 나와서 맞아주었다. 하녀인 게사지는 털이개를 꺼내 등뒤에 얼어붙은 눈을 털어주었다. 쇼바보는 발 닦을 물을 떠다주었다. 지쳐서 맥

이 풀린 상태로, 방문턱에 걸터앉아 눈에 젖은 짚신을 벗고 따뜻한 물에 발을 담갔을 때 우시마쓰의 마음은 과연 어떠했을까? 다만 오시호의 모습이 보이지 않는 것은 어찌 된 일인지 의아했다. 사람들의 인정을 기쁘게 생각하면서도 우시마쓰는 그녀가 없는 것이 어딘가 아쉬웠다.

그때 흰옷에 가사를 걸친 한 스님이 안쪽에서 나왔다. 여주인이 소개해주고 나서야 우시마쓰는 그가 렌게 사의 주지란 것을 알게 되었다. 그는 우시마쓰가 부재중일 때 사이쿄에서 돌아왔다고 한다. 마침 마을 단가*에 제사가 있어 나가려는 참이었다. 주지는 우시마쓰에게 인사하고 절 안의 스님과 함께 나갔다.

저녁은 안채의 아랫방에서 먹었다. 사람들은 우시마쓰를 둘러싸고 여행의 피로를 위로하면서 고향 이야기를 물었다. 그을린 낡은 벽에 예전부터 달려 있던 옷걸이에는 젊은 여자가 입는 옷이 아무렇게나 걸려 있었다. 그날 밤 학교 친구의 결혼식이 있어 오시호도 초대를 받아 갔다고 했다. 그 말을 듣고 보니 과연 오시호의 평상복인 듯했다. 거북 등처럼 육각형 무늬가 그려진 하오리에 줄무늬가 있는 도잔을 겹쳐 소매를 접어서 걸고, 긴 속바지의 붉은색이 엿보이는 것이 아름다웠다. 아침저녁으로 몸에 걸치는 것이라 생각하니, 벽의 무늬인 양 꼼짝도 않는 그 옷은 한층 오시호를 그립게 만들었다. 뿐만 아니라 밝은 램프 빛이 향내에 섞인 실내 공기를 비추어 물건의 광택 등이 우아하게 보였다.

---

* 壇家, 일정한 절에 속하여 시주를 하고 절의 재정을 돕는 집이나 그런 사람을 말함.

여러 가지 이야기가 시작되었다. 놀라고 슬퍼하는 사람들을 앞에 두고 우시마쓰는 실제로 자신이 거쳐온 여행 이야기를 들려주었다. 씨소 때문에 부상을 당한 아버지의 최후, 오두막집에서 지새운 산 위의 하룻밤, 목장에서의 장례식, 계곡 그늘의 산소, 그 밖에 풀을 뜯고 소금을 핥고 계곡의 물을 마시며 에보시가다케 기슭을 방황하는 소 무리에 관해 말했다. 우시마쓰는 또 우에다에 있는 도살장 이야기를 했다. 그곳의 널빤지 위에 씨소의 피가 흐르던 모습을 말했다. 다만 렌타로 부부와 만난 것과 헤어진 것, 그리고 이야마로 돌아오는 배를 같이 탄 다카야기 부부와, 특히 그 가련한 백정 여자의 신상에 관해서는 한 마디도 입 밖에 내지 않았다.

이렇게 고향에 갔다 온 이야기를 하는 동안, 우시마쓰는 차차 무언가 이상한 느낌이 들었다. 상대가 자신의 이야기를 열중해서 들어주리라 믿고 열심히 이야기하다보면, 부인은 가끔 묘한 대답을 하고 엉뚱한 곳에서 네? 하고 되묻는 등, 왠지 자신의 이야기를 들으면서도 속으로는 다른 생각을 하고 있는 듯 반은 무의식적으로 대답하는 것이었다. 결국 상대가 자기 이야기를 듣고 있지 않다는 것을 알아차렸다. 잠시 동안 우시마쓰는 멍하니 부인의 얼굴을 뚫어져라 바라다보았다.

자세히 보자 부인의 양쪽 눈가가 부어올라 있었다. 보통 때에 성질이 급한 사람일수록 쉽사리 감상적이 되고 흥분하기 쉽다. 말로 할 수 없는 걱정거리라도 생긴 듯 때때로 깊은 근심의 빛이 그 얼굴에 나타났다가 사라졌다. 도대체 무슨 일일까? 들어본즉, 자신이 없는 동안 그다지 이렇다 할 일도 없었던 것 같았다. 긴노스케가 친절하게도 찾아왔었다 했고, 분페이도 자주 놀러 와서 이야기를 나누고 간다고 했다. 그리고 절에도 주지가 돌아왔다는 것 말고는 새로운 사건은 아무것도 없는 듯했다. 그런데 이 내부의 모습이 예전과 다른 듯 느껴지는 것은 왜일까?

잠시 후 게사지가 이층으로 올라와 방의 램프를 켜주었다. 오시호는 아직 돌아오지 않았다.

'부인에게 무슨 일이 있는 걸까?'

이렇게 가슴속으로 되풀이하면서, 우시마쓰는 어두운 계단을 올라갔다.

그날 밤은 늦게 잤다. 심한 피로로 자극을 받아 오히려 잠이 들지 않았다. 보통 때처럼 머리를 베개에 대자 또 오시호가 생각났다. 그러나 아무리 마음속으로 그려보아도 분명하게 그 사람의 모습이 떠오르지 않았다. 자칫 오쓰마와 혼동되기도 했다. 우시마쓰는 몇 번이나 헛된 노력을 하며 오시호의 그림자를 찾으려 했다. 눈동자, 뺨, 머리 모양—아아, 아무리 떠올려보아도, 왠지 모르게 그곳에 있는 듯한 느낌은 들었지만, 영 통일이 되지 않았다. 때로는 그 얌전한 목소리를, 때로는 그 입술에 머금은 어린 미소를—아아, 기억만큼 막연한 것은 없다. 지금, 생각해낸다. 지금, 사라져버린다. 우시마쓰는 그 사람을 분명하게 떠올릴 수가 없었다.

13장

1

"계십니까?"

한 신사가 렌게 사 안채에 와서 말했다. 우시마쓰가 돌아온 다음날 아침의 일이었다. 아래층에서는 한참 전에 조반을 마쳤는데, 아직 우시마쓰는 이층에서 세수하러 내려오지 않았다. "계십니까"라고 또 부르기에 하녀 게사지가 그 소리를 듣고 서둘러 부엌 쪽에서 뛰어나왔다.

"말씀 좀 여쭙겠습니다." 신사는 무척 공손한 말씨로 물었다. "세가와 씨 하숙이 여긴가요? 초등학교에 나가시는 세가와 씨 말입니다."

"그런데요." 하녀는 멜빵을 벗으면서 인사했다.

"지금 댁에 계십니까?"

"네, 게세요."

"그럼, 꼭 뵙고 싶은 일이 있어서 이런 사람이 찾아왔다고 전해주세요."

신사는 하녀에게 명함을 건네주었다. 하녀는 그것을 받아들고 "잠깐 기다리세요"라는 말을 남기고 서둘러 이층 방으로 갔다.

우시마쓰는 아직 자리에 누워 있었다. 하녀가 베갯머리에 와서 깨우자 반쯤 깬 상태로 손님이 왔다는 말을 듣고 괴로운 듯이 신음하며 손을 내밀었다. 잠시 뒤 잠이 덜 깬 눈을 비비면서 명함을 바라보더니 갑자기 놀란 듯이 벌떡 자리에서 일어났다.

"이 사람이 웬일이지?"

"선생님을 찾아왔대요."

우시마쓰는 얼마간 꿈꾸는 것처럼 손에 쥔 명함과 하녀의 얼굴을 번갈아 보았다.

"이 사람이 여기 올 리가 없는데."

의심스럽다는 듯이 몇 번이나 고개를 갸웃거렸다.

"다카야기 리사부로."

다시 되풀이했다. 게사지는 멜빵을 손에 잡고 약간 뚱뚱한 몸을 움직이며 빨리 대답하라는 표정이었다.

"뭘 착각한 게 아닐까?" 우시마쓰는 겨우 이렇게 말했다. "아무리 생각해도 이런 사람이 내가 있는 곳에 올 리가 없어."

"그렇지만, 세가와 씨를 찾아왔다고 하던걸요. 초등학교에 나가시는 세가와 씨라고."

"이상한 일도 다 있군. 다카야기, 다카야기 리사부로, 그 남자가 내가 있는 곳에 무슨 볼일이 있어서 왔을까. 하여간 만나봐야지. 올라오시라고 해."

"그건 그렇고, 아침식사는 어떻게 하지요?"

"아침?"

"선생님은 지금 막 일어나셨잖아요. 아래층에서 잡수시는 게 어때요? 된장국도 덥혀두었는데요."

"아니야. 지금은 먹고 싶지 않아. 그것보다도 손님을 아래층으로 안내해서 잠깐 기다리시라고 해주렴. 지금 곧 방을 치울 테니까."

게사지는 아래층으로 내려갔다. 우시마쓰는 방 안을 바라보았다. 옷을 갈아입고 잠자리를 정리했다. 주위에 흩어져 있는 것을 미닫이 안으로 넣었다. 도코노마에 늘어놓은 책 중에는 렌타로가 쓴 것도 있었다. 재빨리 그것을 책상 아래에 넣었다가 다시 꺼내어 벽장 안 어두운 구석 쪽에 감추듯이 놓아두었다. 지금은 이 방 안에 그 선생이 쓴 것은 한 권도 나와 있지 않다. 이렇게 생각하며 조금 안심하고 얼굴을 씻을 셈으로 서둘러 계단을 내려갔다. 그런데 대체 무슨 볼일이 있어서 그 사내가 찾아온 것일까? 여행 도중에 마주쳤는데도 말도 걸지 않았고, 가능하면 눈길마저 피하려고 했던 사람이었다. 그 사람이 여기까지 찾아오다니. 우시마쓰는 손님을 자신의 방으로 안내하기 전부터 의심과 공포로 떨고 있었다.

2

"치음 뵙겠습니다. 저는 다카야기 리사부로라고 합니다. 전부터 존함은 알고 있었습니다만, 찾아뵐 기회가 없었군요."

"잘 오셨습니다. 자, 이쪽으로."

안채 아래층 방에서 이렇게 인사를 나누고, 우시마쓰는 이층으로 손님을 안내했다.

갑자기 찾아온 속셈을 모르는 터라 마주 앉기 전부터 어딘가 거북했다. 우시마쓰는 조금도 방심할 수 없었다. 아무렇지 않은 듯 가장하고, 자신은 방석을 깔고 앉고 손님에게는 흰 담요를 넷으로 접어서 권했다.

"자, 앉으세요." 우시마쓰는 쾌활하게 말했다. "실례했습니다. 실은 어젯밤 늦게 잠이 들어, 늦잠을 자서요."

"아니오, 저야말로 죄송합니다. 피곤하실 텐데." 다카야기는 약삭빠른 투로 말했다. "어제 배를 같이 탔을 때는 인사를 드릴까, 드리지 않으면 죄송한 일이라고 생각했습니다만, 그런 곳에서 인사를 드리는 것이 오히려 실례라고 생각해서 뵈었으면서도 그만 무례를 범했습니다."

마치 흥정이라도 하듯이 다카야기는 이야기를 시작했다. 그러나 그 붙임성 있는 분명한 말투는 어딘가 사람을 끌어들이는 구석이 있었다. 늠름한 풍채만 보아도 이 신진 정치가가 얼마나 허영심으로 불타고 있는지 상기할 수 있었다. 각대에 찬 시곗줄은 부자의 몸을 장식하는 것과 같은 것이었다. 반지도 두 개나 끼고 있었는데 어느 것이나 순금빛으로 번쩍였다. '이 사내가 무슨 일로 찾아온 것일까?' 우시마쓰는 마음속으로 이렇게 되물으며, 상대의 어두운 비밀을 자신의 몸과 비교해보고는 오랫동안 눈을 마주 보지 못했다.

다카야기는 무릎을 당겨 앉으며 말했다.

"들자하니 댁에 불행한 일이 있었다면서요. 참으로 힘이 빠지셨겠습니다."

"네." 우시마쓰는 자신의 손을 바라보면서 대답했다. "뜻밖의 재난으로 아버지가 돌아가셨습니다."

"그 일은 참으로 안됐습니다." 이렇게 말하며 다카야기는 갑자기 생각난 듯이 말했다. "음, 그래요. 일전에도 선생님과 도요노 정거장에서 마주쳐서, 내가 다나카에서 내리고 당신도 내리신 적이 있었지요. 그렇지요, 선생님도 다나카에서 내리셨지요? 그때가 마침 고향에 가시는 길이셨나보죠. 그러니 저와 갈 때도 올 때도 함께였단 말이 되는군요. 하하하. 아무래도 무슨 인연이라고 해야 할 것 같지 않습니까."

우시마쓰는 대답하지 않았다.

"그 때문입니다." 다카야기는 말에 힘을 주었다. "인연이 있다고 생각되기에 이렇게 말씀드리는 것인데, 실은 선생님 심정에 대해서 이해되는 바도 있고 말입니다."

"네?" 우시마쓰는 상대의 말을 가로막았다.

"잘 알고 계신 바도 있고, 또 제 쪽 입장도 조금 잘 봐주십사 하고 이렇게 찾아온 것입니다."

"무슨 말씀이신지 저는 잘 모르겠습니다."

"일단 들어보십시오."

"하지만 무슨 뜻인지 도통 알 수가 없어서."

"그러니까 이해해달라는 것입니다." 이렇게 말하며 다카야기는 목소리를 한층 낮추었다. "들으셨을 줄 압니다만, 저도 돌봐주는 사람들이 있어 아내를 맞이했습니다. 그런데 세상은 묘한 일이라, 글쎄 아내가 선생님을 잘 알고 있다고 하지 않습니까."

"하하, 부인께서 저를 아십니까?" 우시마쓰는 약간 말투를 바꾸었다. "그런데 그것이 어떻다는 말씀이신지요?"

"그래서 저도 이야기를 드리러 온 것인데……"

"그 말씀은?"

"아내가 하는 말이라 잘 알 수 없습니다만, 사실 여자의 이야기란 종잡을 수 없으니까요. 그러나 이상한 일은, 아내 집안의 먼 친척에 해당되는 사람이 옛날에 선생님 아버님과 절친했다고 하던데요." 이렇게 말하며 다카야기는 열심히 우시마쓰의 모습을 살폈다. "아니, 그런 일은 아무래도 좋지요. 아내가 선생님을 알고 있다고 하면 선생님도 그냥 지나치지는 못할 것이고, 나는 또 나대로 불안한 점이 있어서, 실은 어젯밤에 그 생각을 하다가 한숨도 못 잤습니다."

잠시 동안 방 안이 조용했다. 두 사람은 서로 은근히 상대방을 떠보는 눈초리로 말없이 마주 보았던 것이다.

"아아." 다카야기는 던지듯이 탄식했다. "이런 이야기를 드리려고 찾아온 것도 참으로 어려운 일이었다는 걸 알아주세요. 우리 부부의 일을 알고 있는 사람은 선생님밖에 없으며, 또 선생님 일을 아는 사람도 우리 부부밖에 없습니다. 그러니까 그 점은 피차 마찬가지죠. 세가와 씨, 그렇지 않습니까?" 이렇게 말하고 그는 약간 말투를 바꾸었다. "아시는 바와 같이 선거가 다가왔습니다. 아무래도 이번에는 선생님이 도와주셔야겠습니다. 만일 제 말을 들어주시지 않는다면 저는 지금 여기서 당신과 맞찔러 죽겠습니다. 하하하, 설마 당신의 목숨을 빼앗겠다고야 할 수 없겠지만, 저는 그 정도 결심을 하고 찾아온 것입니다."

3

계단을 올라오는 발소리가 나자 다카야기는 갑자기 입을 다물었다. "세가와 선생님, 손님이 오셨어요." 게사지의 말을 듣고 우시마쓰는 그만 자리에서 일어났다. 당지(唐紙) 문을 열어보니 친구가 웃으면서 서 있었다.

"야, 쓰치야 군."

우시마쓰는 무심코 한숨을 쉬었다.

긴노스케는 다카야기에게 살짝 목례를 했지만, 손님에게는 그다지 신경을 쓰지 않고 무슨 볼일이 있나보다 하는 정도로 지레짐작해버린 듯 "자네, 어젯밤 돌아왔다며?" 하고 친숙한 투로 말을 꺼냈다. 그는 변함없이 쾌활했다. 게다가 머지않아 지금의 일을 그만두고 농과대학 의 조수가 되기 위해 떠난다는 희망이 가슴속에 넘쳐서, 뚱뚱한 얼굴 이 한층 활기로 빛났다. 짧게 깎은 머리가 이상하게도 오히려 젊은 학 자다운 위엄을 더해주는 듯 보였다. 친구이면서도 한층 고마움이 느 껴졌다. 우시마쓰는 왠지 압도되는 기분이었다.

마음속에 담겨 있는 진정을 나타내며 긴노스케는 조의를 표했다. 다카야기는 담배를 피우면서 잠자코 두 사람의 이야기를 듣고 있었다.

"내가 없는 동안 여러 가지로 고마웠어." 우시마쓰는 스스로에게 용 기를 북돋웠다. "학교 수업도 자네가 맡아주었다며."

“응, 그럭저럭. 두 반을 맡는다는 게 쉽지는 않더군.” 이렇게 말하며 긴노스케는 가슴에서 우러나온 듯이 웃었다. “그런데, 자네는 어떻게 할 건가?”

“어떻게 하다니?”

“아버님 상중이잖아? 4주 정도는 쉴 수 있어.”

“그럴 수 있나. 학교도 사정이 있고, 무엇보다 자네한테 그렇게 폐를 끼쳐서야.”

“아니야, 나는 상관없어.”

“내일이 월요일이지. 하여간 내일은 나가겠어. 그건 그렇고 쓰치야 군, 드디어 자네의 희망도 이루어졌더군. 자네가 보내준 편지를 받았을 때 참으로 기뻤다네. 그렇게 빨리 진행되리라고는 생각 못 했지.”

“음.” 긴노스케는 생각난 듯이 웃으며 말했다. “덕분에 잘되었어.”

“정말 잘됐어.” 친구의 성공을 기뻐하는 한편으로, 우시마쓰는 무엇인가를 떠올리고 풀이 죽었다. “현청에서 사령이 내려왔나?”

“아니, 사령은 아직이야. 의무연한 때문에 그냥 그만두고 갈 수는 없더라고. 그에 대해서는 현청에서도 상당히 참작해준 셈인데, 백 엔 미만의 돈을 납부하라더군.”

“백 엔 미만.”

“설령 재학중의 비용을 모두 내라고 해도 할 수 없지. 그 정도로 참작해준 것도 참으로 고마운 일이야. 아버지께 청구했더니 아버지도 아주 기뻐하셨어. 직접 나가노까지 오신다더군. 아마 머지않아 소식이 있을 것 같아. 자네와 이렇게 이야마에 있는 것도 이달까지야.”

이렇게 말하며 긴노스케는 새삼스럽게 우시마쓰의 얼굴을 바라보았다. 우시마쓰는 깊은 한숨을 쉬었다.

"이것은 다른 이야기인데," 긴노스케는 말을 이었다. "자네가 좋아하는 이노코 선생, 그 선생이 신슈에 와 있다던데. 어제 신문에서 읽었지."

"신문에서?" 우시마쓰의 뺨이 빛났다.

"응, 신슈마이니치 신문에 났어. 폐병이라고 들었는데 아주 건강해 보이더군."

렌타로의 이야기가 나오자 다카야기는 갑자기 날카로운 눈동자를 긴노스케 쪽으로 돌렸다. 우시마쓰는 말이 없었다.

"백정도 쉽사리 바보 취급 할 수는 없어." 긴노스케는 거리낌없이 말했다. "사상적으로 말하자면 다소 병적일지 모르지만, 자진해서 싸우는 그 용기에는 감탄하게 돼. 폐병환자라는 것은 본디 그런 것일까? 그 선생의 연설을 들으면 다들 감동한다던데." 이렇게 말하며 말투를 바꾸었다. "세가와 군은 듣지 않는 편이 좋겠어. 들으면 또 병이 도질지도 모르니까."

"바보 같은 소리 그만 하게나."

"하하하."

긴노스케는 몸을 뒤로 젖히고 웃었다.

우시마쓰는 입을 다물어버렸다. 마치 상심한 사람 같았다. 몸 안의 모든 기관이 한꺼번에 동작을 그치고 살아 있는 것조차 잊은 듯했다.

'웬일일까, 세가와 군은 여전히 몸 상태가 나쁜가?' 긴노스케는 속으로 혼잣말을 했다. 잠시 동안 세 사람은 말없이 마주 보고 있었다.

"오늘은 이만 실례하겠네." 긴노스케가 말하자 우시마쓰도 정신을 차리고 "더 있지그래?"라는 말을 되풀이했다.

"아니, 또 올게."

4

"방금 이노코라는 사람의 이야기가 나왔는데," 다카야기는 담뱃재를 털면서 말했다. "그, 뭐라고 할까, 세가와 씨는 그 사람과 절친하십니까?"

"아닙니다." 우시마쓰는 약간 말끝을 흐렸다. "그다지 친하지 않습니다."

"그러면 무슨 관련이 있습니까?"

"아무런 관련도 없습니다."

"그러십니까?"

"관련이 있고 없고가 있겠습니까? 친하지도 않은 사람인데."

"그렇게 말씀하시면 그렇습니다만. 하하하. 그 사람이 이치무라 씨와 함께 있던데 어떤 인연인지, 만일 당신께서 아신다면 여쭙고 싶어서요."

"모르겠습니다, 저는."

"이치무라라는 변호사도 여간이 아닙니다. 겉으로는 그럴듯한 말을 하고 다니지만 결국은 이노코라는 사람을 도구로 이용하려는 속셈인 게 틀림없습니다. 그 남자가 고상한 말을 지껄이는 것을 생각하면 저는 웃음이 나옵니다. 하긴 정치가라는 사람은 모두 더러운 장사꾼이니까요. 그 길을 가지 않는 사람은 더러운 내막을 모르겠지만."

이렇게 말하며 다카야기는 탄식했다.

"저도 언제까지나 정계에서 놀 작정은 아닙니다. 하루라도 빨리 손을 씻고 싶습니다. 어떻게 하겠습니까, 소질은 없고, 당신들처럼 규칙적인 교육을 받은 것도 아니고. 이 생존경쟁 사회에서 입신하려다보니 정도를 걸을 수가 없게 되었지요. 선생님들 눈으로 보면 우리 사업은 화려해 보일 수도 있겠지요. 과연 겉은 화려합니다. 그러나 이만큼 겉이 화려한 것에 비해 속이 비참한 생애가 또 있을까요. 큰 재산이 있어서 도락 삼아 정치나 해보려는 사람은 다르지만, 우리처럼 정치열에 들떠 청년 시대부터 이 바닥에 뛰어들어버린 사람은 어쩔 도리가 없습니다. 첫째로, 오늘날의 정치가 중에 정론만으로 살아가는 사람이 몇이나 있을까요. 실로 우리의 내막은 말로 할 수 없습니다. 이런 말을 하면 거짓말 같을지도 모릅니다. 말이야 바른 말이지만 대의원이라도 되기 전에는 우리가 살아갈 길이 없습니다, 하하하. 무슨 말을 해도 사실은 사실이라는 게 참 한심하지요. 만일 제가 이번 선거에서 패하면 이제 이러지도 저러지도 못합니다. 어떻게 해서든지 이번에는 꼭 나가야 됩니다. 당신이 도와주셔야 됩니다. 그래서 우선 당신께 매달려서, 아내 일을 세상 사람들에게 말하지 않도록, 그 대신 저도 당신에 관한 이야기를 하지 않도록, 그렇게 서로 말하지 않기로 의논하려고 했죠. 제발 저를 살려주신다고 생각하시고 이 이야기를 들어주셨으면 합니다. 세가와 씨, 이것이 제 평생의 소원입니다."

다카야기는 갑자기 흰 담요에서 내려와 마치 연민을 구하는 개처럼 다다미 위에 손을 댔다.

우시마쓰는 약간 창백해져서 말했다.

"그렇게 혼자 결정해버리시면 어쩝니까."

"제발 저를 도와주신다고 생각하시고요."

"제 말도 들어주세요. 전 당신 이야기를 이해할 수가 없습니다. 그렇지 않습니까. 당신들 일을 세상 사람들에게 이야기할 필요가 전혀 없잖아요. 저는 당신들과 아무런 관계도 없는 인간이니까요."

"그렇기도 합니다만."

"아니오, 그러시면 곤란합니다. 저는 당신들을 도와줄 일이 아무것도 없고, 저 또한 당신들의 도움을 받을 일이 없습니다."

"그러면?"

"그러면이라니요?"

"그렇다면 어떻게 하실 생각이십니까?"

"어떻게 하고 말고가 없지 않습니까? 당신과 저는 전혀 관계없는 사람입니다. 이야기는 그것뿐입니다."

"관계가 없다니요?"

"이제까지 저는 당신에 관해 세상 사람들에게 뭐라고 말한 기억이 전혀 없고, 앞으로도 마찬가지입니다. 이야기할 필요가 어디에도 없습니다. 애당초 저는 그렇게 남 얘기를 하는 것 자체를 싫어합니다. 하물며 당신과는 오늘 처음으로 인사를 나눈 사이고요."

"그야 물론 제 이야기를 하실 필요는 없을지도 모릅니다. 나도 선생님 얘기를 굳이 사람들에게 할 필요는 없습니다. 필요는 없지만, 아무래도 그것만으로는 부족해서 굳이 이렇게 찾아온 것이니, 충분히 의견을 들어보고, 도움이 될 일이 있다면 힘이 되고 싶습니다. 실은

208

그러는 편이 선생님을 위해서도……"

"아뇨, 친절은 참으로 고맙습니다만, 그렇게 하실 필요가 없다고 봅니다."

"그러나, 제가 이렇게 이야기를 꺼낸 걸 보면 전혀 짐작 가는 일이 없지는 않겠지요."

"그것은 당신의 오해입니다."

"오해일까요? 오해라고 하실 수 있습니까?"

"저는 아무것도 모르겠습니다."

"그렇게 말씀하시면 그뿐이겠습니다만, 그 점은 더 상의할 게 있을 것 같은데요. 나쁜 말씀은 드리지 않겠습니다. 서로를 위해서입니다. 결코 누구를 위한 것도 아닙니다. 세가와 씨, 언제 다시 찾아뵐 테니까 부디 잘 생각해두세요."

14장

1

교장은 월요일 아침 일찍 학교에 출근했다. 응접실 옆에 있는 방 하나를 자기 방으로 정해놓고 매일 아침 수업이 시작되기 전에는 꼭 그곳에 틀어박히는 게 그의 버릇이다. 그것은 하루의 사무 준비를 위한 것이기도 하지만, 직원들의 불평과 담배 연기를 피하기 위해서였다. 마침 그날 아침은 우시마쓰도 오랜만에 출근했다. 교장은 우시마쓰를 만나 기복중(忌服中)의 이야기를 묻는 등 이야기를 나누고는 다시 그 방으로 들어갔다.

누군가 이 방의 문을 두드렸다. 소리를 듣고 교장은 바로 가쓰노 분페이라는 것을 알았다. 언제나 이렇게 교장은 총애하는 선생에게서 갖가지 비밀 보고를 듣는 것이다. 남선생의 푸념, 여선생의 험담, 그 밖의 시간표와 월급에 관한 잡다한 질투와 싸움은 여기에 앉아 있어도 손에 잡힐 듯이 알 수 있다. 그날 아침도 교장은, 무슨 새로운 소식을 가지고 온 것이겠지, 하고 생각하며 분페이를 방 안으로 안내했다.

어느새 두 사람은 우시마쓰에 관한 소문 이야기를 시작했다.

"가쓰노 군." 교장은 목소리를 낮추었다. "방금 자네 묘한 말을 했는데. 세가와 군에 관한 무슨 새로운 사실을 발견했다고?"

"네." 분페이는 미소를 지었다.

"자네 이야기는 이해하기 어려워. 항상 빙빙 돌려서 어렴풋하게만 말하니까."

"그렇지만 교장 선생님, 한 사람의 일생의 명예와 관련된 일을 그렇게 함부로 지껄일 수는 없잖아요."

"흠, 일생의 명예라고?"

"제가 들은 것이 사실이고, 그 얘기가 이 마을에 퍼진다면, 아마 세가와 군은 더이상 학교에 있지 못할 겁니다. 학교뿐 아니라 사회에서도 쫓겨나서 두 번 다시 세상에 나올 수 없을지도 모르죠."

"허어, 학교에 있을 수 없게 되고 사회에서 쫓겨난다면, 그건 보통 일이 아니지. 사형을 선고받는 것과 마찬가지야."

"그렇겠지요. 물론 직접 확인한 것은 아닙니다만, 여러 가지 일을 모아서 생각해보면…… 흐흠."

"그렇게만 말하면 알 수 없지 않나. 어떤 새로운 사실인지 어서 말해주게나."

"그러나 선생님, 제가 그런 말을 했다는 게 알려지면 저도 좀 곤란합니다."

"왜?"

"왜라니요, 안 그렇습니까? 제가 그 자리에 앉기 위해 그런 말을 퍼뜨렸다고 사람들이 생각하는 건 사양합니다. 저는 조금도 그런 야심이 없어요. 절대 세가와 군을 헐뜯기 위해 이런 이야기를 하는 건 아닙니다."

"그거야 알고 있네. 누가 그런 말을 하겠나. 그런 걱정은 하지 말게. 어차피 자네도 다른 사람한테 들은 이야기겠지. 자, 어서."

분페이가 변죽을 울리면서 의미심장하게 웃을수록 교장은 더 듣고 싶어졌다.

"그러면 가쓰노 군, 이렇게 하지. 내가 그 이야기를 자네한테서 듣지 않은 것으로 하면 되겠지. 자, 아무도 없으니 말해주게나."

이렇게 말하며 교장은 분페이 쪽으로 귀를 갖다댔다. 분페이가 무엇인가 속삭이며 말하자 교장의 안색이 점점 변해갔다. 갑자기 문을 두드리는 소리가 들렸다. 분페이는 황급히 교장 곁에서 떨어져 창가 쪽으로 갔다. 문을 열고 들어온 것은 우시마쓰였는데, 들어오자마자 무의식중에 한 걸음 뒤로 물러섰다. '무슨 이야기를 하고 있었던 거지? 이 두 사람.' 우시마쓰는 의심스러운 표정을 지으며 두 사람을 의심하지 않을 수 없었다.

"교장 선생님." 우시마쓰는 아무렇지도 않게 말을 걸었다.

"오늘은 조금 늦게 시작하는 게 어떨까요?"

"그래요. 아직 학생들이 안 모였나요?" 교장은 회중시계를 꺼내 보았다.

"생각보다 많이 안 왔습니다. 눈 때문이겠지요."

"그렇지만 시간이 됐으니까 학생이 모이든 안 모이든 규칙이 우선

입니다. 사환한테 말해서 종을 치도록 하세요."

2

　우시마쓰가 그날 아침만큼 멍하니 있었던 적은 처음이었다. 아침에
도 반쯤 잠든 상태로 하오리와 하카마를 챙겨 입었다. 안주인이 싸준
도시락을 들고 오랜만에 학교 쪽으로 눈 쌓인 길을 걸어올 때도, 많은
선생들이 문상 인사를 할 때도, 담당인 고등과 4학년 학생들이 자신
을 둘러싸고 여러 가지를 물어볼 때도 우시마쓰는 잠이 덜 깬 상태로
대꾸를 했다. 수업이 시작된 후에도 간혹 눈앞의 사물에 흥미를 잃고,
기계처럼 독본을 강독하고 학생들의 질문에 대답하곤 했다. 그날은
유희 시간을 감독하는 날이라, 종이 울리고 쉬는 시간이 올 때마다 학
생들이 사방에서 우시마쓰한테 매달리며 선생님, 선생님 하고 부르고
고함쳤지만, 무슨 이야기를 하고 무슨 대답을 했는지 전혀 기억이 없
었다. 우시마쓰는 몽유병 환자같이 걸어다니며 여기저기 뛰어다니는
많은 학생을 감독했다.
　긴노스케가 다가와서 말했다.
　"세가와 군, 기분이 좀 안 좋아 보이는데."
　이렇게 말한 것은 기억하지만 그 밖의 이야기는 전혀 기억에 남아
있지 않았다.
　이러는 사이에도 딱 한 가지, 쇼고에게 주려고 준비한 것을 가져오
는 것만은 잊지 않았다. 점심시간이 되자 고등과와 보통과 학생들 모

두 학교 안에서 뛰놀며 떠들어댔다. 그중에는 넓은 운동장에 나가서 눈싸움을 하며 노는 아이도 있었다. 마침 고등과 4학년 교실에는 아무도 없어서 우시마쓰는 그곳으로 쇼고를 데려가 신문지로 싼 것을 내밀었다.

"너 주려고 가져왔단다. 이 안에 있는 건 공책이야. 집에 가지고 가서 펴보렴. 알았지? 학교 안에서 펴보면 안 돼. 자, 어서 받거라."

이렇게 말하며 우시마쓰는 자기 앞에 서 있는 소년의 놀라움과 기쁨의 표정을 상상했다. 그러나 뜻밖에도 쇼고는 이 선물을 받지 않았다. 다만 눈을 동그랗게 뜨고 우시마쓰와 신문지 뭉치를 번갈아 바라볼 뿐이었다. 왜 이런 것을 주는 건지 몹시 의아해하는 표정이었다.

"아니에요, 전 괜찮아요."

쇼고는 몇 번이나 사양했다.

"그러지 말고." 우시마쓰는 쇼고의 얼굴을 바라보며 말했다. "남이 주는 것은 받는 거야."

"아니에요. 감사합니다." 또 쇼고는 사양했다.

"그럼 안 되지. 너 주려고 가져온 건데."

"그렇지만, 엄마한테 혼나요."

"어머니한테? 그런 바보 같은 소리가 어디 있어. 내가 주는데 왜 널 꾸짖겠니. 나는 네 아버님과도 친하고, 게다가 네 누나한테 여러 가지로 신세를 지고 있어서, 요전부터 계속 이걸 주려고 생각했단다. 왜, 서양 공책 중에 선이 그려진 것이 있지? 그거야, 이 안에 있는 건. 그런 말 말고 집에 가지고 가서 작문이든 뭐든 네가 좋아하는 것을 써서 보여주렴."

이렇게 말하며 쇼고의 손에 쥐여주는 참에 갑자기 창밖에서 발소리
가 들려왔다. 우시마쓰는 쇼고를 남겨두고 서둘러 교실을 나왔다.

3

동쪽 복도의 막다른 곳에서 이층으로 올라가는 계단 쪽에는 학생들
이 잘 오지 않는다. 우시마쓰가 학생들을 감독하느라 바쁜 사이 교장
과 분페이는 이 조용한 복도에서—나란히 회색 벽에 기대어 이야기
를 나누었다.

"도대체 자네는 누구한테서 세가와 군 이야기를 들었는가?" 교장
은 물었다.

"묘한 사람한테 들었습니다." 분페이는 웃었다. "참으로 묘한 사람
이요."

"나는 도저히 짐작이 안 가네."

"무엇보다 남의 명예에 관한 일이니, 이야기를 하더라도 이름을 말
하면 곤란하다고 그 사람도 그러더군요. 어쨌든 대의원이 되려는 인
물이니까 그렇게 무책임한 말을 할 리 없지요."

"대의원?"

"암요."

"그러면, 그 새로운 부인을 데리고 돌아온 사람 말인가?"

"말하자면 비슷합니다."

"그러면, 하하, 그 사람이 지방 순회라도 하는 사이 어디서 그런 이

야기를 듣고 왔나보군. 나쁜 일은 어쩔 수 없어. 언젠가 한 번은 발각되게 되어 있으니." 교장은 탄식했다. "그나저나 놀랍군. 세가와 군이 백정이라고는 꿈에도 생각지 못했어."

"저도 참으로 놀랐답니다."

"그 용모를 보게나. 피부도 그렇고 골격도 그렇고, 딱히 천민다운 점이 느껴지지 않잖아."

"그러니 세상 사람들도 속았겠지요."

"그런가. 알 수가 없군. 얼핏 보기에는 아무래도 그렇게는 안 보이는데."

"용모만큼 사람을 속이는 것은 없지요. 그럼 성격은 어떨까요?"

"성격도 그렇게 판단할 수는 없지."

"그러면, 혹시 그 사람의 언행이 교장 선생님 눈에 이상하게 보이지는 않았습니까? 세가와 우시마쓰라는 사람을 잘 주의해서 봐보세요. 사물을 응시하는 그의 의심 많은 눈초리 같은 건 어떻게 생각하세요?"

"하하, 의심이 많다고 그것이 백정이란 증거는 될 수 없지."

"들어보세요. 며칠 전까지 세가와 군은 다카조 마을에서 하숙을 하고 있었지요. 그런데 그 하숙에서 백정 부자가 쫓겨나자 갑자기 렌게사로 옮겨버렸어요. 이상하지 않습니까?"

"그거야, 그 생각은 나도 하고 있었네만."

"이노코 렌타로와의 관계도 그렇습니다. 그런 병적인 사상가가 아니어도 읽을 만한 사람이 얼마든지 있지 않습니까? 그런 백정이 쓴 저서만 별나게 좋아할 건 없잖아요. 그 선생에 대한 세가와 군의 태도는 보통 애독자와 조금 다르지 않습니까?"

"그래."

"아직 교장 선생님께는 말씀드리지 않았습니다만, 고모로에 있는 요라라는 마을에 저의 숙부가 살고 있습니다. 그 마을 변두리에 자보리 강이라는 모래 강이 있는데, 다리를 건너면 무코마치가 있죠. 그곳이 이른바 백정 마을입니다. 숙부가 말하기로 그곳 마을 사람들은 전부 같은 성을 가지고 있다고 해요. 그 성이 분명히 세가와였습니다."

"과연."

"지금도 무코마치 사람들은 성을 부르지 않습니다. 보통 신평민들은 그냥 이름을 부르죠. 아마도 메이지 시대가 되기 전에는 성 같은 것도 없었겠지요. 그래서 호적을 만들 때 한 마을 사람들이 모두 세가와란 성을 쓰게 된 것이 아닐까 합니다."

"잠깐 있어보게. 세가와 군은 고모로 출신이 아니야. 치이사가타의 네즈 출신이잖나."

"그것도 믿을 수 없습니다. 하여간 세가와나 다카하시라는 성이 그들 사이에 많다는 얘기를 숙부한테 들었어요."

"그렇게 말하니 나도 짐작되는 바가 없는 것도 아니야. 그러나 만일 그것이 사실이라면 지금까지 알려지지 않았을 리가 없지 않나. 벌써 한참 전에, 사범학교 시절 때 이미 알려졌을 거야."

"그렇지요. 그게 바로 세가와 군입니다. 오늘날까지 사람 눈을 속일 정도로 지혜로운 거예요. 여간 교활하지 않고서야 그럴 수가 없지요."

"아아." 교장은 탄식했다. "지금까지 용케 숨겨왔군. 안 그래도 세가와 군이 좀 이상하다 싶었어. 아무 이유도 없이 저렇게 생각에 잠길 리가 없으니 말이야."

갑자기 커다란 종소리가 울렸다. 두 사람은 벽에서 몸을 일으켜 긴 복도를 걸어갔다. 오후 수업이 시작되는 듯 학생들이 요란한 발소리를 내며 서둘러 복도 저편으로 갔다. 우시마쓰도 소년들과 섞여서 잠깐 이쪽을 돌아보고는 지나갔다.

"가쓰노 군." 교장은 우시마쓰의 모습을 바라보고 나서 말했다. "과연 자네가 말한 대로야. 한 사람의 일생의 명예와 관계되는 일이지. 자, 세가와 군의 비밀을 좀더 찾아보도록 하세."

"하지만 교장 선생님," 분페이는 힘을 주어 말했다. "이 이야기가 그 대의원 후보자 입에서 나왔다는 것은 결코 남에게 말하지 말아주십시오. 그렇게 되면 제가 아주 난처해지니까요."

"물론이네."

4

시간표에 따르면 그날의 마지막 수업은 창가(唱歌)였다. 창가 선생이 우시마쓰에게 고등과 4학년 학생들을 인계받아 발 박자를 맞추게 하며 자기 교실로 데리고 갔다. 두시부터 세시까지 우시마쓰는 자유였다. 문득 어제 긴노스케가 렌타로 기사가 났다고 이야기한 것이 떠올라 서둘러 응접실로 갔다. 그곳 책상 위에는 항상 신문이 놓여 있다. 문을 열고 들어가자 신슈마이니치 신문은 그제 것까지 아직 철이 되지 않은 상태로 흐트러져 있었다. 읽은 흔적이 남아 있는 신문을 펴고 제2면 아래쪽에서 그 선배에 관한 이야기를 발견하자, 우시마쓰는 가슴이 두근거리며 아, 여기 있다, 하며 놀라고 기뻐했다.

'이 신문을 어디 가서 본담.' 제일 먼저 마음에 떠오르는 생각은 이것이었다. '이 응접실에서 읽을까? 아니, 사람이 오면 안 돼. 교실? 사환 방? 그곳에도 사람이 오지 않는다고 단언할 수는 없어.' 망설이면서 신문지를 주머니에 넣고 응접실을 나왔다. '차라리 이층 강당에 가서 읽자.' 그렇게 생각한 우시마쓰는 이층으로 가는 계단을 소리가 나지 않도록 하나씩 올라갔다.

그곳은 천장절 식장으로 썼던 큰 강당이었는데, 긴 의자가 질서정연하게 놓여 있을 뿐 평소에는 아주 조용해서 오히려 교실 구석보다 안전한 장소 같았다. 한 의자를 골라 앉아 주머니에서 꺼내어 읽는 사이에 다카야기와 주고받은 문답이 생각났다. '친하지 않습니다. 관계도 없습니다. 나는 아무것도 모릅니다.' 이렇게 세 번이나 마음을 속이며, 스승으로 의지하고 은인으로도 생각하는 렌타로를 자신이 전혀 모르는 사람처럼 부인해버린 일을 생각했다. "선생님, 용서해주세요." 이렇게 용서를 빌듯 말하며, 곧 다시 신문을 들었다.

막연한 공포의 감정이 끊임없이 우시마쓰의 마음을 자극했다. 선배에 관한 기사를 읽으면서도 계속 자신의 일생에 관한 생각만 한 것이다. 여러 일들을 돌이키며 반성하자 우시마쓰는 지금 쉽지 않은 위치에 서 있다는 것을 느꼈다. 앞에 닥친 커다란 문제를 해결해야 한다. 그렇다, 어떻게 해서든지 이 생각을 정리하지 않으면 다른 일은 전부 손에 잡히지 않을 것 같았다.

"그런데 어떻게 한다?"

이렇게 스스로에게 묻자, 우시마쓰의 머릿속은 바로 흐려져서 답을 떠올릴 수가 없었다.

"세가와 군, 무엇을 읽고 있습니까?"

갑자기 누가 뒤에서 말을 걸었다. 우시마쓰는 무심코 얼굴이 굳어졌다. 돌아보자 교장이 서 있었다. 어딘가 탐색하는 듯한 눈초리로, 어느새 우시마쓰 앞까지 다가와서 멈춰 섰다.

"신문을 읽고 있던 중입니다."

우시마쓰는 아무렇지도 않은 듯 말했다.

"신문?" 교장은 이상한 듯이 우시마쓰의 얼굴을 바라보았다. "그래요? 무슨 재미있는 기사라도 났습니까?"

"아뇨, 별것 없군요."

잠시 두 사람은 말이 없었다. 교장은 창가 쪽으로 가서 유리창 너머로 하늘을 바라보며 말했다.

"오늘 날씨 어떻습니까?"

"글쎄요."

이러한 말을 주고받으면서 두 사람은 함께 강당을 나왔다. 나란히 계단을 내려가는 동안 우시마쓰는 이유 없이 두근거리며 말할 수 없는 불쾌감을 느꼈다.

잘못 생각한 것인지 모르지만, 교장의 태도가 바뀐 것이 느껴졌다. 묘하게 차가워졌다. 아니, 차가울 뿐 아니라 이상하게 신경질적으로 자신이 숨기고 있는 비밀의 냄새를 맡는 기분이었다. 혹시 하는 의심을 품고 상대편의 모습을 추측하노라니, 우시마쓰는 이 교장과 함께 걷는 것조차 견딜 수 없어졌다. 어쩌다가 계단을 내려갈 때 두 사람의 어깨가 닿는 일도 있었다. 차가운 전율이 우시마쓰의 몸으로 흘러내렸다.

그때 사환이 치는 마지막 시간 종소리가 교내에 울려퍼졌다. 여기저기에서 교실 문을 열고 밀려나오는 소년들의 무리가 긴 복도에 넘쳤다. 우시마쓰는 교장 곁을 떠나 서둘러 이 소년들 틈에 섞였다.

이윽고 학생들은 눈 내린 길을 따라 집으로 돌아갔다. 모두 열심히 공부하는 어린이다운 귀여운 얼굴이다. 도시락을 휘두르며 가는 아이도 있고, 책보를 머리 위에 얹고 가는 아이도 있다. 주판을 옆구리에 끼고 덧신을 들고 휘파람을 부는 아이, 노래를 하는 아이, 서로를 부르고 외치는 소리가 개 짖는 소리와 함께 오후의 공기에 울려퍼져서 소란스러웠다. 그중에는 나막신이 끊어져 맨발로 뛰어가는 여자아이도 있었다.

우시마쓰는 불안과 두려운 마음을 품고 학생들 뒤를 따라 학교 문을 나섰다. 이렇게 순진한 소년 무리를 바라보는 것은 이제 우시마쓰에게 견디기 어려운 육체적 고통을 안겨주는 것이 되었다.

"쇼고, 지금 돌아가니?"

우시마쓰는 이렇게 말을 걸었다.

"네." 쇼고는 웃으며 말했다. "나중에 렌게 사에 갈 거예요. 누나가 와도 된다고 했어요."

"그래. 오늘밤에는 설교가 있다고 했지?"

우시마쓰는 생각난 듯이 말했다. 그리고 잠시 동안 뛰어가는 쇼고의 뒷모습을 애틋하게 바라보며 서 있었다. 눈이 쌓인 큰길이 눈앞에 펼쳐지고, 볼일이 있는 듯한 사람들이 왔다 갔다 했다. 갑자기 심한 현기증이 나서 우시마쓰는 그곳에 쓰러질 뻔했다. 그때 누군가 뒤에서 다가와 자신을 붙잡으며 갑자기 "야, 백정 놈!"이라고 할 듯한 기분이 들었다. 이런 의심이 들자 무서워서 뒤를 돌아보지 않을 수 없었다—아아, 거기에 있기는 누가 있단 말인가? 우시마쓰는 자신을 비웃으면서 격려했다.

15장

1

범하기 어려운 강렬한 사회의 힘이 차차 우시마쓰의 몸 가까이 다가오는 것이 느껴졌다. 우시마쓰는 학교에서 돌아와 렌게 사 이층으로 올라가 책보를 내던지고 하오리와 하카마를 벗어놓고 곧장 방바닥 위에 쓰러져서 생각이 가는 대로 절망에 파묻히는 수밖에 없었다. 자는 것도 아니고 생각하는 것도 아니고 마치 감각이 없는 사람처럼 한참 동안 움직이지도 않고 있다가, 얼마 뒤에 일어나서 방 안을 둘러보았다.

즐거운 목소리가 아래층에 있는 안방에서 조금씩 들려왔다. 별 생각 없이 귀를 기울여봤더니 그날도 분페이가 와서 사람들을 웃기고 있는 것 같았다. 천진난만하고 억누를 수 없다는 듯 흘러나오는 웃음소리가 누구 소린지 귀를 기울여보니 쇼고가 놀러 와 있는 듯했다. 때때로 젊은 여자 소리도 섞였다. 아아, 오시호다. 우시마쓰는 이렇게 귀를 기울이며 방 안을 걷고 있었다.

"선생님."

부르는 소리와 함께 갑자기 들어온 것은 쇼고였다.

마침 아래층에 차가 준비되었으니 우시마쓰도 와서 함께 이야기하지 않겠냐고 부르러 온 것이다. 들어보니 부인과 오시호가 아래층에 있고 쇼바보도 와 있다고 했다. 재미있는 이야기가 시작되어 사람들 모두 뒹굴면서 웃고, 그중에는 너무 우스워서 눈물을 흘리는 사람도 있다고 했다.

"저기, 가쓰노 선생님도 와 계세요."

쇼고는 덧붙여 말했다.

"그래, 가쓰노 선생이?" 우시마쓰는 미소를 지으며 말했다. 갑자기 마음속에서 번쩍 빛이 난 듯 증오의 표정이 우시마쓰의 얼굴에 나타났다. 하지만 그것은 곧 사라져버렸다.

"선생님, 저와 같이 가요."

"좀 있다 바로 내려갈게."

이렇게 말했지만 우시마쓰는 실은 가고 싶지 않았다. "빨리요." 이렇게 말하고 쇼고는 훌쩍 나가버렸다.

다시 즐거운 목소리가 들렸다. 아래층 안방, 눈으로 보지 않고 이렇게 소리를 듣는 것만으로도 사람들의 모습이 손에 잡힐 듯했다. 우시마쓰는 모든 것을 상상할 수 있었다. 아마도 부인은 마음속에 무슨 고민이 있어서 그것을 잊기 위해 일부러 재미있고 우스운 듯이 저런 남자 같은 목소리로 웃고 있는 것이리라. 오시호는 아마도 방을 들락날락하며 다기를 가지고 와 차를 끓여 사람들에게 권하고, 또는 부인 곁에 붙어앉아 이야기를 들으며 웃고 있을 것이다. 분페이는 아마도 아녀자들을 멸시하며 자기 혼자만 남자인 양 잘난 체하는 얼굴을 하고 있을 것이다. 그뿐 아니라 반드시 남의 말을 이러쿵저러쿵 논하고 있을 것이다. 아아, 출신이 출신이라면, 누가 그런 사내의 처지를 부러워할 것인가.

현세의 환락을 좇고 싶은 마음이 지금 우시마쓰의 마음속에 뭉게뭉게 피어올랐다. 버림받고 천대받고 따돌림을 당하고 같은 인간 취급조차 받지 못하는 보잘것없는 동족의 운명을 생각하면 생각할수록 이 젊은 생명이 더욱 안타까웠다.

"선생님 왜 안 오세요."

쇼고가 이렇게 말하며 이윽고 또 데리러 왔다.

너무도 천진하게 재촉하기에 우시마쓰는 오히려 이 소년을 데리고 본당 쪽으로 갈 생각을 했다. 방을 나와서 계단을 내려가면 안방에서 본당으로 가는 복도가 두 갈래로 나뉜다. 뒷정원에 가까운 곳을 가려면 반드시 안방 옆을 지나가야 한다. 그곳에서는 분페이가 이야기에 열중하고 있었다. 우시마쓰는 앞쪽 복도를 지나가기로 했다.

2

오래된 승방은 복도 오른쪽에 나란히 있었다. 미닫이문 너머로 이야기 소리가 새어나오는 것을 보니 하숙하는 사람이 있는 모양이었다. 이 절은 넓고 구조가 복잡해서 어디에 어떤 사람이 살고 있는지조차 잘 알 수 없었다. 평소에는 아무 쓸모 없는 음침한 빈 방이 몇 개나 있었다. 쇼고를 데리고 좁고 긴 복도를 지나는 동안에도 썩고 낡은 절간의 분위기가 왠지 우시마쓰의 가슴에 스몄다. 벽은 어둡고 기둥은 그을고, 큰 판자문을 장식한 고화(古畵)의 물감도 벗겨져 있었다.

이 복도와 뒤쪽에 있는 복도가 이어지는 곳이 마침 본당으로 굽어드는 모서리인데, 갑자기 뒤쪽에서 사람이 오는 기척이 났다. 우시마쓰는 무심코 뒤돌아보았다. 쇼고도 마찬가지였다. 뒤에 있는 것은 오시호였는데, 무슨 볼일이 있는 듯이 다가와서는 채 말도 꺼내기 전부터 벌써 얼굴이 붉어졌다.

"저," 오시호는 윤기 흐르는 맑은 눈동자를 반짝였다. "지난번에 동생이 좋은 물건을 받았다고 해서요."

이렇게 인사말을 하면서 그 입술로 기쁜 듯이 웃었다.

이때 주지 부인이 부르는 소리가 들렸다. 오시호는 재빨리 알아듣고 잠깐 귀를 기울였다. "어, 누나 불러요." 쇼고는 누나의 얼굴을 올려다보았다. 또 부르는 소리가 들렸다. 놀란 듯이 뒤돌아가는 오시호의 뒷모습을 바라보았다. 이윽고 우시마쓰는 쇼고를 데리고 본당 문을 열고 들어갔다.

아, 절간의 고요함—마치 고적 안을 걷는 것 같은 기분이었다. 둥근 기둥에 걸려 있는 시곗바늘이 시각을 알리는 것 말고는 이 높고 어두운 천장 아래 소리 나는 것은 하나도 없었다. 몸에 스며드는 침묵이 여기저기 숨어 있는 듯했다. 녹슨 금색 불단, 생기가 없는 조화 연꽃, 사람의 공상을 자아내는 벽에 걸린 천계(天界) 여인의 모습, 눈에 보이는 모든 것들이 지나간 시대의 광명과 쇠퇴를 말해주었다. 우시마쓰는 쇼고와 함께 내진(內陣) 깊숙이 들어가 불단의 그늘에 있는 옛 스님들의 화상 앞을 걸었다.

"쇼고야." 우시마쓰는 소년의 옆얼굴을 바라보면서 말했다. "너는 식구들 중에 누가 제일 좋니? 아버지? 어머니?"

쇼고는 대답하지 않았다.

"맞혀볼까?" 우시마쓰는 웃었다. "아버지지?"

"아니에요."

"그래? 아버지가 아니라고?"

"아버지는 술만 마시잖아요."

"그러면 누구를 제일 좋아하니?"

"저, 저는 누나요."

"누나? 그래, 누나를 가장 좋아하는구나."

"저는 누나한테는 무슨 이야기나 다 해요. 아버지와 어머니께 말하지 않는 것도요."

이렇게 말하며 쇼고는 아무 뜻 없이 웃었다.

북쪽의 조그만 방에는 오래된 열반(涅槃) 그림이 걸려 있다. 보통 절에서 자주 띄는 이 종교화는 대개 모방한 것이다. 그래서 극적인 배치와 뜻도 없는 색채, 또는 열대의 자연과 아무런 관계도 없는 것 같은 배경 등 딱히 특색이 있는 것은 적다. 이 절에 있는 것도 마찬가지였지만 다소 창의성이 있는 화가가 그린 것인 듯, 보통 다른 그림에 비하면 상낭히 생생했다. 종교적인 정열이 깃들어 있는 것 같지는 않아도 어딘지 사람의 마음을 끄는 진실한 면이 있었다. 쇼고는 아직 어린아이답게 비탄에 잠긴 짐승들의 모습을 보아도 마치 옛날이야기 그림을 보듯 그다지 이상해하거나 놀라지 않았다. 순진한 소년은 석가의 죽음을 보고 그저 웃었다.

"아아." 우시마쓰는 깊은 한숨을 쉬었다. "쇼고는 아직 죽는다는 것을 생각해본 적이 없지?"

"저요?" 쇼고는 우시마쓰의 얼굴을 올려다보았다.

"그래, 너 말이야."

"하하하, 없어요, 그런 적은."

"그럴 거야, 너 같은 나이에는 그런 것을 생각하지 않을 거야."

쇼고는 생각난 듯이 후후 웃으며 말했다. "오시호 누나도 자주 그런 말을 해요."

"누나가?"

우시마쓰는 표정을 바꾸어 눈길을 주었다.

"네, 누나는 이상한 말을 자주 해요. 이제 그만 죽고 싶다는 둥, 아무도 없는 곳에 가서 큰 소리로 울고 싶다는 둥. 왜 그런 생각을 하는 걸까요?"

이렇게 말하며 쇼고는 약간 고개를 갸우뚱하며 휘파람 부는 흉내를 냈다.

잠시 뒤에 쇼고는 나갔다. 우시마쓰는 혼자가 되었다. 갑자기 본당 안이 잠잠해져서 여러 가지 뜻이 있는 장식이 더더욱 침묵 속에 잠겨 있는 듯 보였다. 깊은 천장 아래 언제까지나 변하지 않고 놓여 있는 놋쇠 향로, 꽃꽂이, 등잔 접시, 생명이 없는 그런 도구까지 이렇게 적막한 명상에 잠기는 듯했고, 불단에 서 있는 관음상은 자비라기보다 오히려 침묵의 화신인 것처럼 빛났다. 이런 고요 속, 세상에서 떨어진 곳에 서서 그 사람을 생각해보니, 마치 고적(古蹟)을 장식하는 화초와 같은 마음이 들었다. 우시마쓰는 피가 끓는 마음으로 둥근 기둥과 기둥 사이를 왔다 갔다 했다.

"오시호 씨, 오시호 씨."

목적도 없이 입속에서 불러보았다.

어느 사이에 주위가 어두워졌다. 창백한 황혼녘의 빛이 희미하게 장지문에 비치고 본당 정면으로 스며들어가 기둥과 기둥의 그림자가 마루 위에 길게 드리웠다. 권태와 괴로움, 지친 겨울날의 하루가 차차 저물어갔다. 그때 흰옷을 입은 스님 두 사람이 들어왔다. 한 사람은 주지였고 한 사람은 절의 젊은 스님이었다. 깊숙한 곳에 불을 붙이고, 잠시 후 여기저기에서 여섯 개 정도의 촛불이 일렬로 늘어졌다. 주지는 불단에서 비스듬히 마주 보는 내진의 모서리에 자리를 잡고, 금색을 칠한 기둥 곁에서 합장을 했다. 젊은 스님은 한 계단 낮은 외진으로 물러서서 반대쪽에 예의 바르게 있었다. 얼마 뒤에 종소리가 엄숙하게 울려퍼졌다. 합창 소리가 들렸다.

"나무아미타불 관세음보살."

저녁 염불이 시작되었다.

아아, 쓸쓸한 저녁이다. 우시마쓰는 북쪽 방 기둥에 기대어 눈을 감고 머리를 대고 깊은 생각에 잠겼다. '만일 내 신분이 오시호의 귀에 들어간다면……' 그 생각을 하자 백정이란 신세가 절실하게 안타까웠다. 사멸(死滅)에 대한 막연한 생각이 사람을 그리워하는 정과 섞여 가슴속을 격하게 왕래했다. 왕성한 청춘 시대인데 이제까지 경험

한 적도 없고 바란 적도 없는 세상의 괴로움이라는 것을 맛봐야 한다
고 생각하자, 그러한 생각을 하는 것조차 처절하고 가슴 아프게 느껴
졌다. 차가운 공기에 섞인 향 냄새가 이 저녁에 한층 슬픔을 더해주
어, 애처롭다고도 견디기 어렵다고도 할 수 없는 묘한 기분이었다. 갑
자기 두 스님의 소리가 끊겨서 바라보자 독경이 끝나고 부처의 이름
을 외우는 중이었다. 얼마 뒤에 주지는 염주를 손에 들고 기둥 곁을
떠났다. 젊은 스님은 아직 같은 장소에 머물러 있었다. 우시마쓰는 바
라보았다. 높게 곡조를 붙여 읽는 고승의 유훈(遺訓)이 끝날 때까지,
그 문장을 받들고 젊은 중이 일어날 때까지, 결국 촛불이 하나씩 꺼지
고 불전의 등불만 희미하게 비칠 때까지도.

3

　저녁식사 후 렌게 사는 설교 준비로 바빴다. 예전부터 내려오는 관
습에 따라 가문(家紋)이 그려진 큰 초롱이 몇 개나 내걸렸다. 절 안의
젊은 스님과 쇼바보, 어린 사미까지 동원되어 초롱에 불을 켜고 본당
으로 옮겼다. 셋이서 그 일을 하느라 법당을 들락날락했다.
　설교를 들으려는 사람들이 차츰 법당으로 모였다. 이 절의 단가들
은 물론이고 그것을 전해들은 사람들도 몰려왔다. 이미 일생의 여정
을 마친 할아버지와 할머니 들뿐 아니라, 제각각 바쁜 직업에 종사하
는 사람들까지 모인 것을 보면, 이야마라는 마을이 실로 옛날식 종교
와 신앙의 땅이라는 것을 알 수 있다. 불경 안에 있는 유명한 문구와

비유 따위가 보통 사람들의 대화에 섞이는 것도 드문 일이 아니다. 처녀들은 모두 예쁜 염주 주머니를 지니고 앞다투어 렌게 사로 향했다.

그날은 우시마쓰에게 이 절에서 가장 즐겁고 또 가장 슬픈 하룻밤이었다. 우시마쓰는 얼마나 가슴 두근거리며 오시호와 함께 설교를 듣는 기쁨을 상상했는지. 아아, 이런 밤에 자신이 백정이라는 것을 생각하는 것만큼 처절한 일은 없다. 부인을 비롯하여 오시호와 쇼고는 벌써 본당으로 가서 북쪽 방 구석에 모여 앉아 있었다. 보았더니 중간 방에서 남쪽 방에 걸쳐 남녀 신도가 여기저기에 모여서 각자 인사를 나누고, 이야기하는 목소리는 조용했지만 흥청거리고 즐겁게 들렸다. 쇼바보가 자랑거리인 하오리를 단정하게 차려입고 여봐란 듯이 사람들 속을 비집고 가는 것도 우스웠다. 점잔 빼는 그 모습을 보고 부인도 웃고 오시호도 웃었다. 우시마쓰가 앉은 곳은 영대독경*을 원하는 사람들의 기부 금액과 성명이 붙어 있는 낡은 벽이었다. 오시호도 가까이 있어서 머리카락 향기가 기분 좋게 풍겨왔다. 초롱의 그림자가 화려하게 본당의 겨울 공기를 비추어 그 옆얼굴이 한층 젊어 보였다. 쇼고를 뒤에서 안고 약간 미소를 띠고 있는 누나다운 모습이 얼마나 친근한가. 이렇게 생각하며 우시마쓰는 오시호 쪽을 볼 때마다 말로 표현할 수 없는 즐거움을 느꼈다.

설교가 시작하려면 아직 조금 시간이 있었다. 그때 분페이가 와서 먼저 주지 부인에게 인사하고 오시호에게도 인사하고 쇼고에게도 인사하고, 그리고 우시마쓰에게도 인사했다. 아, 꼴 보기 싫은 녀석이

---

* 永代讀經. 고인을 위해 절에서 기일마다 영구히 독경을 하는 공양을 말함. 그것을 희망하는 사람은 절에 무언가를 기부하여 위로한다.

왔구나, 하고 마음속으로 생각하자 우시마쓰의 공상은 곧 흩어지고 몸서리치는 현실 세계로 돌아왔다. 게다가 분페이가 허물없는 말투로 부인에게 말을 걸고 오시호와 쇼고를 웃기는 것을 보자 그만 화가 났다. 분페이는 이런 여자들 속에서 이야기할 기회가 생기면 참으로 우쭐해지는 사내로, 아무렇지도 않은 일을 그럴듯하게 말하곤 한다. 게다가 이 사내가 교활한 것은 묘하게 붙임성이 있고 여자의 마음을 끌어들이는 면이 있어서 실제로 자신의 가치보다 두 배 세 배로 돋보이게 하는 것이다. 만사를 깊게 감싸는 듯한 우시마쓰와 비교하면 오히려 분페이 쪽이 친절하게 생각될 정도였다. 우시마쓰는 딱히 누구의 비유를 맞추려고 하지 않았다. 아니, 쇼고한테는 상냥하게 대해도 오시호에 대한 태도는 오히려 냉담하게 보이는 편이었다.

"세가와 군, 어땠나? 오늘 나가노 신문은?"

분페이는 낮은 목소리로 마음을 떠보듯 말했다.

"나가노 신문이라니?" 우시마쓰는 생각이 깊은 표정을 지으며 말했다. "오늘은 아직 읽지 못했는데."

"그것 이상하네, 자네가 읽지 않았다니."

"왜?"

"자네처럼 이노코 선생을 숭배하는 사람이 그 연설 필기를 읽지 않았다는 게 이상하단 말이야. 꼭 읽어보게나. 게다가 그 신문평도 재미있어. 이노코 선생에 대해 '신평민의 사자(獅子)'라고 멋진 말을 하는 기자가 있지 않았겠나?"

입으로는 이렇게 말하지만, 가슴속에서는 무슨 생각을 하고 있을지 우시마쓰는 깊이 상대방을 의심했다. 오시호는 열심히 귀를 기울이고 두 사람의 얼굴을 번갈아 쳐다보았다.

"이노코 선생의 이론이야 어쨌건 그 의기에는 감탄하겠어." 분페이
는 이어서 말했다. "연설 기사를 읽었더니 이노코 선생이 쓴 책을 읽
고 싶어졌어. 자네가 자세히 알 것 같아서 묻는데, 그 선생이 쓴 저술
중 무엇이 가장 걸작인가?"

"글쎄, 나도 잘 모르겠어." 우시마쓰는 이렇게 대답했다.

"정말이야. 실로 나는 백정이라는 것에 흥미를 갖게 되었어. 그 선
생 같은 인물이 나올 정도이니 분명 연구해볼 가치가 있는 게 틀림없
어. 자네도 그래서 『참회록』 등이 읽고 싶어졌던 거잖아?" 분페이는
비웃는 말투로 말했다.

우시마쓰는 웃기만 하고 대답하지 않았다. 사실 오시호가 있는 옆
에서 백정이라는 말이 되풀이되자 이미 얼굴빛이 바뀌고 스스로 자신
을 억제할 수 없었던 것이다. 노여움과 두려움이 번갈아 우시마쓰의
입술에 떠올랐다. 분페이는 날카로운 눈초리로 그 조그만 표정까지
놓치지 않으려 했다. '안됐지만 그렇게 숨기려 해도 틀렸어.' 분페이
의 눈이 이렇게 말하는 듯했다.

"세가와 군, 자네 그 선생이 쓴 책을 갖고 있지? 아무거나 좋으니
한 권 빌려주게나."

"없어. 나한테는 아무것도 없어."

"없다고? 없을 리가 있나, 자네한테 없을 리가? 그렇게 숨기지 말
고 한 권 정도 빌려주지 않겠나?"

"아니야, 숨기는 것이 아니야. 없으니까 없다고 하는 거야."

갑자기 렌게 사 주지가 설교하는 곳으로 올라가서, 두 사람은 거기

에서 입을 다물어버렸다. 사람들은 모두 정좌하고 자세를 고쳤다.

4

　주지는 부인과 동갑이라고 했다. 비교적 젊고, 검은 법의에 금박을 입힌 가사를 두르고 외진의 강좌 자리에 나타난 모습을 보니, 사쿠치 이사가타 근처에 흔히 보이는 세속적인 승려에 비해 훨씬 고상한 종교생활을 해온 사람 같았다. 이마가 넓고 코가 높고 눈썹이 약간 붙었는데, 용모가 꽤 훌륭한데다 온화하고 선량하고 재치 있는 성격을 잘 나타냈다. 설법의 1부는 원숭이 비유로 시작했다. 지식이 있는 원숭이는 세상일에 모르는 것이 없다. 많이 공부하고, 많이 외우고, 많은 경전을 암송하고 만인의 스승이 될 정도의 학문을 쌓았다. 짐승의 슬픔은 다만 한 가지, 믿는 힘이 없다는 것이다. 사람은 비록 이 원숭이만큼 지식이 없다 하더라도 믿는 힘이 있기에 비로소 범부도 부처의 경지에 이를 수 있다. 여기 있는 여러분, 아시겠습니까? 인간으로 태어난 숙명적인 고마움을 생각해서 아침저녁 염불을 게을리하지 마시오. 이렇게 주지는 설법했다.
　"나무아미타불, 나무아미타불."
　사람들이 외우는 소리가 본당의 넓은 방에 넘쳐흘렀다. 남자도 여자도 주머니에서 지갑을 꺼내어 각자 바닥 위에 새전을 놓았다.
　설법의 2부는 옛날 이야마의 성주였던 마쓰다이라 도코노가미의 사적에서 자료를 뽑았다. 이야마가 불교의 땅이 된 것은 이 선조 때부터다. 성주는 어릴 때부터 불같은 종교심이 타올랐다. 마침 에도로 나가 근무할 때 평소에 쌓여서 풀리지 않는 마음속의 의문을 사람들에게 물어본 적이 있었다. "사람들은 죽어서 결국 어떻게 되는 걸까?" 무사도 유학자도 그 질문에 대답할 수 없었다. 하야시 라잔*에게도 물어보았다. 교육기관의 우두머리조차 그 질문에는 대답하지 못했다. 그래서 태수는 종교에 뜻을 두고 시부야에 있는 스님에게서 도에 관한 이야기를 듣고, 영지를 조카에게 넘겨주고 6년째 되는 새벽에 출가하여 이야마에 있는 불교의 선조가 되었다고 했다. 이 발심의 역사는 얼마나 뜻있는 이야기인가? 이렇게 주지는 설법을 이어갔다.

"나무아미타불, 나무아미타불."

한꺼번에 외치는 소리가 바람처럼 일었다. 사람들은 다시 새전을 꺼내놓았다.

이렇게 설법이 이어지는 사이에도 우시마쓰는 때때로 무심코 눈길을 오시호의 옆얼굴에 쏟았다. 사람 눈을 의식하고 보지 말아야지 생각하면서도 그만 눈길을 돌리면 불단 쪽을 바라보고 있는 오시호의 밝은 표정이 보였다. 이상하게도 뜨거운 눈물이 남몰래 그 얼굴에 흘러 내려서 때때로 훌쩍이고 살며시 코를 풀기도 했다. 더 자세히 보니 말할 수 없는 공포와 슬픔이 여자다운 사랑스러움에 섞여 그림자처럼 나타났다가 사라졌다. 오시호는 무엇을 생각하고 있는 것일까? 무엇을 느끼고 있는 것일까? 무엇을 추억하는 것일까? 우시마쓰는 추측해보았다. 오늘밤 설법이 이 젊은 사람의 마음을 움직이리라고는 생각

---

*林羅山, 에도 시대 초기의 유학자. 이에야스(家康) 이하 4대 장군의 시강을 맡았다.

되지 않았다. 사실대로 말하자면 주지의 설법은 이미 낡고 낡은 방법으로 메이지 시대에 태어난 사람들의 귀에는 한층 이상하게 울리는 것이었다. 틀에 박힌 대사와 같은 표현, 질서가 없는 단편적인 사상, 금빛으로 빛나는 불단의 배경, 그것들은 마치 시대극이라도 보고 있는 듯한 느낌을 주었다. 젊은 사람이 그 이야기를 듣고 저 정도로 감동을 받으리라고는 아무래도 생각되지 않았다.

쇼고는 슬슬 잠이 오는 듯 누나한테 기댄 채 고개를 숙여버렸다. 오시호는 모르는 체하며 흔들어보기도 하고 속삭여보기도 했지만 전혀 감각이 없는 듯했다.

"애, 조금 더 일어나 있어라. 남들이 보고 웃잖아."

부인이 꾸짖듯이 말했다.

"그냥 거기에 누여두는 게 좋겠구나. 아직 아이니까."

"정말 아직 어린아이라서 어쩔 수 없네요."

이렇게 말하며 오시호는 쇼고를 안아 일으켰다. 쇼고는 아무것도 모르는 듯했다. 그때 우시마쓰가 얼굴을 내밀자 오시호도 이쪽을 돌아보았다. 오시호는 분페이를 보고 부인을 보고, 그리고 우시마쓰를 보고는 얼굴을 붉혔다.

5

설법의 3부는 하쿠인*에 관한 전설이 주였다. 옛날 이야마에 있는 쇼주암에 에탄 선사라는 고승이 살았다. 하쿠인이 이 사람을 찾아 이야마로 온 것은 아직 도를 구하고 있을 무렵이었다. 참선하여 가르침을 받으려고 와보니, 낡어모은 나뭇잎을 지고서 터벅터벅 계곡 사이를 걸어오는 사람이 있었다. 짧은 머리에 수염이 텁수룩했다. 하쿠인은 고승을 알아보고 뛰어갔다. 문답을 되풀이한 끝에 세번째에 에탄 선사의 인정을 받았다고 한다. 그리고 아침저녁 스승으로 모셨는데 끝내는 하쿠인도 질문이 궁해져버렸다. 궁해졌다기보다 절망해버렸다. 그런 질문을 하는 것은 미치광이라고 생각하기에 이르러, 괴로운 나머지 그곳을 뛰쳐나간 것이다. 하쿠인은 생각에 잠겨서 이야마의 변두리를 돌아다녔다. 마침 수확기라서 산더미처럼 쌓인 곡물 곁에 쓰러져 있었더니, 농부가 막대기로 치다가 잘못하여 이 구도자를 기절시켰다. 밤이슬이 입에 들어가서 깨어남과 동시에 하쿠인은 도를 깨달았다. 일설에는 마을 교외에서 기름 장수와 부딪치는 바람에 그 기름에 미끄러져 쓰러지면서 깨달았다고도 한다. 오늘날까지 조간암이라고 남아 있는 것은 이 하쿠인이 크게 깨달은 곳을 기념하기 위해 세워진 것이었다.

이 전설은 젊은이들은 잘 모르는 것이었다. 그러고 나서 자신의 의견을 말하고 드디어 끝맺을 단계에 이르러, 주지는 언제나 같은 설법 형식으로 끝을 맺었다. 자력으로 도를 깨우친다는 것은 하쿠인 같은 인물조차 쉬운 일이 아니었다. 우리 타력종**은 단순히 의지하는 것이다. 믿는 것이다. 인도를 받는 것이다. 범부의 몸으로 도달하는 것이다. 아무쪼록 자신을 버리고 아미타여래에게 구하는 일밖에 없다.

---

* 白隱, 에도 시대 임제종(臨濟宗)의 고승.
** 他力宗, 남의 힘으로 성불하는 종파로 정토종과 진종을 말함.

이렇게 주지는 설법을 맺었다.

"나무아미타불, 나무아미타불."

사람들이 외우는 소리가 얼마 동안 멈추지 않았다. 많은 새전이 또 바닥 위에 놓였다. 오시호도 기특하게 손을 합장하고 부인과 함께 외우고 있었지만, 눈물이 젊은 뺨을 타고 끊임없이 흘러내렸다.

잠시 뒤에 청중은 염주를 들고 돌아갔다. 부인도 오시호도 자리를 떠나 둥근 기둥 곁에 서서 사람들에게 인사를 하고 배웅했다. 다시 눈이 내려서 본당 입구는 아주 복잡했다. 여자들은 대개 뒤로 처졌다. 특히 각양각색의 차림으로 당시의 유행에 뒤지지 않으려는 마을 처녀들의 모습이 오시호의 주의를 끌었다. 오시호는 잠자코 쳐다보면서 절에 살고 있는 자신의 처지와 비교해보는 듯했다.

"아아, 오늘밤 설법은 놀랍습니다." 분페이는 주지한테 다가가서 말했다. "하쿠인의 역사 이야기에 참으로 감탄했습니다. 그런 이야기를 들은 것은 처음입니다. 하쿠인이 에탄 선사 있는 곳으로 찾아갔다, 그 부분이 저는 마음에 들었습니다. 맞은편에서 긁어모은 나뭇잎을 지고서 짧은 머리에 수염이 텁수룩한 모습으로 터벅터벅 계곡 사이를 걸어오는 사람이 있었다, 그때 하쿠인이 뛰어들었다, 그리고 문답, 그렇게 해야만 되겠죠." 손짓 발짓을 덧붙이며 지껄여대자 주지는 물론이고 그것을 들은 사람들 모두 웃지 않을 수 없었다. 그러는 사이에 청중은 모두 돌아갔다. 갑자기 본당 안이 쓸쓸해졌다. 젊은 스님과 사미는 바쁘게 뒷정리를 했다. 쇼바보는 허리를 구부리고 다다미 위에 있는 새전을 모으고 있었다.

그때는 이미 우시마쓰의 모습은 본당 안에 보이지 않았다. 우시마

쓰는 쇼고를 데리고 안방으로 바래다주었다. 마침 분페이가 부인과
오시호 옆에서 열심히 불꽃을 튀기며 이야기하는 동안, 우시마쓰는
잠자코 쇼고를 돌봐주며 남모르게 보살피고 있었다.

16장

1

우시마쓰는 점점 학교에 출근하기가 괴로워졌다. 어느 날은 너무 견디기 어려워서 결근계를 냈다. 그날 아침은 늦게까지 누워 있었다. 시계가 여덟시를 치고 아홉시를 치고 이윽고 열시를 쳐도 아직 우시마쓰는 누워 있었다. 장지* 사이로 겨울 햇빛이 방 안으로 들어와 우시마쓰의 머리맡을 비추어도 일어날 수가 없었다. 하녀 게사지는 다른 방 청소를 끝내고 걸레질도 벌써 한참 전에 끝내고서 몇 번이나 이층으로 올라와보았다. 와보아도 우시마쓰는 지치고 창백한 모습으로 마치 술에 만취한 사람처럼 잠자리에 누워 있었다. 베갯머리는 흩어진 그대로였다. 저 구석에 책, 이 구석에 보자기 등, 방 안에 있는 도

---

* 방과 방 사이, 또는 방과 마루 사이에 칸을 막아 끼우는 문.

구 모두가 각각 제멋대로 튀어나와 뛰논 것 같았다. 그 지저분한 모습은 방 주인의 마음속을 상상하게 했다. 얼마 뒤에 다시 게사지가 물주전자를 들고 들어왔을 때, 우시마쓰는 드디어 일어나서 멍하니 잠자리 위에 앉아 있었다. 지나친 잠과 쇠약함 때문에 두려운 고통의 빛을 얼굴에 나타내며, 반은 아직 잠든 채 그곳에 앉아 있는 듯했다. "아침 식사를 가져올까요?" 게사지가 이렇게 물어보아도 우시마쓰는 먹을 마음이 없는 듯했다.

"기분이 안 좋으신 것 같네."

게사지는 혼잣말처럼 말하면서 나갔다.

그날은 북쪽 지방의 겨울답게 쓸쓸한 날이었다. 작은 겨울 파리가 방 안에 남아서 장지를 향해 천장 아래를 여기저기 날아다녔다. 우시마쓰가 이 절로 이사 오기 전 다카조마치에 있는 하숙에 있을 무렵에는 귀찮을 정도로 많은 파리 떼가 모여들어, 어디에서 먼지가 날아온 것같이 창 위에 엉겨붙어 있었다. 생각해보니 가을바람을 알고서 짧은 생명을 재촉한 것이리라. 지금은 겨우 살아남은 것만 이렇게 눈에 띌 정도의 계절이 되었다. 우시마쓰는 바라보았다. 바라보면서 12월이 가까워졌음을 떠올렸다.

이렇게 얼마든지 일할 수 있는 몸을 가지고 아무것도 하지 않고 생각만 하고 있는 것은 결코 즐거운 일이 아니었다. 관비로 교육을 받았으니 긴 의무연한에 얽매여 싫든 좋든 엄중한 규칙에 따라 살아야 한다는 것을 우시마쓰도 물론 잘 알고 있었다. 알고 있으면서도 일할 마음이 없어졌다. 아이, 아침 잠자리는 절망한 사람을 파묻는 무덤과 같은 것이리라. 우시마쓰는 다시 누워서 깊은 잠에 빠져들었다.

2

"세가와 선생님, 손님이 오셨어요."

게사지가 깨우는 소리에 놀라 일어난 우시마쓰는 긴노스케가 온 것을 알았다. 긴노스케뿐 아니라 예의 준교사도 근무복 차림으로 왔다. 그날은 지방을 순회하며 다니는 휴직한 대위라는 사람이 와서 군사 사상을 보급하기 위해 학생 모두에게 이야기를 들려준다 해서, 오후 수업이 없는 틈을 타 찾아왔다고 했다. 우시마쓰는 잠자리 위에 일어나 앉아서 반은 꿈꾸는 기분으로 친구의 얼굴을 바라다보았다.

"그냥 누워 있게나."

긴노스케는 아무렇지 않게 말했다. 진심으로 우시마쓰를 위로하는 마음이 친구의 얼굴에 나타났다. 우시마쓰는 이불에 있는 흰 담요를 집어서 솜옷처럼 몸에 둘렀다.

"실례하네. 이런 차림이라서. 그렇게 심하게 아픈 건 아니야."

"감기인가?" 준교사는 우시마쓰의 얼굴을 바라보았다.

"글쎄, 감기인 것 같아. 어제 저녁부터 머리가 몹시 무거워서, 아무래도 오늘 아침에는 일어날 수가 없었다네." 우시마쓰는 준교사 쪽을 보며 말했다.

"과연 안색이 나쁘군." 긴노스케가 말을 이어 받았다. "독감이 유행한다니까 조심하게나. 뭐라도 마셔보면 어때? 된장을 조금 검게 탄 것을 오차즈케 그릇에 넣고 더운물을 부어서 두세 잔 마셔보게나. 그러면 대개 낫는다네." 그리고 말투를 바꾸어 말을 이었다. "자, 좋은 것을 가지고 왔는데 내놓는 것을 잊었네. 이것 선물이야."

이렇게 말하며 보자기에서 꺼낸 것은 11월 월급이었다.

"오늘 자네가 안 와서 대신 받아왔다네." 긴노스케가 말을 이었다.

"잘 확인해보게나. 틀림없겠지만."

"정말 고마워." 우시마쓰는 은전이 섞인 월급봉투를 받아들었다. "그러니까 오늘이 28일이었군. 나는 아직 27일인 줄 알았다네."

"하하하, 월급쟁이가 날짜를 잊다니 말이 안 되지." 긴노스케는 몸을 뒤로 젖히며 웃었다.

"정말로 정신이 없었나봐." 우시마쓰는 스스로를 격려하듯이 말했다. "이번 달은 짧지. 29일, 30일, 11월도 벌써 이틀밖에 안 남았군. 아, 올해도 얼마 남지 않았어. 생각해보니 얼떨결에 1년이 지나가버렸네. 나는 아무것도 한 일이 없는데."

"누구나 마찬가지야." 긴노스케도 열심히 말했다.

"자네는 좋겠군. 이제 농과대학으로 가서 자기가 좋아하는 연구를 자유롭게 할 수 있으니까."

"그런데 내 송별회 말야, 내일 하고 싶다고 학생 쪽에서 말이 나왔는데."

"내일?"

"하지만, 자네가 이렇게 아프니."

"아냐, 이제 나았어, 내일은 꼭 나가야지."

"하하, 세가와 군의 병은 나빠지는 것도 빠르고 좋아지는 것도 빠르군. 중병환자처럼 신음하고 있나 했더니 또 거짓말처럼 낫다니 참 이상해. 언제나 그렇단 말이야. 이렇게 함께 농담을 하는 것도 조금밖에 안 남았어. 이제 곧 작별이야."

"그래, 자네는 이제 가버리는 건가?"

이런 말을 주고받으며 서로 감개무량해졌다. 그때까지 잠자코 두 사람의 이야기를 들으며 담배만 피우고 있던 준교사가 갑자기 이런 말을 꺼냈다.

"오늘 이상한 말을 듣고 왔어. 학교 선생 중에 신평민이 한 사람 숨어 있다고, 그런 말을 마을 쪽에서 퍼뜨리는 사람이 있다나봐."

3

"누가 그런 말을 꺼냈을까?" 긴노스케는 준교사를 보며 말했다.

"누가 말했는지는 나도 모르지만," 준교사는 약간 난처한 듯이 말했다. "요컨대 남의 소문일 뿐이라고 생각해."

"소문도 소문 나름이지. 그런 말을 하면 우리가 무척 곤란해지잖아. 마을 사람들은 자주 여러 가지 이야기를 퍼뜨리지. 여선생이 어떻다는 둥, 남선생이 저떻다는 둥, 왜 그렇게 남의 이야기를 하고 싶어 할까? 어디 학교 선생을 한번 세어보게나. 백정 같은 얼굴이 우리 중에 있는지. 참으로 괘씸한 말을 하는군. 그렇지, 세가와 군?"

이렇게 말하며 긴노스케는 우시마쓰 쪽을 보았다. 우시마쓰는 말없이 흰 담요로 몸을 감싸고 있었다. "하하하." 긴노스케는 웃음을 터뜨렸다. "교장 선생님은 아주 꼼꼼한 분이지만 아무래도 백정 같지는 않고, 그렇다고 해서 교사 중에 그런 사람은 있을 성싶지는 않아. 그래, 기분 나쁘게 거드름 피우는 것은 가쓰노 군이지. 그런 혐의가 가는 사람은 가쓰노 군 정도야.”

“설마.” 준교사도 함께 웃었다.

“그렇다면 자네는 누구라고 생각하나?” 긴노스케는 장난치듯이 말했다. “글쎄, 자네가 아닌가?”

“바보 같은 소리 그만두게.” 준교사는 조금 발끈했다.

“하하하, 자네는 곧장 그렇게 화를 내니까 안 되는 거야. 누가 자네라고 말한 것도 아니잖은가. 정말로 자네 같은 사람과는 농담도 못 하겠군.”

“그러나,” 준교사는 진지하게 말했다. “그것이 만일 사실이라고 한다면……”

“사실? 도저히 있을 수 없는 사실이야.” 긴노스케는 받아들이지 않았다. “왜냐면 학교 교원은 대개 출신이 정해져 있어. 자네들처럼 강습을 마치고 온 사람이나, 가쓰노 군처럼 검정시험을 보고 온 사람이나, 또는 우리처럼 사범학교 출신이나. 이것밖에 없어. 만일 우리 중에 그런 사람이 있다면 사범학교 때 벌써 알려졌겠지. 기숙사 생활을 하다보면 졸업할 때까지 알려지지 않을 수가 없어. 검정시험을 볼 수 있는 사람은 모두 오랫동안 학교에 관계해온 사람들이니 이도 안 알려졌을 리가 없고, 자네들 쪽은 더욱 그렇잖은가. 보게나. 지금 와서 갑자기 그런 일을 퍼뜨린다는 것은 좀 이상한 일이야.”

“그러니까,” 준교사는 말에 힘을 주었다. “나도 사실이라는 것은 아니야. 만일 사실이라고 가정한다면 말이지.”

“만약 말이군. 하하하. 자네가 말하는 만약은 가정할 필요가 없는 만약이야.”

"그렇게 말하면 그만이지만, 만일 그런 일이 있다면 어떤 결과가 초래될까. 나는 생각만 해도 두렵군."

긴노스케는 대답하지 않았다. 두 손님은 더이상 이 이야기를 하지 않았다.

잠시 후 두 사람이 인사를 남기고 나가려고 했을 때, 우시마쓰의 상심한 듯한 얼굴빛은 흰 담요에 비쳐서 한층 창백하게 보였다. "아아, 세가와 군은 아직 상태가 좋지 않은가보군." 이렇게 긴노스케는 스스로에게 말하면서 준교사와 함께 계단을 내려갔다.

우시마쓰는 잠시 멍하게 방 안을 둘러보다가 갑자기 잠자리를 정리하고 옷을 갈아입었다. 문득 생각난 듯이 벽장 구석에 숨겨두었던 책을 꺼냈다. 그것은 모두 렌타로를 떠올리게 하는 것으로, 그 선배가 심혈과 정열을 다 쏟았다는 『현대사조와 하층사회』, 작은 책자로는 『평범한 사람』『노동』『가난한 사람들의 위안』, 그리고 『참회록』 등이었다. 우시마쓰는 하나하나 속을 잘 살펴보고 장서 도장 대신 찍어둔 자신의 도장을 지워버렸다. 그 밖에 도코노마에 꽂아둔 어학 참고서 중 필요 없는 것을 대여섯 권 뽑아서 먼지를 털어 함께 보자기에 싸고 있는데, 마침 게사지가 들어왔다.

"어디 가세요?"

이렇게 말을 걸었다. 우시마쓰는 약간 당황한 모습으로 딱히 아무 대답도 하지 않았다.

"이렇게 추운데 나가시려고요?" 게사지는 어안이 벙벙해서 창백한 우시마쓰의 얼굴을 바라보았다. "몸이 안 좋다고 누워 계시던 분이 웬 일이세요."

"아니야, 이제 완전히 좋아졌어."

"그건 그렇고, 시장하시죠? 뭐라도 드시고 가시는 것이 어때요? 선생님은 아침부터 아무것도 드시지 않았잖아요."

우시마쓰는 고개를 저으며 전혀 배가 고프지 않다고 했다. 벽에 걸려 있는 외투를 벗겨 입은 것도 모자를 쓴 것도 거의 무의식중이라서, 마치 감각 없는 기계가 움직이는 양 스스로도 자신이 무슨 일을 하는지 모를 정도였다. 우시마쓰는 친구가 가져다준 월급을 책상 서랍 안에 넣고 그 일부를 종이봉투와 함께 소매 속에 넣었다. 물론 얼마를 남겨두고 얼마를 넣었는지조차 기억하지 않았다. 책을 싼 보따리를 들고 될 수 있는 한 외투 소매로 감추고 마침내 훌쩍 렌게 사 문을 나섰다.

4

거리에도 지붕 위에도 눈이 쌓여 있었다. 짚으로 엮은 모자를 쓰고 부들로 만든 행전을 차고 나막신 앞에 방한용 짚을 댄 노동자들, 또는 담요를 머리에 덮어쓰고 깊숙이 몸을 감싼 여행자들이 눈앞을 오갔다. 사람과 말이 끄는 눈썰매 몇 대가 우시마쓰 곁을 지나갔다.

긴 복도 같은 제설용 차양도 벌써 제 역할을 하고 있었다. 길 한가운데 쌓인 흰 눈덩어리들이 집집의 처마 높이보다도 높게 쌓여 있어서, 이것이 이야미의 명물인 설산(雪山)이라는 것인가 하고, 겨울 생활의 괴로움을 새삼스럽게 느꼈다. 하늘을 보니 또 눈이 올 것 같았다. 엷은 햇빛을 바라보기만 해도 우시마쓰는 걸으면서 몸이 떨렸다.

전에 가미마치에 있는 헌책방에다 헌 잡지를 팔았던 적이 있었다. 마침 그 상점에 손님이 없는 것을 다행으로 생각하고, 우시마쓰는 모자를 벗고 들어가서 아무렇지도 않게 책 보따리를 꺼냈다. "책을 조금 가지고 왔습니다. 어떻습니까, 이것을 맡아주시겠습니까?" 이렇게 말하자 주인은 곧 우시마쓰의 안색을 살피고 상인답게 웃으며 무릎걸음으로 다가와 책 보따리를 앞으로 끌어당겼다.

"뭐, 조금이라도 좋습니다."

우시마쓰는 덧붙여 말했다.

주인은 책 보따리를 펴고 한 권씩 책 표지를 조사한 뒤에 그것을 두 종류로 나누었다. 어학 책은 어학 책끼리 놓았다. 그것들은 차분하게 속을 펴보고, 렌타로가 지은 책은 아무렇게나 한쪽에 쌓아놓았다.

"얼마 정도로 파실 예정이십니까?" 주인은 우시마쓰의 얼굴을 바라보고 난처한 듯이 말했다.

"생각하신 것을 말씀해주세요."

"아무래도 요즈음은 불경기라서 이런 책이 전혀 나가지 않습니다. 사는 것은 좋습니다만, 액수가 너무 적어서 실은 말씀드리기도 좀 그렇습니다. 이쪽의 영어책 값밖에, 신간 서적은 그저……" 주인은 생각하다가 다시 말했다. "이것은 도로 가지고 가시는 편이 좋겠습니다."

"모처럼 가지고 온 것입니다. 그렇게 말씀 마시고 사실 수 있는 것이면 사주세요."

"너무 약소합니다만, 좋습니다. 그렇다면 따로 말씀드릴까요? 아니면 합해서 말씀드릴까요?"

"합해서 말씀해주세요."

"최대한으로 말씀드려서 55전입니다. 헤헤, 이것으로 좋다면 사겠습니다."

"55전?"

우시마쓰는 쓸쓸하게 웃었다.

처음부터 얼마라도 좋으니 팔 마음이었다. 이야기는 곧 마무리되었다. 우시마쓰도 책은 파는 것이 아니라고 생각하지 않은 건 아니었지만, 여기에 가지고 온 것에는 특별한 사정이 있었다. 이윽고 자신의 숙소와 성명을 장부에 적고 55전을 받았다. 만일을 위해 렌타로가 지은 것만 펼쳐보고, 세가와라는 인장이 있던 곳을 확인했다. 그 중에 한 권 미처 지우지 않은 것이 있었다. "아, 붓 좀 잠깐 빌려주세요." 붓을 빌려서 붉고 선명한 자신의 인장을 먹으로 시꺼멓게 덧칠했다.

'이렇게 해두면 문제없어.' 우시마쓰의 속셈은 이랬다. 마음이 어두웠다. 생각은 방황하기만 하고 실제는 어떻게 해야 좋을지 몰랐던 것이다. 헌책방을 나와서 자신이 한 일을 생각하며 걷자니 벌써부터 울고 싶은 심정이 되었다.

"선생님, 선생님, 용서해주세요."

몇 번이나 입속에서 되풀이했다. 그때 다카야기에게 렌타로와 자신은 아무런 관련이 없다고 말했던 것을 생각해냈다. 날카로운 양심의 가책이 자신을 지키기 위해 어쩔 수 없었다는 변명과 싸우며, 가슴이 씰리는 듯한 깊고 깊은 아픔을 느꼈다. 우시마쓰는 부끄러워하기도 하고 두려워하기도 하면서 정처 없이 걸었다.

5

간이식당, 안주, 사사야라고 쓰여 있는 건물은 전에 게이노신과 함께 마셨던 곳이었다. 우시마쓰의 발은 자연히 그쪽으로 향했다. 바깥쪽 장지문을 열고 들어가자 여기저기에 두세 명의 손님이 먹고 마시는 모습이 보였다. 안주인은 설거지통 있는 곳에 갔다가 부뚜막 앞에 섰다가 하며 바쁘게 옷자락을 걷어붙이고 일하고 있었다.

"아주머니, 뭐가 있습니까?"

우시마쓰는 이렇게 말을 걸었다. 안주인은 그을린 기둥 곁에 서서 손을 닦으며 말했다.

"공교롭게도 오늘은 아무것도 없구먼요. 강물고기 구운 거랑 두부국이라면 있지만."

"그러면 그거 두 가지 주세요. 그리고 한 잔 주세요."

그때 한 행상이 앉아 있던 나무통에서 일어나 연노랑의 수건으로 머리를 싸며 우시마쓰 쪽을 돌아보았다. 눈신을 신고 기둥에 기대어 있던 농부도 잠깐 훔쳐보듯이 우시마쓰를 보았다. 안주인이 기울인 큰 병 입구에 컵을 대고 갈색 거품이 이는 술을 가득 받아 선 채로 마시면서, 눈을 치뜨고 우시마쓰를 바라보는 썰매꾼 같은 하등 노동자도 있었다. 이렇게 사람들의 시선이 모인 것은 순전히 색다른 손님이 들어와 마음대로 잡담하는 분위기에 방해를 받았기 때문이었다. 물론 이 호기심 많은 침묵은 잠깐이었다. 잠시 뒤에 다시 시끄러운 웃음소리가 들렸다. 화로의 불도 피어올랐다. 우시마쓰가 화롯가에 넘치는 불쏘시개 연기 냄새를 맡으며 안주인이 내온 호두나무 상을 끌어당겨 잠자코 먹고 마시며 있노라니, 마침 나가던 행상과 엇갈려서 낚시 도구를 든 사람이 들어왔다.

"야, 진객이 오셨군."

낚싯대를 기둥에 세운 것은 게이노신이었다.

"가자마 씨, 낚시 가셨더랬어요?"

이렇게 우시마쓰는 말을 걸었다.

"어째 날씨가 춥다가 안 춥다 하는군." 게이노신은 우시마쓰와 마주앉으며 말했다. "도저히 강가에서 참을 수가 없어서 그만두고 왔지."

"조금 잡히던가요?" 우시마쓰는 물어보았다.

"못 잡았어." 게이노신은 혀를 내밀어 보였다. "아침부터 추위에 떨고 한 마리도 못 잡았으니 말이야."

그 말투가 무척 우스웠다. 이상한 웃음소리가 농부와 썰매군 사이에서 일어났다.

"우선 한잔하세요." 우시마쓰는 잔에 있는 술을 마시고 권했다.

"에헤, 나한테 주는 건가." 게이노신은 눈을 둥그렇게 떴다. "놀랐네, 자네한테 술잔을 받으리라고는 생각도 못 했는데. 이러니까 오늘은 고기가 잡혔을 리 없지." 이렇게 말하며 무의식중에 흐르는 군침을 닦았다.

얼마 후 데워진 술병이 나왔다. 게이노신은 추위와 식욕으로 몸을 떨면서 아주 맛있다는 듯이 토산주 냄새를 맡았다.

"오랫동안 자네를 못 만난 것 같군. 나도 학교를 그만두고 나서 딱히 이렇다 할 만한 일이 없어서 낚시질이나 다니고, 정말로 어쩔 수가 없어."

"어떻습니까? 이 눈 속에서도 잡힙니까?" 우시마쓰는 젓가락질하던 손을 멈추고 상대의 얼굴을 바라보았다.

"서투른 사람은 이래서 곤란해. 하긴 나도 서툴지만. 하하하. 장사꾼들이 하는 말은 겨울은 겨울대로 남들이 모르는 곳에 재미가 있다지. 보게나, 바람만 없으면 그렇게 생각하는 것처럼 나쁘지는 않아." 이렇게 말하며 게이노신은 한 모금 마셨다. "그러나 세가와 군, 생각해보게나. 세상이 괴롭다고 해도 할 일 없이 살아가는 것만큼 괴로운 일은 없다네. 아내가 열심히 일하는 걸 옆에서 혼자 주머니에 손을 넣고 보고 있을 수는 없잖나. 그래도 아직 이렇게 낚시라도 나갈 수 있는 날은 좋지만, 밖에 나갈 수 없는 날이면 참으로 할 일이 없어서 곤란하다네. 그런 날에는 다른 할 일이 없어서 낮잠을 자지."

아주 진지하게 이런 이야기를 꺼냈다. 낮잠을 잔다는 그 말이 우시마쓰의 마음을 지극히 감동시켰다.

"그런데, 세가와 군." 게이노신은 술꾼다운 손짓으로 술잔을 쳐들었다. "쇼고 녀석도 오랫동안 자네 신세를 졌는데, 여러 가지로 집안 사정을 생각하면 아무래도 내 생각대로 되지 않는 일도 있어서, 그, 학교를 그만두게 하려고 하는데, 자네는 어떻게 생각하나?"

6

"하기야 나도 퇴학시키고 싶지는 않네." 게이노신은 말을 계속했다. "보통교육 정도는 완전히 끝내주고 싶은 것이 부모의 마음이야.

내년 4월에 졸업할 수 있는 것을 지금 여기서 그만두게 하고 심부름 꾼으로 보내버리는 것이 불쌍하긴 하지만, 실로 한심하게도 다른 수가 없어. 그렇게 어리석은 녀석이지만 공부가 아주 싫은 것도 아닌 것 같아서, 학교에서 돌아오면 곧장 책상에 앉아서는 혼자서 무엇인가 쓰고 있다네. 수학을 못해서 곤란하지만 대신 작문은 잘하는 모양이라서, 자네한테 우를 받고 돌아왔을 때는 아주 기뻐했지. 요전에 자네가 노트를 주었을 때도 선생님이 작문을 하라고 주셨다며 얼마나 기뻐했는지 모른다네. 책꽂이에 소중히 꽂아두고 몇 번이나 꺼내보는지 모를 정도였어. 그날 밤에는 잠꼬대까지 했지. 그런 걸 보면 하여간에 의욕은 있는 거야. 그것을 생각하면 그만두라고 하는 것은 참으로 불쌍하지. 그러나 여보게, 나처럼 자식이 많으면 어떻게 할 수가 없어. 아이들이라고 쉽게 말하지만 그 아이들을 좀처럼 무시할 수 없다네. 장난꾸러기인 주제에 대식가만 모여서, 하하하, 자네니까 이런 말까지 하네만, 부모 처지에 차마 그렇게 먹지 마라, 세 공기만 먹고 말아라, 그렇게 인색한 말은 할 수 없지 않은가.”

이런 술회가 우시마쓰를 웃겼다. 게이노신도 쓸쓸한 듯이 웃었다.

“그래도 계모라도 아니면 또 괜찮겠지. 내가 쇼고를 심부름꾼으로 보내버리려는 것은 실은 지금의 아내와 잘 맞지 않아서야. 오시호와 쇼고를 생각할 때마다 그 두 아이의 불행에 내가 얼마나 눈물을 흘리는지 모른다네. 어째서 계모라는 것은 그처럼 억측이 많을까. 저번에 자네가 있는 절에서 설법이 있었지? 그날 밤 쇼고가 집에 늦게 돌아왔어. 아내는 불같이 화를 내면서, 그렇게 누나 있는 곳에 가고 싶으면 이제 집에 돌아오지 않아도 좋다, 나가버려라, 분명히 또 절에 가서 쓸데없는 말을 함부로 지껄였겠지, 그 누나가 분명히 나쁜 꾀를 가르쳐주었을 거야, 그러니까 내가 하는 말 따위는 듣지 않는 거야, 이렇게 말하며 꾸짖었지. 그러자 그 녀석은 마음이 약해서 아무 말도 하지 않고 잠자리에 들어가서 훌쩍거리는 거야. 그때 나는 생각했다네. 차라리 쇼고를 내보내는 편이 좋겠다. 그렇게 하면 입도 줄고 싸움거리도 없어지고, 오히려 가족들이 한층 재미있게 지낼 수 있을지 모른다. 아니, 어쩌면 내가 쇼고를 데리고 둘이서 집을 나가버릴까 하는 마음이 들었지. 아, 우리 식구는 이제 흩어지는 수밖에 방법이 없어."

게이노신은 차차 푸념을 늘어놓는 본성을 나타냈다. 술기운이 몸에 퍼진 듯 얼굴과 귀와 손까지 붉어졌다. 우시마쓰는 전혀 얼굴빛이 변하지 않았다. 마시면 마실수록 얼굴은 오히려 창백해졌다.

"가자마 씨, 그렇게 실망하실 필요는 없어요." 우시마쓰는 위로의 말을 했다. "힘은 없지만 저도 힘이 되어드리려 하고 있으니까요. 자, 그 술잔 들이켜시고 한잔 주세요."

"뭐라고?" 게이노신은 깜박이는 눈빛으로 이상한 듯이 상대방의 얼굴을 바라보았다. "야, 놀랄 일이군. 술잔을 달라고 했지. 자네 이 방면에도 꽤 늘었군. 나는 마시지 못한다고만 생각했네."

그렇게 말하며 술잔을 내밀었다. 우시마쓰는 그것을 받아들고 단숨에 쭉 마셔버렸다.

"대단한데." 게이노신은 놀라운 듯 말했다. "자네 오늘 어떻게 된 거 아닌가. 그렇게 마셔도 되나? 적당히 마시는 편이 좋아. 내가 마시는 것은 아무 이상할 게 없지만, 자네가 마시는 것은 영 걱정이 되는군."

"왜 그런가요?"

"왜라니, 그렇지 않은가? 자네와 나는 다르잖은가."

"하하하."

우시마쓰는 절망한 사람처럼 웃었다.

7

게이노신은 무엇인가 더 하고 싶은 말이 있는데도 그것을 말하지 못하고 깊은 한숨을 쉬는 듯했다. 이미 농부도 썰매군도 나가버렸다. 여념 없이 개수대에서 냄비를 닦는 안주인, 뒤쪽 대문에 서 있는 아이, 이들 외에 두 사람의 이야기를 방해하는 것은 없었다. 높은 천장 아래에 있는 것은 모두 검게 그을려 옛날 가도의 모습을 나타내고 있었다. 저쪽 기둥에 짚신, 이쪽 기둥에 박고지, 벽을 따라 누런 호박 몇 개가 놓여 있는 것이 아무래도 마을 변두리의 옛 찻집다웠다. 토방도 넓고, 해가 잘 비치는 곳에서 자는 고양이도 있었다. 추위로 몸을 움츠리고 눈을 감고 있는 닭도 있었다.

창으로 들어온 흐릿한 햇빛이 처마에서 밖으로 소용돌이치며 나가는 연기를 창백하게 비추었다. 우시마쓰는 멍하니 생각에 잠겨 화로에 피어오르는 작은 불길을 응시했다. 붉은 불빛은 사람들 마음의 고통을 얼마나 위로해주는가. 뿐만 아니라 억지로 마신 토산주의 취기도 더해, 우시마쓰는 세게 몸을 떨고 때로는 남의 눈도 개의치 않고 울고 싶은 기분마저 들었다. 소리를 지르며 마음대로 울고 싶은 충동이 몇 번이나 일어났는지 몰랐다. 그러나 눈물은 뺨을 적시지 않았다.

우시마쓰는 흐느끼는 대신 입을 크게 벌리고 웃었다.

"아아." 게이노신은 탄식했다. "세상에는 10년이나 사귀고도 언제나 처음 만나는 것처럼 느껴지는 사람도 있고, 또 자네처럼 그렇게 깊은 사이는 아니어도 이렇게 무엇이나 털어놓고 싶은 사람도 있네. 내가 이런 이야기를 하는 것은 실로 자네밖에 없다네. 그, 자네에게 물어보고 싶은 일이 있는데," 약간 더듬으며 말했다. "실은 요전에 오랜만에 딸을 만났다네."

"오시호 씨를요?" 우시마쓰는 왠지 가슴이 뛰기 시작했다.

"그 딸아이가 만나달라는 전갈이 와서 말이야. 물론 나는 자네가 아는 바와 같이 렌게 사와는 그런 관계이고, 게다가 아내 일도 있고 해서, 될 수 있으면 그 아이를 만나지 않는다네. 그런데 무슨 상의하고 싶은 일이 있다지 않겠는가. 그래서 오랜만에 만나보았네. 아무래도 젊은 사람이 쑥쑥 자라는 것에는 놀라버리겠더군. 자칫하면 몰라볼 정도였어. 그런데 그게 무슨 상의였냐면, 이제 도저히 렌게 사에 있을 수가 없다, 하루 빨리 집으로 돌아가게 해달라, 제발 부탁한다고 하는 거야. 사정을 들어보니 무리도 아니더군. 그때 나는 처음으로 그 주지의 성질을 알았지."

이렇게 말하며 게이노신은 잠깐 술병을 흔들었다. 공교롭게도 술이 잔에 다 차지 않았다. 잠시 뒤에 한 모금 마시고 양손으로 입 언저리를 문지르면서 말했다.

"이런 이야기야, 들어두게나. 세상에는 훌륭한 인물이라는 말을 들으면서 유일하게 여자에게는 약한 성질의 남자가 있는데, 렌게 사의 주지도 그런 것 같아. 그 정도로 학문이 있고 말도 잘하고 무엇 하나 모자란 것 없는 좋은 사람이고 게다가 종교 쪽의 수행도 하고 있으면서, 그래도 아직 깨닫지 못하는 것은 왜일까. 나는 딸한테서 그 주지에 관한 이야기를 들었을 때 아무래도 믿을 수가 없었다네. 거짓이라고밖에 생각되지 않았어. 실상 사람은 겉보기와는 다른 것이지만, 그 주지는 오랫동안 교토에 출장을 가 있었지. 마침 돌아온 것이 자네가 고향으로 가서 없었을 때야. 그로부터 딸이 하는 말에 따르자면, 아무래도 양아버지의 태도라고는 생각되지 않는다는 거야. 적어도 부처님의 제자가 아닌가? 법의를 걸치고 설법을 하는 신분이 아닌가. 자신의 직업을 좀더 생각해야 할 것 같은데 말이지. 너무 한심하고 바보같아서 남에게 이야기도 못 한다네. 부인은 또 부인대로 그런 여자니까 유별나게 질투가 심하다고 해. 딸은 요새는 슬프고 무서워서 밤에 제대로 잘 수 없다고 했어. 나도 이 이야기를 들었을 때는 어안이 벙벙했다네. 그러니 딸이 집으로 돌아오고 싶다는 것도 무리가 아니야. 나도 그런 곳에 더 딸을 두고 싶지 않아. 당연히 하루라도 빨리 데려오고 싶다네. 안타깝게도 지금의 아내가 조금 양보하면 어떻게 해서든지 부모 자식 간으로 지내지 못할 것도 없지만, 실제로 쇼고 한 사람조차 처치곤란인 마당에 다시 오시호가 들어와보게나. 도저히 지금의 아내와는 함께 살 수가 없어. 여덟 명의 식구가 어떻게 먹고살 수 있겠는가. 이것저것 생각하니 내 입으로 딸에게 돌아오라고는 할 수 없는 거야. 참아라, 참아라, 참을 수 있는 일을 참는 것은 아무것도 아니다. 참을 수 없는 것을 참는 것이 참된 참음이다. 가라, 가서 마음을 단단히 가져라. 부인도 같이 있으니 그 사람 곁에서 떠나지 않으면 설마 무리한 말을 할 수 없겠지. 가령 상대편에서 어버이답지 않은 행동을 하더라도 이제까지 길러준 은공도 있고, 일단 렌게 사의 딸이 된 이상 어떤 괴로운 일이 있어도 결코 집에 돌아오지 마라. 그것을 견뎌 나가는 것이 효행이라는 것이다. 달래기도 하고 격려하기도 하면서 억지로 딸을 쫓아버렸지. 생각하니 불쌍해. 아아, 이럴 때 옛 아내가 살아 있었다면……"

게이노신의 얼굴에는 진실과 고통이 보였고 눈은 눈물로 젖어 있었다. 과연 그런 말을 듣고 보니 우시마쓰는 짐작 가는 것이 없는 것도 아니었다. 그 렌게 사 내부의 풍경을 생각하면 무엇인가 어두운 그림자가 구석에 뭉쳐 있어서, 그것이 끊임없이 가정불화를 일으켜 주지와 부인은 서로 말이 없는 사이에도 싸우고 있는 듯했다. 가령 한쪽에 해가 비치고 즐거운 웃음소리가 들릴 때도 반드시 한쪽에선 폭풍우가 다가오고 있다. 이러한 느낌이 매일같이 들었다. 다만 그것은 어느 가정에도 흔히 있는 부부싸움—주지와 부인은 둘 다 부처님의 제자이니 말하자면 고상한 부부싸움이라고 상상했지, 우시마쓰도 설마 그 구름 덩어리가 오시호 때문이라고는 생각지 못했던 것이다. 부인이 일부러 소탈한 듯이 농담을 하며 남자처럼 웃는 것도 그 때문일 것이다. 오시호의 얼굴에 자주 눈물이 흐르는 것도 그 때문이겠지. 아무래도 이상하다고 생각했던 것이 게이노신의 이야기로 완전히 이해가 되었다. 오랫동안 두 사람은 넋이 나간 표정으로 서로 말없이 마주 보고 앉아 있었다.

17장

1

　계산을 마치고 사사야를 나오자 우시마쓰는 그제야 월급 중 얼마인가를 옷소매에 넣고 온 것이 생각났다. 은화로 50전 정도와 그 밖에 5원짜리 지폐가 한 장 있었다. 아버지가 살아 계실 때처럼 매달 송금할 필요가 없는 대신 귀성할 때 돈을 많이 썼기 때문에 이 돈은 소중했다. 이것저것 생각하면 그렇게 함부로 쓸 수 없었다. 그러나 우시마쓰는 마음이 어두웠다. 자신보다 게이노신 가족을 불쌍하게 여기는 마음이 먼저였고, 아무튼 쇼고가 졸업할 때까지 수업료며 그 밖의 것을 도와줘야겠다고 생각한 것도 결국 오시호 때문이었다.

　취한 게이노신을 집까지 바래다주려고 눈 쌓인 길을 함께 걸어갔다. 몸이 떨리는 차가운 바람을 맞자 추위에 저항하는 힘이 전신에 넘쳐흐름과 동시에, 우시마쓰는 다시 속으로 약간 용기를 되찾았다. 나란히 함께 걷고 있는 게이노신의 용태를 살펴보니 낚싯대를 잊지 않고 메고 올 정도라 그렇게 많이 취한 것 같지 않았다. 그러나 불규칙하고 미덥지 못한 발걸음으로 이쪽으로 비틀, 저쪽으로 비틀하여 하마터면 눈 쌓인 길에 넘어질 뻔했다. "위험해요, 위험해요." 우시마쓰가 말하자 게이노신은 겨우 몸을 지탱하며 말했다. "뭐야, 눈이라고. 눈 좋지. 시원찮은 방바닥보다 이쪽이 편해." 이렇게 말하자 우시마쓰도 처지가 곤란했다. 만일 이 눈 속에서 무의식중에 잠들어버리면 어떻게 하나? 이렇게 생각하며 몸을 떨었다. 이 늙은 교육자의 말로, 그 불행한 오시호의 처지. 우시마쓰는 게이노신 부녀 생각만 하면서 따라 걸었다.

게이노신의 집은 어딜 봐도 오래되고 허술한 농가풍 초가였다. 원래는 성 옆 히로코지라는 곳에 무사 저택 하나를 장만했었는데 그것은 아주 옛날의 이야기이고, 시모다카이에서 돌아온 후에는 지금 있는 곳으로 옮겨 살았다. 입구 벽 위에는 북쪽 신슈 지방에서 자주 볼 수 있는 표찰이 붙어 있는데, 까마귀 떼가 무리지어 있는 모습이었다. 흙벽에는 무 잎과 고추 따위를 걸어놓고 눈을 막는 낡은 발도 드리워져 있다. 마침 그날은 소작료를 내는 날인 듯 입구 정원에 멍석을 깔고 산더미같이 쌓인 나락이 봉당에 가득했다. 우시마쓰는 게이노신을 부축하고 함께 문지방을 넘어 들어갔다. 뒤쪽 문 옆에 있던 오도사쿠가 이 모습을 보고 달려와서 언제까지나 옛날을 잊지 않는 하인답게 인사를 했다.

"오늘 소작료를 내라고 사모님이 말씀하셔서, 그래서 도와드리려고 동생도 데리고 왔습니다."

이러한 말을 꿈속에서 들은 듯 게이노신은 그 자리에 넘어져버렸다. 안쪽에서는 부인의 화난 목소리와 함께 꾸중을 듣고 우는 아이 목소리도 들렸다. "왜 그러니 왜, 몇 번이나 장난치면 나는 어떻게 하라는 거야?" 이런 부인의 말소리를 듣고 오도사쿠는 잠시 귀를 기울이다가 얼마 뒤에 생각난 듯,

"이런, 주인 영감께서 이렇게 취하시다니."

하고 말하며 옛 주인을 불쌍히 여겨 일으켜 세워 어두운 장지 그늘로 감추었다. 그때 휘파람을 불면서 쇼고가 들어왔다.

"쇼고." 오도사쿠가 말을 걸었다. "부탁인데 그 지주 영감께 가서 빨리 좀 오시라고 해주련."

2

얼마 뒤에 부인이 안쪽에서 나와 게이노신이 거기 누워 있는 것을 보고 또 우시마쓰에게 신세를 졌단 것을 알았다. 주위에 모인 아이들은 모두 어머니를 무서워하며 서로 얼굴을 마주 보고 떨었다. 그러나 우시마쓰도 있고 오도사쿠 형제도 와 있으므로 부인은 그저 남편을 본 척 만 척하고 깊은 한숨을 쉴 뿐이었다. 매번 게이노신이 신세를 질 뿐 아니라 요전에 쇼고가 좋은 물건을 받은 일 등에 대해 이것저것 인사를 하면서 열심히 앉았다 섰다 했다. 우시마쓰는 부인의 성질 급하고 인내력 없는 어리석은 면과 감상적인 면이 고스란히 밖으로 드러나는 ─ 말하자면 40대 여자에게 흔히 있는 성질을 알아차렸다. 그

곳에 와서 앉지도 않고 인사도 하지 않고 멍한 얼굴로 서 있는 작은 계집애는 이 부인의 둘째 딸이었다.

"오사쿠야, 인사해야지. 그렇게 어른 앞에 서 있는 게 아니야. 어째서 우리 애들은 이렇게 인사성이 나쁠까."

이러한 부인의 말을 받아들일 오사쿠가 아니었다. 보아하니 남자아이처럼 거친 계집애였다. 이 아이가 오시호의 배다른 동생이라고는 도저히 납득할 수가 없었다.

"이 아이는 형제 중에서 가장 버릇이 없어요. 이제 좀 에미가 하는 말을 들으면 좋으련만."

이렇게 말해도 오사쿠는 모르는 체했다. 어느 사이엔가 훌쩍 뛰어나가버렸다.

오후의 햇빛이 갑자기 들어와서 어두운 남쪽 장지가 밝아졌다. 몇 년 동안 새로 바르지 않은 듯 종이 색은 검붉게 그을어 있었다. "아, 해가 났다." 오도사쿠는 기뻐하며 말했다. "아까까지는 눈이 올 것 같았는데 잘됐네요." 이렇게 말하면서 동생과 함께 소작료를 낼 준비를 시작했다. 희미하고 누런 겨울 해가 이 지붕 아래의 가난과 영락을 비추었다. 한 번이라도 농가를 방문했던 사람은 지금 우시마쓰가 앉아 있는 판자를 깐 화롯가를 상상할 수 있을 것이다. 그곳은 가족이 식사를 하는 장소이기도 하고 손님을 접대하는 곳이기도 했다. 정원은 또한 부엌이기도 하고 광이기도 하고 일터이기도 하고, 바깥에서 안쪽으로 관통하는 봉당은 적어도 이 초가집의 삼분의 일을 차지하고 있었다. 맞은쪽 선반에는 그릇, 접시, 기름등 따위를 두었고, 이쪽 벽에는 낫을 걸고 여러 가지 주머니를 매달고 한쪽 구석에 김치통과 숯가

마를 두었다. 부엌의 도구는 경작에 쓰는 기구와 함께 지저분하게 놓여 있었다. 높은 곳에 닭장도 마련되어 있었으나 빈 집과 마찬가지라 닭 같은 것을 기르는 것 같지는 않았다.

이 초가집은 오시호가 태어난 곳은 아니었지만, 게이노신의 말에 따르면 렌게 사에 양녀로 가기 전 열세 살 봄까지 이 흙벽 안에서 자랐다는 점이 우시마쓰의 마음을 강하게 이끌었다. 방은 세 칸 정도인 듯했다. 처마가 낮은 대신 천장이 높고, 밖에는 눈을 막기 위해 발이 드리워져 있어서 집 안이 어두컴컴해 보였다. 벽은 허술한 갈색 종이로 발랐고, 매년의 달력과 니시키에가 유일한 장식이었다. 아마 오시호도 이 낡은 벽 앞에 서서 어린 눈에 비치는 그림 속의 남녀를 자기 친구들처럼 바라보았을 것이다. 이렇게 생각하니 그 옛일이 그림자처럼 그려져서 말로 다할 수 없는 그리움을 더해주었다.

그때 풀색 솜 모자를 쓰고 털실로 짠 솜을 둔 하오리를 입은 쉰 남짓한 사내가 입구에 나타났다.

"지주 어른이 오셨어요."

쇼고가 소리치며 들어왔다.

3

지주라는 사람은 지방의원 중 한 사람이었다. 음울하고 무뚝뚝하며 아주 입이 무거운 사람으로, 잠깐 우시마쓰에게 목례를 하고는 잠자코 화롯불에 몸을 쬐었다. 이런 성질의 사내는 북부 신슈 사람 중에서도 이유 없이 화난 듯한 인상이지만, 실제로 화를 내고 있는 것은 아니었다. 우시마쓰는 그것을 알고 있었으므로 그다지 신경을 쓰지 않고 소작료 낼 준비에 바쁜 사람들의 모습을 바라보았다. 언젠가 교외에서 부인과 오도사쿠 부부가 가을걷이를 하던 모습은 아직 우시마쓰의 눈에 생생하게 남아 있었다. 이 정원에 쌓인 나락의 작은 동산은 1년 동안의 노동의 보수로, 지금 그 대부분이 나뉘어 높은 소작료로 지불되려는 참이었다.

열예닐곱 정도의 소녀가 들어와 멍석 위에 한 되들이 되를 던져두고 다시 뛰어나갔다. 부인은 정원 구석에 서서 허리춤에 왼손을 얹으면서 재미없다는 표정으로 바라보았다. 울면서 밖에서 들어온 아이는 이 부인의 셋째 아이로, 이름은 오스에라고 하는데 다섯 살쯤 되었다. 오도사쿠가 달래도 오스에는 점점 심하게 몸을 흔들며 울었다. 머리부터 어깨, 어깨부터 몸통까지 흔드는 바람에 말하는 것도 잘 들리지 않았다.

"이제 엄마가 좋은 것을 줄 테니 울지 마라."

이렇게 부인이 말했다. 오스에는 훌쩍이면서 어머니 있는 곳으로 다가갔다.

"손 시려요."

"손이 시리다고? 그러면 빨리 가서 화롯불을 쬐렴."

이렇게 말하며 부인은 언 손을 쥐고 오스에를 안쪽으로 데리고 갔다.

그때 지주가 화롯가를 떠났다. 솜 모자를 목도리 삼아, 새가 깃을 모으듯 소매와 소매를 모아 반은 얼굴을 파묻고 몸을 덥히면서 정원에 서서 오도사쿠 형제가 준비하는 것을 기다리고 있었다.

"어떻습니까? 낟알 상태는?"

오도사쿠는 지주의 얼굴을 바라보았다. 대답이 들리지 않을 정도로 지주의 목소리는 낮았다. 얼마 뒤에 흰 손을 내밀어 낟알을 떠보았다. 알맹이 하나를 입속에 넣고 손바닥의 것을 바라보면서 말했다.

"쭉정이가 있군."

이렇게 냉담하게 말했다. 오도사쿠는 쓸쓸하게 웃었다.

"쭉정이가 아니에요. 참새가 먹기는 했지만, 벼가 9분이나 되어서 중량은 나갑니다. 한 가마 재서 달아볼까요?"

여섯 개 정도의 새로운 가마니를 그곳에 내놓았다. 오도사쿠는 키에 낟알을 퍼서 크고 둥근 한 말들이 말에다 담았다. 지주는 밀대를 들고 말 위를 평평하게 했다. 오도사쿠의 동생이 가마니를 채워넣었다. 동생은 잠자코 그것을 담고 형은 초조해서 말했다.

"너는 여기에 넣어라. 소리를 지르지 않으면 소작료 같지 않단다."

자신의 손에 들었던 키를 동생 쪽으로 던졌다.

"자, 가득 채워라. 하나로 서니, 둘이로 서니."

이렇게 부르는 오도사쿠의 소리가 들렸다. 한 가마에 큰 말로 여섯 말씩, 그 밖의 작은 말—딸이 와서 던져두고 간 것까지 합해 여섯 말 세 되의 낟알이 들어간 가마니가 그곳에 놓였다.

"여섯 가마로 받아주시길 부탁드립니다."

오도사쿠는 가마니의 뚜껑을 덮으며 말했다. 지주는 대답하지 않았다. 눈을 가늘게 뜨고 말없이 생각하고 있는 모습이 마치 속으로 주파알을 놓는 듯했다. 어느 사이에 오도사쿠의 동생이 큰 저울을 들고 왔다. 한 가마를 다는 데 형제가 힘을 쓰는 바람에 두 사람 모두 얼굴이 빨개졌다. 지주는 저울대가 수평으로 된 것을 보고 나서 저울추에 달린 실을 움직이지 않도록 하면서 조사했다.

"얼마나 나가는가요?" 오도사쿠도 들여다보았다. "음, 나가는 만큼 나오네."

"18관 8백, 이거 대단한데." 동생도 기분을 맞추었다.

"18관 8백이 나가면 좋은 낟알이지요." 오도사쿠는 허리를 펴며 말했다.

"그러나, 가마니 무게에 달렸어." 지주는 어디까지나 불만스러운 표정이었다.

"그래요. 가마니에 달려 있습니다만, 그것은 뻔한 것입니다."

형의 말을 이어서 동생도 또 혼잣말처럼 말했다.

"우리는 18관이면 되는 거야."

"벼가 9분이나 섞인 낟알이니까."

이렇게 말하며 오도사쿠는 멍한 표정으로 거만한 지주의 얼굴빛을 살폈다.

4

이 모습을 보고 있던 우시마쓰는 불쌍한 소작인의 처지를 동정하며, 가령 오도사쿠가 정직한 농부 기질 때문에 언제까지나 옛 은혜를 잊지 않고 이렇게 영락한 주인을 위해 힘을 써도, 부인의 연약한 팔만으로는 좀처럼 이 가족을 부양할 수 없다는 것을 느꼈다. 오시호가 괴로워서 돌아오고 싶다고 했지만 게이노신은 '무엇보다 여덟 명의 자식을 어떻게 먹여살린담' 하며 술자리에서 울었다. 아아, 참으로 그렇다. 어찌 이런 곳에 돌아올 수 있으리. 우시마쓰는 상상하며 몸서리를 쳤다.

"자, 차라도 한잔 드세요." 오도사쿠가 말했다. 지주는 추운 듯 서둘러 화롯가로 갔다. 오도사쿠도 허리에 찬 담배쌈지를 꺼내 선 채로 한 모금 빨면서 말했다.

"여섯 가마니하고 두 말 닷 되를 받으시면 되겠습니까?"

"두 말 닷 되라니, 그게 말이 돼?" 지주는 비웃듯이 말했다. "너 말 닷 되야."

"너 말……"

"너 말 닷 되가 아니라, 너 말 일곱 되, 그래."

"너 말 일곱 되?"

부인은 두 사람의 문답을 잠자코 듣고 있다가 참을 수 없다는 듯이 중간에 끼어들었다.

"오도사쿠 씨, 너 말 일곱 되니 뭐니 하지 말고, 아주 지주님께 모두 드려버리지. 우리는 이제 필요 없으니까."

"그러면 되나요." 오도사쿠는 질려서 부인의 얼굴을 바라보았다.

"아아." 부인은 탄식했다. "아무리 나 혼자 발버둥을 쳐보았자 정작 집 양반이 저렇게 아무것도 하지 않고 술만 마셔서야 견뎌나갈 수가 없어. 그것을 생각하면 나는 일할 미음도 없어져버려. 게다가 아이는 많고 애 태우는 것들만 모여서 말이야."

"자, 그렇게 말씀하지 마시고 저에게 맡겨주세요. 나쁘게 만들지는 않을 테니." 오도사쿠는 진심이 담긴 말로 위로했다.

부인은 소매 끝으로 눈가를 닦으면서 부엌으로 가서 음식 준비를 시작했다. 오도사쿠의 동생이 술을 사 왔다. 큰 사발이 나오고 작은 접시가 나오는 것을 보자 아무것도 없는 상황에서라도 있는 대로 모아 지주에게 술 대접을 할 참인 듯했다. 생각해보면 소작인의 마음도 불쌍하다. 오도사쿠의 지시를 따라 술안주로는 곤약과 두부튀김과 절임을 냈다. 잠시 후에 오도사쿠는 술잔을 권하며 말했다.

"찬 것이에요. 데우지 않았어요. 지주 어른은 그렇게 드시니까."

이 말을 듣고 지주는 처음으로 웃었다.

우시마쓰는 그전까지 부인에게 하고 싶은 말이 있었지만 그것을 말할 기회가 없어서 주저하고 있었는데, 이렇게 술자리가 시작되고 보니 언제 이 지주가 돌아갈지 알 수 없었다. 함께 한잔하자고 권하는 것을 사양하고 그만 화롯가를 떠났다. 입구 쪽으로 쇼고를 불러서 그늘에 앉아 소매에서 종이 봉투에 넣은 돈을 꺼냈다. 우시마쓰는 이렇게 말했다. 나중에 이 돈을 아버지에게 건네드려라. 그리고 집 사정으로 퇴학시키겠다는 아버지의 이야기가 있었는데, 학비와 그 밖의 것은 이것으로 내고 꼭 지금처럼 학교에 다니도록 해라. "잘 알겠지?" 이렇게 덧붙이고, 그것을 쇼고의 손에 쥐여주었다.

"손이 참 차갑구나."

이렇게 말하면서 우시마쓰는 소년의 손을 꼭 잡았다. 잠자코 그 천진한 얼굴을 바라보자니 오시호의 눈물 젖은 맑은 눈동자를 떠올리지 않을 수 없었다.

5

게이노신의 집을 나와 집으로 돌아오는 도중 우시마쓰는 오시호를 위해서 최대한 힘을 썼다고 생각하며 스스로를 위로했다. 렌게 사 산문에 다다랐을 무렵 하늘에는 회색 구름이 낮게 드리워서 또 눈이 올 듯했다. 저녁 빛이 창연하여 그렇지 않아도 어두운 우시마쓰의 마음에 쓸쓸함과 따분함을 한층 더해주었다. 하늘 한쪽에 멀고 깊게 붉은 빛이 흐르는 듯한 것은 저물어가는 햇빛이 반사되었기 때문일 것이다.

저녁 염불을 알리는 종소리가 일종의 이상한 울림을 우시마쓰의 귀에 전하는 듯했다. 그것은 이미 속세를 떠난 절간의 소리로는 들리지 않았다. 지금은 절에서 울리는 종소리의 고마움도 사라지고, 귓전에는 같은 인간세계의 정욕의 소리라는 느낌밖에 남지 않았다. 우시마쓰는 게이노신이 한 이야기를 떠올려보았다. 주지를 천하게 여기는 마음이, 아니, 천하게 여기기보다는 두려워하는 마음이 가슴을 뚫고 끓어올랐다. 그러나 오시호는 그 정도로 향기가 있는 꽃이다, 그 정도로 사람을 끌어들이는 면이 있다고 한편으로 생각하고는, 점점 더 측은한 마음이 들었다.

렌게 사 내부의 모습—지금은 우시마쓰도 그 진상을 읽을 수 있었다. 과연 그런 말을 듣고 보니 아무렇지도 않은 사실에도 애처로움이 나타나 있다. 우시마쓰가 처음으로 이 절로 이사 올 때 느꼈던 것과 같은 가정의 따사함은 어느 사이엔가 사라져버렸다.

이층으로 통하는 복도에서 우시마쓰는 오시호와 마주쳤다. 죽은 듯 창백한 여자의 얼굴과 슬픔이 넘치는 검은 눈동자는—비록 황혼 무렵의 흐릿한 빛 안에서도—곧 우시마쓰의 눈에 들어왔다. 오시호도 이상하다는 듯이 우시마쓰의 얼굴을 바라보며 마치 상심한 사람 같은 남자의 모습을 주의해서 보는 듯했다. 두 사람은 서로의 눈을 마주 보면서 잠자코 인사를 나누고 헤어졌다.

자신의 방에 들어가자 벌써 주위는 어두웠다. 그러나 우시마쓰는 램프를 켜려고도 하지 않았다. 오랫동안 혼자서 어두운 방 안에 멍하니 앉아 있었다.

6

"세가와 씨, 공부하시나요?"

이렇게 말하며 부인이 들어온 것은 그러고 나서 두 시간쯤 지난 후였다. 우시마쓰의 책상 위에는 매일의 생각을 적어두는 임시로 묶은 교안부(教案簿)가 놓여 있었다. 누런 램프 불빛이 겨울 공기를 쓸쓸하게 비추고, 생각에 잠겨 있는 우시마쓰의 그림자를 어두운 벽 쪽으로 던져놓았다.

"죄송합니다만 편지 한 장 써주시겠어요?"

이렇게 말하며 부인은 준비해온 두루마리 편지지를 꺼내고 우시마쓰의 답을 기다렸다. 그 모습에서 어쩐지 심상치 않은 분위기를 우시마쓰는 느꼈다.

"편지요?" 그렇게 되물었다.

"나가노 절에 있는 여동생에게 보내려는데요." 부인은 약간 머뭇거리며 말했다. "실은 제가 쓰려고 해보았지만, 아무래도 제가 쓰는 편지는 길기만 하고 중요한 것을 쓸 수 없어서, 차라리 선생님께 부탁드려 짧게 써달라고 하고 싶어서—어째서 여자가 쓰는 편지는 이렇게 용건을 다하지 못하는 것일까요. 몇 장이나 쓰다 버렸는지 모르겠습니다—뭐, 그렇게 어려운 편지도 아닙니다. 다만 용건만 알 수 있게 써주시면 됩니다."

"써드리지요." 우시마쓰는 간단하게 말았다.

이 대답에 힘을 얻은 부인은 편지의 내용을 우시마쓰에게 말했다. 일신상의 일로 상담하고 싶으니 이 편지를 받는 대로 꼭 와달라는 것이었다. 가니자와에서 이야마까지는 배편이 있다. 만일 배를 타기 싫다면 도중까지 차로 와서 눈썰매로 갈아타고 오라고 써달라고 했다. 이번에야말로 아주 단념했다, 자신은 이제 이혼할 생각이라고 써달라고 했다.

"다른 사람이 아니라 선생님이니까 이런 것을 부탁드리는 거예요." 부인은 눈물짓고 있었다. "이유를 말하지 않아서 이상하다고 생각하실지 모르겠지만요."

"아닙니다." 우시마쓰는 상대의 말을 가로막았다. "저도 대강은 들었습니다. 실은 저기, 가자마 씨한테서요."

"그래요? 게이노신 씨한테서 들으셨다고요?" 부인은 생각하는 듯한 표정을 지었다.

"자세한 일은 저도 모릅니다만."

"너무 어처구니없는 일이라 선생님께 이야기하기도 거북하네요."

부인은 깊은 한숨을 쉬면서 말했다. "우리 스님이 그 나이가 되어서도 아직 이런 일이 생기다니, 참으로 병이에요. 병이 아니고서야 어째서 그런 마음이 생기는 것일까요. 세가와 씨, 그렇지 않나요? 스님도 그런 병만 없으면 참으로 마음이 부드럽고 좋은 인물인데요. 더할 나위 없이 좋은 사람이에요. 아니, 저는 지금도 스님을 믿고 있어요."

7

"어째서 저는 이렇게 감상적일까요." 부인은 흐느꼈다. "이번 같은 일이 생기면 저는 더이상 아무것도 손에 잡히지 않아요. 도대체가 그 스님의 병이라는 것은 지금 새삼스럽게 시작된 것도 아니랍니다. 선대 주지 스님은 일찍 돌아가셔서, 스님이 그 뒤를 이은 것은 겨우 열일곱 살 때였죠. 마침 제가 이 절로 시집온 다음다음 해로, 스님은 교토로 공부를 떠나게 되었습니다. 젊을 때는 무척 똑똑해서 여러 지방에서 본부로 모인 젊은 사람 중에서도 다섯 손가락에 꼽힐 정도였다고 하죠. 저는 그 무렵 살아 계셨던 전 주지의 부인과, 지금 절에 있는 스님의 아버지와, 이렇게 셋이서 5년 정도 절을 지켰습니다. 생각해보면 스님의 병은 벌써 그 무렵부터 생겼지요. 상대 여자가 교토의 우오노다나, 아부라노 고지라는 곳에 있는 여관집의 맏딸이라는 것이 알려지자, 절의 선대 스님도 염려해서 재빨리 교토로 갔어요. 그때 저는 전 주지 부인한테 걱정을 끼쳐드리지 않도록, 단가 사람들의 귀에 들어가지 않도록 얼마나 혼자서 애를 태웠는지 모릅니다. 겨우 돈을 줘서 여자를 끊게 했지요. 그 일로 스님도 참으로 혼이 났고요. 그런데 타고난 병은 어쩔 수 없어서, 그로부터 3년이 지나 이번에는 도쿄에 있는 진종 학교에 근무하게 되면서 또 병이 생겼습니다."

편지를 써달라고 온 부인은 용건을 제쳐놓고 이런 말을 늘어놓으며 호소하기 시작했다. 깔끔한 성격 같아도 여자의 특성으로 남에게 이야기를 하지 않고는 견딜 수 없었던 것이다.

"물론," 부인은 말을 이었다. "그때는 스님 혼자 보내서는 안 된다고 했어요. 학교 쪽에서 월급도 나오고, 부재중의 일은 절의 스님이 맡아서 해준다고 하고, 전 주지의 부인도 도쿄를 보고 싶다고 했어요. 그래서 저도 함께 따라가서 다카나와에 있는 절을 일부 빌렸습니다. 그곳에서 학교는 별로 멀지 않았습니다. 스님은 자주 니혼에노키 거리를 지나갔는데, 마침 그 니혼에노키에 젊은 미망인의 집이 있었어요. 그 여인이 진종에 열심이고 교육도 받은 여자라서 스님도 설법 부탁을 받아 찾아가곤 했습니다. 잊히지도 않는군요. 키가 후리후리하고 손이 희고 부드러운 여자인데, 성묘 가는 모습을 저도 본 적이 있습니다. 그때 그 미망인에 관한 소문이 나자 스님은 코웃음을 치면서 '그 여자 말인가, 그렇게 삐딱한 여자는 어쩔 수 없지'라고 심하게 험담을 하지 않겠어요? 세가와 씨, 그때 벌써 스님은 관계를 맺고 있었습니다. 어느 사이엔가 여자는 스님의 아기를 가졌습니다. 그러자 스님도 파랗게 질려서 '실은 미안하게 되었다'며 내 앞에 손을 모으고 빌었습니다. 근본이 정직하고 좋은 사람이라서 나쁜 짓을 했다고 생각하면 곧장 후회하지요. 곁에서 보기만 해도 안됐을 정도였습니다. '부탁한다'는 말을 들으니 저도 그냥 내버려둘 수 없어서 편지로 절의 스님을 불러냈어요. 그때 제 생각으로는 '그것은 내가 자식이 없기 때문이다. 만일 아이가 있다면 스님은 한층 참된 마음을 가졌을 것이다. 오히려 그 여자의 아이를 맡아서 내 아이로 기를까' 싶기도 하고, 어떤 때는 또 '빤히 내가 옆에 붙어 있으면서 그런 여자에게 아이까지 생겼다고 하면 첫째로 내가 세상에 부끄럽다. 어떤 말을 해도 한심한 일이다. 이번에야말로 헤어지자'고 생각하기도 했습니다. 그런데 여자란 약한 존재라서 부드러운 말 한 마디 해주면 그때까지의 일은 벌써 완전히 잊어버리지요. '아아, 딱하다, 내가 없으면 얼마나 불편할까.' 이렇게 생각하고 저도 마음을 고쳐먹었어요. 얼마 뒤에 여자는 스님의 아이를 낳았습니다. 달이 모자랐고, 게다가 젖이 없어서 만두 달도 살지 못했다 합니다. 스님이 학교를 그만두게 되어 이야마로 돌아올 때까지 제 걱정은 이만저만이 아니었지요. 꼭 지금부터 10년 전의 일이었답니다. 그러고 나서는 스님도 정신을 차렸습니다. 매달 세 번의 설교를 거르지 않고, 단가 기일에는 반드시 독경을 하러 나가고, 근처 순회를 하루씩 묵어가며 돌았습니다. 그래서 단가 사람들도 완전히 신뢰하게 되어 4년째가 되는 가을에는 본당의 지붕 수리도 말끔히 완성되었지요. 그런 상태로 계속 지금까지 이어왔으면 얼마나 좋았을까 싶지만, 조금 사정이 좋아지면 곧 싫증을 내니까 문제였어요. 권태가 오면 또 병이 도집니다. 그것은 이제 스님의 버릇이에요. 아, 남자라는 것은 무서운 존재여서 그 정도로 평소에 사리가 밝은 스님도 병이 재발하면 아무 분별도 없어집니다. 세가와 씨, 생각해보세요. 스님은 벌써 쉰한 살이에요. 쉰한 살이나 되어서 아직 그런 마음이 든다고 생각하면 참으로 한심하지 않습니까. 과연 오늘날 이야마

근방의 스님들 중에서 여자에 미치지 않은 사람은 없습니다. 그렇지만 다방 여자를 상대하든가 첩을 갖는다면 또 그래도 괜찮아요. 저 오시호를 상대로 그런 생각을 하다니. 저는 너무 질려버려서 말도 안 나와요. 글쎄, 미친 것이 틀림없어요. 오시호는 무슨 일이든 나에게 털어놓으면서 '어머니, 걱정 마세요, 어떤 일이 있어도 저는 말을 듣지 않을 테니까요'라고 합니다. 그 아이는 저래 보여도 꽤 단단한 기상이 있으니까요. 그것을 저도 믿음직스럽게 생각해서 '오시호, 정신을 바짝 차려라, 아버지도 무식한 사람이 아니고, 너와 내 마음을 알게 되면 반드시 생각을 고쳐먹겠지. 아버지가 본마음으로 돌아오고 아니고는 우리 두 사람의 정성 하나에 달려 있단다.' 이렇게 말하며 우리 둘은 마음껏 울었습니다. 아무렴, 제가 스님을 나쁘게 생각하겠습니까. 제발 스님의 눈이 뜨이도록, 그것만 생각하고 저는 이렇게 이혼을 생각한 거예요."

8

진심이 담긴 부인의 술회를 듣고, 우시마쓰는 원하는 대로 편짓글을 적어주었다. 부인은 몇 번이나 입안으로 부처의 이름을 외우면서 앞으로의 일을 걱정하는 듯했다.

"안녕히 주무세요."

이 말을 남겨두고 부인이 나간 뒤에, 우시마쓰는 책상 곁에 누워 생각에 잠겨 있다가 어느 사이엔가 잠이 들어버렸다. 아무리 자도 부족한 듯 이렇게 누워 있으면 금방 죽은 사람처럼 잠이 드는 것이 우시마쓰의 버릇이었다. 뿐만 아니라 깊은 곳에 빠지는 듯한 잠이라 눈을 뜬 뒤에는 언제나 머리가 무거웠다. 그날 밤 역시 마찬가지로 선잠에서 깨어나 잠시 멍하니 있다가 제정신으로 돌아온 무렵에는 벌써 늦은 시각이었다.

밖에는 눈이 계속 내리는 듯했고, 때때로 창문에 부딪혀 투두둑 떨어져 내리는 소리 말고는 쥐 죽은 듯이 고요했다. 잠잠하고 정신이 멍해져가는 듯한 밤—물론 사람이 깨어 있을 시각이 아니었다. 아래층에서는 모두 자는 듯했다. 문득 소리를 죽이고 우는 듯한 젊은 사람의 목소리가 가늘게 들려왔다. 어디서 들리는지는 잘 알 수 없었지만, 계단 아래쯤, 어두운 복도 근처에서 누군가 소리를 삼키는 듯했다. 더욱 자세히 들어보니 북쪽 복도의 덧문을 열고 밖을 바라보고 있는 듯했다. 아아, 오시호다. 오시호가 흐느껴 우는 것이다. 이런 생각과 함께 말로 표현할 수 없는 두려움과 슬픔이 몸을 엄습하는 듯했다. 더욱이 우시마쓰는 반은 꿈속에서 듣고 있었기에 불쑥 일어나 방 안을 걷기 시작했을 무렵에는 더이상 그 소리가 들리지 않았다. 이상하게 생각하며 들뜬 마음으로 귀를 기울여보기도 하고 벽에 귀를 대고 들어보기도 했다. 결국 스스로 자신을 의심하게 되어, 아까 들린 것이 꿈이었는지, 그 소리가 사실이었는지 아닌지조차도 판단할 수 없었다. 잠시 뒤에 우시마쓰는 팔짱을 끼고 기름이 다 떨어진 램프 불빛을 응시하면서 멍하니 서 있었다. 밤은 깊어갔다. 마음은 지쳤다. 이윽고 벽장 안에서 이부자리를 꺼냈을 때는 자신이 무얼 하는지도 알지 못할 정도였다. 갑자기 심하게 잠이 엄습해서, 우시마쓰는 반은 잠든

상태에서 잠옷을 갈아입고 곧장 또 아무 기억이 없는 곳으로 떨어져
갔다.

18장

1

　해마다 찾아오는 큰 눈이 드디어 내렸다. 마을의 집들도 길도 모두 하얗게 파묻혀버렸다. 어제 하룻밤 사이에 4척 남짓 쌓인 눈으로 이야마는 갑자기 북쪽 지방의 겨울다운 모습으로 바뀌었다.

　벌써부터 더이상 눈을 버릴 곳이 없어져서, 길 한가운데에 눈을 높이 쌓아올려 산을 만들었다. 양쪽을 보기 좋게 깎아내리고 두드려 다진 터라 조금 떨어져서 보면 마치 희고 긴 벽 같았다. 위로 쌓아올려서 밟고, 또 쌓아올리면서 만든 것이 처마 높이만 해져서, 마주 보는 집의 지붕과 처마밖에 보이지 않게 되었다. 눈 땅에 파내어 만든 마을, 이야마의 모습은 말하자면 그랬다.

　다카야기 리사부로와 지방의회 의원 한 사람이 길에서 만났을 때는, 한창 시끄럽게 눈을 치우고 있는 참이라 가래를 손에 든 남녀가 여기저기에 무리를 지어 있었다. "눈이 아주 많이 왔습니다." 틀에 박힌 인사를 하고 헤어지려는 다카야기를 불러 세우고, 지방의원은 말을 꺼냈다.

"들으셨습니까? 그 세가와라는 선생에 관한 이야기를?"

"아니오." 다카야기는 힘을 주어 말했다. "저는 아무것도 듣지 못했습니다."

"그 선생이 말이죠, 백정이라고 하던데요?"

"백정이라고요?" 다카야기는 놀란 듯이 말했다.

"사실이라면 기가 막히는군요." 지방의원도 얼굴을 붉혔다. "여러 사람의 입으로 전해진 이야기라서, 누가 말을 꺼냈는지는 잘 알 수 없어요. 그러나 보증하겠다고까지 하는 사람이 있으니까 분명해요."

"그 보증인이라는 사람이 누구죠?"

"그건 그만둡시다. 이름을 말해서는 곤란하다고 하니까."

이렇게 말하며 지방의원은 새삼스레 남의 비밀을 말했다는 표정을 지었다. "당신이니까 말하는 거니, 비밀로 하지 않으면 곤란해요." 몇 번이나 다짐을 했다. 다카야기는 입술을 삐죽이고 의미 있는 냉소를 지었다.

서둘러 가는 다카야기를 보내고 반대쪽으로 1정 정도 걸어갔을 무렵, 남의 이야기를 좋아하는 이 지방의원은 또 한 사람의 청년과 마주쳤다. 비밀이라고 할수록 더욱 그것을 이야기하고 싶어지는 법이었다.

"그, 세가와라는 선생이 이거라지?"

이렇게 말하며 손가락을 네 개 내보였다. 하지만 그 뜻은 상대방에게 통하지 않았다.

"이거라고 하면 당신도 알 것 같은데." 지방의원은 손을 흔들며 웃었다.

"아무래도 모르겠는데요." 청년은 이상한 표정을 지었다.

"이해가 느린 사람이군. 왜, 백정을 사족(四足)이라고 하잖나. 하하하. 그러나 이건 비밀이야. 자네 누구에게도 이런 말 하지 말게나."

다짐을 해두고 지방의원은 멀어져갔다.

마침 학교에 출근하는 길이던 준교사가 그 길을 지나갔다. 이 사람을 보자 청년은 다가가서 눈이 많이 왔다는 인사를 했다. 어느 사이엔가 두 사람은 우시마쓰에 관한 소문을 이야기하기 시작했다.

"이 말은 참으로 비밀인데, 자네니까 말하는 것이지만," 청년은 목소리를 낮추었다. "자네 학교에 있는 세가와 선생이 백정이라며?"

"그래, 나도 어느 곳에서 그런 말을 들었는데, 아직 반신반의야." 준교사는 상대의 얼굴을 바라보면서 말했다. "그렇다면 결국 사실인가보군."

"방금 어떤 사람을 만났는데, 그 사람이 손가락 네 개를 내밀어 보이며 그 선생은 이거라고 하지 않겠나. 이상하다고 생각했지만 그 뜻을 알 수 없더라고. 물어본즉 네 발이라는 뜻이라고 하잖아."

"네 발? 백정을 사족이라고 하나?"

"그런가봐, 사족이라고 말해서 모르면 '네 발'이라고 하면 알겠지."

"음, '네 발'이라."

"놀랄 일이야. 그런 교활한 인간이 다 있다니. 오늘날까지 잘도 감추고 있었군. 그런 더러운 인간을 자네 학교에서 교사로 놔두다니, 참으로 괘씸하단 말이야."

"쉿."

준교사는 당황하여 제지하고 서둘러 뒤돌아보았다. 그때 우시마쓰 역시 학교로 출근하려는 참이었다. 외투에 몸을 푹 파묻고 맞은편 눈 속을 꿈꾸는 사람처럼 지나갔다. 무엇인가를 깊이 생각하고 있다는 것을 그 침울한 표정으로 알 수 있었다. 잠시 우시마쓰도 멈춰 서서 물끄러미 이쪽의 두 사람을 바라보고 이내 빠른 걸음으로 학교를 향해 서둘러 갔다.

2

눈 때문인지 학교로 모이는 학생은 적었다. 아무리 시간이 지나도 수업을 시작할 수가 없어서 교사 중 어떤 사람은 신문 열람실로, 어떤 사람은 사환 방으로, 또 어떤 사람은 창가 교실에 있는 풍금 주위에 모였다. 사람들은 하늘이 주신 휴식으로 이 겨울날을 축하하는 듯 끼리끼리 모여서 이야기하고 있었다.

직원실 구석에도 너덧 명의 선생이 화롯불을 둘러싸고 있었다. 준교사가 거기에 끼어들자 누가 말을 꺼냈는지도 모르게 우시마쓰의 이야기가 시작되었다. 때때로 시끄러운 웃음소리가 나서 무슨 일인가 와보는 사람도 있었다. 결국은 긴노스케와 분페이도 다가와서 그 이야기에 끼어들었다.

"어때? 쓰치야 군." 준교사는 긴노스케를 바라보며 말했다. "우리는 지금 세가와 군의 일에 관해 두 파로 나누어진 참이야. 자네는 세가와 군과 동창이지? 자네 의견을 한번 들려주지 않겠나?”

“두 파라니?” 긴노스케는 의아한 듯 물었다.

“다른 일이 아니라, 세가와 군이 그, 요즈음 세간의 소문대로 그런 출신의 사람이라는 주장과 어떻게 그런 바보스러운 일이 있을 수 있냐는 주장, 이렇게 두 가지로 나누어진 참이거든.”

“잠깐 기다려.” 엷은 수염을 기른 보통과 4학년 교사가 냉엄한 말투로 말했다. “두 파라는 것은 타당하지 않아. 아직 어느 쪽이라고 단언하지 않은 사람도 있으니까.”

“나는 분명히 그런 일은 없다고 단언하지.” 체조 교사가 힘을 주어 말했다.

“뭐, 대충 이런 이야기야.” 준교사는 불 주위에 모인 사람들의 얼굴을 바라보았다. “왜 그런 이야기가 나왔느냐에 대해선 여러 가지 주장이 있는데, 요컨대 세가와 군의 태도가 참으로 이상하다는 것이 애당초 시작이었어. 우리 중에 백정 출신이 있다는 말이 나오면 누구라도 분개하는 게 지당하잖아. 자네를 비롯해 모두 그렇겠지. 세상에 그런 일을 퍼뜨리는 것부터가 이미 우리 선생들을 모욕하는 것이지. 만일 세가와 군에게 꺼림칙한 구석이 없다면 우리와 함께 분개해야 옳지 않겠나. 무슨 말이라도 해야 돼. 그런데 아무 말도 하지 않고 저렇게 잠자코 있는 것을 보면 아무래도 숨기고 있다고밖에 생각되지 않아. 이렇게 말하는 사람이 있고, 그러자 또 한 사람이 말하기는,” 이렇게 말하고는 뭔가 생각난 듯이 말을 이었다. “아냐, 그만두지.”

“뭐야, 말을 꺼내놓고 그만두는 사람이 어디 있어?” 키 큰 보통과

1학년 교사가 말참견을 했다.

"계속해, 어서." 이렇게 냉소를 띠며 말한 것은 분페이였다. 분페이는 준교사 뒤에 서서 담배를 피우면서 듣고 있었던 것이다.

"하지만 간단한 일이 아니야." 긴노스케의 눈이 빛났다. "나는 사범학교 시절부터 알고 지내서 그의 인품을 잘 알아. 그 세가와 군이 신평민이라니, 어떻게 그런 일이 있을 수 있는가. 도대체 누가 꺼냈는지 모르지만 만일 세상에 그런 소문이 나면 나는 일단 변호하는 입장이 될 거야. 자네도 생각해보게나. 이건 참으로 특이한 문제야. 차 마시는 것 같은 일과는 좀 달라."

"물론이야." 준교사는 대답했다. "그래서 우리가 골머리를 앓고 있는 거야. 들어보게, 어떤 사람은 또 이런 말을 해. 세가와 군에게 백정 이야기를 꺼내면 꼭 이야기를 다른 곳으로 돌려버린다. 그뿐 아니라 곧장 얼굴빛이 달라진다. 게다가 그 얼굴빛이 또 곤란하고 당황한 듯한, 무어라고 말할 수 없는 표정이라는 거야. 그야말로 우습지 않은가. 우리같이 '음, 그래?' 하는 식으로 말하고 넘어가면, 아무도 뭐라 하지 않겠지만."

"그러면, 그 세가와 군이라는 남자의 어디에 백정다운 특색이 있다는 건가. 우선 그것부터 말해보자고." 긴노스케는 어깨를 으쓱했다.

"어쨌든 요즘 들어 아주 우울해 보이는 것은 사실이야." 보통과 4학년 담당 교사가 턱의 엷은 수염을 쓸어올리며 말했다.

"우울해 보인다고?" 긴노스케는 다시 말했다. "그건 그 사람의 성격이야. 그런 것 때문에 신평민이라고는 할 수 없지. 신평민이 아니라도 우울한 사람은 세상에 얼마든지 있으니까."

“백정은 일종의 특이한 냄새가 있다고 하는데, 맡아보면 알 수 있지 않겠나?” 보통과 1학년 담당 교사가 농담하듯이 말하며 웃었다.

“바보 같은 말은 그만두게.” 긴노스케는 웃으며 말했다. “나도 신평민을 많이 보았어. 피부색부터 보통 사람과 다르니까 신평민인지 신평민이 아닌지는 얼굴로 알 수 있지. 게다가 사회에서 제외되었기 때문에 성질이 아주 삐뚤어져 있어. 그런 신평민 속에서 남자답고 똑똑한 청년이 나올 리가 없어. 어떻게 그런 패가 학문이라는 방면에 고개를 들 수 있겠나. 그런 점을 미루어보면 세가와 군에 대해서도 알 수 있잖은가.”

“쓰치야 군, 그러면 그 이노코 렌타로라는 선생은 어떤가?” 분페이가 조롱하듯이 말했다.

“뭐, 이노코 렌타로?” 긴노스케는 어물거리며 말했다. “그 선생은, 그 사람은 예외야.”

“그것 보게나, 그러면 세가와 군도 예외겠지. 하하하. 하하하하.”

준교사는 손뼉을 치며 웃었다. 듣고 있는 교사들도 함께 웃지 않을 수 없었다.

그때 우시마쓰가 교원실의 문을 열고 들어왔다. 갑자기 모두 입을 다물어버렸다. 사람들의 시선은 모두 우시마쓰 쪽을 향했다.

“세가와 군, 병은 좀 어떤가?”

분페이는 의미심장하게 물었다. 그 말투가 몹시 비아냥조로 들려서 준교사는 옆에 있는 보통과 1학년 담당 교사와 얼굴을 마주 보며 무의식중에 서로 미소를 나누었다.

“걱정해줘서 고마워.” 우시마쓰는 아무렇지도 않게 말했다. “이제 완전히 좋아졌어.”

“감기예요?” 보통과 4학년 담당 교사가 침착한 모습으로 말했다.

“네, 그리 대단한 것도 아니었습니다.” 이렇게 대답하고 우시마쓰는 기분을 바꾸어 말했다. “그런데 가쓰노 군, 오늘은 공교롭게도 학생들이 많이 모이지 않아서 이대로는 쓰치야 군의 송별회도 할 수 없을 것 같네. 모처럼 준비했는데, 나온 학생은 의욕이 없다는 표정이야.”

“하긴 이렇게 눈이 많이 왔으니.” 분페이가 미소 지으며 말했다. “어쩔 수 없이 연기해야지.”

이런 이야기를 하는 참에 사환이 왔다. 긴노스케는 우시마쓰한테 신경을 쓰느라고 사환이 하는 말도 귀에 들어오지 않았다. 그것을 본 체조 교사가 가볍게 긴노스케의 어깨를 두드리며 말했다.

“쓰치야 군, 교장 선생님이 자네를 부르신다는데.”

“나를?” 긴노스케는 비로소 알아차렸다.

3

교장은 군 장학관과 둘이서 응접실에 있었다. 긴노스케가 문을 열고 들어갔을 때는 두 사람이 마주 놓인 의자에 앉아 무언가 밀담을 나누던 참이었다.

“아, 쓰치야 군.” 교장은 몸을 일으켜서 그곳에 있는 의자를 긴노스케 쪽으로 밀어주었다. “자네를 부른 것은 다름이 아니라, 요즘 항간에 묘한 풍문이 퍼져서 말이야. 아마 자네도 알고 있겠지만 저렇게 마을 사람들이 이러쿵저러쿵하는 걸 잠자코 보고 있을 수도 없고, 무엇보다 그런 일이 자꾸 세상에 퍼지면 결국 무슨 안 좋은 결과가 나올지 몰라. 그에 관해 여기 계시는 군 장학관도 아주 걱정하셔서 이렇게 큰 눈이 왔는데도 굳이 와주셨다네. 하여간에 자네는 사범학교 시절부터 함께였고 평소에 친하게 지내는 것 같으니까, 자네에게 물어보는 것이 제일 잘 알 수 있겠다 싶어서."

"아니오, 저도 그런 일은 모릅니다." 긴노스케는 웃으면서 대답했다. "소문이야 아무렴 어떻습니까? 그렇게 세간에서 하는 말에 하나하나 마음을 쓰면 끝이 없지 않을까요."

"그러나, 그런 게 아니야." 교장은 잠깐 군 장학관 쪽을 보고, 잠시 뒤에 긴노스케 쪽을 보면서 말했다. "자네들은 아직 젊으니까 그 정도로 세간이라는 것에 무게를 두지 않지. 유치하게 보여도 무시할 수 없는 것이 세간이야."

"그러면, 마을 사람들이 그런 소문을 냈다고 근거도 없는 이야기를 거론합니까?"

"그래, 그러니까 자네들은 곤란해. 물론 나도 그런 일을 믿지 않아. 그러나 생각해보게나. 아니 땐 굴뚝에 연기가 날 리 없지 않은가. 아무래도 의심받을 만한 이유가 있었겠지. 쓰치야 군, 자네는 어떻게 생각하나?"

"저는 아무래도 그렇게 생각하지 않습니다."

"그렇게 말하면 그뿐이지만, 그래도 짐작이 가는 일이 있을 법한데." 교장은 한층 말소리를 죽이고 말했다. "세가와 군은 요즈음 몹시 생각에 잠겨 있는데, 무슨 원인으로 그렇게 우울해진 걸까? 이전에는 우리집에도 자주 와주었는데 요즈음은 전혀 오지 않네. 우리하고 같이 이야기하고 웃고 하면 서로 사정을 잘 알 수 있겠는데, 저렇게 혼자서만 생각에 잠겨 있으니 말이야. 그러니까 사정을 모르는 사람이 보면 뭔가 꺼림칙한 일이라도 있는 것처럼, 그만 의심하지 않아도 될 일을 의심하게 되는 거라 생각하네."

"아니에요." 긴노스케는 교장의 말을 막았다. "실은 거기에는 다른 큰 원인이 있습니다."

"다른?"

"세가와 군은 성격이 그래서 좀처럼 입 밖으로 말하지 않지만요."

"그래, 말하지 않는 것을 어떻게 자네가 알 수 있나?"

"말로는 알 수 없어도 행동으로 알 수 있습니다. 저는 오랫동안 그와 알고 지내서 세가와 군이 여러모로 변해온 경로를 조금 아니까, 어째서 그렇게 생각에 잠기게 되었는지, 어째서 그렇게 우울해졌는지, 그가 하는 행동을 보면 자연히 느낄 수가 있습니다."

긴노스케의 말은 상대방의 주의를 끌었다. 교장과 군 장학관은 담배를 피우면서 긴노스케가 무슨 말을 꺼낼지 잠자코 기다렸다.

긴노스케가 말하기를, 우시마쓰가 침울해진 것은 세간의 소문과는 전혀 관계가 없다. 실은 청년 시절에 누구라도 갖기 쉬운 마음의 고통에 아주 괴로워하고 있기 때문이다. 마음속에 둔 사람이 게이노신의 딸이라는 것은 실제로 짐작이 간다. 그러나 우시마쓰는 그런 성격의 남자라서 그 마음을 친구에게 알리지 않은 것은 물론 상대 여자에게 조차도 이야기하지 않은 것 같다. 말없이 참고서, 다만 게이노신이나 쇼고처럼 여자의 부모 형제가 되는 사람들을 위해 여러 가지 일을 해주고 있다. 말하지 않는 대신 그런 것으로 마음을 위로하고 있는 것이다. 남모르는 슬픔을 가슴에 간직하고 있는 것이 틀림없다. 그런데 자신은 우연한 일로 이러한 우시마쓰의 비밀을 알아차렸다. 게다가 그것도 최근의 일이다. "그런 이유로," 긴노스케는 머리에 손을 대고 말했다. "그것을 알아차리고 나자 세가와 군의 행동을 모두 이해할 수 있게 되었습니다. 아무래도 이상하다고 계속 생각하고 있었지요. 앞뒤가 안 맞는 일이 많이 있었으니까요."

"과연, 그런 건지도 모르겠군." 교장은 군 장학관과 얼굴을 마주 보았다.

4

긴노스케가 응접실을 나와서 다시 직원실로 와보니, 우시마쓰와 분페이 두 사람이 다른 선생들에 둘러싸여 큰 화로 근처에서 뭐라고 말다툼을 하고 있었다. 잠자코 듣고 있는 사람들도 신경이 쓰이는 듯, 어떤 사람은 서서 팔짱을 끼고서, 어떤 사람은 책상에 기대어 턱을 받치고서, 어떤 사람은 또 빙글빙글 실내를 걸어다니면서 모두 열심히 귀를 기울이는 모습이었다. 뿐만 아니라 우시마쓰의 모습을 파헤치는 듯한 눈초리로 살펴보는 사람도 있고, 반신반의하는 표정의 사람도 있었다. 긴노스케는 이야깃소리를 듣고 두 사람이 아주 흥분해 있다는 것을 알았다.

"자네들 무슨 논의를 그렇게 하고 있는가?"

긴노스케는 웃으며 물었다. 사람들 뒤에 앉아서 수첩을 펼치고 우시마쓰와 분페이의 초상화를 사생하기 시작한 준교사가 보였다.

"지금 말이지." 준교사는 긴노스케 쪽을 바라보며 말했다. "이노코 선생에 관해서 이야기가 아주 시끄러워진 참이야." 그는 연필 끝에 침을 바르고 다시 웃으면서 사생을 했다.

"아니, 그렇게 시끄러울 것도 없어." 분페이는 이렇게 또 귀에 거슬리는 말을 했다. "왜 세가와 군에게 그 선생이 쓴 것을 연구할 마음이 들었는지 그걸 물어보고 싶었을 뿐이야."

"그렇지만 가쓰노 군의 그 말이 무슨 뜻인지 모르겠는데." 우시마쓰의 눈은 타오르며 빛났다.

"봐, 어차피 무슨 원인이 있지 않았겠어?" 분페이는 비아냥거리는 말투였다.

"원인이라니?" 우시마쓰는 어깨를 으쓱하며 말했다.

"흠, 이렇게 말하는 것이 좋겠군." 분페이는 진지하게 말했다. "내가 보기를 들 테니 들어봐. 여기에 한 사내가 있다고 하지. 그 사내가 미쳤다고 하자고. 보통 사람이 그 미친 사람을 보아도 그리 깊은 동정심이 생기지 않을 거야. 그다지 자기가 마음 아플 일이 없으니까."

"음, 재미있군." 긴노스케는 분페이와 우시마쓰의 얼굴을 번갈아 보았다.

"그런데 만일 여기에 몹시 괴롭거나 고민에 빠진 사람이 있는데, 그 사람이 지금의 미치광이를 보았다 치자고. 자, 고민에 잠긴 처절한 모습노 눈에 들어오고, 절망으로 여윈 육체두 눈에 들어오고, 그늘에서 힘없이 죽음이라는 것을 생각하고 있는 듯한 표정도 눈에 띄지. 그런 것은 다름이 아니라, 그쪽 역시 미치광이를 동정하는 만큼의 고통을 갖고 있기 때문이야. 이거야. 세가와 군이 인생 문제를 생각하고, 이노코 선생이 괴로워하는 모습을 의식한다는 건 세가와 군에게도 무엇인가 깊이 가슴 아픈 일이 있기 때문이 아닌가?"

"물론이지." 긴노스케는 말을 받았다. "그것이 없으면 읽어봐도 이해할 수 없어. 그게 내가 전부터 세가와 군에게 말하고 있는 거야. 그런데 세가와 군이 그것을 말할 수 없다는 것은 나도 충분히 알 수 있지."

"왜 말을 못 하지?" 분페이는 의미심장하게 물어보았다.

"그것이 타고난 천성이야." 긴노스케는 무엇인가 생각난 듯이 말했다. "세가와 군이라는 사람은 예전부터 그랬어. 나는 모두 밖으로 폭로해버려서 감춰둘 수가 없지만, 세가와 군이 말하지 않는 것은 감출 마음으로 그러는 게 아니야. 원체 말할 수 없는 성격인 거야. 하하하. 안됐지만, 괴로워하는 성격으로 태어났으니 어쩔 수 없잖은가?"

이렇게 말하자 듣고 있는 사람들은 의미도 없이 웃음을 터뜨렸다. 준교사도 잠시 사생하던 손을 멈추고 바라보았다. 보통과 1학년 선생은 우시마쓰의 뒤로 돌아가서 눈을 가늘게 뜨고 슬쩍 냄새를 맡는 시늉을 냈다.

"실은……" 분페이는 담뱃재를 털면서 말했다. "어딘가에서 이노코 선생의 책을 빌려다 읽어보았어. 도대체 그 선생은 어떤 종류의 사람일까?"

"어떤 종류라니?" 긴노스케는 장난치듯이 말했다.

"철학자도 아니고, 교육자도 아니고, 종교가도 아니고, 그렇다고 보통 문학가 같지도 않아."

"선생은 새로운 사상가야." 긴노스케의 대답은 이랬다.

"사상가라고?" 분페이는 비웃듯이 말했다. "음, 내가 보기에는 공상가야. 몽상가. 아, 일종의 미치광이지."

이런 말투가 참으로 우스웠다. 커다란 웃음소리가 주위의 교사들 사이에서 또 일어났다. 긴노스케도 함께 웃었다. 분노가 우시마쓰의 전신의 피에 섞여 한꺼번에 머리로 몰려오는 듯했다. 창백해진 뺨에 갑자기 열이 나서 눈가와 귓불이 붉어졌다.

5

"음, 가쓰노 군이 멋진 말을 했군." 우시마쓰가 이렇게 말을 시작했다. "이노코 선생은 참으로 자네가 말한 대로 일종의 미치광이야. 그렇지 않은가? 세상에 대한 체면만 세우고, 자기 자신에게 아첨하는 말만 늘어놓아서 그것을 자전이라며 남에게 퍼뜨리는 이런 세상에, 미치광이가 아니면 누가 식은땀이 날 것 같은 참회 따위를 쓰겠나? 그 선생의 손에서 직업을 빼앗은 것도, 병을 얻을 정도로 괴로움을 맛보게 한 것도 결국 이 사회야. 이 사회를 위해 눈물을 흘리고, 온몸의 정열을 쏟는 저술을 하고, 연설을 하고, 붓이 꺾이고, 혀가 부르틀 때까지 생각하고, 이런 바보가 세상에 있을까? 하하하. 선생의 일생은 참으로 참회의 일생이었어, 공상가라는 말을 듣고 몽상가라는 말을 들어도 그 냉소를 달게 받을 정도로 참회하는 인생이야. '아무리 괴롭고 슬픈 일이 있어도 그것을 시시하게 호소하는 사람은 대장부라고 할 수 없지. 세상 사람이 미워하고 싶은 대로 미워하게 놔두고 잠자코 늑대처럼 사내답게 죽는다.' 그것이 선생의 주의야. 보게나, 그 주의가 미치광이답지 않은가? 하하하."

"그렇게 흥분하지 말게." 긴노스케는 우시마쓰를 달래듯이 말했다.

"아니, 나는 절대 흥분한 게 아니야." 이렇게 우시마쓰는 대답했다.

"하지만" 분페이는 냉소하며 말했다. "이노코 렌타로는 기껏해야 백정 아닌가?"

"그것이 어떻다는 거야?" 우시마쓰는 대들었다.

"그런 하등 인종에서 똑똑한 인간이 나올 리가 없어."

"하등 인종이라고?"

"비열한 성격을 가지고 이상하게 비뚤어진 말만 하는 것이 하등인간이 아니고 무엇이란 말인가? 주제넘게 사회에 참견하고, 그런 사상을 가진 것부터 잘못이야. 그 선생 따위에게는 가죽이라도 만지작거리면서 온순하게 생각에 잠겨 있는 것이 참으로 어울리는데."

"하하하. 그러면 가쓰노 군은 개화한 고상한 인간이고, 이노코 선생은 야만스런 하등 인종이라는 거군. 하하하. 나는 이제까지 자네도 그 선생도 같은 인간이라고만 생각했지."

"그만두게, 그만." 긴노스케는 꾸짖듯이 말했다. "그런 논의를 한들 무슨 재미가 있나?"

"아니, 재미있어." 우시마쓰는 말을 듣지 않았다. "나는 이래봬도 진실한 인간이야. 들어봐. 가쓰노 군은 지금 이노코 선생에 대해 야만이라느니 하등이라느니 했는데, 실제로도 그래. 이것은 내가 잘못 생각했어. 그래, 그 선생도 방금 말한 대로 가죽이나 만지면서 온순하게 뒤쪽에 처박혀 있는 편이 좋아. 그렇게 잠자코 있으면 병 따위에도 걸리지 않았겠지. 그 몸을 잊고 하루도 쉬지 않고 사회와 싸우고 있다니, 이 무슨 미치광이란 말인가? 아, 개화한 고상한 사람은 벌써부터 금패를 가슴에 달고 교육사업에 종사하고 있다. 야만스럽고 하등한 인종의 슬픔, 이노코 선생 등은 그런 성공은 꿈도 꾸지 않는다. 처음부터 들판의 이슬로 사라질 각오였다. 죽음을 불사하고 인생의 전장에 서 있는 것이다. 그 초연한 심정은 — 하하하, 슬프지 않은가? 용감하지 않은가?"

우시마쓰는 윗니를 드러내고 크게 입을 벌리고 몸을 흔들면서 훌쩍이듯이 웃었다. 울적한 정신이 몸 안에 가득 넘쳐서 이마가 빛나고 뺨이 떨리며 분노와 고통으로 붉어지자 그 거칠고 침울한 모습이 평소보다 더욱 남자답게 보였다. 긴노스케는 이상한 듯이 친구의 얼굴을 바라보며 오랜만에 젊고 강하고 생생한 우시마쓰 내부의 생명에 가닿은 기분이 들었다.

상대가 잠자코 있자 우시마쓰도 더이상 이야기를 잇지 않았다. 분페이 또한 계속 마음의 격분을 참을 수 없는 듯한 모습이었다. 우시마쓰를 정신 못 차리게 저주하려다가 오히려 우시마쓰한테 당한 느낌이 들자 경멸과 증오가 표정으로 나타났다. '뭐야, 이 백정이.' 분노를 머금은 눈은 이렇게 말했다. 이윽고 분페이는 보통과 1학년 교사를 창가 쪽으로 데리고 갔다.

"어때, 지금 이야기 말야. 세가와 군이 이미 완전히 스스로 자신의 비밀을 자백한 셈이잖아?"

이렇게 속삭였다.

마침 준교사가 연필 사생을 마쳤다. 사람들은 모두 그 주위에 모였다.

19장

1

이 폭설을 무릅쓰고 이치무라 변호사와 렌타로 두 사람이 이야마에 온다는 소문은 학교에 있는 우시마쓰의 귀에도 들어왔다. 다카야기 파는 이 풍설에 놀라 새삼스레 방어를 시작했다고 한다. 유권자를 방문하고 추천장을 나누어주고, 비밀 권유도 잦아졌다. 장사(壯士) 일행이 벌써 다카야기 파의 운동을 돕기 위해 마을에 들어왔다고 했다. 선거로 인한 투쟁이 점점 다가오는 것이다.

그날 우시마쓰와 긴노스케는 숙직 당번으로 학교에 남았다. 그런데 긴노스케는 볼일이 있다며 나가 저녁때가 되어도 돌아오지 않아서, 일지와 열쇠는 우시마쓰가 맡고 있었다. 우시마쓰는 끊임없이 불안한 모습으로 틈만 나면 숙직실 비닥에 누워 혼자 생각에 빠지고 번민했다. 겨울날의 하루가 이렇게 괴로운 마음으로 지나갔다. 저녁을 알리는 렌게 사의 종소리가 숙직실의 유리창을 울리자 마음이 심하게 흔들렸고, 오시호의 처지가 염려되었다. 만일 부인의 결심을 오시호가 알기라도 한다면—혹은 벌써 알고 있을지도 모른다—딸의 입장에서 그것을 잠자코 보고 있을 수 있을까? 하지만 그렇다 한들 어찌 그 계모가 있는 곳으로 돌아갈 수 있을 것인가?

"아, 오시호 씨는 죽을지도 모른다."

문득 이런 생각을 하자 말할 수 없는 슬픔이 몸을 엄습하는 듯했다. 아무리 기다려도 긴노스케는 돌아오지 않았다. 우시마쓰는 오랫동안 책상에 기대어 램프 불빛 아래서 오시호 생각을 했다. 이렇게 여러 가지 생각에 잠기면서 쓸쓸하게 반쯤 타는 불을 바라보고 있자니 어느새 피곤해졌다. 우시마쓰는 책상에 기댄 채 저도 모르게 잠이 들어버렸다.

그때 오시호가 들어왔다.

2

여기는 학교가 아닌가? 어째서 이런 곳에 오시호가 왔을까? 우시마쓰는 이상하게 생각했다. 그러나 그 의심은 곧 풀렸다. 오시호가 무엇인가 할 말이 있어 일부러 자신을 만나러 왔다는 걸 알아차린 것이다. 꿈꾸는 듯한 부드러운 눈을 바라보자 오시호가 하려는 말을 생생하게 읽어낼 수 있었다. 왜 아버지와 동생에게만 친절하게 대해주고 자신에게는 그렇게 서먹서먹한 것인지? 왜 같은 지붕 아래 사는 허물

없는 사이이면서 부드러운 말 한마디 해주지 않는지? 왜 그 입술은 하고 싶은 말을 하지 않고, 굳게 닫은 채 괴로움과 고통으로 떨고 있는지?

하지만 이러한 즐거운 순간은 길게 이어지지 않았다. 어느 사이에 분페이가 들어와서 볼일이 있는 듯 오시호를 재촉했다. 결국은 부끄러워하는 오시호의 손을 잡고 억지로 앞세워 가려고 했다.

"가쓰노 군, 기다리게. 억지로 그럴 필요 없지 않나?"

우시마쓰는 이렇게 만류하려고 했다. 그때 분페이가 우시마쓰를 돌아보았다. 두 사람의 눈은 번개같이 마주쳤다.

"오시호 씨, 당신한테 좋은 것을 가르쳐줄게요."

분페이는 여자의 귓전에 입을 대고, 우시마쓰가 숨기고 있는 두려운 비밀을 속삭이는 태도를 보였다.

"아, 그런 말을 해서 어떻게 하려고?"

우시마쓰는 당황해서 붙잡으려다가 문득 눈을 떴다.

꿈이었다. 정신을 차림과 동시에 고통은 몸을 떠났다. 그러나 꿈속의 인상은 아직 남아 잠에서 깬 다음에도 공포심이 없어지지 않았다. 실내를 바라보자 오시호도 분페이도 없었다. 마침 긴노스케가 보자기를 안고서 문을 열고 들어왔다.

"아, 늦었네. 세가와 군, 아직 자지 않았군. 자, 오늘밤은 누워서 이야기하자고."

이렇게 말을 걸었다. 이윽고 긴노스케는 쿵쿵 구두 소리를 내면서 양복 겉옷을 벗어서 못에다 걸고 깃을 떼어 책상 위에다 두고, 또 아무렇게나 바지 멜빵을 벗으며 말했다. "이제 얼마 안 있으면 이별이야.” 던지는 듯한 말투였다. 다다미 8조짜리 방은 숙직 당번날 두 친구가 곧잘 베개를 나란히 하고 이야기하며 밤을 지새운 곳이었다. 지금은 긴노스케도 미련이 남는 듯 셔츠와 하의를 잠옷 대신으로 입은 채 숙직실 이불 속으로 웃으며 파고들었다.

“이렇게 자네와 이 방에서 자는 것도 오늘뿐이야.” 긴노스케는 생각난 듯이 탄식했다. “나에게는 오늘이 마지막 숙직이군.”

“그래, 이제 헤어져야 하나?” 우시마쓰는 베개를 베면서 말했다.

“왠지 오늘밤은 사범학교 기숙사에 있는 기분이군. 이상하게 옛날 일이 생각났어. 자네와 같이 공부하던 그 시절 말이야. 아, 옛날 친구들은 무엇을 하고 있을까?” 긴노스케는 약간 말투를 바꾸어 말했다. “그건 그렇고 세가와 군, 일전부터 자네에게 물어보고 싶은 게 있었는데.”

“나에게?”

“그렇게 잠자코만 있는 것도 손해를 보는 거야. 아무래도 자네 모습은 무엇인가 아주 괴로운 일이 있어서 혼자 고민하는 걸로만 보여. 그야 자네가 말하지 않아도 알고 있어. 사실 나도 자네를 걱정하던 참이야. 그러니 그렇게 괴로운 일이 있으면 조금 털어놓는 것이 어때. 아마도 친구로서 힘이 될 수도 있을 테니까.”

3

“자네는 대체 왜 그러는 거야.” 긴노스케는 깊이 동정하며 말을 이어갔다. "내가 이렇게 과학도가 되어 평소에 그쪽 연구에만 관심을 쏟고 있으니, 어쩌면 나 같은 사람에게 말해도 모를 것이라고 생각하겠지. 하지만 이봐, 나도 그리 차가운 인간은 아니야. 남이 상처를 입고 괴로워하는 것을 옆에서 보고 웃는 그런 잔혹한 인간은 아니라고."

"자네 묘한 말을 하는군. 누가 자네를 잔혹하다고 했나." 우시마쓰는 엎드린 채 대답했다.

"그렇다면 나에게라도 말해주게나."

"말이라니?"

"자네처럼 감추고 있을 필요는 없어. 말하지 않으니까 더 괴로운 거야. 나도 한때는 연구 연구 하면서 지나치게 해부학적으로 사물을 봐왔는데, 요즈음에 와서 크게 깨달은 게 있다네. 그러고 나서 자네의 마음을 잘 이해하게 되었어. 왜 자네가 그 렌게 사로 이사했는지, 왜 그렇게 혼자서 괴로워하는지 나는 모두 알고 있어."

우시마쓰는 대답하지 않았다. 긴노스케는 계속 말을 이었다.

"교장 선생은 이런 일은 아무런 가치도 없다, 무어라고 하면 곧장 요즈음 청년의 병이라고 하지. 그러나 생각해보게나. 그 선생도 한때는 젊은 시절이 있지 않았겠나? 자신들은 콧노래로만 보내놓고 우리에게는 예복을 입고 다니라니. 하하하, 이상하지 않은가. 그래서 나는 말했지. 오늘 그 선생과 군 장학관이 나를 불러서 '왜 세가와 군이 그렇게 생각에 잠겨 있느냐'고 묻기에, '그것은 당신들도 알겠죠, 누구나 젊을 때는 마찬가지입니다'라고 했지."

"그래, 군 장학관이 그런 일을 물었나?"

"자네가 너무 침울해 있으니까 시시한 말이 나오는 거잖아. 그래서 오해를 받는 거야."

"오해를 받다니?"

"글쎄, 자네를 신평민이라고 하지 않겠어. 참으로 어처구니없는 말을 하는 사람도 다 있잖은가?"

"하하하. 하지만 내가 신평민이라고 해도 아무 상관 없지 않은가."

오랫동안 방 안에는 아무 소리도 나지 않았다. 가늘게 켜둔 램프 빛은 천장에 닿아 둥글고 몽롱하게 비쳤다. 긴노스케는 그것을 바라보면서 여러 가지 공상을 하다가, 우시마쓰가 너무 말이 없고 꼼짝도 하지 않기에 결국 친구가 벌써 잠이 들었나 생각했다.

"세가와 군, 벌써 자나?" 이렇게 말을 걸어보았다.

"아니. 아직 깨어 있어."

우시마쓰는 숨을 죽이고 잠자리에서 떨고 있었던 것이다.

"이상하게 오늘밤은 잠이 안 오는군." 긴노스케는 양손을 이불 위에 놓고 말했다. "자, 좀더 이야기해보지. 나는 청년 시절의 비애라는 것을 생각하면 항상 자네 때문에 울고 싶어진다네. 사랑이라는 이름, 아아, 유망한 청년을 살리는 것도 그것이고, 죽이는 것도 그것이야. 나는 자네 심정을 알아. 자네 성격으로 보아 그럴 것이라고 생각했지. 자네가 그리워하는 사람을 나는 남몰래 동정하고 있어. 그래서 오늘밤 이런 말을 꺼냈는데, 말하자면 자네는 사물을 어렵고 지나치게 생각하는 것 같아. 내가 자네에게 충고하고 싶은 점은 그거야. 그렇지 않은가, 그렇게 혼자서 고민만 할 필요 없어. 친구라는 사람도 있으니 상담해보면 충분히 길도 열릴 테니까. '쓰치야, 이렇게 하면 어떨까?'라든가 무어라든가. 자네 쪽에서 말을 꺼내면 나도 부족하게나마 할 수 있는 한 힘을 다할 텐데.”

“그렇게 말해주는 것은 자네뿐이야. 자네 뜻은 참으로 고마워.” 우
시마쓰는 깊은 한숨을 쉬었다. “사실을 터놓고 이야기하자면, 자네가
생각하는 그런 일이 있었지. 분명히 있었어. 그러나……”

“음.”

“자네는 아직 사정을 몰라서, 그래서 그렇게 말해주는 거라고 생각
해. 실은 말이야. 그 사람은 벌써 죽어버렸어.”

두 사람은 다시 말이 없었다. 잠시 뒤에 긴노스케는 말을 걸어보았
지만, 그때는 이미 답이 없었다.

4

긴노스케의 송별회는 다음날 오전부터 오후 두시 무렵까지 열렸다.
점심시간을 사이에 둔 것은 도시락 대신 초밥 모둠이 나왔기 때문이
었다. 교사와 학생들은 번갈아가며 작별인사를 했다. 여흥도 몇 가지
있었다. 순진한 소년들은 서로 슬퍼하기도 하고 웃기도 하면서, 어린
마음에도 이날을 잊지 않으려고 했다.

이러는 동안에도 우시마쓰만은 마음이 다른 데 가 있었다. 무엇을
보았는지 무엇을 들었는지 거의 기억에 없었다. 다만 머리에 남는 것
은 교사와 학생들의 시끄러운 웃음소리와 여흥이 열릴 때마다 일어나
는 박수 소리, 또는 이 혼잡한 와중에도 의미심장하게 자신을 훔쳐보
는 사람들의 눈초리. 아, 끊임없이 누군가가 쫓는 듯한 느낌에, 자신

이 느끼는 거북함과 공포 때문에 보고 듣는 모든 것에 아무런 흥미도 호기심도 일지 않았다. 자칫하면 우시마쓰는 자신의 몸조차 제 것처럼 느껴지지 않을 듯한 기분에 모든 것을 잊고 오직 아버지의 훈계만 생각하기도 했다. "쓰치야 군은 반드시 출세할 거야." 이렇게 속삭이는 교사들의 말소리가 귀에 들어와도, 우시마쓰는 자신의 어두운 미래를 생각하고 적어도 백정 따위로 태어나지 않은 친구의 처지를 부러워했다.

송별회가 끝나고 우시마쓰는 곧장 학교를 나와서 서둘러 렌게 사로 돌아갔다. 안방 입구의 정원 쪽에 서서 들여다보니 흰옷을 입은 한 스님이 오가고 있었다. 엊그제 저녁 부탁을 받고 써주었던 편지를 생각하고, 저 사람이 부인의 동생일까 하는 추측을 했다. 그때 하녀인 게사지가 부엌 쪽에서 달려와 우시마쓰에게 한 장의 명함을 건네주었다. 보았더니 이노코 렌타로라고 쓰여 있었다. 게사지는 오늘 아침 이분들이 찾아왔다는 것, 숙소가 가미마치에 있는 오기야라는 것, 잘 부탁한다고 말했다는 것 따위를 덧붙였다. 또 뚱뚱하게 살이 찐 양복 차림의 사람도 밖에 서 있었다고 했다. '음, 분명히 이치무라 씨로군' 하고 우시마쓰는 혼잣말을 했다. 이야기하는 것으로 보아 분명히 그럴 것 같았다.

'지금 바로 찾아가볼까?' 이어서 이런 생각이 들었다. 남의 눈을 피할 일만 없다면 물론 찾아가고 싶었다. 새처럼 날아가고 싶었다. "아니, 기다리자." 우시마쓰는 스스로를 제어했다. 그 선배와 자신 사이에 무슨 특별한 관련이라도 있는 것으로 보이면 어쩌나. 저서를 애독하는 것조차 벌써 사람들이 이상하게 생각하지 않았는가. 하물며 선

불리 찾아갔다가…… 만일…… 아아, 기다리자, 기다려, 해가 저물 때까지. 어두워지면 남몰래 여관으로 만나러 가자. 이렇게 주의 깊게 생각했다.

"그건 그렇고, 오시호는 웬일일까?" 그 여자의 처지를 신경 쓰면서 우시마쓰는 이층으로 올라갔다. 처음으로 이 절로 이사했을 때가 문득 가슴에 떠올랐다. 살펴보자 아무것도 변하지 않았다. 낡은 화로도 더러운 족자도 책상도 책장도. 그에 비하면 사람의 처지는 참으로 알 수 없는 것이다. 우시마쓰는 다카조마치에 있던 하숙에서 쫓겨난 불행한 오히나타를 생각했다. 마침 이 렌게 사로 올 때는 등불로 초저녁의 어둠을 비추면서 한 채의 가마가 나오던 참이었다. 시중들던 키 큰 사내를 생각했다. 문 앞에서 '안녕히 가세요'라고 인사하던 주인아주머니를 생각했다. 저주하며 떠들던 하숙 사람들을 생각했다. 결국 '꼴 좋다'고 하던 한마디에 생각이 미치자, 오싹하는 차가운 떨림이 목덜미에서 등골에까지 흘러내리는 느낌이었다. 이제는 남의 일이 아니다. 아아, 그것은 마치 자신의 운명과도 같았다. 왜 신평민만 그렇게 천대받고 치욕을 당하는 것일까? 왜 신평민만 보통 인간에 낄 수 없는 것일까? 왜 신평민만 이 사회에서 살아갈 권리가 없는 것일까? 인생은 무자비하고 잔혹한 것이었다.

이렇게 생각하며 방 안을 걷고 있자니 장지문이 열리는 소리가 들렸다. 그때 부인이 들어왔다.

5

부인은 무척 낙담한 모습으로 우시마쓰 앞에 앉았다. "이런 일이 일어나지 않을까 저도 걱정하고 있었어요." 이렇게 서두를 꺼내며 부인은 어젯밤에 일어난 일을 우시마쓰에게 말했다. 들어보니 오시호는 편지를 부친다며 저녁 무렵 문을 나섰는데 아직 돌아오지 않았다는 것이었다. 옷장 위에 놓아둔 편지는 부인 앞으로 된 것으로, 진심 어린 투로 쓰여 있었다. 여기저기 눈물에 젖어 읽지 못한 글씨도 있었다고 한다. 그 안에는 자기 하나 때문에 여러 가지로 폐를 끼치게 되어 양부모에게 면목이 없다, 들어보니 부인은 이혼할 생각이라던데 제발 그것만은 참으시라고 쓰여 있었다. 열세 살 때부터 이제까지 받은 은혜는 평생 잊지 않겠다. 자신은 언제까지나 부인 곁에서 부모라고 부르고 싶은 마음이 태산 같다. 모든 일이 인연이라고 체념하시고 용서해주세요. 어머니께, 오시호로부터. 이렇게 쓰여 있었다고 했다.

"게다가," 부인은 옷소매로 눈가를 닦으면서 말했다. "젊은애라서 어떤 잘못된 생각을 하지는 않을까 싶어 어젯밤 내내 한숨도 못 잤습니다. 아침 일찍 사람을 보냈어요. 아버지 집에 가 있는 듯해서요." 그리고 어조를 바꾸어 말했다. "나가노에 있는 동생도 곧바로 와주었습니다. 와보니 이런 일이 생겼지요. 동생도 얼마나 놀랐는지 모릅니다." 부인은 다시 훌쩍이며 불행한 딸의 처지를 동정했다.

불쌍하게도 살던 집을 버리고, 의리 있는 사람들을 저버리고, 눈을 밟으며 집을 나갈 때의 그 마음은 어떠했을까? 우시마쓰는 부인의 이야기를 듣고 이 절을 나가려고 결심하기까지 오시호가 느꼈을 괴로움과 슬픔을 생각했다.

"스님도 눈을 떴을 거예요. 이번에야말로." 고지식한 부인은 혼잣말처럼 말했다.

부인이 "나무아미타불"을 입속으로 되풀이하면서 나간 뒤에, 우시마쓰는 잠시 동안 낡은 벽에 기대어 있었다. 불쌍함과 동정으로 인해 눈에 보이지 않는 사실이 깊은 '삶'의 그림처럼 되살아나는 듯했다. 우시마쓰는 몇 번이나 오시호의 모습을—이 절을 계속 뒤돌아보면서 서둘러 가는 그 모습을 가슴 속에 그려보았다. 낚시와 낮잠과 술 말고는 움직일 마음이 없는 나이 든 아버지, 울고 싸우는 많은 동생들, 특히 계모…… 아아, 그 집으로 돌아가보았자 과연 앞일은 어떻게 될 것인가. '오시호는 죽을지도 모른다'고 문득 어젯밤과 같은 생각이 들자 말할 수 없는 슬픔이 밀려왔다.

갑자기 우시마쓰는 벽에서 떨어졌다. 모자를 쓰고 계단을 내려가서 안방이 있는 복도를 빠져나와 무엇인가 볼 일이 있는 듯이 렌게 사 문을 나섰다.

6

'나는 도대체 어디로 갈 작정일까.' 우시마쓰는 이삼 정쯤 걸어왔다 싶을 무렵 스스로에게 물어보았다. 절망과 공포에 사로잡혀 반은 꿈을 꾸는 마음으로 목적도 없이 눈길을 방황했다. 길에는 마을 사람들이 무리 지어 봄까지 녹지 않는 눈을 치우느라 바쁜 듯했다. 판자지붕 위에 쌓인 것을 긁어내릴 때마다 큰 소리를 내며 눈덩어리가 길 위로 떨어졌다. 몇 번인가 우시마쓰는 그 소리에 놀랐다. 그뿐이 아니었다. 너덧 사람이 모여서 무슨 이야기를 하고 있는 것을 보면 곧장 자기 이야기를 하는 걸로 의심하고 수상하게 여기지 않을 수 없었다.

어느 길모퉁이, 소금에 절인 생선을 파는 상점 옆에 붙어 있는 광고가 눈에 띄었다. 폭이 넓은 서양 종이에 검은 먹으로 쓰고 붉은 잉크로 이중으로 동그라미를 쳐놓았다. 그 아래에 서서 호기심 많게 바라보는 사람도 있었다. 우시마쓰도 무심코 멈춰 섰다. 보자니 이치무라 변호사가 정견을 발표하는 모임으로, 렌타로의 이름과 연설 제목도 나란히 같이 쓰여 있었다. 장소는 가미마치에 있는 호후쿠 사이고 그날 오후 여섯시부터 개회한다고 쓰여 있었다.

그러고 보니 연설회는 마침 저녁식사가 끝날 무렵에 시작되는 것이었다.

우시마쓰는 그 광고를 보고 잠시 뒤에 또 전과 같은 방향으로 걸어갔다. 의심암귀라는 것을 지금 이 밝은 햇빛 안에서 경험했다. 여러 가지 두려운 얼굴, 비웃는 소리, 아마도 인종에 대한 증오를 나타낸 것이 오른쪽에서도 왼쪽에서도 우시마쓰의 몸을 둘러쌌다. 심술궂은 까마귀는 이상하게 경멸하는 소리를 내며 머리 위를 울면서 날아갔다. 아아, 새조차 이 눈 위에 쓰러질 사람을 기다리는 것일까. 이렇게 생각하자 한심하고 슬퍼서 터벅터벅 사카나마치로 가는 길을 서둘렀다.

어느 사이엔가 우시마쓰는 치쿠마 강 언저리로 나왔다. 그곳은 '아래나루'라는 곳으로 물을 따라 일대의 강변을 내려다볼 수 있는 위치였다. 나루라고 하지만 다리가 있어서 시모다카이 지방으로 건너갈 수 있는 곳이었다. 한 줄기 검은빛으로 보이는 눈길에 여행자 무리가 왔다 갔다 하고 있었다. 짐을 실은 썰매도 끌려갔다. 멀리 이어지는 강변은 온통 흰 바다를 보는 듯했으며, 갈대도 버드나무도 모두 깊이 잠겨버렸다. 고우샤, 가자하라, 나카노자와, 그 밖의 에치고 경계로 이어지는 많은 산들은 말할 것도 없고, 맞은편에 있는 촌락과 숲의 나뭇가지 끝까지 눈으로 덮였고, 희미하게 닭 우는 소리가 들려왔다. 치쿠마 강은 쓸쓸하게 그 사이를 흐르고 있었다.

이러한 광경이 우시마쓰의 눈앞에 펼쳐졌다. 보통 때는 그 정도로 주의를 끌지 않는 물건까지 하나하나 인상 깊고 자세하게 눈에 비쳤고, 어느 때는 또 물체의 윤곽조차 몽롱해서 모두 하나같이 흔들려 보였다. '나는 이제부터 어떻게 될 것인가? 어디로 가서 무엇을 할 것인가? 도대체 나는 무엇을 하러 이 세상에 나왔는가?' 생각이 흐트러지기만 하고, 아무런 결말도 나지 않았다. 오랫동안 우시마쓰는 치쿠마 강의 물을 바라보고 있었다.

7

자신의 일생을 생각하며 우시마쓰는 다리 있는 곳으로 내려갔다. 누가 뒤에서 쫓아오는 느낌이 들었다. 물론 그럴 리 없다는 것을 알면서도 안심이 되지 않았다. 몇 번인가 우시마쓰는 등뒤를 돌아보았다. 가끔 이상한 현기증이 나서 비틀거리며 눈 속에 넘어질 뻔했다. '아, 바보, 바보 — 정신을 차려라' 하고 스스로를 꾸짖고 격려했다. 강변의 모래 위로 내려와 파묻힌 작은 눈산을 오르내리며 겨우 다리 근처로 나가자 흰 양쪽 언덕의 모습이 더욱 넓게 보였다. 눈에 들어오는 것은 여기저기 나지막하게 나는 굶주린 까마귀 떼, 나룻배 손질에 바쁜 뱃사공, 또는 석유통을 들고 마을을 향해 돌아가는 농부 등 모두 겨우살이의 고통을 느끼게 하는 모습뿐이었다. 강물은 짙은 녹색으로 흐렸고, 비웃고 중얼거리며 빠져 죽으라고 말하는 듯한 기세로 상류에서 화살처럼 빠르게 흘러왔다.

깊이 생각할수록 우시마쓰의 마음은 어두워질 뿐이었다. 이 사회에서 버려지는 것은 아무리 생각해도 한심하다. 아아, 쫓겨난다는 것, 얼마나 큰 일생의 창피인가. 만일 그렇게 된다면 이제부터 어떻게 살아갈 것인가. 무엇을 먹고 무엇을 마시며. 나는 아직 청년이다. 희망도 있고, 소원도 있으며 야심도 있다. 아아, 아아, 버림받고 싶지 않다, 사람 같지 않은 취급을 당하고 싶지 않다, 언제까지나 세상 사람과 마찬가지로 살고 싶다. 이렇게 생각하며 동족이 당하는 여러 가지 슬픈 수치, 세상의 도리에 안 맞는 관습, '반타'*라는 거지 계급보다도 한층 더 열등한 인종처럼 천시받은 백정의 역사를 되새겼다. 우시마쓰는 또 보고 들은 사실을 헤아려보고, 쫓겨나거나 스스로 숨은 사람들, 아버지나 숙부나 선배나, 그리고 시모다카이에 있던 부자의 마음을 자신과 비교해보고, 결국은 비밀리에 창녀로 팔려가는 많은 아름다운 백정 처녀들의 운명 따위를 생각했다.

이제 와서야 우시마쓰는 후회했다. 왜 자신은 학문을 해서 바른 것

---

* 番太, 에도 시대 도시에서 밤을 지키고 촌락에서는 산야와 수문을 경계하고 부랑자를 조사했던 사람. 거지나 구걸하는 사람을 말할 때도 있다.

과 자유로운 것을 좇는 사상을 가지게 되었을까? 같은 인간이라는 것을 몰랐다면 달게 세상의 경멸을 받고 있었을 텐데. 왜 나는 사람 같은 것으로 이 세상에 태어났을까? 들과 산을 뛰어다니는 짐승으로 태어났다면 평생 아무런 괴로움도 모르고 지낼 수 있으련만.

즐겁고 슬픈 과거의 추억이 우시마쓰의 가슴속에 떠올랐다. 이야마로 부임해온 이후의 일이 떠올랐다. 사범학교 시절의 일이 떠올랐다. 고향에 있을 때의 일이 떠올랐다. 완전히 잊고 있어서 몇 년이나 생각한 일이 없는 일까지 그만 어제 일처럼 생생하게 떠올랐다. 지금은 우시마쓰도 스스로를 불쌍하게 여기지 않을 수 없었다. 조금 뒤 이러한 과거의 추억이 가슴속에 섞여 연기처럼 흩어져서 사라져버리자 앞으로는 단 두 가지 길밖에 취할 길이 없다는 결론이 났다. 단 두 가지. 쫓겨나든가, 죽든가. 우시마쓰는 도저히 쫓겨나서 살아갈 마음이 없었다. 그것보다는 오히려 뒤의 것을 택할 셈이었다.

짧은 겨울 해는 어느 사이에 저물어갔다. 이제 두 번 다시 이 세상에서 볼 수 없다는 비장한 마음으로 다리 위에서 멀리 바라보니, 서쪽 하늘에서 조금 남쪽 일대에 겨울 구름이 떠 있어서 마치 그리운 고향 언덕을 바라보는 마음이 들었다. 그것은 짙은 갈색으로 구름 끝만 누렇게 빛나고 있었다. 띠와 같은 수증기 무리 몇 줄기가 그 위에 걸쳐졌다. 아, 해가 진다. 쓸쓸한 양쪽 강 언덕의 풍물은 모두 이 저녁 빛과 공기에 감싸여버렸다. 우시마쓰는 얼마나 '죽음'의 두려움을 생각하며 흔들리는 다리의 가장자리를 걸어갔던가.

렌게 사에서 치는 종소리가 그때 우시마쓰의 귀에 무한한 슬픔을 전해주었다. 치쿠마 강의 물이 점점 어두워지고, 하늘에 떠 있는 짙은

갈색의 겨울 구름이 잿빛 감도는 보랏빛으로 바뀔 무렵에는, 벌써 해
는 멀리 저버렸다. 높게 뜬 수증기 무리는 활짝 연붉게 반사되고는 갑
자기 지워버린 듯 어두워졌다.

20장

1

적어도 그 선배에게만은 말하자. 문득 우시마쓰가 이렇게 생각한 것은 그 다리 위에서였다.

"아아, 그것이 마지막 작별이다."

이렇게 스스로를 위로하듯이 말했다.

이런 생각을 품고 얼마 뒤에 왔던 길을 되돌아가는데, 윤달 엿새쯤 되는 달이 황혼녘 하늘에 떴다. 우시마쓰는 곧장 그 길로 렌타로가 있는 여관으로 찾아가려고 하지는 않았다. 얼마 뒤에 연설회가 시작되는 것을 알고 있었다. 그러니 그것이 끝날 때까지 기다리는 수밖에 없다고 생각했다.

위쪽 건널목 근처에 있는 한 칸짜리 우동집은 그다지 거북한 사람들이 오지 않는 곳이었다. 마침 그 앞을 지나는데 처마에서 새어나오는 저녁 김이 연기와 섞여 구수한 냄새가 집 밖에까지 넘쳐흘렀다. 화로의 불도 붉게 타올랐다. 우시마쓰는 무심코 멈춰 섰다. 이미 너무 배가 고파서 굳이 렌게 사에까지 돌아갈 마음이 없었다. 불쑥 안에 들어서자 화롯가에는 너덧 명의 뱃사공, 그 밖에 썰매 끄는 사내가 먹고 마시고 있었다. 시간을 기다리는 우시마쓰의 처지로는 마시고 싶지 않아도 술을 주문할 필요가 있기 때문에 예의로 겨우 술 한 병을 주문했고, 아주 뜨겁게 해달라고 주문한 우동도 얼마 뒤에 눈앞에 놓였다. 우시마쓰는 흥분해서 떨기도 하고 그릇에 담긴 우동 냄새를 맡고 잠자코 다른 사람의 이야기도 들으면서 우동을 먹었다.

영락, 우시마쓰는 지금 그것과 마주하고 있었다. 뱃사람이나 썰매꾼이나, 이 밑바닥의 하등한 노동자들 입에서 나오는 말과 한숨의 의미가 비로소 절실하게 가슴에 전해오는 느낌이었다. 실제로 지금 우시마쓰의 마음은 오늘만 있고 내일을 모르는 날품팔이 사람들과 다를 바가 없었다. 화롯불은 잘 타올랐다. 사람들은 먹고 마시며 웃었다. 우시마쓰도 한데 어울려 쓸쓸한 듯이 웃었다.

이렇게 기다리는 시간은 참으로 참기 어려울 정도로 길었다. 시간은 더디 흘렀다. 거기에 있던 썰매꾼이 나가자 교대로 다른 사내가 들어왔다. 그들의 이야기를 무심코 듣고 있자니, 다카야기 일파의 운동이 참으로 대단해서 장사(壯士)에게 주는 돈만 해도 보통이 아니라는 것이었다. 무슨 요릿집을 빌려서 사무실로 쓰고, 요리 담당자가 늘 붙어 있고, 술은 마음대로 마시고, 들어오는 사람과 나가는 사람들이 얽혀 혼잡함이 보통이 아니라고 했다. 그래도 오늘밤 연설회가 마을 사람들을 얼마나 움직일까. 지금쯤은 그 선배의 남자다운 목소리가 호후쿠 사의 벽에 울려퍼질 것이라 상상하고, 연설도 이제 끝나가리라고 생각될 무렵, 우시마쓰는 마시고 먹은 것 이외에 얼마간의 찻값을 내놓고 우동집을 나섰다.

하늘에는 달이 떠 있었다. 이제까지 누런 램프 빛 안에 있다가 갑자기 이렇게 집 밖으로 나와보니 왠지 사정이 다른 느낌이 들었다. 엷고 약한 달빛은 지붕을 타고 길 위의 눈에 떨어지고 있었다. 처마 차양 그림자도 길에 드리웠다. 밤안개가 연기처럼 길에 차 있고, 모두 멀고 깊고 쓸쓸하게 보였다. 창백한 어둠. 이런 말을 할 수 있다면 그것은 이러한 달밤의 모습일 것이다. 말할 수 없는 두려움이 우시마쓰의 가슴에 피어올랐다.

가끔 뒤에서 오는 사람이 있었다. 이쪽이 천천히 걸으면 저쪽도 천천히 걷고, 이쪽이 서둘러 걸으면 저쪽도 서둘러 따라왔다. 뒤를 돌아보려고 했지만 아무래도 그럴 수가 없었다. 아, 누가 나를 잡으러 왔구나. 이렇게 생각하자 어느새 자기 뒤로 살그머니 다가와 갑자기 덤벼들기라도 할 것 같은 기분이 들었다. 어느 마을 모퉁이에서 뚝 그 발소리가 들리지 않자, 그제야 우시마쓰는 제정신이 들어 휴우 하고 안도의 한숨을 쉬었다.

앞쪽도 마찬가지였다. 어스름한 달빛. 그 달빛에는 어느 정도 형태가 보인다고 해도 좋을 것이다. 그 그림자에는 어느 정도 색이 잠겨 있다고 해도 좋을 것이었다. 연기가 나는 듯한 밤공기를 쐬면서 점점 이쪽으로 오는 사람의 그림자를 알아차렸을 때, 우시마쓰는 몸을 움츠리고 위험이 다가오는 것을 느끼지 않을 수 없었다. 그림자는 잠깐 이쪽을 뚫어져라 보고 이윽고 지나갔다.

비교적 날씨가 풀린 밤이라서, 치면 울릴 것 같은 추운 밤의 분위기와는 아주 다른 기분이었다. 하늘은 멀고 탁하며 낮은 곳에 모이는 구름 떼만 약간 희고, 별은 숨어서 보이지 않았지만 이내 딱 하나만 모습을 드러냈다. 길을 따라 지어진 집들은 벌써 문을 닫았다. 여기저기 등불 빛이 창에서 새어나왔다. 무슨 소리인지 알 수 없는 밤의 울림에 가슴 두근거리면서 우시마쓰는 조용한 마을을 지나갔다.

2

마침 연설회가 끝날 무렵이었다. 청중들은 눈길을 밟고 줄줄이 밖으로 나왔다. 각자 이야기하는 사람들에게 다가가서 슬쩍 연설회의 모습을 들어보니 다들 격앙하고 분개하며 누구 하나 다카야기를 저주하지 않는 사람이 없었다. 어떤 사람은 이 이야마에서 그런 인물을 쫓아내야 한다고 했고, 어떤 사람은 이치무라 변호사한테 투표하라고 했다. 어떤 사람은 세상의 모든 정치가에 대해 격렬한 절망을 늘어놓으면서 걸어갔다.

달빛 아래 서서 이야기하는 사람도 있었다. 렌타로는 연설을 그다지 잘하는 편은 아니지만, 이 무리가 말하는 것을 들으니 이상하게 사람을 끌어들이는 힘이 있어서 하는 말 하나하나가 청중의 폐부를 찔렀음을 알 수 있었다. 다카야기 일파의 장사 예닐곱 명이 끝없이 방해를 시도했지만, 결국 그것도 가라앉고 물을 끼얹은 듯이 조용해졌다. 비장한 정열과 심오한 사상은 렌타로의 연설에서 보이는 특색이었다.

가끔 그것은 병적으로 들렸다. 마지막으로 렌타로는 진실하지 못한 정치가가 사회를 그르치고 인도(人道)를 모욕하는 예를 들어 다카야기의 급소를 심하게 찔렀다. 다카야기의 비밀, 로쿠자에몬과의 관계 — 모두 그 비열한 동기에서 나온 결혼의 진상을 남김없이 발표했다.

또다른 한 무리가 말하는 것을 들으니 그 연설을 하고 있는 동안 렌타로는 몇 번이나 피를 쏟았다고 했다. 연설을 끝내고 연단을 내려올 무렵에는 손에 쥔 손수건이 붉게 물들었다는 것이다.

하여간 렌타로의 연설은 마을 사람들에게 깊은 감동을 전해준 것 같았다. 우시마쓰는 선배의 대담하고 남자다운 행동에 놀라서 불안한 생각을 품지 않을 수 없었다. 이미 여관에 돌아와 있을 시간이었다. 가보자, 이렇게 생각하며 꿈속처럼 걸었다. 불쑥 오기야 앞에 서서 처마에 달린 외등 그늘에 몸을 숨기면서 실내를 들여다보았더니, 무엇인가 복잡한 일이라도 있는 듯이 사람들이 들락날락하고 있었다. 주인인 듯한 쉰 정도의 남자가 당황한 듯이 짚신을 꿰어 신고 등불을 들고 나가려 하는 것이었다.

불러 세워 렌타로에 대해 물어보았을 때, 우시마쓰는 주인의 입에서 뜻밖의 소식을 들었다. 지금 호후쿠 사 문 앞에서 선배가 누구한테 습격을 당했다는 것이다. 사실인지 거짓인지, 만일 그것이 사실이라면 물론 다카야기의 복수임에 틀림없다. 우시마쓰는 반신반의했다. 무슨 생각을 할 틈도 없이, 다만 가슴을 두근거리면서 주인의 뒤를 따라서 호후쿠 사 쪽으로 서둘렀다.

우시마쓰가 도착했을 때는 이미 때가 늦었다. 우시마쓰뿐만 아니라 변호사도 늦었다고 했다. 들어보니 렌타로는 한발 먼저 돌아간다며 외투를 들고 나가고, 변호사는 남아서 뒤처리를 하고 있던 참이었다. 상처는 돌 같은 것으로 심하게 맞은 걸로 보였다. 그렇지 않아도 병약한 몸인데, 더구나 지친 상태라 아무런 저항도 못한 것 같았다. 피가 눈 위로 흐르고 있었다.

3

어쨌든 검시가 끝날 때까지는 어쩔 수 없다며, 렌타로의 시신은 외투로 덮은 채 손을 대지 않고 두었다. 무의식중에 우시마쓰는 무릎을 꿇고 선배의 귓전에 입을 댔다. 아직 그래도 들리지 않을까 하고 소리를 내보았다.

"선생님, 저예요, 우시마쓰예요."

아무리 말하고 불러보아도 이제는 들릴 리가 없었다.

달빛이 푸르게 비추어 처참한 죽음을 한층 더 실감하게 했다. 사람들은 마찬가지로 차가운 빛과 밤공기를 쐬면서 경찰과 의사가 오기를 기다리고 있었다. 변호사는 풀이 죽어 고개를 숙이고 팔짱을 낀 채 말없이 우두커니 서 있었다.

얼마 후 마을의 관리가 오고 경찰이 오고 의사도 왔다. 잠시 뒤에 시체 검사가 시작되었다. 등불에 비친 선배의 죽은 얼굴을 살펴보자, 광대뼈가 높고, 코가 뾰족하고, 굳게 다문 입술은 핏기도 없이 변해 있었다. 남성다운 위엄을 띤 그 용모에는 어딘지 모르게 어두운 고통의 그림자가 보였고, 장렬한 마지막 모습이 애처롭게 상상되었다. 보는 사람은 모두 감동했다. 만사에 의협심이 있는 오기야 주인의 주선으로 검시가 끝나고 관리들이 돌아갔다. 시신은 우선 여관으로 옮기기로 했다. 판자 위에 올려놓기 위해 변호사가 발을 들고 우시마쓰가 머리 쪽으로 가서 두 손을 선배의 겨드랑이 깊숙이 넣었다. 렌타로의 몸은 이미 차가웠다. 우시마쓰는 안타까운 마음에 창백한 선배의 뺨에 얼굴을 대고, 선생님, 선생님, 하고 얼마나 불러보았던가. 그때 주인이 곁으로 와서 축 늘어진 렌타로의 손을 가슴 위에 포개놓았다. 판자 위에 올려놓고 그 위에 외투를 덮고 오기야를 향해 나갈 무렵에는 달도 기울기 시작했다. 사람들은 초롱불로 밤길을 비추면서 걸었다. 짐작 가는 것이 없는 것도 아니었다. 네즈 마을에 있는 여관에서 함께 저녁을 먹을 때 선배가 계속 다카야기를 경멸하며 이처럼 신평민을 모욕한 이야기는 없을 거야, 라며 분개했던 일을 생각해냈다. 우에다 정거장으로 가는 도중에 마침 다리를 건널 때도 어떤 일이 있어도 그런 사내를 이기게 하고 싶지 않다, 어떻게 해서든지 이번 선거는 이치무라의 것으로 만들고 싶다, 라고 했던 말을 생각해냈다. 아무리 우리가 무지하고 비천한 사람이라 해도 밟히는 것에도 정도가 있지, 라고 했던 말을 생각했다. 다카야기의 이야기를 듣지 않았다면 몰라도, 듣고서 잠자코 돌아가는 것은 신평민으로서는 너무나 기개가 없는 일이니까, 라고 말한 것을 생각했다. 그리고 그 부인이 함께 도쿄로 돌아가자고 했을 때 선배가 꾸짖기도 하고 격려하기도 하면서 마치 억지로 갈라놓듯이 돌려보냈던 것을 생각했다. 이것저것 생각해보니 분명히 선배는 남모르는 각오를 품고 이 이야마로 온 것 같았다.

그런 일을 알았다면 좀더 일찍 자신이 같은 신평민의 한 사람이라는 것을 고백했을 것을, 그렇게 했다면 자신의 마음이 선배의 가슴 깊이 통했으련만.

후회해도 아무런 소용이 없었다. 우시마쓰는 부끄럽기도 하고 슬프기도 했다. 아아, 몇 시간 전에는 변호사와 함께 오기야를 나왔던 렌타로, 지금은 널빤지에 놓여 그때와 같은 문을 들어가는 것이었다. 우선 도쿄에 있는 부인에게 알리는 일을 맡아서 우시마쓰는 전보를 치려고 우체국으로 갔다. 밤이 깊었다. 길을 지나는 사람들의 그림자도 없었다. 꼭 쳐야지. 직원이 자고 있으면 두드려 깨워서라도 쳐야지. 그렇지만 그 전보를 받아든 부인의 마음을 상상하니 무어라고 써야 좋을지 알 수 없었다. 어둡고 쓸쓸한 네거리 모퉁이로 나오자 멀리서 개 짖는 소리가 계속 들렸다. 그때는 이미 스스로를 통제할 수가 없었다. 참기 어려운 슬픔의 눈물이 한꺼번에 터져나왔다. 우시마쓰는 걸으면서 소리 내어 통곡했다.

4

눈물은 오히려 말라비틀어진 우시마쓰의 마음을 적셔주었다. 전보를 치고 돌아가는 길에 우시마쓰는 렌타로의 정신을 되새기고 그것을 자신의 처지와 비교해보았다. 과연 선배의 삶은 남자다운 생애였다. 신평민다운 삶이었다. 신분을 공언하고 다녀도 있는 그대로가 사람들에게 통했고, 모든 것을 이해받았다. 나는 백정이다. 얼마나 대단한 사상인가. 그것과 비교하면 지금의 내 삶은 어떤가.

그제야 비로소 우시마쓰는 정신이 들었다. 자신은 그것을 감추려고, 타고난 자연스러운 성질을 닳아 없어지게 한 것이다. 그 때문에 한시도 자신을 잊을 수가 없었다. 생각해보면 이제까지의 생애는 거짓의 삶이었다. 스스로를 속이고 있었다. 아, 무엇을 생각하고 무엇을 괴로워하는가. 나는 백정이라고 남자답게 고백하는 것이 좋지 않은가? 렌타로의 죽음은 우시마쓰에게 이렇게 가르쳐주었던 것이다.

울어서 붉게 부어오른 얼굴로 얼마 뒤 오기야로 돌아와보니, 안방에는 여러 사람이 모여서 뒷일을 상의하고 있었다. 방의 도코노마 가까이 머리를 북쪽으로 둔 렌타로의 시체 위에는 여행용의 갈색 무릎덮개가 덮여 있고 얼굴은 흰 손수건으로 덮여 있었다. 주인이 마음 써준 듯 그 앞에 조그만 책상을 놓고 새 토기 그릇도 놓여 있었다. 향불 연기가 섞인 실내의 밤공기 속에서 촛불이 타는 모습이 쓸쓸했다.

경찰서에 갔던 변호사도 돌아와 렌타로에 대한 이야기를 우시마쓰에게 해주었다. 우에다 정거장에서 헤어진 뒤에 고모로, 이와무라타, 시가, 노자와, 우스다, 그 밖의 가는 곳마다 렌타로가 자세한 사회 연구를 발표한 점, 그리고 나가노에 갔다가 이곳으로 올 때까지 기운이 왕성했다고 말했다. 참으로 뜻밖이었어, 변호사는 생각난 듯이 말했다. "함께 이 집을 나서서 호후쿠 사로 갈 때까지도 그런 심한 말을 하리라고는 꿈에도 생각지 못했어. 언제나 연설 전에는 내용을 말해주고, 밥을 먹으면서 어떻게 할 예정이라는 말을 자주 들려주었다네. 그런데 오늘밤에는 그런 말이 없었어"라고 탄식했다. "자네를 비롯해서 모두 나를 진설하시 못한 사내라고 생각하겠지. 그렇게 생각해도 어쩔 수가 없지. 정말로 내가 잘못했어. 이노코 군이 무어라고 하든 부인과 함께 도쿄로 보냈다면 이런 일은 없었어. 아는 바와 같이 이노코 군은 몸이 약해서 처음에 신슈 지방을 돌자고 말을 꺼냈을 때 내가 얼마나 말렸는지 모른다네. 그때 이노코 군이 말했지. 나도 생각이 있어서 가는 것이니까 말리지 말게나. 자네가 나를 이용한다고 해도 좋고, 내가 또 자네에게서 도움을 받는다고 봐도 좋아. 하여간 자네는 자네 일을 하고 나는 나대로 일하는 거야, 이렇게 말했거든. 그 정도로 열심인 것을 억지로 그만두라고 말할 수도 없고, 모처럼 후의를 저버릴 수도 없고 해서 같이 다니게 되었어. 지금 이렇게 되고 보니 부인을 볼 면목이 없어. 부인, 그런 걱정 마세요, 이노코 군은 제가 보살피겠습니다, 라고 했는데. 어떻게 사과해야 할지 모르겠군."

이렇게 말하며 뚱뚱한 변호사는 풀이 죽은 채 양복 차림으로 쪼그리고 앉아 있었다. 오기야에 숙박하는 여행자는 모두 잠들어버린 후라 보통 때조차 정신이 멀어질 듯한 겨울밤이 한층 쓸쓸함을 더했다. 평소에는 신평민이라면 곧 얼굴을 찌푸리는 사람들도 렌타로의 일만은 안타까워하고 애석해했으며, 특히 그 비참한 최후가 깊은 동정심을 불러일으켰다. "경찰이 가만있을 리가 없어. 분명 벌써 다카야기 쪽에 손을 뻗었을 거야"라고 사람들은 서로 소곤거렸다.

보면 볼수록, 들으면 들을수록, 우시마쓰는 죽은 선배 손에 이끌려 새로운 세계로 들어가는 느낌이 들었다. 고백. 그것은 같은 신평민인 선배한테까지도 주저한 일로, 하물며 사회 사람들에게 신분을 밝히는 일 따위는 이제까지 상상도 못 했던 것이었다. 갑자기 우시마쓰는 새로운 용기를 얻었다. 어차피 지금까지의 나는 이제 죽은 것이다. 사랑도 버렸고, 명예도 버렸다. 많은 청년이 침식을 잊을 정도로 동경하는 현세의 환락, 그것도 백정의 처지로서는 무슨 필요가 있으리. 한 명의 신평민—선배가 그랬다—나도 그것으로 충분하다. 이렇게 생각하자 뜨거운 눈물이 젊은 뺨을 따라 끝없이 흘러내렸다. 그것은 진정 자신을 불쌍히 여기는 마음에서 나온 생명의 땀이었다.

내일은 꼭 학교에 가서 고백하자, 교사들에게도, 학생들에게도 이야기하자. 그래, 그러더라도 나중에까지 웃음거리가 되지 않도록, 될 수 있으면 다른 사람에게 폐를 끼치지 않도록 하자. 그렇게 결심하고 학생들에게 해줄 말과 사직서에 쓸 말, 그 밖의 여러 가지 일까지 상상하며, 사람들과 함께 렌타로의 시신 앞에서 하룻밤을 새웠다. 이럭저럭하는 사이 닭이 울었다. 우시마쓰는 새로운 새벽이 다가온 것을 알았다.

21장

1

학교에 갈 준비를 하려고 우시마쓰는 아침 일찍 렌게 사로 갔다. 쇼바보부터 시작해서 사미까지 모두 렌타로의 마지막과 다카야기의 구속에 관한 이야기뿐이었다. 어제 아침 우시마쓰가 부재중에 찾아왔던 손님이 바로 죽은 그 사람이라는 걸 알자 모두 뒤로 자빠질 정도로 크게 놀랐다. 또한 우시마쓰는 부인에게서 동생이 나가노로 돌아가게 되었다는 것과 주지가 엎드려 빌었다는 것, 그리고 부부가 헤어지는 일도 보류하기로 했다는 이야기를 들었다.

"나무아미타불."

부인은 염주알을 굴리면서 중얼거렸다.

마침 그날은 섣달 초하룻날이라 절에서는 일찍 아침밥을 먹는 관습이 있어 게사지가 우시마쓰 방에 밥상을 들고 왔다. 이렇게 절 사람처

럼 일찍 식사를 하는 것은 요즈음 없던 일이었다. 아침은 반드시 미지
근한 밥에다 졸아든 국으로 정해져 있었는데, 그날은 밥도 갓 지어 김
이 나는 것에다 국도 갓 끓인 것이라 된장 냄새가 맛있게 코끝에 배어
들었다. 작은 접시에는 좋아하는 낫토도 올라와 있었다. 우시마쓰는
밥상을 받으면서 어쨌거나 이렇게 오늘날까지 살아온 것을 신기하고
고맙게 생각했다. 아아, 비천한 백정의 아들이라고 각성하고 나니 밥
을 먹는 것에도 저도 모르게 눈물이 흘렀다.

아침밥을 먹은 뒤에 우시마쓰는 책상 앞에 앉아 사직서를 썼다. 그
때 일생의 훈계가 떠올랐다. 아버지의 말씀이 생각났다. "설령 어떤
일을 당하더라도, 어떤 사람을 만나더라도, 결코 백정이라고 고백하
지 마라, 순간의 분노와 슬픔으로 이 훈계를 잊으면 그때야말로 사회
에서 버려지는 것이라고 생각해라." 이렇게 아버지는 훈계하셨다.
'숨겨라'—그것을 지키기 위해 오늘날까지 얼마나 고심을 해왔던가.
'잊지 마라'—그것을 되풀이할 때마다 얼마나 많은 의심과 두려움을
품었던가. 만일 아버지가 이 세상에 살아 계셨다면 내 생각이 바뀐 것
을 보고 아마 미칠 정도로 화내고 슬퍼하셨겠지, 하고 상상해보았다.
그러나 누가 무엇이라고 말하든지 지금은 그 훈계를 버릴 작정이었다.

"아버지, 용서해주세요."

용서를 빌듯이 되풀이했다.

겨울날의 아침해가 비쳐들었다. 우시마쓰는 책상 앞에서 일어나 창
가로 갔다. 장지를 열고 바라보니 은행나무의 마른 가지 너머로 눈 쌓
인 마을의 모습이 보였다. 판사지붕과 치앙 등 눈에 들어오는 모든 것
이 하얗게 파묻혀 있고, 집들 사이에서는 아침밥을 짓는 희뿌연 연기

가 조용히 피어올랐다. 초등학교 건물도 지금 햇빛을 받고 있다. 아쉬운 듯이 차갑고 기분 좋은 아침 공기를 마시면서 그 풍경을 잠시 동안 바라보고 있자니, 문득 렌타로가 지은 『참회록』의 첫 장에 '나는 백정이다'라고 쓰여 있던 것이 새삼스럽게 다시 떠올라, 마치 이 마을 사람들에게 고백하듯이 그 글귀를 창가에서 읊어보았다.

"나는 백정이다."

이렇게 다시 한번 되풀이하고 나서 우시마쓰는 학교 갈 채비를 했다.

2

파계(破戒) — 이 얼마나 슬프고 용감한 생각이냐. 이렇게 생각하면서 우시마쓰는 렌게 사의 산문을 나섰다. 길모퉁이까지 걸어가자 맞은편에서 경찰에게 끌려가는 네댓 명의 사내와 마주쳤다. 모두 포승줄에 묶여 창백한 얼굴로 사람들의 눈을 꺼리면서 풀이 죽은 채 걸어갔다. 그중에 한 사람, 검은 무늬 하오리에 흰 버선을 신고, 얼굴은 감추어서 보이지 않지만, 당세풍(當世風)의 신사 차림을 한 사람이 다카야기 리사부로라는 걸 금방 알아볼 수 있었다. 자세히 보니 함께 끌려가는 수상쩍은 분위기의 사람은 다카야기가 고용했던 장사 같았다. 과연 아쉬움이 남는 듯 때때로 멈춰 서서 뒤돌아보다가 경찰한테 주의를 받는 듯했다. "아, 붙잡혀가나보구나" 하고 우시마쓰 곁에 서서 바라보던 한 사람이 말했다. "자업자득이야"라고 또 한 사람이 말했다. 그러는 동안 다카야기 일행은 경찰을 따라 길모퉁이를 돌아서, 잠시 후 눈 내린 산 그림자에 가려져버렸다.

남녀 학생들은 초등학교를 향해 걸음을 서둘렀다. 근처에서 다니는 학생은 플란넬 조각으로 머리를 싸고 어깨 덮개를 쓰고 소리를 지르면서 눈 속을 뛰어갔다. 마을의 어린아이들도 제각각 어울려 앞서거니 뒤서거니 무리를 지어서 갔다. 이렇게 천진한 학생들과 함께 익숙한 길을 걷는 것도 이제 마지막인가 하고 생각하자, 눈에 보이는 것 모두가 우시마쓰의 마음에 슬프고 그리운 감상을 불러일으켰다. 보통 때에는 시끄럽다고 느껴지던 여자아이들의 수다 소리마저 오늘 아침에는 정겨웠다. 색이 바랜 갈색 하카마를 바라보자 곧 미련이 끓어올랐다.

학교 운동장에는 눈이 산처럼 쌓여 있었다. 목마와 철봉이 눈에 깊이 파묻혀버린 탓에 밖에서 자유롭게 뛰놀 수 없어서 학생들은 학교 건물 안에서만 놀았다. 현관에도 복도에도 넓은 체조장에도 즐거운 외침이 넘쳐흘렀다. 우시마쓰는 수업이 시작될 때까지 마지막으로 학생들을 감독할 작정으로 이곳저곳 돌아다녔는데, 여기저기서 세가와 선생님, 세가와 선생님 하고 불러댔다. 학생들이 따르는 모습이 무척 귀여웠고, 뛰고 달리는 소란도 이게 마지막이라고 생각하니 한층 사랑스러웠다. 복도에 서 있던 두세 명의 여선생이 서로 힐끔힐끔 이쪽을 보고 눈짓을 주고받으며 웃곤 했지만 우시마쓰는 별로 신경 쓰지 않았다. 그날 아침은 3학년 센타도 일찍 나와서 체조장 구석에 맥없이 서 있었다. 부리운 듯 다른 학생들을 꼼짝않고 바라보고 있는 것을 보니 변함없이 상대해주는 사람이 없는 것 같았다. 우시마쓰는 센타를 뒤에서 안아주고, 누가 보고 웃든 개의치 않고, 자연히 드러나는 깊은 슬픔의 마음을 기울였다. 이 불행한 소년도 역시 자신과 같은 별 아래서 태어났다는 것을 생각했다. 언젠가 이 소년과 함께 테니스를 쳐서 졌던 일이 떠올랐다. 마침 천장절 오후였고, 게이노신의 송별회 겸 다과회 후였다는 것이 떠올랐다. 문득 복도 저편에서 보통과 1학년 정도 되어 보이는 여자아이가 노래를 부르는 천진한 목소리가 들렸다.

복숭아에서 태어난 모모타로[*]
마음씨 상냥하고, 힘이 세지요

그 노랫소리를 듣자 우시마쓰의 얼굴에는 저도 모르게 눈물이 흘렀다.

잠시 뒤에 종소리가 크게 울려퍼졌다. 학생들은 서로 짚신 소리를 내며 앞다투어 체조장의 먼지 속을 달려갔다. 조금 있자 교사들이 담당반 아이들을 모았다. 신호를 보내는 호루라기도 불었다. 순서에 따라 교사와 학생이 움직이기 시작했다. 고등과 4학년 학생은 우시마쓰의 뒤를 따라서 발을 맞춰 함께 긴 복도를 지나갔다.

----

* 옛날이야기의 하나로, 복숭아에서 태어난 모모타로가 개와 원숭이 그리고 꿩을 데리고 귀신이 사는 섬을 정복한 후 금은재화를 가져왔다는 이야기.

3

응접실에는 교장과 군 장학관이 마주 앉아 지방의원이 오기를 기다리고 있었다. 우시마쓰 일에 대해 직접 만나서 상의하고 싶다는 협의가 있었기 때문이다. 그런데 군 장학관이 약속 시간보다 빨리 교장실을 방문한 것이다.

교장이 말하기를, 자기는 무슨 악의가 있어서 이분자(異分子)를 배척하려는 것이 아니다, 자기는 이제 구식 교육자로 불리는 사람이고, 우시마쓰와 긴노스케와는 세대가 확실히 다르다, 지금도 계속 자기 시대라고 말하고 싶지만 어느새 세상이 바뀌었다, 새로운 시대만큼 두려운 것은 없다, 늙고 싶지 않고, 썩고 싶지 않으며, 언제까지나 지금과 같은 위치와 명예를 지니고 싶다, 후배 선생들에게 투구를 벗고 항복하고 싶지 않다, 그래서 진취적인 청년 교사를 멀리하는 경향을 지니게 된 것이다.

뿐만 아니라 우시마쓰와 긴노스케는 분페이처럼 자신의 뜻을 받아들이지 않는다. 직원회 때마다 자주 의견이 충돌했다. 무슨 일이든지 방해를 했다. 그렇게 주둥이가 노란 자들이 교장인 자기보다 학생들의 존경을 받는다는 것이 제일 화가 났다. 무슨 악의가 있어서 배척하려는 것은 아니지만, 학교의 통일이라는 점에서 말한다면 이 또한 어쩔 수 없다—이렇게 교장은 변명거리를 생각하고 있었다.

"지방의원도 곧 올 것 같은데." 군 장학관이 회중시계를 꺼내보면서 말했다. "그나저나 세가와 군의 일도 드디어 사건이 되겠군요."

사건이란 말에 교장은 웃었다.

"그러나," 군 장학관은 말을 이었다. "우리 쪽에서 먼저 꺼내면 재미가 없지요. 마을 쪽에서 먼저 말이 나오도록 해야 해요."

"그렇습니다. 저도 그렇게 생각하고 있습니다." 교장은 진지한 얼굴로 대답했다.

"보세요. 세가와 군이 없어지고, 쓰치야 군이 없어지고, 그렇게 되면 이제 우리 거나 마찬가지예요. 세가와 군 대신에 조카를 기용하고, 빈자리에는 내가 적당한 인물을 주선하지요. 자, 그럼 완전히 우리 파로 굳어지지 않겠습니까? 그렇게 해두면 선생 위치도 오랫동안 변함이 없을 테고, 나 또한 모처럼 걱정한 보람이 있다고 할 수 있겠지요. 하하하."

이러한 이야기를 나누는 참에 사환이 문을 열고 들어왔다. 이어서 세 명의 지방의원이 나타났다.

"아, 어서 오시오." 교장은 의자에서 일어나 정중하게 인사를 했다.

"늦어서 죄송합니다." 금테 안경을 쓴 의원이 쾌활한 어조로 말했다. "실은 다카야기 군이 저런 처지라서 갑자기 선거 양상이 바뀌어서 말입니다."

4

그날은 나가노 사범학교 학생이 스무 명 정도 참관하러 와서 학교 복도를 오가고 있었다. 우시마쓰는 담당 교실로 들어갔다. 고등과 4학년은 수신(修身) 과목을 마치고 2교시 수학으로 들어가서, 학생들이 열심히 문제를 생각하는 중이었다. 참관인들이 문을 열고 나타나자 잠깐 발소리가 방해가 되었으나, 잠시 뒤 그것도 잠잠해져 원 상태로 돌아갔다. 조용한 교실 안에는 석판 위를 구르는 석필 소리만 들렸다. 우시마쓰는 책상 사이를 오가며 서운한 듯이 일동을 감독했다. 때때로 참관인 쪽을 주의해서 바라보니, 제복을 입은 무리가 죽 벽에 늘어서 있는 것이 제법 비평가다운 표정들이었다. 즐거운 학생 시절의 여러 가지 일들이 우시마쓰의 눈앞에 떠올랐다. 자신도 동급생들과 함께 사범학교 강사를 따라서 여기저기 참관하러 다니던 일이 생각났다. 잔혹한, 그렇지만 잘못은 없는 평을 해서 가는 곳마다 교사를 괴롭히던 일이 생각났다. 우시마쓰도 한때는 참관인과 마찬가지로 제복을 입던 시절이 있었던 것이다.

"다 했나요? 다 한 사람은 손을 들어보세요."

우시마쓰의 말에 따라 뒤쪽 반장을 비롯해서 약간 자신이 없어 보이는 학생까지 서로 다투어 손을 들었다. 수학을 그다지 잘하지 못하는 쇼고도 평소와 달리 용기 있게 손을 들었다.

"가자마 군."

지명하자 쇼고는 곧장 자리에서 일어나 성큼성큼 칠판 앞으로 나아갔다.

겨울날의 햇빛이 유리창을 통해 들어와 익숙한 교실 안을 쓸쓸하게 비추었다. 보통 때는 아무런 느낌도 없는 높은 천장에서 사방의 흰 벽까지 모든 것이 우시마쓰의 눈에 새롭게 비쳤다. 정면에 걸려 있는 칠판 앞에 서서 분필로 답을 쓰는 쇼고의 뒷모습을 보자, 실로 한창 귀여울 때의 소년이었다. 어깨 줄이 있는 통소매 하오리를 입고, 목을 약간 기울여 왼쪽 어깨를 늘어뜨리고, 높은 곳에 숫자를 쓸 때마다 발돋움을 하고 오른팔을 뻗었다. 쇼고는 공부를 잘하는 학생으로 그림이나 습자, 작문은 잘했지만, 항상 이과와 수학에서 실패해 15에서 16등을 오르락내리락했다. 하지만 이상하게도 그날은 잘했다.

"이것과 같은 답이 나온 사람은 손을 들어보세요."

뒤쪽 학생은 모두 손을 들었다. 쇼고는 약간 얼굴을 붉히고 잠시 뒤에 자기 자리로 돌아갔다. 참관인들은 서로 얼굴을 마주 보면서 의미 있는 미소를 나누었다.

이런 식으로 문제를 내고 설명을 들려주면서 수학 시간을 마쳤다. 그날은 이상하게 학생들이 모두 정숙해서, 참관인이 없었던 1교시부터 장난을 치는 학생이 거의 없었다. 항상 꾸벅꾸벅 조는 학생이나, 책상 밑에서 몰래 무선전화를 거는 기사(技師)까지도 무척 예의 바르게 앉아 있었다. 아아, 학생들의 얼굴을 보고, 교실을 보고, 지금은 마지막 수업을 하기 위해 여기에 서 있다고 생각하자, 우시마쓰는 자연히 가슴이 두근거리며 얼굴에 열성이 드러났다.

5

"물론 이치무라 씨가 당선되겠지요?" 응접실에서는 흰 수염을 기른 지방의원이 사교에 능숙한 투로 이렇게 말했다. "인기라는 것은 이상한 것입니다. 다카야기 군이 저렇게 되자 벌써 아무도 뒤돌아보는 사람이 없습니다. 잡았다 싶었던 사람들까지 이치무라 씨 쪽으로 기울어버렸습니다.”

“이렇게 된 것도 그 이노코라는 사람이 죽은 덕택입니다. 이치무라 씨는 톡톡히 감사해야 돼요.” 금테 안경을 쓴 의원이 힘주어 말했다.

“그러고 보면 신평민도 무시할 수 없군요.” 군 장학관은 가슴을 펴고 웃었다.

“그렇고말고요.” 흰 수염의 의원도 웃었다. “어쨌든 그 정도 결심을 한다는 것은 쉽지 않으니까요. 그러나 이노코 같은 인물은 달라요.”

“그래요. 그쪽은 그쪽이고, 이쪽은 이쪽이야.”

얼굴이 살짝 얽은, 상인 출신 같은 의원이 말을 꺼내자 그곳에 있는 모두가 웃었다. ‘그쪽은 그쪽이고, 이쪽은 이쪽’이라고 말한 것만으로 뜻이 완전히 통한 것이다.

“하하하, 방금 얘기가 나온 이쪽 이야기인데요,” 금테 안경을 낀 의원이 궐련을 피우면서 말했다. “군 장학관님도 함께 걱정하셨는데, 너무 마을이 시끄러워지기 전에 전근을 보내든가 혹은 휴직을 시키든가 무슨 방법을 생각해주셨으면 해서요.”

“네.” 군 장학관은 이마에 손을 댔다.

“세가와 선생한테는 안됐습니다만, 이것도 어쩔 수 없어요.” 흰 수염이 있는 의원은 탄식했다. “아시다시피 지방 특성상 하여간에 그런 것을 싫어해서, 그 선생이 실은 정체가 그렇다는 것을 학부형들이 알아보세요. 분명 자식들을 학교에 보내지 않겠다고 나올 겁니다. 벌써 눈에 훤히 보입니다. 실제로 지방의원 중에도 대단히 불평을 한 사람이 있습니다. 도내체 학무위원이 그렇게 눈치가 없느냐고 나에게 대드는 판이니까요.”

"뭐, 우리를 비롯해서 그러한 사실을 들으면 그다지 기분이 좋지 않으니까요." 얼굴이 얽은 의원이 웃으면서 말을 덧붙였다.

"그러나, 그렇다면 학교로서는 참으로 애석한 일입니다." 교장은 새삼스럽게 말했다. "세가와 군이 잘해왔단 것은 아마 여러분도 들으셨겠지요. 저도 한쪽 팔처럼 믿고 있는 사람입니다. 학문도 있고, 사람도 견실하고, 게다가 학생들의 평판이 좋아서 젊은 교육자로서는 흔하지 않은 사람입니다. 신분이 미천하다 해도 그런 사람을 버리기는 실로 불합리한 일입니다. 제발 여러분이 힘을 써주셔서, 가능하다면 만류해주시기 바랍니다."

"아." 금테 안경을 쓴 의원은 교장의 말을 가로막았다. "물론입니다. 방금 그런 교장 선생님의 의견을 듣고 보니, 우리가 이런 의논을 하려고 왔다는 것부터가 부끄럽기 짝이 없습니다. 물론 학문에는 계급의 차별이 없겠지요. 그런데 그게, 미신을 많이 믿는 지방이라서요. 그러한 아름다운 사상을 가진 사람은 없거든요."

"아무래도 아직 그렇게까지는 개화되지 않았지요." 얼굴이 얽은 의원이 말했다.

"글쎄, 그래도 이노코 선생처럼 뛰어나면 또 사람들이 용서하지요." 흰 수염의 의원이 받아서 말했다. "그 증거로 여관에서도 아무렇지도 않게 재워주고, 절에서도 본당을 빌려주고, 연설을 하면 사람들이 들으러 갑니다. 그 선생은 기분 나쁘게 숨기지 않아서 좋아요. 처음부터 먼저 밝히고 덤벼드는 식이니까, 인정은 묘한 것이라 그러면 오히려 안됐다는 마음이 듭니다. 그런데 세가와 선생이나 다카야기 군의 부인처럼 그것을 숨기려고 하면 세간에서는 더욱 야단스럽게 나오지요."

"그렇지요." 군 장학관은 동의를 표했다.

"전근이라도 시켜달라고 상신하는 게 어떨까요?" 금테 안경을 쓴 의원이 사람들의 얼굴을 둘러보았다.

"전근 말씀이십니까?" 군 장학관은 심각한 듯이 말했다. "일단 조건부 전근은 잘 되지 않아요. 게다가 그런 일이 세상에 알려진 이상 어느 학교나 기꺼워하지 않을 테니까요. 우선 휴직시키기로 하지요."

"어떻게 하든 그것은 선생 뜻에 달렸지요." 흰 수염의 의원이 손을 비비면서 말했다. "지방의원 중에는 괘씸하니 바로 쫓아버리라고 폭언을 하는 사람도 있으니, 아무쪼록 잘 처리해주시기 바랍니다."

6

어쨌든 그날 수업만은 무사히 끝내야겠다는 생각에 우시마쓰는 끓어오르는 가슴을 억누르면서 3교시 습자를 가르쳤다. 연습하는 학생 뒤로 가서 손을 잡고 한자 쓰는 법에 대해 주의를 줄 때 얼마나 붓끝이 부들부들 떨렸는지. 주위의 학생이 모두 허리를 뻗어 바라보고 먹투성이 입을 벌리고 웃었다.

사환이 3교시가 끝나는 종을 쳤을 무렵에는 군 장학관과 지방의원도 돌아간 후였다. 사범학교 학생들은 아직 남아서 오후 수업을 보겠다고 했다. 섬심시간 후 학생들 감독은 다른 선생한테 맡겨두고 우시마쓰는 뒤처리를 하기 위해 직원실에 남았다. 우선 돌려줄 것은 돌려

주고, 조사할 것은 조사했다. 나중에 비난을 받지 말아야겠다고 생각
하자 마음이 조급하기 짝이 없었다. 직원실 구석에서는 수업이 없는
선생들이 모여서 호후쿠 사 문 앞에서 있었던 사건 이야기를 했다. 렌
타로가 몸을 던진 일에 관해서도 여러 가지 억측이 나돌았다. 어떤 사
람은 과도한 명예심이 원인이라고 했고, 어떤 사람은 생활이 곤란해
서였다고 했으며, 어떤 사람은 또 정신에 이상이 온 것이라고도 했다.
열 사람 있으면 열 가지 말을 하면서 비방하고 헐뜯기도 했다. 간혹
렌타로의 정신을 칭찬하는 사람이 있어도 오히려 폐병 탓으로 돌려버
렸다. 여러 사람의 소문을 무심결에 들으며 우시마쓰는 도저히 오해
받지 않고 살 수 없는 세상이라는 것을 느꼈다. '잠자코 늑대처럼 사
내답게 죽는다' — 선배의 말을 생각하자 슬펐다.

　오후 과목은 지리와 국어였다. 5교시에는 국어 교과서 말고도 전에
학생들한테 받아두었던 습자 청서(淸書)와 작문 노트까지 함께 가지
고 교실로 들어갔다. 그것을 본 호기심 많은 소년이 눈을 동그랗게 떴
다. "와, 작문을 고쳐주셨다." 한 학생이 이렇게 말했다. "그림도." 이
렇게도 말했다. 우시마쓰는 그것을 자신의 책상 위에 놓고 보통 때처
럼 교과서 진도를 나갔지만, 평소 때의 절반 정도만 강석(講釋)하고
는 책을 덮고, 오늘은 이제 이것으로 끝낸다, 그리고 조금 할 이야기
가 있다며 학생들의 얼굴을 바라보았다. "선생님, 옛날이야기 해주시
는 거예요?" 성질 급한 아이가 곧장 이렇게 물었다.

　"이야기요, 이야기요."

　이렇게 요구하는 소리가 교실 구석에서 구석까지 퍼졌다.

　우시마쓰의 눈은 빛나고 있었다. 저도 모르게 떨어지는 눈물을 막

을 수가 없었다. 그때 습자와 그림, 그리고 작문 노트를 학생들에게
건네주었다. 그중에는 연한 글씨로 점수를 매긴 것도 있고, '우'나
'가'라고 표시한 것도 있었다. 또는 전혀 보지 않은 것도 있었다. 우시
마쓰는 우선 그에 대한 사과로 이야기를 시작하고, 다 고쳐주고 싶지
만 이제 그럴 시간이 없다고 말하고, 이렇게 함께 수업을 하는 것도
실은 오늘이 마지막이라고 말했다. 그리고 자신은 지금 작별을 하기
위해 여기 서 있다고 말했다.

"여러분 알고 있지요?" 우시마쓰는 잘 알아듣도록 말했다. "이 산
고장에 사는 사람들은 대개 다섯 종류로 나누어집니다. 옛 사족(士
族)과 마을의 상인, 농부와 승려, 그리고 그 밖에 백정이라는 계급이
있습니다. 그 백정들은 지금도 마을 변두리에 무리 지어 살면서, 여러
분이 신는 신발 밑창을 만들고, 구두나 북이나 샤미센 등을 만들고,
또 어떤 사람은 농사를 지어서 살아간다는 것을 알고 있겠지요. 그 백
정이 출입이라고 해서 벼를 한 다발씩 들고 여러분의 아버님이나 할
아버님한테 1년에 한 번씩 꼭 문안 인사를 간다는 것도 알고 있겠지
요. 그 백정이 여러분 집에 가면 봉당에 손을 짚고 따로 마련한 그릇
에 담긴 음식을 받고, 문지방 너머로는 절대 한 발자국도 들어가지 못
한다는 것도 알겠지요. 여러분들이 볼일이 있어서 백정 마을에 가더
라도 담뱃불은 성냥으로 붙이고 차가 있어도 절대 내주지 않는 것이
오래전부터의 습관이었답니다. 백정이라는 것은 그 정도로 비천한 계
급이랍니다. 만일 그 백정이 이 교실에 와서 여러분에게 국어나 지리
를 가르친다면 여러분은 어떻게 생각하겠습니까? 여러분의 아버님이
나 어머님은 어떻게 생각하시겠습니까? 실은 저는 그 비천한 백정의

한 사람입니다."

손과 발이 심하게 떨렸다. 우시마쓰는 서 있을 수 없다는 듯 책상에 몸을 기댔다. 학생들은 놀라고 안 놀라고 문제가 아니었다. 모두 고개를 들거나 입을 벌리고 열심히 쳐다보았다.

"여러분도 벌써 열대여섯 살이니, 세상 물정을 전혀 모를 나이도 아닙니다. 부디 내가 하는 말을 잘 들어주세요." 우시마쓰는 안타까운 듯 말을 이었다.

"이제부터 앞으로 5년 10년이 지나서 여러분이 가끔 초등학교 시절을 떠올릴 때, 아, 고등과 4학년 때 세가와라는 선생님한테 배운 일이 있었지. 그 백정 선생이 신분을 밝히고 작별을 고할 때, 정월이 되면 자신들과 함께 도소 주를 마시고 천장절에는 마찬가지로 국가를 부르며 남몰래 우리 행복과 출세를 빈다고 했었지. 이렇게 생각해주세요. 내가 지금 이런 고백을 하면 분명히 여러분은 더럽다고 느끼겠지요. 나는 비록 천한 신분이지만, 여러분이 훌륭한 마음을 가지도록 매일 공들여 가르쳤습니다. 적어도 그 고생을 봐서 지난 일은 이해해주세요."

이렇게 말하며 책상에 손을 짚고 용서를 빌듯이 머리를 숙였다.

"집에 가면 아버님과 어머님께 부디 제 이야기를 해주세요. 이제까지 숨겼던 것은 참으로 죄송했다고 전해드리고, 여러분 앞에 이렇게 손을 짚고 이렇게 고백했다고 이야기해주세요. 정말로 나는 백정입니다, 조리입니다. 불결한 인간입니다."

이렇게 덧붙여 말했다.

우시마쓰는 아직도 사과가 부족하다고 생각했는지 두세 걸음 뒤로 물러가서, 용서해주세요, 하면서 마루에 무릎을 꿇었다. 놀란 뒤쪽 학생들이 갑자기 일어났다. 한 사람이 일어서고, 또 한 사람이 일어서서 목을 빼고 바라보는 사이, 교실 안에 있는 학생들이 모두 일어나서, 어떤 아이는 의자 위에 올라서고 어떤 아이는 자리에서 나가고 어떤 아이는 복도로 소리를 지르면서 뛰어갔다. 그때 큰 종소리가 울려퍼졌다. 교실들의 문이 열렸다. 다른 학생과 선생도 함께 파도처럼 이쪽으로 밀려왔다.

* * *

12월이 되자 긴노스케는 벌써 손님 기분이 되었다. 그날은 오후 한 시 무렵부터 개인적인 일로 학교에 나와 직원실에서 한창 이야기에 열중하고 있다가 갑자기 우시마쓰에 관한 이야기를 들었다. 긴노스케는 그곳으로 뛰어갔다. 현관을 가로질러 긴 복도를 지나자 어깨 덮개에 보라색 머릿수건을 쓰고 하교하는 여학생들이 여기저기 모여 우시마쓰의 이야기를 하느라 집에 가는 것도 잊은 듯했다. 체조장에 모인 남학생들도 역시 우시마쓰의 이야기뿐이었다. 좌우로 뛰어다니는 소년 무리를 헤치고 고등과 4학년 교실로 가니 복도 쪽에 교장과 선생 대여섯 명이 있고 그중에 분페이도 함께 있었다. 살펴보니 우시마쓰는 약간 흥분한 것처럼 동료 앞에 무릎을 꿇고 이마를 마루 먼지 속에 파묻고 있었다. 이 불쌍한 모습을 봄과 동시에 깊은 애처로움이 긴노스케의 가슴에 끓어올랐다. 다가가서 부축해 일으키면서 옷에 묻은 먼지를 털어주자 우시마쓰는 반은 혼잣말처럼 말했다. "쓰치야 군, 용서해줘."

이렇게 되풀이했다. 얼마나 많은 고백의 눈물이 우시마쓰의 뺨에 흘렀는가.

"알았어, 알았어, 자네 마음은 알았어." 긴노스케는 말했다. "그래, 사직서를 써왔다고? 일단, 나중 일은 나에게 맡기고, 자네는 곧장 집으로 돌아가. 어서 그렇게 해."

7

고등과 4학년 학생들은 교실에 남아서 평소 존경하던 선생을 위해 회의를 열었다. 아직 어려서 복잡한 사회 일을 모르는 아이들이지만, 과연 정직한 소년들의 마음은 예리한 신경으로 우시마쓰의 마음을 알아차리고, 어떻게 해서든지 만류할 궁리를 하려는 것이었다. 잠자코 보고 있을 때가 아니다. 함께 교장 선생님께 부탁드리자고 열여섯 살짜리 반장이 말을 꺼냈다. 찬성의 목소리가 일었다.

"자, 가자."

농부 아들로 보이는 학생이 외쳤다.

의논은 결론이 났다. 청소 당번만 남겨두고 소년들은 함께 교실을 나갔다. 그중에는 쇼고도 섞여 있었다. 마침 교장은 교장실 의자에 기대 앉아 분페이를 상대로 이야기하던 참이었다. 고등과 4학년 학생들이 나타나자 곧장 일행이 말하려는 것을 알아차렸다.

"무슨 볼일이 있나요?"

교장은 아무렇지도 않은 듯 물어보았다.

반장이 탁자 앞으로 나갔다. 교장과 분페이는 날카로운 눈초리로 이 학생의 얼굴을 보았다. 쇼고에 비해 훨씬 철이 든 소년으로 말하는 것에도 조리가 있었다.

"실은 부탁드릴 것이 있어서 왔습니다."

이렇게 말을 꺼내며, 반장은 일행의 마음을 알렸다. 어떻게 해서든지 그 선생님을 붙잡아달라는 것이었다. 비록 백정이라고 하지만 그런 건 괜찮다. 실제로 학생들 중에도 백정 자식이 있다. 선생 중에 백정이 있다는 게 뭐가 나쁜가. 이는 학생 전체의 소원이다. 부탁드린다. 이렇게 말하고 반장은 고개를 숙였다.

"교장 선생님, 부탁드립니다."

이렇게 일행은 한꺼번에 말하고 각자 고개를 조아렸다.

그때 교장은 의자에서 일어났다. 일어서서 일행의 얼굴을 바라보면서 말했다. "여러분이 하는 말은 잘 알겠습니다. 그 정도로 여러분이 열심히 붙잡고 싶다면, 물론 나도 내가 할 수 있는 일을 다해보지요. 그러나 일에는 순서가 있습니다. 부탁하러 오려면, 부탁하러 온다고 수속을 밟고, 대표를 세우든가 청원서를 내든가 해서 규칙을 지키는 것이 예의입니다. 이렇게 모두 한꺼번에 몰려와서 붙잡아달라니, 얼마나 버릇없는 행동인가요?" 이런 말을 듣고 반장은 무슨 변명을 하려 했지만, 이윽고 눈물을 글썽이며 입을 다물어버렸다.

"보세요." 교장은 책상 위에 있는 서류를 펴 보였다. "이처럼 세가와 선생이 사직서를 제출했습니다. 이것은 우선 군 장하관한테 올려야 합니다. 지방의 상무위원에게도 보여야 합니다. 가령 우리가 세가와 선생을 돕고 싶다고 해도, 혼자서 아무리 안달한들 마을 사람들이 들어주지 않으면 어쩔 수 없어요." 약간 말투를 부드럽게 바꾸었다. "나 혼자 힘으로 어떻게 이를 처리할 수도 없다는 것을 잘 이해해주세요. 그런 좋은 교사를 잃는 것은 여러분만이 아니라 나도 안타깝게 생각하는 바입니다. 여러분이 하는 말은 잘 알았습니다. 일단 오늘은 이대로 돌아가서 공부를 게을리하지 않도록 하세요. 여러분이 이런 일에 참견하지 않아도 학교 쪽에서 일을 나쁘게 만들지는 않습니다. 여러분한테는 공부가 첫째입니다."

분페이는 팔짱을 끼고 그 말을 듣고 있었다. 어쩔 수 없이 돌아가는 학생들의 뒷모습을 바라보며 차갑게 웃고, 이윽고 교장은 문을 닫아버렸다.

22장

1

"좀 여쭙겠는데요, 세가와 군이 여기 오지 않았습니까?"

이렇게 말하며 게이노신의 집을 찾아온 것은 긴노스케였다. 친구를 생각하는 긴노스케는 걱정하면서 우시마쓰의 뒤를 쫓아 찾아온 것이었다.

"세가와 선생님요?" 오시호가 뛰어나와서 말했다. "어쩌나, 방금 막 돌아가셨습니다."

"방금요?" 긴노스케는 오시호의 얼굴을 바라보았다. "그러면 어디로 갔을까요? 모르세요?"

"자세히 여쭈어보지는 않았는데요," 오시호는 더듬거리며 말했다. "저, 이노코 선생의 부인이 도쿄에서 오셨다고 합니다. 아마 그곳으로 가셨을 거예요. 왜, 이치무라 씨가 머물고 있는 여관이요. 세가와 선생님 말투로 보아 그런 것 같았어요."

"이치무라 씨가 있는 곳에요? 그러면 다행이군요." 긴노스케는 깊은 한숨을 쉬었다. "실은 저도 아주 걱정이 되어 렌게 사로 가서 물어보았습니다. 절에서는 아직 세가와 선생은 학교에서 돌아오지 않았다고 했어요. 그래서 이치무라 씨의 숙소에 가보았더니 거기에도 없었어요. 어쩌면 여기 있는지 모른다고 생각해서 찾아왔습니다." 그러고는 다시 생각하며 말했다. "그래요, 여기 왔었군요."

"마침 길이 어긋나셨네요." 오시호는 약간 얼굴을 붉히며 말했다. "들어오세요, 누추한 곳입니다만."

오시호의 안내를 받아 긴노스케는 화롯가로 올라갔다.

붉게 부어오른 오시호의 뺨에는 아직 눈물 흔적이 마르지 않았다. 긴노스케는 우시마쓰가 어떤 말을 하고 떠나갔는지 오시호의 표정만 보아도 대강 짐작할 수 있었다. 그 초등학교 복도에서 사람들 앞에 무릎을 꿇고 진짜 신분을 고백했던 행동을 보면, 분명히 친구는 대단한 결심을 했던 것이리라. 그 마음을 생각하면 가여워졌다. 긴노스케는 이렇게 생각하고, 어떻게든지 친구를 돕고 싶다는 것을 오시호에게 말하려고 했다. 긴노스케는 우선 오시호의 처지부터 물어보았다.

가난하고 괴로운 처지에 있는 오시호는 곧장 긴노스케의 믿음직스러운 기상을 알아차렸다. 뿐만 아니라 우시마쓰와 이 사람이 둘도 없는 친구라는 것도 잘 알고 있었다. 참으로 자신의 마음을 알아주고 정성껏 이야기를 들어주는 것은 이 사람이라는 애틋한 생각이 들어서, 어째서 아버지에게로 와 있는지를 말하려니 벌써부터 가슴속에서 무언가가 북받쳐올랐다. 렌게 사를 나오려고 결심할 때까지의 자초지종—생각하면 눈물의 씨앗이다—아, 어디부터 이야기해야 좋을지 오시호는 알 수 없을 정도였다. 과연 처녀의 마음은 가냘프고, 어둡고 그을린 흙벽의 모습도 부끄럽게 생각하는 듯, 불쏘시개를 지펴 화롯불을 활활 타오르게 하고 옷 앞을 여미기도 하면서 말을 꺼냈다. 오시호가 말하기를, 결국 그 절을 나오기로 결정한 것은 한참 동안 울다 지친 뒤였다. 가령 저쪽에서 부모답지 않은 짓을 하더라도, 이제까지 길러준 은혜도 있지 않느냐, 일단 렌게 사의 딸이 되었으니 어떤 괴로운 일이 있어도 결코 집으로 돌아오지 마라. 아버지는 강하게 이렇게 말했다. 저녁 어스름을 틈타 나온 오시호는 어디로 갈 목적도 없이 걸었다. 그러나 꿈처럼 걷고 있는 동안 문득 눈 위에 쓰러져 있는 사람을 만났다. 보았더니 그 사람은 술에 취한 아버지였다. 그때 오시호는, 아버지가 이미 얼어죽은 것이 아닌가 하는 생각이 들었다. 마침 다가오는 오도사쿠를 불러 함께 일으켜 세워 겨우 집까지 모시고 와 보니, 조금만 늦었다면 생명을 잃었을 뻔했다고 한다. 그때부터 게이노신은 자리에 누웠다. 의사의 이야기로는 몸이 보통 쇠약한 것이 아니라고 했다. 도저히 일어날 가망이 없다고 했다.

그뿐이 아니었다. 불행은 이 지붕 아래에서도 오시호를 기다리고 있었다. 와보니 계모와 배다른 동생들은 이미 사라지고 없었다. 그 전날 밤에도 심한 싸움을 하고, 계모는 오시호 일이나 아버지의 술버릇 등을 들먹이며 이제 어떻게 살아가느냐고 울부짖었다고 했다. 아마도 시모다카이에 있는 친정집을 향해 세 명의 자식을 데리고 아버지가 없을 때 가출한 것 같았다. 계모가 낳은 자식 중 셋째인 오스에를 남겨두고 스스무와 오사쿠, 그리고 도메키치를 데리고 갔다. 비교적 순한 오스에를 두고 그 말썽꾸러기인 오사쿠를 데리고 간 것은 과연 나중 일을 생각한 것으로 보였다. 계모가 막내를 업고, 오사쿠의 손을 잡고, 스스무는 잘 모르는 사람한테 이끌려 계속 뒤돌아보며 갔다고 근처의 아주머니가 와서 이야기해주었다.

이런 상황에서도 오직 힘이 되는 것은 오도사쿠였다. 그들 부부가 매일 찾아와서 물건을 주고 옛 주인을 위로하고 오스에를 돌봐준다며 자기 집으로 데리고 간 것이었다. 빈곤 때문에 갈라진 게이노신 가족의 모습. 오시호가 긴노스케에게 들려준 이야기는 대강 이런 것이었다.

"그러면 지금 댁에 있는 사람은 아버님과 당신과 쇼고, 이렇게 세 사람입니까?" 긴노스케는 딱하다는 투로 물었다.

"네." 오시호는 눈물을 머금으며 흘러내리는 머리카락을 쓸어올렸다.

2

이윽고 우시마쓰 이야기가 두 사람의 화제에 올랐다. 우정이 깊은 긴노스케의 모습을 바라보자, 오시호는 모든 일을 말하지 않을 수 없었다. 우시마쓰가 찾아왔던 때의 모습을 이야기했다. 얼굴은 창백하고, 눈에는 슬픈 기색을 띠고, 생각하는 것을 제대로 말할 수 없는 듯, 가슴이 벅차서 작별의 말도 띄엄띄엄 겨우 했다고 했다. 잊을 수 없을 정도의 인정이 있다면 차라리 사회의 죄인이라고 생각하라며, 오시호 앞에 무릎을 꿇고 남자답게 신분을 밝히고 갔다고 했다.

"참으로 가엾은 모습이었어요." 오시호는 이렇게 덧붙였다. "좀더 자세히 물어보고 싶다고 생각하는 사이, 세가와 선생은 모자를 쓰고 재빨리 나가버렸어요. 나중에 저는 많이 울었습니다."

"그랬군요." 긴노스케도 탄식했다. "내가 상상한 대로군요. 아마 당신도 세가와 선생의 신분을 처음 들었을 때는 놀랐겠지요?"

"아니오." 오시호는 힘을 주어 말했다.

"그래요?" 긴노스케는 눈을 둥그렇게 떴다.

"오늘 처음 들은 것이 아니에요. 가쓰노 씨가 어디서 듣고 오셔서, 언젠가 저에게 그렇게 말하셨어요."

처음이 아니라는 말에 긴노스케는 놀랐다. 그러나 분페이가 무엇 때문에 그런 일을 오시호에게 알렸을까 하고 의아한 마음에 혼잣말처럼 이렇게 말했다.

"그 사람도 말이 많아서 참으로 어쩔 수가 없는 작자야." 얼마 뒤에 긴노스케는 무엇인가 생각난 듯이 말했다. "가쓰노 군은 그렇게 절에 자주 다닙니까?"

"네, 렌게 사에 있는 어머니가 이야기하기를 좋아하는 사람이라서, 남자들은 솔직해서 좋다고 하셨거든요, 가쓰노 씨도 곧잘 놀러 오시곤 해요."

"그런데, 그 남자는 왜 그런 일을 당신한테 말했을까요?" 긴노스케는 물어보았다.

"글쎄요, 이상한 이야기를 하시더라고요." 오시호는 말하기 꺼려 했다.

"이상한 일이라니요?"

"친척이 누구누구라느니, 이제 자신은 출세한다느니."

"이제 출세한다고?" 긴노스케는 거기 없는 사람을 조롱하듯이 웃으며 말했다. "그런 말을요?"

"그리고, 저," 오시호는 깊은 생각에 잠기는 표정으로 말했다. "세가와 선생에 관해 대단히 심한 욕을 했어요. 그때 처음으로 들었습니다."

"아, 그래요. 그래서 그 이야기를 들었군요." 긴노스케는 열심히 오시호의 얼굴을 바라보았다. 그리고 갑자기 마음을 바꾸어 말했다. "쳇, 그 사내도 참 쓸데없는 말을 지껄이고 다니는군요."

"저도 그런 분이라고는 생각지 않았습니다. 그런데 너무나 심한 말을 하시던걸요. 험담이 보통이 아니었어요. 저는 정말 분했어요."

"그렇다면 당신도 세가와 군을 불쌍하게 생각하시는 거군요."

"그렇지 않나요? 백정이든 무엇이든 착실한 사람이 그렇게 입만 가지고 사는 사람보다는 훨씬 좋지 않나요?"

아무렇지도 않은 듯이 말했지만, 이윽고 오시호는 눈을 내리깔고 처녀다운 통통한 손을 바라보았다.

"아아." 긴노스케는 탄식했다. "어째서 세상은 이렇게 뜻대로 되어가지 않는 걸까요? 나는 세가와 군을 생각하면 참으로 울고 싶어집니다. 생각해보세요. 저 친구는 다만 신분이 다를 뿐이에요. 그 때문에 직업도 버려야 하고 명예도 버려야 하다니, 이처럼 잔혹한 이야기가 또 있을까요?"

"하지만," 오시호는 맑은 눈동자를 반짝였다. "아버지와 어머니의 혈통이 어떻든 간에, 그것은 세가와 씨가 알 바가 아니지 않나요?"

"그렇습니다. 분명히 그렇습니다. 그 친구가 알 바 아닙니다. 당신이 그렇게 말씀하시니 나도 얼마나 마음이 든든한지 모르겠어요. 사실은 나는 이렇게 생각했습니다. 그 친구의 신분을 들으면, 분명히 당신도 지금까지와 같이 세가와 군을 생각하지 않을 거라고요."

"왜요?"

"글쎄, 그게 보통이니까요."

"다른 사람은 그럴지 모르지만, 저는 그렇게 생각하지 않습니다."

"정말입니까? 정말 당신은 그렇게 생각해주시는 겁니까?"

"글쎄요, 어쩌면 좋을까요. 저는 이래봬도 진지하게 말하는 거예요."

"그러니까 저는 그것을 묻고 싶습니다."

"그것이라고 하신다면요?"

오시호는 반문하고, 상대의 마음을 살피며 바라보았다. 젊은 혈기가 갑자기 오시호의 뺨에 피어올랐다.

3

힘없는 기침 소리가 안쪽에서 들려왔다. 오시호는 귀를 기울이고 걱정스러운 듯이 듣고 있다가 잠시 뒤 목례를 하고 안쪽으로 갔다. 긴노스케는 혼자서 화롯가에 남아 타오르는 불쏘시개의 불꽃을 바라보며, 이러한 처절한 상황에서도 굽히지 않고 넘어지지 않고 꿋꿋하게 서 있는 오시호의 젊은 마음을 느꼈다. 거친 기후를 상대로 일하는 신슈 북부의 여자는 누구나 굳세고 쾌활한 기상을 지녔다. 고통을 견뎌 나가는 것은 천성에 가깝다고 해도 좋다. 아, 오시호도 역시 그 피를 이어받은 것이다. 상냥한 가운데 어딘지 모르게 의젓한 구석이 있다. 긴노스케는 그렇게 생각하고, 어떻게 친구 이야기를 꺼낼지 계속 생각했다. 얼마 뒤에 오시호가 안쪽에서 돌아왔다.

"아버님 병은 어떻습니까?" 긴노스케는 깊은 동정심을 가지고 물어보았다.

"그다지 차도가 없어요." 오시호는 풀이 죽어 말했다. "오늘은 아무 것도 잡수시기 싫다며 죽만 조금 드셨어요. 아침부터 계속 주무시고 계세요. 저렇게 주무시는 것이 괜찮을지 모르겠네요."

"하여간 걱정되시겠습니다."

"아무래도 오래 못 가실 것 같아요." 오시호는 한숨을 쉬었다. "세가와 선생한테도 여러 가지로 신세를 졌습니다만, 의사조차 가망이 없다고 할 정도니까요."

이렇게 말하며 버릇처럼 귀밑머리를 쓸어올렸다.

"참으로 사람의 일생이란 여러 가지군요." 긴노스케는 오시호의 처지를 동정하며 마음이 아팠다. "따뜻한 가정에서 자라 삶의 괴로움을 전혀 모르고 지내는 사람도 있고, 또 당신처럼 젊을 때부터 고통을 겪고 세상 풍파에 시달리며 자연스레 성격이 단련된 사람도 있군요. 당신은 괴로워하고, 싸우고, 그래서 여자가 되도록 태어난 거예요. 그런 사람은 그런 사람대로 남모르는 슬픈 날도 있는 대신, 또 남모르는 즐거운 날도 있을 것이라 생각합니다."

"즐거운 날요?" 오시호는 쓸쓸한 듯이 웃으면서 물었다. "저에게 그런 날이 있을까요?”

“있고말고요.” 긴노스케는 힘주어 말했다.

“후후후. 이제까지의 일을 생각해보아도 그런 날은 올 것 같지 않아요. 제가 양녀로 가지 않았다면 렌게 사의 어머니도 그런 처지를 당하지 않았겠지요. 그 어머니를 두고 나오려니 저도 얼마나……”

“그랬겠지요. 그건 이해가 갑니다.”

“저는 이미 죽어버린 것과 마찬가지예요. 다만 사람들의 정을 생각해서 그것을 힘으로…… 이렇게 살아가고……”

“아아, 세가와 군도 괴로운 처지이지만 당신도 괴로운 처지군요. 결국 그 정도로 괴로운 일을 당했으니. 그래서 세가와 군을 위해서도 울어줄 수 있는 거겠지요. 실은 저는 그 친구를 도와주려고 생각해서 이렇게 이야기하고 있는 것입니다만.”

“도와준다는 말씀은?” 오시호의 눈동자는 갑자기 빛나고 있었다. “제가 힘이 될 수 있다면 어떤 일이라도 하겠습니다.”

“물론 될 수 있습니다.”

“제가요?”

잠시 두 사람은 말이 없었다.

“그냥 있는 그대로 이야기하지요.” 긴노스케는 열심히 말을 꺼냈다. “마침 학교에서 숙직하던 날 밤의 일입니다. 내가 세가와 군의 마음을 떠보며 말했지요. 자네처럼 혼자서 괴로워하지 말고 털어놓는 것이 어떤가. 나 같은 살풍경한 사람에게 이야기해도 이해 못 한다고 자네는 생각될지 모른다. 그러나 나도 그렇게 차가운 인간은 아니다. 내가 보기에 자네는 사물을 너무 어렵고 지나치게 생각하는 것 같다.

친구라는 것도 부족한 대로 힘이 되는 일도 있지 않겠나, 하고요. 그러자 세가와 군은 처음으로 당신에 대한 이야기를 하면서, 자네가 생각하는 그런 일이 있었다, 분명히 있었다, 그러나 그 사람은 이미 죽어버렸다고 생각해달라, 이렇게 말하지 않겠습니까? 세가와 군은 자신의 신분을 생각하고는 도저히 이룰 수 없는 희망이라고 체념해버렸던 것이지요. 이제는 사람을 그립다고도 생각하지 않는다. 이처럼 슬픈 마음이 어디 있을까요? 그래서 세가와 군은 당신에게 와서 이제까지 감추고 있었던 신분을 고백했던 것입니다. 그렇습니다. 만일 당신이 그 남자의 마음을 이해한다면, 한번 도와준다는 생각을 하실 수는 없을까요?"

"글쎄, 무어라고 말씀을 드려야 좋을지 모르겠습니다만." 오시호는 귀밑까지 붉어지며 이렇게 말했다. "저는 이미 그런 마음이에요."

"평생요?" 긴노스케는 오시호의 얼굴을 바라보며 말했다.

"네."

이 오시호의 대답이 긴노스케를 놀라게 했다. 사랑도 눈물도 결심도 모두 이 한 마디에 담겨 있었다.

4

일단 이 이야기를 해서 친구의 마음을 구원하자. 이치무라 변호사가 머무는 여관으로 갔다가 나중에 다시 오겠다고 약속하고, 이윽고 긴노스케는 화롯가를 떠나려고 했다.

"저, 부탁이 있습니다만." 오시호는 긴노스케를 불러 세우고 말했다. "혹시 『참회록』이라는 책이 있으면 빌려주실 수 없나요? 제가 읽어도 어차피 잘 모르겠지만요."

"『참회록』이요?"

"왜, 이노코 씨가 쓰셨다는 책이요."

"음, 그것 말인가요. 그런 책을 알고 계시는군요."

"세가와 씨가 항상 읽고 계셨거든요."

"알았습니다. 아마 세가와 군이 갖고 있을 테니 가서 말해보지요. 만일 없으면 어디서 찾아서라도 꼭 한 권 구해드리겠습니다."

이렇게 말하며 긴노스케는 변호사가 묵고 있는 여관을 향해 발걸음을 재촉했다.

마침 오기야에서는 렌타로의 시신 주위에 사람들이 모여 있던 참이었다. 친절한 주인의 배려로 화장터로 옮기기 전에 망자의 영혼을 위로하기로 했다고 한다. 독경은 호후쿠 사의 나이 먹은 스님이 와서 해주었다. 그날 오후 도쿄에서 도착했다는 렌타로의 부인, 지금은 미망인이 된 여자를 비롯해 변호사, 우시마쓰도 정좌하고 있었다. 여행중에 죽었다는 점을 특히 불쌍하게 여겨서 오기야의 사람들도 번갈아 조문을 왔다. 아무런 인연도 없는 숙박객조차도 소식을 들은 사람들은 복도에 모여 쓸쓸한 목탁 소리에 귀를 기울였다.

분향이 끝나고 독경도 일단락됐을 무렵, 긴노스케는 우시마쓰의 소개로 처음으로 미망인과 인사를 나누었다. 나가노 신문의 통신기자능도 혼잡한 중에 찾아와서 들은 이야기를 수첩에 적었다.

"댁이 부인이십니까?" 기자는 직업인다운 말투로 말했다.

"네." 미망인이 대답했다.

"참으로 안됐습니다. 이노코 선생의 성함은 전부터 알고 있어서 남 몰래 존경하고 있었습니다만."

"그러셨어요?"

이러한 인사는 벌써 추억거리가 되었다. 사람들의 이야기는 렌타로에 대한 일로 계속되었다. 얼마 뒤에 미망인은 남편과 함께 신슈에 왔을 때의 일을 이야기하며, 떠나기 전날 밤 이상한 꿈을 꾸었던 일, 묘하게 남편의 신상이 마음에 걸리던 일, 그 말을 하고 대단히 꾸중을 들었던 일 따위를 말했다. 생각해보니 그때 남편은 이미 각오했던 것 같다. 신슈의 늦가을은 멋지다느니, 이번 여행은 재미있다느니, 선물을 잔뜩 가지고 갈 테니 집에 가서 기다리고 있으라느니, 그것이 긴 작별의 말이 되었다. 이렇게 말하며 뜻밖의 일로 사람들에게 대단한 폐를 끼쳤다고 몇 번이나 사과했다. 거기에는 과연 견디기 어려운 여자의 마음이 배어 있어, 담담한 미망인의 말은 오히려 깊은 동정을 불러일으켰다.

변호사는 긴노스케를 방구석으로 불렀다. 우시마쓰의 신상에 관해 상담하려는 것이었다. 변호사가 말하기를, 우시마쓰는 이제 사정상 이곳 이야마에 있기 어려울 것이고, 렌타로의 유골을 미망인이 가져가려면 남자 손이 필요할 테니, 그 렌타로의 유골을 들고 함께 도쿄로 갔으면 하는데 어떤가? 선거가 코앞에 다가와 있는 것만 아니라면 물론 자신이 따라가야 마땅한데, 그것을 미망인이 극구 사양했다. 적어도 이번 선거에 힘을 써서 남편의 영혼을 위로해달라고 했다. 들어보니 미망인의 뜻도 타당하다. 그래서 우시마쓰에게 부탁하고 싶다. 모든 비용은 자신이 부담하겠다. 꼭 부탁한다는 것이었다.

"그래서 세가와 군에게도 이야기했습니다." 변호사는 긴노스케의 얼굴을 바라보면서 말했다. "학교 쪽 상황은 어떻습니까?"

"학교 말입니까?" 긴노스케는 말을 받았다. "사실은 세가와 군을 휴직시키자며 예비 회의를 열었을 정도예요. 물론 지장은 없어요, 교장 말로는 군 장학관도 그럴 예정이라고 합니다. 학교 일은 제가 어떻게든지 형편이 나아지게 하겠습니다. 하루라도 빨리 이야마를 떠나는 편이 세가와 군에게도 좋으리라 봅니다."

이러한 상담을 하고 있는 곳으로 관이 운반되었다. 다시 독경 소리가 들렸다. 사람들은 마지막 작별을 고하기 위해 관 주위에 모였다. 이윽고 화장터로 운반될 즈음에는 이미 주위도 어두컴컴해졌다. 마침내 관을 들어서 단풍나무로 만든 썰매에 싣는 모습을 보았을 때, 미망인은 그곳에 쓰러질 듯 울었다.

5

불을 피우는 것까지 보고 화장터에서 돌아온 뒤, 우시마쓰는 변호사와 긴노스케와 함께 오기야의 안방에서 화롯가에 둘러앉아 이야기를 나누었다. 야속한 운명도 이제 우시마쓰 쪽을 바라보고 미소 지었다. 이야마의 병원에서 쫓겨나고 다카조마치의 하숙에서도 쫓겨난 오히나타가 실은 그 부끄러움이 내단한 분빌심을 불러일으켜 미국 테사스에서 농업에 종사하려는 새로운 계획을 세우고 있다는 소식이, 뜻

밖에도 이치무라 변호사의 입을 통해 우시마쓰의 귀에 희망을 속삭였
다. 변호사는 전부터 오히나타로부터 확실한 교육을 받은 청년을 한
사람 소개시켜달라는 부탁을 받았다. 마침 우시마쓰는 신분도 같고,
이 이야기를 하면 그쪽 역시 기뻐할 것이다. 원한다면 주선해줄 수 있
는데 어떤가? 텍사스 쪽으로 갈 마음은 없는가? 마음에 따라 충분히
공부도 할 수 있을 것이다. 이 이야기에는 긴노스케도 기꺼이 찬성했
다. "보게나, 버리는 신이 있으면 돕는 신도 있는 거야." 긴노스케는
이렇게 말했다.

"모레 아침, 오히나타가 내가 묵는 여관으로 오기로 약속이 되어
있네. 마침 잘됐어. 일단 만나보게나."

이런 변호사의 말이 말라비틀어진 우시마쓰의 마음을 격려해주고,
형편을 보아서 부탁해보자, 일해보자는 마음을 가지게 했던 것이다.

그뿐이 아니었다. 긴노스케한테 들은 오시호의 이야기. 아, 그 가련
한 결심과 눈물은 우시마쓰의 마음에 얼마나 깊은 감동을 전해주었는
지. 게이노신의 병, 계모의 가출, 그런 것이 겹쳐 오시호의 심정을 한
층 가련하게 만들었다. 절망하고, 단념하고, 신분까지 고백하고 떠난
우시마쓰를 위해 남몰래 뜨거운 눈물을 흘리는 사람이 있으리라고는.
부끄럽다고는 하지만 마음속에서 짜낸 참된 고백을 듣고, 일생을 비
천한 백정 아들에게 의지하려는 사람이 있으리라고는.

"오시호는 참으로 당찬 여자야."

긴노스케는 덧붙였다.

그다음 날, 긴노스케는 친구를 위해 학교에도 가고, 렌게 사에도 가
고, 오시호한테도 갔다. 렌게 사에 있는 우시마쓰의 짐을 정리해서 곧

354

필요한 것과 절에 맡겨둘 것을 구분하는 것도 모두 긴노스케가 했다. 긴노스케는 또 오시호의 일을 미망인과 변호사에게 말했다. 여자는 여자에게 동정이 깊었다. 특히 오시호의 불행한 처지는 미망인의 마음을 움직였다. 앞으로는 도쿄로 데리고 가서 함께 살고 싶다, 우시마쓰의 거처가 결정되면 자기 여동생으로 삼아서 결혼시키고 싶다고 말했다. 하여간 나중 일은 변호사도 힘을 써주기로 했다. 그렇게 되어 만사는 변호사와 긴노스케에게 부탁해놓고, 우시마쓰는 서둘러 이야마를 떠나기로 했다.

23장

1

드디어 출발날이 되었다. 새벽녘부터 진눈깨비가 내리기 시작해 오기야에 모인 사람들의 가슴에 쓸쓸한 여행 기분을 더했다.

한 대의 썰매가 아침 일찍 오기야 앞에 멈춰 섰다. 내린 손님은 두꺼운 나사 천으로 만든 외투로 깊게 몸을 싼 신사로, 썰매꾼한테 안내를 받아서 변호사를 찾았다. "아, 오히나타가 왔다." 변호사가 나와서 맞이했다. 오히나타는 약속을 어기지 않고 찾아오느라 어두컴컴할 때 시모다카이를 떠났다고 했다. 들어오라고 해도 사양하고 문턱에 걸터앉아 변호사한테 법률상의 지혜를 빌렸다. 상의가 끝나고 렌타로에 대한 조의를 표하고 얼마 뒤에 총총히 떠나려고 했다. 이때 변호사는 우시마쓰 이야기를 했다.

"자, 들어와요. 이노코 군의 부인도 있고, 게다가 방금 말한 세가와

356

군도 함께 있으니 부디 만나주게나. 그런 곳에 앉아 있으면 천천히 이야기도 못 하잖나?"

이렇게 강요하듯 말했다. 그러나 오히나타는 쓴웃음을 지을 뿐이었다. 아무리 권해도 결코 들어오려 하지 않았다. 근일 중에 도쿄에 갈 테니까 이노코 씨의 댁을 찾아가겠다. 그때 우시마쓰와도 만나겠다. 그렇게 마음이 통하는 사람이라면 서로 잘됐다. 자세한 일은 도쿄에 가서 이야기하자며 계속 우겨댔다.

"오늘, 그렇게 바쁜가?"

"아니요, 뭐 바쁘다고 할 것도 없습니다만."

그렇게 말하는 표정을 보며 변호사는 오히나타의 얼굴에 나타난 고집스러운 고통을 알아차렸다.

"그러면 이렇게 해주게나." 변호사는 생각했다. 윗나루를 건너면 쉴 수 있는 찻집이 있다. 거기서 함께 만나서 오늘 아침 떠나는 사람을 배웅하기로 했다. 아마 우시마쓰의 친구도 갈 것이다. 한발 먼저 가서 기다려주지 않겠나? 어떻게든 우시마쓰를 소개하고 싶다. 이렇게 거듭 말했다.

"그렇다면 기다리지요."

이렇게 약속하고 결국 오히나타는 들어오지 않은 채 가버렸다.

"오히나타도 그 일이 생각난 모양이야."

변호사는 혼잣말을 하며, 여행 준비로 바쁜 미망인과 우시마쓰에게 그 이야기를 하며 웃었다.

렌게 사의 쇼바보노 왔다. 부인의 심부름이리머 이별의 선물을 가져왔다. 그 밖에 짚신 한 켤레, 눈 위에서 신는 짚신 하나. 그것은 쇼바보가 손수 만든 것으로 자기 마음이니 받아달라고 했다. 그때 우시마쓰는 그 절에서 살던 일을 생각하고 이 사람들을 떠나는 것이 왠지 섭섭해졌다. 함께 안채에 살던 사람들의 삶은 모두 변했다. 주지도 변했고, 부인도 변했으며, 오시호도 변했다. 자신도 변했다. 오직 변하지 않은 것은 바보, 바보라고 불리는 이 사람뿐이다. 우시마쓰는 이렇게 생각하면서, 언제까지나 아이 같은, 친척도 없고 처자도 없다는 이 종지기에게 오랜 작별을 고했다.

쇼고도 왔다. 짐이 있으면 들고 가겠다고 했다. 얼마 뒤에 한 대의 썰매가 준비되었다. 유골을 넣은 백목 상자는 흰 천으로 감은 것을 다시 검은 헝겊으로 싸서, 될 수 있는 한 사람 눈에 띄지 않도록 했다. 썰매 위에는 이 유골 외에도 렌타로가 남긴 여러 유품과 우시마쓰의 짐 등을 실었다. 세상에 대한 체면으로 미망인과 우시마쓰는 윗나루까지 걸어가서 맞은편 찻집에서 따로 두 대의 썰매를 빌리기로 했다. 잠시 후 일행의 작별 인사를 들으면서 둘은 오기야를 떠났다.

진눈깨비가 구슬프게 내리고 있었다. 썰매꾼은 둥근 만두 모양 삿갓을 쓰고 누빈 장갑과 가로 세로를 감색 실로 짠 잠방이를 입고, 한 사람은 앞에서 채를 끌고 한 사람은 뒤에서 밀면서 서로 호흡을 맞추어 끌었다. 영차영차 하는 소리도 들렸다. 우시마쓰는 사람들과 함께 선배의 유골 뒤를 따라 눈 위를 미끄러지는 썰매 소리를 들으면서, 조용히 자신의 일생을 생각하며 걸었다. 시기, 두려움―아아, 아아, 언제나 잊을 수 없었던 고통이 겨우 가슴을 떠난 것이다. 지금은 새처럼 자유롭다. 우시마쓰는 12월의 차가운 공기를 마시면서, 겨우 무거운 짐을 내려놓고 되살아난 듯한 마음으로 돌아왔다. 바다에서의 긴 여행을 마치고 육지로 올라온 뱃사람은 땅에 입을 맞출 정도로 그리움을 느낀다고 한다. 우시마쓰의 마음이 꼭 그랬다. 아니, 그보다도 훨씬 기뻤고, 한층 슬펐다. 밟을 때마다 사박사박 소리가 나는 눈 위가 분명히 자신의 세계처럼 느껴졌다.

2

윗나루 쪽으로 꺾어지는 마을 모서리에서 일행은 오시호와 만났다. 마침 오시호는 빈집을 부인에게 부탁해두고 배웅하기 위해 오도사쿠와 함께 그곳에서 기다리고 있던 참이었다. 우시마쓰와 오시호, 참으로 기쁜 이 두 사람의 만남은 곁에서 보는 사람의 마음까지 깊고 깊은 감동을 주었다. 우시마쓰는 쓰고 있던 모자를 아무렇게나 벗고 오시호 앞에서 목례를 했다. 오시호는 맑지만 눈물에 젖은 눈동자로 우시마쓰의 얼굴을 바라보았다. 설령 어떤 말을 했다 하더라도 그때의 서로의 감정을 표현할 수는 없었을 것이다. 이렇게 이 세상을 살아간다는 일도 이제는 신기한 운명의 힘으로밖에 생각되지 않았다. 하물며 여러 가지 일을 겪고 다시 만날 때까지의 긴 작별을 고하기 위해 그리운 얼굴을 마주 보리라고는.

우시마쓰의 소개로 오시호는 미망인과 변호사를 알게 되었다. 여자끼리 금방 친해져서 말을 나누면서 걷기 시작했다. 오도사쿠 또한 우시마쓰와 변호사이 이야기 동무가 되어 게이노신의 용태 등을 알려주었다. 정직하고 순진하고 농부다운 말투로 주인을 생각하는 오도사쿠가 가자마 집안 이야기를 꺼냈을 때, 변호사와 우시마쓰는 함께 귀를 기울였다. 오도사쿠가 말하기를 만일 병자에게 무슨 일이 있으면 모든 것은 자신이 맡아서 하겠다, 대신 오시호와 쇼고를 부탁한다. 자신도 아이가 없고 주인도 허락했으니, 오스에를 남겨진 선물로 생각하고 맡아 키울 예정이라고 했다.

얼마 뒤 윗나루의 긴 배다리를 건너 맞은편 찻집에 도착했다. 그곳에는 긴노스케가 일찍부터 기다리고 있었다. 시모다카이의 부자도 와 있었다. 변호사가 우시마쓰에게 소개한 이 오히나타라는 사람은, 보기에는 그다지 가치가 없어 보이고 마치 시골 한의사와 같은 평범한 용모라서, 미국 텍사스에 가서 새로운 사업을 하려는 인물이라고는 생각되지 않았다. 그러나 말을 나누는 사이 우시마쓰는 차차 이 사람의 분명하고 야무지며 어딘지 깊이를 알 수 없는 성질을 알아차리게 되었다. 오히나타는 텍사스에 있다는 일본인 마을 이야기를 우시마쓰에게 해주었다. 기다사쿠 지방에서 떠나 멀리 그 일본인 마을로 건너간 사람들의 이야기를 해주었다. 상당한 재산이 있는 집에서 태어나 도쿄에 있는 아자부 중학교를 졸업한 한 청년도 역시 그 도항자(渡航者) 무리 속에 섞여 있다는 것 따위를 들려주었다.

"아, 그래요?" 오히나타는 다카조마치 여관에서의 일을 이야기하며 웃었다. "당신도 거기 머물고 있었군요. 그때는 참으로 호된 일을 당했지요. 실은 나도 그것이 원인이 되어 이번 일을 생각하게 된 거예요. 지금은 이렇게 웃으며 이야기할 수 있지만, 그때는 참으로 원망스러웠으니까요."

요란한 웃음소리가 앉아 있는 사람들 사이에서 들렸다. 오히나타는 엉뚱한 곳에서 술회를 시작했다고 생각했는지, 씁쓸하게 웃으며 우시마쓰와 함께 그곳에 앉았다.

"아주머니, 아까 것을 여기로 주세요."

긴노스케가 주문했다. '송별주'라는 술을 이 강변의 찻집에서 나누는 것은, 보내는 사람도 떠나는 사람도 함께 오랫동안 잊지 않기로 다짐했기 때문일 것이다. 긴노스케는 이날 아침 일찍 와서 이것저것 준비하고, 모든 것을 되는대로 처리하는 서생다운 성격이 오히려 따사한 정을 느끼게 했다.

"참으로 자네 신세를 많이 졌네." 우시마쓰는 감개무량하다는 듯이 말했다.

"피차 마찬가지야." 긴노스케가 웃었다. "그러나 이렇게 자네를 보내리라고는 나도 생각지 못했어. 송별회까지 한 내가 오히려 자네보다 나중에 떠나게 되었네. 하하하. 사람의 일생이라는 것은 실로 알 수 없는 것이야."

"언젠가 도쿄에서 또 만나지." 우시마쓰는 친구의 얼굴을 지그시 바라보았다.

"응, 나도 얼마 있다 갈 거야. 자, 아무것도 없지만 한잔 마시게나." 긴노스케는 뒤돌아보았다. "오시호 씨, 죄송합니다만, 한잔 따라주십시오."

오시호는 술병을 들고 권했다. 기쁨과 슬픔이 함께 조그만 가슴속을 오가는 것이 그 흰 부드러운 손이 떨리는 것을 보아도 알 수 있었다.

"낭신도 한잔 드세요." 긴노스케는 부끄러워하는 오시호의 손에서 억지로 술병을 받아 들고, 반대로 술을 권하면서 말했다. "자, 제가 따라드리지요."

"아니요, 저는 못 합니다." 오시호는 술잔을 감추려고 했다.

"그러면 안 돼요." 오히나타는 웃으면서 말을 덧붙였다. "이런 때에는 마시는 것입니다. 흉내라도 좋으니 한잔 받아두세요."

"아주 조금이라도." 변호사도 옆에서 말했다.

"그러면 조금만 주세요."

오시호는 마시는 흉내를 내며 얼굴을 붉혔다.

3

고등과 4학년 학생들이 차츰 몰려왔다. 그날 출발한다는 말을 전해 듣고, 배웅이라도 하고 싶다는 갸륵한 마음으로 모두 우시마쓰를 경모하며 왔던 것이다. 우시마쓰는 뺨이 붉은 소년과 소녀 사이를 여기저기 걸으며, 작별인사를 하기도 하고, 한곳에 멈춰 서서 앞으로의 이야기를 들려주기도 했다. 어떤 때는 진눈깨비가 내리는 데까지 나가서 말라 있는 강가의 버드나무 아래 서서 배다리를 건너오는 학생들의 무리를 바라보았다.

렌게 사에서 울리는 종소리가 들렸다. 두번째 종이 겨울날의 적막을 깨뜨리고 치쿠마 강의 물에 울려서 들렸다. 얼마 뒤에 그 소리가 파도치듯이 차츰 퍼져서 멀어지고, 나중에는 진눈깨비가 내리는 하늘 속으로 사라져갈 무렵 다시 세번째 소리가 떨리듯이 일었다. 네번째, 다섯번째 소리가 났다. 쇼바보가 종루에 올라가서 치는 것이겠지. 그것은 우시마쓰를 위해 긴 작별을 고하는 것처럼 들렸으며, 희게 밝아오는 일생의 여명을 알리는 것처럼도 들렸다.

여섯번째, 일곱번째 소리.

말없는 소리가 듣는 사람의 가슴에서 가슴으로 전해졌다. 보내는 사람도 가는 사람도 얼마 동안 말없이 생각을 나누고 있었다.

잠시 뒤 썰매가 준비되었다고 했다. 우시마쓰는 네즈 마을에 있는 숙부모 일을 긴노스케에게 말하며, 아마도 그 두 사람도 걱정하고 있을 것이다, 만일 자신의 소문이 히메코자와에 전해진다면 숙부모가 얼마나 곤경을 당할지 모른다, 그 마을에 있을 수 없게 되면 어떻게 하나, 하고 말을 꺼냈다. "그때는 또 그때야"라고 긴노스케는 생각하며 말했다. "모든 일은 오히나타 씨에게 부탁해보게나. 만일 숙부가 네즈에 있을 수 없게 된다면 시모다카이 쪽으로 이사하면 되지. 이제 이렇게 된 이상 걱정해도 어쩔 수가 없어. 아니, 어떻게든 되겠지."

"그러면 그 이야기를 해주었으면 해."

"알겠어."

이렇게 승낙을 받고, 전에 말한 『참회록』은 언제 도쿄에 도착한 뒤 새 책을 구해 오시호한테 보내주겠다고 약속하고, 잠시 후 우시마쓰는 미망인과 배웅하는 사람들에게 작별을 고했다. 변호사와 오히나타, 오도사쿠와 긴노스케, 그 밖의 학생들 무리가 모두 세 대의 썰매 주위에 모였다. 오시호는 창백해져서 오도사쿠의 어깨에 기대어 전송했다.

"자, 밀어라, 밀어." 학생 한 명이 손을 들어 말했다.

"선생님, 저기까지 바래다드리겠어요." 또 한 명의 학생이 썰매의 뒤를 잡았다.

막 떠나려는 참에 준교사가 진눈깨비 속을 달려와서 학생 모두한테 볼일이 있다고 했다. 무슨 일인가 하고 미망인과 우시마쓰가 뒤돌아보았다. 렌타로의 유골을 실은 썰매를 선두로 한 세 대의 썰매꾼은 달리려던 힘을 늦추고 따분한 듯이 그곳에 멈춰 섰다.

4

"그 정도 일은 허락해줘도 좋을 것 같은데." 긴노스케는 준교사 앞에서 말했다. "생각해보게나. 학생들이 자신들의 선생을 존경해서 저기까지 따라간다고 하잖아? 아이들의 마음이 아름답지 않은가. 오히려 칭찬해도 좋은 일이야. 그것을 학교 쪽에서 만류하다니. 우선 자네가 잘못이야. 그런 심부름을 오는 것은 잘못이라고."

"그렇게 말하면 곤란해." 준교사는 머리를 긁으면서 말했다. "내가 안 된다고 한 게 아니라."

"그렇다면 학교에서는 왜 안 된다고 하는 거야?" 긴노스케는 어깨를 흔들었다.

"결석계도 안 내고 무단으로 쉬는 법은 없다. 쉬면 쉰다고 허가를 받고서 배웅을 가라고 교장 선생님이 말씀하셨어."

"나중에 제출하면 되잖아."

"나중에? 나중에는 낼 수 없지. 교장 선생님은 지금 잔뜩 화가 나 있어. 가쓰노 군도 마찬가지고. 그 학급 학생은 정말이지 교활하다,

이런 일이 자주 거듭되면 학교의 위신과도 관련이 된다, 학생으로서 규칙을 지키지 않는 사람은 휴교시키자고 하는 거야."

"그렇게 기계적으로 생각할 것 없잖아? 교장 선생님이나 가쓰노 군은 무엇에든지 규칙 타령이야. 반나절 쉬었다고 별 지장은 없지 않나. 애당초 자신들이 자진해서 학생이 가도록 허락하는 것이 당연해. 권하듯이 보내는 것이 당연하지. 적어도 함께 일했던 정으로 본다면 자신들이 학생을 데리고 배웅하러 와야 해. 그런데 자신들은 오지 않고, 학생도 안 된다, 무단으로 견송(見送)을 가는 사람은 벌하다니, 그런 무리한 일이 또 있을까?"

긴노스케는 사정을 몰랐다. 어제 교장이 학생 일동을 강당에 불러놓고, 우시마쓰가 휴직하게 된 이유를 연설한 것, 그때 우시마쓰란 인물을 비난하고 평소의 행위에 관해 심한 공격을 하고, 오히려 이번의 개혁은(교장은 일부러 개혁이라는 말을 썼다) 학교의 장래를 위해서 아주 좋은 기회라고 말한 것, 그런 일은 긴노스케가 모르는 사건이었다. 아, 교육자가 교육자를 꺼린다. 동료로서 질투하고, 인종으로서 경멸하고―세상을 태우는 불꽃은 출발 순간까지 우시마쓰의 신상을 쫓고 있었던 것이다.

긴노스케가 너무 화를 내는 바람에 우시마쓰는 일단 썰매에서 내렸다.

"자, 쓰치야 군, 적당하게 하는 것이 좋겠네. 심부름 온 사람이 곤란하지 않은가?" 우시마쓰는 달래듯이 말했다.

"너무 모르니까 하는 말이야." 긴노스케는 들으려고도 하지 않았다. "내게 해준 송별회를 생각해보게나. 그때의 송별회는 반나절 이상

걸렸어. 나를 위해 수업을 쉴 정도라면 세가와 군을 위해서도 쉬는 것이 당연한 일이야." 그는 학생 쪽을 향해서 말했다. "가라, 가라. 내가 책임지겠다. 그게 안 된다면 내가 나중에 담판을 지어주지."

"가라, 가라." 한 학생이 손을 흔들며 외쳤다.

"그러면 내가 곤란해져." 우시마쓰는 긴노스케를 제지하며 말했다. "배웅해주려는 뜻은 고맙네. 하지만 그 때문에 학생들에게 폐를 끼치면 나도 그다지 마음이 좋지 않아. 여기까지 와준 것으로 충분해. 일부러 여기까지 와주었으니 그것으로 충분해. 제발 학생들은 여기서 돌려보내게나."

이렇게 말하며 미련이 남는 듯한 학생에게도 같은 말을 되풀이했다. 그리고 잠시 뒤에 우시마쓰는 썰매를 타려고 했다.

"안녕히."

마지막으로 오시호를 보았을 때 우시마쓰가 한 말이었다.

쓸쓸하게 서 있는 언덕의 버드나무의 마른 가지를 지나자 이야마 마을의 전망이 오른쪽으로 펼쳐졌다. 맞은편 언덕에 나란히 이어지는 집들의 지붕, 여기저기 높이 솟은 절 건물, 지금은 구릉만 남아 있는 옛 성터, 모두 눈이 쌓여 어렴풋이 희게 내려다보였다. 날씨가 좋은 날에 이 언덕에서 바라보이는 초등학교의 흰 벽과 렌게 사의 종루는 진눈깨비가 내리는 하늘 아래 모습을 감추었다. 우시마쓰가 두 번 세 번 뒤돌아보며 후우, 하고 깊은 한숨을 쉬자 무심코 뜨거운 눈물이 뺨을 타고 떨어졌다. 썰매는 눈 위를 미끄러지기 시작했다.

'혈연의 아버지'에서 '이념의 아버지'로

시마자키 도손의 생애와 작품

일본 자연주의 소설의 대가인 시마자키 도손은 1872년 3월 25일 에도와 교토를 잇는 주요한 교통로였던 나가노 현 기소 군 마고메 마을에서 7남매의 막내로 태어났다. 시마자키 집안은 그 지방 토지의 대부분을 소유한 유지였으며, 대대로 숙박업과 도매업을 경영하고 면장을 역임했던 유서 깊은 집안이었다. 그러나 이 시마자키 집안도 메이지 유신으로 심한 타격을 받게 된다. 메이지 유신 뒤에 일본 정부는 시마자키 집안이 맡고 있던 면장이라는 세습적 지위를 박탈해갔으며, 교통의 발달로 숙박업도 점점 쇠퇴해가는 소용돌이 속에서 도손의 인생은 시작되었다. 도손이 태어난 1872년은 정부에서 태양력을 지정하는 등 근대사회를 수립하기 위한 여러 가지 개혁이 이루어지고 있던 때였다.

이처럼 역사의 변환기에 시골 명가의 아들로 태어난 도손의 작품 세계에 무엇보다도 영향을 미친 것은 그의 '고향'과 '아버지'였으며, 이 두 요소는 도손 작품의 중요한 테마가 되었다. 도손의 아버지는 학문에 조예가 깊었고 국학에 열심이었으며, 자식들에게는 열렬한 교육자이기도 했다. 도손이 어렸을 때 아버지에게서 배운 한학적 소양은 그의 생애에 큰 영향을 미쳤다. 이러한 영향으로 도손은 말년 작품인 『동트기 전』에서 고향과 아버지를 문학의 주제로 승화한다.

도손은 사방이 산으로 둘러싸인 폐쇄적인 마을 마고메에서 10년을 보내고, 열 살이 되던 1881년 봄, 개화 문명의 상징이었던 도쿄로 상경하여 근대문명 속으로 들어가게 된다. 그는 초등학교를 졸업한 뒤 메이지 학원에 입학하게 되는데, 당시 메이지 학원은 칼뱅주의 계통의 기독교 학교로 대부분의 교사가 외국인이었다. 도손이 이 기독교 학교를 택한 것은 종교적인 이유보다는 단지 영어를 배우기 위해서였다고 회상하나, 이 학교와의 만남은 도손의 생애에 깊은 영향을 미친다. 도손은 입학한 다음해인 1888년 6월에 세례를 받지만, 4년 후 스스로 기독교를 떠나게 된다.

메이지 학원에 다니면서 도손은 셰익스피어와 바이런, 워즈워스 등 서양문학에 심취하며 문학의 꿈을 키웠다. 그는 외국 작가뿐 아니라 그가 평생 동안 스승으로 존경한 사이교(西行)나 마쓰오 바쇼(松尾芭蕉) 등 일본 고전문학가의 삶에도 깊은 관심을 보이며 광범위하게 시야를 넓혀갔다.

메이지 학원 졸업 후 시인 기타무라 도코쿠 등과 함께 문학 잡지 『문학계』의 창간 동인으로 참여했고, 「비파법사와 별리」라는 시를 발표하여 문학가로서 첫걸음을 내딛었다. 1896년 센다이에 있는 도호쿠 학원에서 영어와 작문을 가르치면서 시작활동을 계속하던 도손은 1897년 첫 시집『약채집』을 출간하며 등단하여『일엽주』『여름 풀』『낙매집』을 이어서 발표했으며, 이 네 권의 시집을 합본한『도손 시집』을 출간하여 일본 낭만주의 시인으로서 그 위치를 더욱 확고히 다졌다.

1897년 도손은 그에게 시인으로서의 명성을 안겨준 센다이 생활을 마감하고 다시 도쿄로 돌아오지만, 당시 그에게는 청년 시인의 꿈을 실현시킬 만큼의 경제적인 여유가 없었다. 그는 생활 전선에 뛰어들어야 했으며, 고모로 의숙에서 영어와 작문교사로 근무했다. 도손은 고모로에 있었던 6년 동안 낭만주의 시인에서 자연주의 소설가로 성공적인 변신을 꾀하게 된다. 당시 도손은 다윈의『종의 기원』과『인간과 동물의 감정 표현』, 도스토옙스키의『죄와 벌』, 플로베르의『보바리 부인』, 러스킨의『근대화가론』등 근대 과학과 리얼리즘 문학에 심취한다. 도손은 문학 활동에만 전념하고 싶었지만, 가정의 경제적 파탄을 염려하여 교사와 문학가라는 이중의 짐을 진 채 그의 출세작『파계』집필에 착수한다. 도손이 6년 동안 근무했던 고모로 의숙을 사직하고 끝맺지 못한『파계』원고를 안고 도쿄로 상경한 것은 1905년 4월로, 마침 러일전쟁이 막바지로 치달을 때였다.『파계』를 완성할 때까지 도손은 세 딸을 병으로 잃고 부인마저 야맹증에 걸리는 등 엄청난 비극을 체험한다. 이런 비극은 도손이『파계』를 집필하는 동안 생활비를 극도로 절약해야만 했던 상황에서 비롯되었다고 전해지며, 이를 '『파계』를 위한 희생'으로 보는 학자도 있다. 이러한 경험은 도손이 예술을 위해서 생활을 희생해야 하는지, 아니면 생활을 위해서 예술을 희생해야 하는지를 심각하게 생각하는 계기가 되었다.

많은 어려움을 겪은 뒤 1905년 11월 27일 드디어 『파계』가 탈고되어 1906년 3월 자비로 출판되었다. 도손은 『파계』 출판에 즈음하여 문학잡지 『신소설』에 스스로 "이 책은 2년간의 문학적 고심에서 얻은 새로운 수확이다. 책 속에는 여러 가지 생활이 그려져 있으며 그 모습도 다양하지만, 의기왕성한 새로운 정신이 전편을 가로지르고 있다. 문단을 새롭게 장식하는 이 책을 읽어보시길"이라는 광고문을 실었다.

소설 『파계』는 대단한 호평을 받았고, 『와세다문학』에는 '『파계』를 평한다'는 제목의 특집으로 당대 저명한 평론가 일곱 명의 평이 실렸다. 『파계』는 이전에 발표된 작품과는 전혀 다른 신선함으로 당시의 일본 문단에 새로운 전기를 가져왔다고 평가되었고, 문학사적인 큰 사건으로 취급되었다. 이후 『파계』는 일본 자연주의 문학의 대표작으로 평가받고 있다.

도손은 『파계』의 성공으로 소설가로서 입지를 굳힌 후, 1908년에 두번째 장편소설 『봄』을 아사히신문에 연재했다. 『봄』은 작가가 『문학계』에 시를 투고하던 시절의 자신과 그 주변 인물의 이야기를 그린 자전 소설로, 도손은 이 작품에서 '이상의 봄'과 '예술의 봄' 그리고 '인생의 봄'을 그리려 했다고 한다. 이후 도손은 세번째 작품 『집』을 쓰기 위해 14년 만에 고향 마고메를 방문한다. 『집』은 고향 지방의 유서 깊은 양대 가문인 고이즈미 집안과 하시모토 집안, 그리고 신흥 가문인 홋카이도의 나구라 집안을 중심으로 하는 작품이다. 작가 스스로 '모든 것을 집안의 광경에 한정하려고 했다'고 술회하듯 도손은 당시의 사회문제에 대한 언급을 배제하고 오직 세 집안의 이야기에 집중한다.

도손은 1913년 4월 집필중이던 『어린 시절』을 서둘러 마치고, 부인이 죽은 뒤 살림을 거들어주던 조카딸과 맺은 불륜 관계에서 탈피하기 위해 성급히 프랑스 여행길에 올랐다. 도손은 1916년 4월 귀국할 때까지 만 3년 동안 프랑스에서 체류하며 제1차 세계대전을 체험하게 되는데, 전쟁중에 프랑스 문학자들이 보여준 애국적인 태도는 그에게 커다란 감명을 주었다. 또 외국 여행을 통해서 자국을 새롭게 인식하게 되었으며, 자국의 19세기를 회고하며 그 시대를 살았던 선인들에게 깊은 관심을 보이게 된다. 1918년 도손은 고뇌 끝에 자신이 저지른 불륜을 참회하는 마음으로 『신생』을 발표하여 파문을 일으킨다.

도손은 1929년 1월부터 『중앙공론』에 『동트기 전』을 발표했고, 1932년에 2부를 완성했다. 이 작품은 19세기 후반 사람들의 생활을 그린 역사소설로, 도손은 자신의 아버지를 모델로 삼아 이 작품을 써내려갔다.

1940년, 4년 전 국제펜클럽대회에 참가한 경험을 바탕으로 쓴 기행문 『순례』를 발표하고, 1943년에는 『동방의 문』 집필을 시작했다. 도손의 말년 작품인 『순례』와 『동방의 문』은 모두 '동양의 발견'이라는 주제를 다루고 있으며, 말년의 정신세계가 잘 나타나 있어 도손의 작품 세계를 이해하는 데 중요한 작품으로 평가받는다. 도손은 1943년 『동방의 문』을 집필하던 중 뇌일혈로 쓰러져 불귀의 객이 되었고, 동방에 대한 그의 관심도 역사 속으로 사라지게 되었다.

『파계』에 대하여

『파계』는 시마자키 도손의 첫번째 장편소설이자 그를 소설가로 세상에 알린 명작이다. "인생은 커다란 전장(戰場)이고 많은 작가는 말하자면 그 전장의 종군기자이다"라고 외치면서, 시인 도손은 소설『파계』를 세상에 내놓았다. 이 작품은 탈고되기 전부터 사람들의 주목을 받았으며 출판 후 닷새도 되기 전에 재판이 나올 만큼 대단한 화제작이었다. 이 반응은 작가의 예상을 훨씬 뛰어넘는 것이었고, 이『파계』의 출판을 전후로 많은 신문과 잡지가 경쟁하듯 이 작품을 대서특필했다.

『파계』는 '신분을 밝히지 말라'는 아버지의 계율을 깨뜨리려는 백정 출신 청년의 이야기를 다루고 있다. '파계'라는 말은 원래는 종교적인 의미로 사용되는 말이지만 이 작품에서는 종교적인 뜻과는 별로 상관이 없다. 이 작품은 아버지의 엄한 훈계를 파계하는 이야기가 중심이며, 아버지의 훈계를 마치 종교의 계율처럼 알고 살아가는 주인공의 고민을 그리고 있다. 말하자면 아버지의 훈계를 둘러싼 부자간의 관계가 이 작품의 중요한 주제인 것이다.『파계』에 그려진 부자관계에 관해서는 작가 자신이 일찍이 다음과 같이 밝힌 바 있다.

이 작품의 주인공이 어째서 아버지의 엄한 훈계를 어기게 되었는지, 그것이 내가 쓰려고 하는 의도이다. 따라서 작품의 배경으로 여러 인물과 여러 사건을 그리고 있지만 작자인 내가 독자들에게 읽게 하고 싶은 것은 그 부자관계이다. (『전집』 제11권, 소수의 「융화문제와 문예」)

이와 같은 작가의 말에서 『파계』에 나타난 부자관계, 특히 아버지의 훈계의 중요성을 느낄 수 있다.

한편 이제까지 연구된 『파계』론을 살펴보면 크게 두 가지로 정리할 수 있다. 하나는 차별받는 부락민의 문제를 취급한 사회소설로 다루는 경향이다. 다른 하나는 주인공 우시마쓰의 심리를 중심으로 봉건적인 가족제도로부터의 자아해방이 주제라고 보는 일면이다. 여기서는 위의 두 가지 연구사를 수렴하면서 『파계』에 나타난 부자관계를 살펴보기로 한다.

『파계』에는 세 사람의 아버지와 세 종류의 교사가 등장한다. 먼저 세 사람의 아버지에 관해서 살펴보자면, 『파계』에는 주인공 세가와 우시마쓰의 아버지, 딸을 절에 양녀로 맡긴 가난한 가자마 게이노신, 그리고 양녀로 맡은 처녀를 욕심 내는 양아버지인 렌게 사 주지 등 세 사람이 그려져 있다. 이들 세 아버지는 제각기 다른 성격의 사람이며, 얼른 보기에는 서로 전혀 관계가 없는 사람처럼 보인다.

그러나 천한 계층과 무사와 스님이라는 세 신분이 메이지 유신으로 커다란 충격을 입었다는 사실에 주목할 필요가 있다. 그들은 시대 변천의 조류를 타지 못하고 점점 '무용(無用)의 인간'이 되어갔다. 이 세 아버지의 이미지는 이제까지의 가부장적인 아버지와는 전혀 성격이 다르다. 그들은 모두 사회적인 실행력을 가지지 못한 그늘의 존재였다. 『파계』에서는 이 세 명의 '실격(失格) 아버지'를 그려냄으로써 시대의 변화, 특히 메이지 유신이 일본 가정에 미친 영향을 선명하게 보여준다.

다음으로 『파계』에는 '아버지'의 대칭을 이루는 세 종류의 '교사'가 설정되어 있다. 먼저 이 소설에 등장하는 교사로 교장과 다른 교사들,

또한 우시마쓰의 선배이면서 나가노 사범학교의 교사였던 이노코 렌타로 등이다. 『파계』에서는 이 세 종류의 교사상 중 이상적인 교사상으로 이노코 렌타로를 들고 있다.

렌타로는 신슈 고원 지방의 천한 부락민 백정 출신으로 우시마쓰가 입학하기 전에 나가노 사범학교에서 심리학 강사를 지낸 사람이었다. 그가 강사로 있을 때 천한 신분 출신이라는 것이 알려져서 그를 질투하는 교사 사이에서 쫓아내자는 논의가 일어났다. 그는 그런 차별의 편견에 항의하여 '학문을 위한 학문'을 버리고 학교를 뛰쳐나가 학문의 실생활화를 위해 노력하는 인물이었다. 렌타로의 정열에 찬 반차별 운동, 그 진실된 삶의 태도, 렌타로가 보여준 진실을 향한 희생적인 이념은 우시마쓰의 사표(師表)로 그에게 새로운 신생(新生)의 길을 제시해주었다. 이 진실 아래서는 아무리 엄한 아버지의 훈계도 힘을 발휘할 수 없었던 것이다.

도손은 『파계』에서 아버지상과 교사상을 대립시킴으로써 점차적으로 작품의 주제를 분명히 해나갔다. 아버지상에서는 '그늘의 존재'인 아버지와 '힘있는 존재'로서의 아버지라는 두 방면에서 생각할 수 있다. '그늘의 존재'인 아버지는 문명의 물결에 시달리는 피해자의 성격을 짙게 나타낸다. 여기서 아버지는 시대의 변천에 따라 사회에서 점점 멀어져가는 과거 지향형의 존재였다. 이것은 『파계』에 등장하는 아버지들의 공통된 성격으로, 시대의 희생양인 아버지들의 모습이다. 이런 비극을 가장 잘 보여주는 아버지가 다름 아닌 우시마쓰의 아버지로 그려져 있다. 그는 부락민이라는 천한 신분이면서 아들의 출세를 위해서 숨어 사는 그늘의 아버지로 설정된 점에서 작가의 문명 비판을 위해 적절한 설정이라고 할 수 있다.

그런데 우시마쓰가 그 아버지의 '계명과 같은 명령'으로 '신분을 밝히지 마라'는 훈계를 어기고 자유인으로 자각해가는 지점에서 아버지상의 변모는 극치를 이룬다. 우시마쓰는 아버지가 항상 강조했던 삶의 훈계보다는 선배인 이노코 렌타로의 가르침에 따라 신분을 밝히고 자유의 길을 선택하게 되는 것이다. 이제까지 우시마쓰의 행동을 지배하고 있었던 것은 혈연의 힘이었다. 그가 혈연인 아버지의 훈계를 버리고 개인의 자유를 존중하는 이른바 '격리(隔離)의 정신'에 철저해지면서, 그에게는 사상의 교사, 이념의 아버지가 새로운 의미를 지니게 되었다. 우시마쓰는 혈연의 아버지의 훈계로 대표되는 가정의 속박에서 벗어나, 개인의 자유를 추구하는 이념의 세계로 새로운 발걸음을 내딛게 되었다.

『파계』의 마지막 대목에서 우시마쓰는 이 이념의 아버지라 할 렌타로의 유골을 안고 도쿄로 향한다. 결국 『파계』에 그려진 주제적 아버지상은 렌타로의 이미지에 집약되어 있다 해도 좋을 것이다. 우시마쓰에게 있어서 렌타로는 그야말로 사부(師父)의 존재였다. 렌타로는 우시마쓰의 '삶의 귀감'이기도 했다. 여기에서 작가가 렌타로의 삶을 통해 특히 사표로서 아버지의 의미를 중시한 점이 이 작품의 주제로 주목할 대목이다.

노영희

1872년	3월 25일, 나가노 현 기소 군 마고메 마을에서 태어남.
1878년	미사카 소학교에 입학. 아버지에게서 천자문과 효경, 논어 등을 배움.
1881년	큰형을 따라 상경함.
1886년	아버지 마사키가 고향에서 세상을 떠남.
1887년	메이지 학원 보통학부 본과에 입학함.
1888년	시바다카와에 있는 다이초 교회에서 세례를 받음.
1889년	9월, 제1고등학교 시험에 실패하여 내성적인 성격이 더욱 깊어짐.
1891년	메이지 학원을 졸업함.
1892년	1월부터 잡지『여학(女学)』에 습작을 발표하기 시작함. 메이지 여학교 고등과 영어 교사가 됨.
1893년	여제자 사토 스케코를 사랑하게 되어 메이지 여학교를 사직하고, 교회에서 적을 빼고 간사이 지방으로 여행을 떠남. 시인 기타무라 도코쿠 등과 함께『문학계(文学界)』창간 동인으로 참가함.
1894년	다시 메이지 여학교 교사가 됨. 기타무라 도코쿠의 자살에 충격을 받음.
1897년	첫 시집『약채집(若菜集)』을 출간하며 등단함.
1898년	시집『일엽주(一葉舟)』『여름 풀(夏草)』을 출간함.
1899년	4월, 고모로 의숙의 교사가 되어 신슈 고모로로 부임함. 같은 달, 히코디테 출신인 히터 후유코와 결혼하여 고모로에 신접살림을 차림.

1901년   시집 『낙매집(落梅集)』을 출간함.

1904년   네 권의 시집을 묶어 『도손 시집』을 출간함. 『파계(破戒)』
            집필을 시작함.

1905년   4월, 고모로 의숙을 그만두고 상경함.

1906년   3월, 『파계』를 자비출판함.

1908년   4월부터 『봄(春)』을 아사히 신문에 연재함.

1910년   『집(家)』을 요미우리 신문에 연재함. 부인 후유코가 넷째
            딸을 낳고 과다출혈로 사망함.

1913년   조카딸 고마코와의 불륜 문제를 처리하기 위해 프랑스로
            떠남.

1915년   아사히 신문에 보낸 통신문을 모아서 『평화의 파리』와 『전
            쟁과 파리』를 출간함.

1916년   4월, 파리를 떠나 런던을 거쳐서 7월에 도쿄로 돌아옴.

1918년   『신생(新生)』을 아사히 신문에 연재함.

1922년   『도손 전집』(전 12권)이 출간됨.

1925년   『봄을 기다리며(春を待ちつつ)』를 출간함.

1932년   1월, 『동트기 전(夜明け前)』 제1부를 완결하여 출간함.

1935년   10월, 『동트기 전』 제2부 완결.

1936년   7월, 국제펜클럽대회에 참가하기 위해 아르헨티나로 떠
            남. 돌아오는 길에 미국과 프랑스를 방문. 마르세유의 보
            자르 미술관에서 샤반이 그린 〈동방의 문〉을 관람함.

1937년   제국예술회원으로 추거되었으나, '전과 마찬가지로 한 저
            작자의 입장이고 싶다'는 이유로 사퇴함.

1940년   2월, 기행문 『순례』를 간행함. 제국예술회원으로 다시 추
            대되어 승낙함.

1941년   2월 25일, 가나가와 현 오이소에 있는 집을 빌려서 이사함.

1943년   1월, 『동방의 문(東方の門)』을 『중앙공론』에 연재하기 시

작함. 8월 21일,『동방의 문』제3장 집필중에 뇌일혈로 쓰
러져서 22일에 숨을 거둠.
1947년　　고향 마고메에 도손 기념관이 낙성됨.
1956년　　『도손 전집』제32권이 간행됨. 1957년 완간됨.

문학동네 세계문학전집 발간에 부쳐

세계문학은 국민문학 혹은 지역문학을 떠나 존재하는 문학이 아니지만 그것들의 총합도 아니다. 세계문학이라는 용어에는 그 나름의 언어와 전통을 갖고 있는 국민문학이나 지역문학의 존재를 인정하면서 그것을 넘어서는 문학의 보편적 질서에 대한 관념이 새겨져 있다. 그 용어를 처음 고안한 19세기 유럽인들은 유럽문학을 중심으로 그 질서를 구축했지만 풍부한 국민문학의 전통을 가지고 있는 현대의 문학 강국들은 나름의 방식으로 세계문학을 이해하면서 정전(正典)의 목록을 작성하고 또 수정한다.

한국에서도 세계문학 관념은 우리 사회와 문화의 변화 속에서 거듭 수정돼왔다. 어느 시기에는 제국 일본의 교양주의를 반영한 세계문학 관념이, 어느 시기에는 제3세계 민족주의에 동조한 세계문학 관념이 출현했고, 그러한 관념을 실천한 전집물이 출판됐다. 21세기 한국에 새로운 세계문학전집이 필요하다는 것은 명백하다. 우리의 지성과 감성의 기준에 부합하는 세계문학을 다시 구상할 때가 되었다.

문학동네 세계문학전집은 범세계적으로 통용되는 고전에 대한 상식을 존중하면서도 지난 반세기 동안 해외 주요 언어권에서 창작과 연구의 진전에 따라 일어난 정전의 변동을 고려하여 편성되었다. 그래서 불멸의 명작은 물론 동시대 세계의 중요한 정치·문화적 실천에 영감을 준 새로운 작품들을 두루 포함시켰다.

창립 이후 지금까지 한국문학 및 번역문학 출판에서 가장 전문적이고 생산적인 그룹을 대표해온 문학동네가 그간 축적한 문학 출판 경험을 바탕으로 새로운 세계문학전집을 펴낸다. 인류가 무지와 몽매의 어둠 속을 방황하면서도 끝내 길을 잃지 않은 것은 세계문학사의 하늘에 떠 있는 빛나는 별들이 길잡이가 되어주었기 때문이다. 우리가 자부심과 사명감 속에서 그리게 될 이 새로운 별자리가 독자들의 관심과 애정에 힘입어 우리 모두의 뿌듯한 자산이 되기를 소망한다.

문학동네 세계문학전집 편집위원
민은경, 박유하, 변현태, 송병선, 이재룡, 홍길표, 남진우, 황종연

세계문학전집 025

파계

1판 1쇄 2010년 3월 15일
1판 6쇄 2025년 3월 5일

지은이 시마자키 도손 | 옮긴이 노영희

책임편집 이은현 | 편집 양수현 백다흠 오동규 | 독자모니터 이원주
디자인 송윤형 한충현 김민하 | 저작권 박지영 형소진 오서영
마케팅 정민호 서지화 한민아 이민경 왕지경 정유진 정경주 김수인 김혜원 김예진
브랜딩 함유지 박민재 김희숙 이송이 김하연 박다솔 조다현 배진성
제작 강신은 김동욱 이순호 | 제작처 영신사

펴낸곳 (주)문학동네 | 펴낸이 김소영
출판등록 1993년 10월 22일 제2003-000045호
주소 10881 경기도 파주시 회동길 210
전자우편 editor@munhak.com | 대표전화 031)955-8888 | 팩스 031)955-8855
문의전화 031)955-1927(마케팅), 031)955-1916(편집)
문학동네카페 http://cafe.naver.com/mhdn
인스타그램 @munhakdongne | 트위터 @munhakdongne
북클럽문학동네 http://bookclubmunhak.com

ISBN 978-89-546-1003-2 04830
     978-89-546-0901-2 (세트)

잘못된 책은 구입하신 서점에서 교환해드립니다.
기타 교환 문의 031) 955-2661, 3580

www.munhak.com

● 문학동네 세계문학전집은 계속 출간됩니다